DANKSAGUNG

Mein Dank geht – und das ist beim letzten Band einer Trilogie wahrscheinlich wenig überraschend – an dieselben Personen wie in den vorigen Büchern. Mein Coverdesigner Christian Günther hat meiner Meinung nach bei diesem dritten Band das beste Cover der Buchreihe erschaffen. Geschmäcker sind natürlich verschieden, aber mir gefällt es wirklich wahnsinnig gut. Vielen, vielen Dank!

Ebenfalls bedanken möchte ich mich bei André Piotrowski, der sich um das Lektorat der ursprünglichen Verlagsversion gekümmert hat. Das zweite Lektorat hat Sandra Gernt übernommen. Auch dafür mein herzlichster Dank. Fürs Korrektorat verantwortlich war erneut Stefanie Übel. Merci!

Last but not least braucht jeder Roman (oder eben jede Romanreihe) eifrige Testleser. Mein Dank gebührt Winfried Kienberger (der zudem maßgeblich an Plot und Weltenbau mitgewirkt hat), Thomas „Frosti“ Liss (möge uns auch in Zukunft lauter abgefahrenes Zeug einfallen!) und Gregor Schmidt.

Dieses Buch ist Gregor Schmidt gewidmet, einem wahren Freund.

Die Phrase „einem wahren Freund“ habe ich bislang bei Widmungen oft benutzt – und bin dankbar dafür.

Denn was gibt es Besseres, als viele solche Freunde zu haben?

NORDBRACHE
INKARTH
Kelosan
Yelion
LANDASKAN
Garyat
Quelon
VANDUR
Fjalkraag
Calsinthar
Urgotan
LANTRA
JENDAR
Tjelm
allanor
N
W
E
S
THALSIN
IMMERSEE

ZUSAMMENFASSUNG BAND 1

Landaskan, das nördlichste und einst mächtigste Reich der Menschen, ist fest in der Hand der Dämonen, die ehemaligen Bewohner tot oder geflohen. Getrieben von der Gier nach Tod und Vernichtung, dringen die Bestien gen Süden nach Vandur vor.

Avi, bekannt als die Hüterin, hat es sich zur Aufgabe gemacht, die dunkle Brut zu vernichten, da diese ihre Eltern auf dem Gewissen hat. Sie besitzt die Gabe, die verderbte Aura der Dämonen aufzuspüren, und so zieht sie durch die Grenzlande, um Flüchtlinge zu beschützen, die von Dämonen verfolgt werden. Sie weiß aber, dass ihre Bemühungen nur ein Tropfen auf dem heißen Stein sind, sofern sich die anderen Reiche nicht zusammenschließen, um gemeinsam gegen die Dämonen ins Feld zu ziehen. Das jedoch geschieht nicht und so breiten sich die Dämonen aus, vor allem weil immer mehr Frauen Kinder gebären, die sich aus unerfindlichen Gründen irgendwann in Dämonen verwandeln, was die Ränge der schauerlichen Kreaturen weiter anwachsen lässt.

Nachdem Avi eine Gruppe Fliehender vor dem sicheren Tod bewahrt, verwandelt sich ein Junge, Kjala mit Namen, in einen Dämon und flüchtet. Avi setzt zur Verfolgung an, wundert sich allerdings darüber, wie rasch Kjala wächst und an Kraft gewinnt. Sie gerät in einen Hinterhalt und entkommt mit knapper Not, stellt jedoch entsetzt fest, dass ihr Schutzamulett zerstört ist. Damit können die Dämonen nun auch sie aufspüren. Und sie setzen alles daran, sie zu töten. Avi flieht und wird von einer Gruppe vandurischer Reiter im letzten Moment gerettet. Deren Anführer heißt Halron Fallas. In Quelon, einem Dorf, in dem Avi ihre Vorräte auffrischen möchte, treffen sie sich wieder.

Lormak, ein Gezeichneter, der die Essenz eines Dämons in sich trägt, spürt Avi in Quelon auf und zwingt sie dazu, an seiner Seite zu bleiben, denn ihre Gabe hilft ihm, sich Stück für Stück an sein früheres Leben zu erinnern.

Da greifen Dämonen Quelon an: Avi, Lormak, Halron Fallas und einige seiner Kämpfer fliehen über die Grenze nach Lantra. Begleitet werden sie außerdem von Lantyria, einer Jaminara-Priesterin, die aufgrund einer Vision nicht mehr von Avis Seite weicht, sowie von Krax, einem zwergischen Chronisten, der seinem Volk von den Ereignissen in den Menschenlanden berichten will.

Immer weiter nach Süden verschlägt sie ihre Flucht, doch nicht einmal die starken Mauern Fjalkraags, einer lantrischen Stadt, vermögen die Dämonen aufzuhalten. Nach hartem Kampf fällt Fjalkraag, was Avi nicht verwundert: Sie hat herausgefunden, dass sich auch dort bereits Dämonengeburten ereignet haben. Auf ihrer Flucht treffen sie auf ein Kontingent lantrischer Elitekämpfer unter der Führung von Zuraja, einer Magierin, die den Auftrag hat, Fjalkraag zurückzuerobern. Doch die Dämonen kommen ihnen allen zuvor. In einem erbitterten Kampf wird die lantrische Streitmacht fast vollständig aufgerieben. Zuraja und die Gefährten entkommen mit knapper Not der dämonischen Vorhut, die von niemand anderem als Kjala angeführt wird.

In einem kleinen vorgelagerten Lager der lantrischen Armee verliert Lormak die Kontrolle über seinen inneren Dämon, als er sieht, wie Halron Avi küsst, und will Avi vergewaltigen. Eine

Lichtlanze, die aus Avi hervorbricht, verhindert dies jedoch und schleudert ihn zu Boden. Wieder Herr über seine Sinne, ergreift Lormak die Flucht.

Parallel zu den Abenteuern von Avi, Lormak und deren Gefährten wird auch die Geschichte des Elfen Iridon erzählt, die mehr als zwanzig Jahre vor der Haupthandlung beginnt. Iridon ist ein angesehener und außergewöhnlich talentierter Magier, dessen Wissensdurst ihn dazu treibt, ohne die Zustimmung des Hohen Rates eine Expedition in das Tal der Tausend Schädel zu unternehmen. Nach einem Streit mit seinem Freund Lumithar setzt sich Iridon wutentbrannt ab und reitet ohne ein festes Ziel von dannen, damit sich sein erhitztes Gemüt abkühlt. Auf seinem Ritt sieht er eine unnatürlich große Fledermaus, die sein Interesse weckt. Er folgt ihr und gelangt zu einer Höhle, in der die Gebeine von Kriegern einer längst vergangenen Schlacht ruhen.

Er betritt diese und findet einen von magischer Energie umflorten durchsichtigen Sarkophag mit einem Leichnam, auf dessen Brust ein Buch liegt.

Er nimmt es an sich, überlebt den Abwehrzauber und kehrt nach Garyat zurück, der Hauptstadt des Elfenreichs. König Belfatis sowie der Äußere Rat finden heraus, dass Iridon alle Weisungen missachtet hat, und bestrafen ihn. Dies birgt anfangs wenig Schrecken für ihn, denn er hält die anderen Vertreter seiner Rasse für engstirnig und altbacken. So forscht er in dem gefundenen Buch und ist zu gleichen Teilen erstaunt wie bestürzt, dass es sich dabei um das Buch Beruns handelt, des Gehilfen von Molgrash, der vor langer Zeit ganz Yur in die Totenkriege stürzte. Sich der Tatsache bewusst, dass er viel heftigere Repressalien zu fürchten hätte, würde jemand herausfinden, dass er in diesem verbotenen Werk forscht, behält er sein Wissen für sich und entwickelt sich langsam, aber sicher zum Eigenbrötler, der andere meidet. Dies missfällt seiner Frau Ajuna, die ein geschätztes Mitglied des Hohen Rates ist und bei Iridons früheren Verfehlungen stets Partei für ihn ergriffen hat.

Völlig überraschend kommt einige Zeit später die Kunde, dass er mit einer Elfendelegation nach Mjallanor, der Hauptstadt der Zwerge, reisen soll. Er soll sich bei König Gomgrash persönlich dafür entschuldigen, dass er einst ein Bittgesuch an diesen gerichtet hat, in dem er bat, Einsicht in die Aufzeichnungen aus der Zeit der Totenkriege zu erhalten. Iridon kann sein Glück kaum fassen und er schmiedet einen finsteren Plan, um das zu bekommen, was er will.

ZUSAMMENFASSUNG BAND 2

Nach der versuchten Vergewaltigung durch Lormak brechen Avi und Krax mit einer Soldateneskorte nach Calsinthar auf, um Zuraja zu finden und ihr dabei zu helfen, König Fjardan zu überzeugen, dass dieser seine Armee im Kampf gegen die Dämonen mobilisiert.

Nach dem Durchqueren des verwunschenen Waldes *Cyrantaras* treffen Lormak und Avi wieder zusammen. Sie vergibt ihm seine Tat und zusammen streben sie auf Calsinthar zu. In der Stadt herrscht Chaos, da eine Gruppierung verblendeter Prediger die Sünden der Menschen als Ursprung für die Dämonenplage sieht und Hinrichtungen durchführt. Im letzten Moment gelingt es Lormak, jenen Mann vor der Hinrichtung zu bewahren, den er seit einiger Zeit sucht: Xurodas.

Dessen Dankbarkeit jedoch hält sich in Grenzen. Des Öfteren entlädt sich der Zorn zwischen den beiden Dämonengezeichneten in Gewalt. Nach einigem Hin und Her einigen sie sich darauf, in König Fjardans Palast einzubrechen, da ihnen zu Ohren gekommen ist, dass Zuraja, Halron Fallas und die anderen gefangengenommen und eingekerkert wurden.

Schlussendlich können sie die Gefährten befreien und Fjardan zur Rede stellen. Der jedoch scheint dem Wahnsinn anheimgefallen und flüchtet. Unmittelbar danach kommt es zu einem Kampf zwischen den Gefährten und einer dämonischen Vorhut, die von Urruk Darn angeführt wird, dem dritten Gezeichneten wie Lormak und Xurodas. Dabei wird Avi schwer verletzt. Die Gefährten können fliehen und gelangen auf das Schiff des Händlers Meljon.

Auf der Fahrt Richtung Süden verschlechtert sich Avis Zustand fortlaufend. Doch auch um die Priesterin Lantyria steht es nicht gut. Von den Strapazen der Reise und der Kerkerhaft geschwächt, stirbt sie schließlich. Mit ihrem letzten Atemzug teilt sie Lormak mit, dass er der Fährte des Einhorns folgen müsse: Dies sei die einzige Möglichkeit, Avi zu retten. Niemand weiß, was damit gemeint ist, und die Stimmung in der Gruppe sinkt auf den Tiefpunkt. In Tjelm, einer kleinen Hafenstadt, gehen sie von Bord, während Meljon die Vorräte aufstockt.

Im Gewirr der Hafenstadt trifft Lormak auf die Hure Adorna, auf deren Schulter eine Tätowierung prangt, die ein Einhorn zeigt. Letztendlich führt die Fährte des Einhorns in das große Moorgebiet nahe Tjelm. Geführt von Ortskundigen, die sie angeheuert haben, dringen die Gefährten weiter und weiter in die Marschen vor und haben den Eindruck, dass sie tatsächlich auf dem richtigen Weg sind. Irgendwann jedoch weigern sich ihre Führer, sie weiterhin durch die Sümpfe zu lotsen, da sie ein Gebiet erreichen, in dem Gefahr lauere. Lormak verliert die Beherrschung, der Dämon erwacht in ihm und bringt ihn dazu, die Ortskundigen zu erschlagen, desgleichen Rantas, einen von Halrons Gefolgsmännern. Danach wird er ohnmächtig.

Als er aufwacht, sind Xurodas und er gefesselt, da die Gefährten den beiden Gezeichneten nicht mehr trauen.

Weiterhin wird auch die Geschichte des Elfen Iridon erzählt, die ungefähr zwanzig Jahre vor Avis und Lormaks Abenteuern angesiedelt ist.

In Mjallanor lernt Iridon von König Gomgrash, dass die Schriften aus der Zeit der Totenkriege von Crangorra, einer magisch beseelten Kreatur aus Eisen bewacht werden, die unbesiegbar erscheint – zumindest im Moment. Iridon deponiert einen seiner schwarzen magischen Steine in der Höhle und mimt den Reumütigen, der verstanden hat, dass seine Nachforschungen bezüglich der Totenkriege nun ihr Ende gefunden haben. Im Anschluss daran folgt ein Abend ausgelassenen Feierns zu Ehren der elfischen Gesandtschaft, an dem sich Iridon – voller Euphorie über das heimliche Platzieren des magischen Steins – maßlos betrinkt.

Am nächsten Tag stehen diplomatische Verhandlungen an, bei denen Elfen und Zwerge beratschlagen, was man tun kann, um den Machtgelüsten des Menschenkönigs Gorn entgegenzuwirken. Iridon, vom endlosen Lavieren gelangweilt und irgendwann erzürnt, benimmt sich daneben und beleidigt König Gomgrash. Dieser verweist ihn daraufhin der Zwergenstadt. Als die elfische Gesandtschaft Mjallanor drei Tage später verlässt und Iridon sich ihnen wieder anschließt, eröffnet Ajuna ihm, dass sie sich von ihm trennen werde.

Zurück in Garyat, verlässt sie ihn tatsächlich und wendet sich Narduk zu, dem Spross einer einflussreichen Familie. Aber nicht nur das: Sie ist schwanger, und das zweifelsohne von Iridon. Das verleugnet sie und behauptet, Narduk sei der Vater. Iridon versinkt in Verzweiflung. Das Entschlüsseln von Beruns Buch ist die einzige Tätigkeit, zu der er sich durchringen kann.

Nachdem er unerwartet von der mysteriösen Fledermaus gebissen wurde, die ihm bisweilen erscheint, hat er eine Vision, die ihm einen Hinweis gibt, wie Berun und Molgrash vor Jahrhunderten die Toten wieder zum Leben erweckten: Mittels Magie stießen sie in die Ebenen der Ewigkeit vor, entrissen die Seelen dem Reich des Totengottes Arsamon und pflanzten sie in die Körper jüngst Verstorbener. Iridon ist gleichermaßen beeindruckt wie begeistert von der Macht der beiden Zwergenmagier. Leider ist ihm der Weg zu ähnlich gewaltigen Zaubern verbaut, denn Iridons Herz ist krank und er hat nach Aussage eines Medikus nicht mehr lange zu leben.

In der Zwischenzeit hat sich Ajuna mit einer Delegation nach Yelion begeben, um dort mit König Gorn zu verhandeln. Iridon reist ihnen nach, um seine Tochter ein einziges Mal im Arm halten zu dürfen, bevor sein Herz aufhört zu schlagen. Als er in Yelion eintrifft, muss er mit Grauen feststellen, dass alle Elfen von König Gorn getötet wurden. Ajuna und seine Tochter sind ebenfalls unter den Opfern. Von Wut und Trauer zerrissen, quartiert Iridon sich in einer Herberge ein, wo er auf die Elfe Sharinja trifft, die ihm erzählt, König Gorns rechte Hand Vulodas habe nun das Sagen in Yelion. In einem Fiebertraum kommt Iridon eine gewagte Idee, für die er Vulodas überwältigen muss, ohne dass jemand dies bemerkt. Als Vulodas auf einen Jagdausflug in die Wälder nahe Yelion aufbricht, schlägt Iridon zu.

1

Der Tag verlief ereignislos.

Viel Zeit für Gedanken.

Und sie führten zu ein und demselben Ergebnis, egal aus welcher Perspektive Lormak sein Schicksal betrachtete: Er war verdammt. Das Einzige, was im Unklaren lag, war, ob nur der Tod auf ihn wartete, wenn der Dämon ihn endgültig besiegte, oder ein viel schlimmeres Schicksal. Er dachte an Urruk Darn. Angst schnürte sein Herz zusammen.

Je länger sie durch die konturlose Welt schritten, vom Nebel aller scharfen Ränder beraubt, und auf keine weitere Spur von Fildrin trafen, desto mehr wuchs das Unbehagen innerhalb der Gruppe. Man merkte es an der Art, wie Boras oder Krax ihre Schritte setzten – zögerlicher und stockender –, wie sie sich immer häufiger mit großen, besorgten Augen umsahen. Mehr und mehr gewann die unheilvolle Aura des Sumpfes die Oberhand.

Zur Abenddämmerung errichteten sie ein behelfsmäßiges Lager und gruppierten sich stumm um das kleine Feuer, das Boras unter viel Mühe und vielen Flüchen zum Brennen gebracht hatte.

Lormak hatte keinen Hunger und trank nur etwas Wasser,

ehe er sich in einer halbwegs bequemen Position auf den Rücken legte, die gefesselten Hände auf dem Bauch abgelegt, und die Augen schloss.

Das Knacken der feuchten Holzscheite und der stinkende Qualm, durchmischt mit den Wortfetzen seiner Gefährten, schufen einen Teppich aus Eindrücken, auf dem er in die Gefilde des Schlafs schritt. Kurz bevor er diese jedoch erreichte, erinnerte er sich des Traums, den er das letzte Mal gehabt hatte. Es war ein neuer Traum gewesen. An sich ein Grund für Euphorie, aber nicht heute.

Zu schwer wog die Schuld, die er auf sich geladen hatte.

Die breite Axt liegt schwer und unheilvoll in seiner linken Hand. Die Finger umklammern den Holm, so fest, dass die Knöchel weiß hervortreten. Sein Atem rast. Sein ganzer Körper rast. Vor Schmerz ...

Jetzt saust das Axtblatt herab, direkt auf den Ellenbogen zu ...

Regenwände treiben durch Yelions Straßen, zischen in fauchenden Kaskaden gegen die Mauern der Häuser, von den Dächern ergießen sich Sturzbäche, darüber zuckendes Gleißen im Gewitterhimmel, als würden Riesen darin Feuersteine aneinanderschlagen.

Gegen die Wut des Regens beugt sich Lormak halb über den Hals seines Pferdes, genau wie seine Kameraden und die höhergestellte Jagdbegleitung. Der Einzige, der hochgereckt im Sattel sitzt, ist Vulodas selbst.

Sie erreichen die Unterkünfte, reiten durch die offenen Stalltüren. Bedienstete kümmern sich um die Tiere. Lormak übergibt sein Ross einem nervösen, hasenäugigen Mann, der nur aus Verbeugungen besteht. Kein Wunder: Vulodas pflegt seinen Zorn gern an Untergebenen auszulassen und schlechtes Wetter ist mehr als nur ein guter Grund für ihn. Nicht selten finden sich manche angekettet im Kerker wieder und bekommen die Peitsche schneller zu spüren, als sie ihren Namen sagen können.

Heute jedoch nicht.

Vulodas sieht sich lediglich um, als stünde er zum ersten Mal in diesen Stallungen. Dann bemerkt er Lormaks Blick. Rasch wendet er sich ab und strebt von dannen, gefolgt von einem Diener, der den Kopf gesenkt hält, als erwartete er das Richtschwert. Lässt Vulodas heute seinen Zorn ausnahmsweise im Stillen aus?

Dabei hätte dieser quälende Ritt durch das Gewitter vermieden werden können, wären sie früher aufgebrochen; nicht erst mittags, als sich die dunklen Wolkenberge bereits zusammenballten. Aber Vulodas schlief lange in den Morgen, ehe er sich bequemte aufzustehen. Was er die Nacht über getrieben hatte, wusste niemand. Kann auch niemand wissen, da Lormak bis jetzt keinem seiner Kameraden von dem merkwürdigen Treffen mit Vulodas in der frühen Morgendämmerung erzählt hat. Wieso, das kann er nicht sagen. Weil es so befremdlich gewesen war?

Lormak zuckt die Schultern.

Nur einmal muss er noch durch den Regen, dann betritt er seine Behausung, ein kleines Eckhaus unweit des langen Gebäudes, in dem man die Elfenfrauen gefangen hält. Ungebetene Gedanken an das Massaker flackern auf. Auch seine Klinge soff Elfenblut an jenem finsteren Tag.

Er zieht sich um. Nach einiger Zeit wird er unruhig. Wein. Und Gesellschaft. Diese beiden Dinge werden helfen.

Er wirft sich einen Umhang über und macht sich auf den Weg zu Urruk Darn und Xurodas, die sich ein geräumiges Haus teilen.

Ein Haus, in dem vormals Elfen lebten.

Elfen, die nun tot sind, dahingemetzelt von der Klingen der Ehernen Garde, die für Stolz, Mut und Tapferkeit steht.

Lormak stößt die Tür auf, legt den Umhang ab – und sucht sofort nach Wein.

Zu oft in letzter Zeit wacht er mit dröhnendem Schädel und bleiernen Gliedern auf.

Fahrig sucht seine Hand nach einem Krug Wasser. Sie findet einen

Henkel, hebt das Gefäß, doch bevor er es an die Lippen setzt, riecht er die herbe Note von Wein. Angewidert stellt er die Karaffe zurück. Sie steht schief, kippt um. Ein Poltern und der dunkle Rebensaft breitet sich auf dem Boden aus, wie Blut, das aus einem aufgeschlitzten Hals spült.

Lormak reibt sich die Augen, so lang und so fest, bis bunte Punkte zerplatzen und alle Bilder der Vergangenheit undeutlich werden. Ächzend steht er auf, drückt das Kreuz durch und steigt über Xurodas und Urruk Darn, die schnarchend am Boden liegen. Nach einiger Zeit hat er seine Habseligkeiten zusammengesucht und verlässt das Haus.

Es regnet in Strömen. Die frische Luft tut gut. Aus dem hölzernen Dachlauf spritzt das Wasser mit Schwall und Prall heraus und fällt in großen Tropfen dumpf platschend auf die Erde. Lormak stellt sich direkt darunter. Die Kälte betäubt ihn einen Augenblick, dann prustet er, legt den Kopf in den Nacken, wäscht sich das Gesicht und stillt seinen Durst.

Er sieht Vulodas.

Dieser nähert sich dem Lagerhaus, in dem man die Elfenfrauen verwahrt. Sein Blick ist entschlossen. Die zwei Wachsoldaten gehen in Habacht und salutieren. Vulodas sagt irgendetwas, woraufhin sie konsternierte Blicke tauschen.

Vulodas brüllt sie an.

Sie fahren zusammen, fummeln an der schweren Eisenkette herum, bis diese zu Boden rasselt, und reißen das Tor auf.

Lormak ist nun heran, die Soldaten salutieren erneut.

»Sollten das Tor aufmachen, hat er gesagt«, nuschelt der eine verlegen und kratzt sich an der Wange.

Vulodas bemerkt ihn und blickt Lormak an. »Wir lassen sie frei.«

Lormak runzelt die Stirn. Das wird niemandem gefallen, weder den Soldaten noch den Halsabschneidern, die sich die Elfenfrauen bisweilen »ausleihen«, und König Gorn bestimmt auch nicht. Aber er spricht nicht aus, was er denkt.

»Wir mögen hier ein Exempel statuiert haben«, fährt Vulodas fort. Ein leichtes Vibrieren liegt in seiner Stimme, als bereitete es ihm Mühe, die Tonlage nüchterner Sachlichkeit zu halten. »Das war ... nötig. Um unsere Stärke zu demonstrieren. Um ... um den Verrat zu

bestrafen.« Er deutet in die Dunkelheit des Lagerhauses, in der, ganz schwach und kaum zu sehen, blasse Gesichter zu ihnen blicken. »Das hier jedoch geht zu weit. Es ist barbarisch. Aufgeführt wie die Tiere haben wir uns reichlich. Damit ist nun Schluss. Männer, befreit die Elfen!«

Lormak zögert keinen Augenblick. Während die beiden Wachen ein zweites Mal verblüffte Blicke wechseln, löst er bereits die ersten Knoten, durchtrennt Stricke und Fesseln.

»Hinfort mit euch!«, sagt er. »Geht!«

Zögerlich stehen die Elfinnen auf, nicht minder verwirrt über diese Wendung als die Wachsoldaten.

Lormak befreit eine Frau nach der anderen, wie im Wahn, bevor Vulodas es sich vielleicht anders überlegt. Ihn, der sich jeden Abend eine andere Elfe bringen lässt, packt plötzlich die Moral. Kaum zu glauben.

Aber Lormak stellt keine Fragen. Vielleicht tilgt das Freilassen der Elfen einen kleinen Teil der Schuld, die auf seinen Schultern lastet.

Die Elfenfrauen sind frei, stehen vor dem Ausgang, reiben sich zerschundene Handgelenke, schlingen die Arme um ihre ärmlich bekleideten Körper.

»Verzeiht, Herr«, sagt Lormak, »doch wenn wir ihnen schon die Freiheit schenken, brauchen sie auch Ausrüstung und Proviant, sonst können wir sie auch hier und jetzt erschlagen.«

Vulodas sieht Lormak lange in die Augen, ehe er sagt: »Da habt Ihr recht, Hauptmann. Leitet alles Nötige in die Wege.«

Lormak ist überrascht, bringt nur ein knappes Nicken zustande. Vulodas zieht sich zurück und Lormak erteilt den Wachsoldaten die entsprechenden Befehle. Aus den Augenwinkeln jedoch behält er Vulodas im Blick, da er nicht glauben kann, was hier geschieht. Gorn wird toben, wenn er davon erfährt, denn seit einigen Jahren ist das Wort »Gnade« aus seinem Wortschatz verschwunden. Bei Vulodas war es genauso. Woher dieser jähe Sinneswandel?

Bei einer Elfe stocken Vulodas' Schritte, unmerklich nur, ganz kurz. Eine Winzigkeit dreht sich sein Kopf in ihre Richtung, seine Lippen bewegen sich. Dann ist er an ihr vorbei. Überraschung malt sich auf ihre Züge, während sie ihm nachschaut.

Lormak tritt an sie heran, seine Neugier ist entfacht. »Was hat er zu dir gesagt?«

Sie blickt ihn an. Hass glimmt in den mandelförmigen Augen auf. »Dass er es vermissen wird, mich zu ficken!«

Mehr Soldaten treffen ein und man führt die Elfenfrauen zum Vorratslager. Lormak blickt der Elfe nach, mit der Vulodas gesprochen hat. Trotz ihrer vehementen Antwort bezweifelt er, dass sie die Wahrheit sagt.

2

Lormak richtete sich auf, starrte in die schwelenden Überreste des Lagerfeuers, kleine, bösartige Glutaugen, die, so schien ihm, direkt in seine Seele blickten.

Außer Schwärze werden sie nichts zu sehen bekommen ...

Er seufzte und ließ den Blick übers Lager gleiten, ein kleines, vom niedergebrannten Lagerfeuer nur schwach ausgeleuchtetes Rund. Xurodas lag mit dem Oberkörper im Kreis aus Helligkeit, die Beine waren im Schwarz der Nacht nicht zu sehen.

Wer hielt Wache?

Krax' Decke war zurückgeschlagen.

Nur gelegentlich das Knacken eines Holzscheits, ansonsten Stille. Büsche und Schilfhalme, die – alles schwarz auf schwarzem Hintergrund, es war stockdunkel. Wolken hüllten den Mond ein.

Irgendetwas hatte Lormak aufgeweckt.

Lag es an dem Traum, der Neues offenbart hatte? Der einen Vulodas offenbart hatte, der eine gute Seite zeigte, obwohl dieser doch – so zumindest hatten alle geschlussfolgert – für die Dämonenplage verantwortlich zeichnete. Wie passte das zusammen?

Lormak schüttelte den Kopf. Das immer gleiche Lied: zu viele Fragen – und nicht genug Antworten.

Hatte drohende Gefahr ihn aus dem Schlaf gerissen?

Näherten sich Dämonen? Er sah zu Avi, die, eingemummt in zwei Decken, ruhig dalag. Würde sie nicht irgendwie zeigen, sofern die dunkle Brut sich näherte? Oder fehlte ihr selbst dazu die Kraft?

»Krax?«, fragte Lormak in die Nacht.

Geraschel, dann näherte sich der Zwerg, ein Kurzschwert vor sich haltend, und blieb mit viel Abstand vor ihm stehen.

»Irgendetwas Auffälliges?«

Krax schüttelte den Kopf, ließ Lormak nicht aus den Augen, fixierte die Hand- und Fußfesseln. Dieser prüfende Blick schmerzte.

»Halt die Augen auf und sag mir, falls etwas passiert, hörst du?«

»Klar«, erwiderte Krax knapp.

Lormak wollte seinem Freund sagen, dass er von ihm nichts zu befürchten hatte, dass er nicht bei Verstand gewesen war, als er Rantas und die anderen abgeschlachtet hatte, dass ...

Er presste die Kiefer zusammen. Worte der Reue wirkten im Licht seiner Taten fehl am Platz. So hielt Schweigen Einkehr. Nach einigen Momenten wandte Krax sich ab, um auf seine Position zurückzukehren.

Ruckartig hielt er in der Bewegung inne. Der Wolkenvorhang öffnete sich. Bleiches Mondlicht sickerte in den Sumpf – und floss über Schemen, die sich dem Lager lautlos näherten. Der Silberschein erhellte sie nicht, sondern zeichnete nur die Konturen nach, als glitte er an ihnen ab wie Wasser an Öltuch.

»Was bei den Göttern ...«, wisperte Krax und prallte zurück.

Lormak hielt ihm die gefesselten Hände hin. »Schneid mich los!«

Krax zögerte. »Halron hat gesagt, dass ...« Plötzlich schwankte er zur Seite und vollführte einen ungelenken Schritt, um sich abzufangen. »Wie ist mir? Ich ...« Erneut schwankte er, als liefe er über ein Schiffsdeck, während die Wellen gegen die Bordwand donnerten.

»Binde mich los!«

Krax stolperte auf ihn zu, sank auf die Knie und setzte die Klinge an den Handstrick.

»Wacht auf!«, brüllte Lormak zu den anderen, während Krax mit schwindenden Kräften am Seil herumsäbelte. Niemand regte sich, ausgenommen Xurodas, der den Oberkörper aufrichtete und verärgert zu Lormak schaute. »Wieso zum Geier plärrst du so herum?«

Als er einen Herzschlag später die sich nähernden Schatten gewahrte, änderte sich sein Blick schlagartig, von säuerlich zu alarmiert. »So eine Pisse!« Wie ein Wurm, der verlernt hatte, richtig zu kriechen, robbte er, da Arme und Beine gefesselt waren, mit wilden Wippbewegungen zu ihnen.

Im selben Moment, da der Strick zu Boden glitt, kippte Krax mit einem Seufzen zur Seite. Lormak schnappte sich das Kurzschwert, schnitt seine Fußfesseln auseinander, ließ es fallen, stürzte zum Packpferd, befreite seinen Anderthalbhänder sowie Xurodas' Klinge, hastete zu Xurodas und durchtrennte dessen Fesseln.

Seite an Seite erwarteten sie die Schatten.

»He!«, brüllte Xurodas zu den anderen. »Bewegt euren Arsch!«

»Das bringt nichts«, sagte Lormak, die nahenden Kreaturen fest im Blick. »Irgendein Zauber betäubt sie.«

»Und wieso uns nicht?«

Lormak sah ihn finster an.

»Verstehe.« Einen Moment später fügte Xurodas hinzu: »Sie tragen keine Waffen.«

»Zumindest keine, die wir sehen.«

Ihnen blieb nichts anderes, als abzuwarten, denn die Schatten schienen nicht in Eile zu sein. Durch die nebelumspielten Gräser und Halme schwebten sie heran, langsam, bedrohlich, wie Kreaturen, die nicht dieser Welt entstammten und wussten, dass ihnen ihre Beute nicht entkommen konnte.

»Wenn wir nichts tun, sind wir im Nachteil«, wisperte Lormak. »Auf mein Zeichen greifen wir an.«

»Wenn du meinst …«

»Tue ich.« Lormak atmete tief ein. »Jetzt!«

Ein kraftvoller Ausfallschritt, sein Schwert beschrieb einen pfeifenden, mörderischen Halbbogen von rechts oben nach links unten – und fuhr mitten durch den Schatten hindurch.

Nichts passierte, außer dass der Schatten die Arme ausstreckte und Lormak um ein Haar berührte. Erschrocken sprang er zurück. Xurodas' Angriff richtete ebenso wenig aus: Ihre Schwerter waren nutzlos.

Xurodas knurrte einen Fluch. »Weshalb werde ich das Gefühl nicht los, dass es ganz anders aussieht, wenn die *uns* erwischen?«

Gemeinsam wichen sie zurück, stiegen über die bewusstlosen Gefährten. Ein Blick über die Schulter bestätigte Lormaks Ahnung: Sie wurden eingekreist.

Viel Zeit blieb ihnen nicht mehr. Lormaks Gedanken überschlugen sich. Xurodas und er waren wach, während ihre Kameraden den finsteren Kräften der Schatten unterlagen. Der Grund dafür: das Dämonische in ihnen. Es trotzte den Schatten. Und da die Schatten sich nicht um die Gefährten scherten, war es ebenfalls das Dämonische, das sie anzog und zum Angreifen animierte.

Konnte das Dämonische sie auch verletzen?

Zu allem entschlossen, zog Lormak sich die Schneide seines Schwerts über den linken Unterarm. Blut quoll aus dem Schnitt. Den Schmerz ignorierend, benetzte er das Schwertblatt mit seinem Blut und forderte Xurodas auf, das Gleiche zu tun. Auch dieser besudelte seine Klinge mit Lormaks Blut.

Die Schatten waren ganz nah, umkreisten sie, streckten die Arme aus. Im Schwingen seiner Waffe bemerkte Lormak, dass die Körper seiner Gefährten zuckten, die Gesichter sich in stummer Qual verzerrten. Die Schatten rissen ihnen das Leben heraus!

Sein erster Hieb traf – auf Widerstand.

Ein schrilles Kreischen, dann löste sich der Schatten in einer übel riechenden Wolke auf. Schon zerteilte Lormak den nächsten Widersacher. Auch Xurodas schlug um sich und ein Schatten nach dem anderen zerstob.

Eiseskälte breitete sich auf Lormaks Rücken aus, presste ihm die Luft aus den Lungen. Kraftlos brach er in die Knie, das Schwert entglitt seinen Fingern. Aus seiner Brust ragte eine schwarze Hand.

Sie hatte ihn von hinten durchstoßen!

Ein Kreischen, die Hand zerfaserte. Der lähmende Druck verflüchtigte sich, seine Kraft kehrte zurück. Ächzend stand er auf, das Schwert wieder in der Hand, und machte sich über die Schatten her.

»War knapp!«, schnaufte Xurodas zwischen zwei Schlägen.

»Danke!«

Xurodas nickte und kümmerte sich bereits um den nächsten Gegner.

Verdammt, wie viele kamen denn noch?

Da schrie Xurodas auf.

Lormak wirbelte herum.

Zwei Schatten hatten ihn zu Boden gerissen, ihre schwarzen Hände tauchten in seinen Körper. Er brüllte wie am Spieß, wollte die Schatten mit den Händen greifen, konnte sie jedoch nicht fassen und sein Schwert lag zu weit weg.

Lormak duckte sich unter zupackenden Schattenhänden hindurch, rollte über die Schulter, schlug im Aufstehen einem Schatten den Kopf ab, und hastete zu Xurodas. Zwei rasche Hiebe und die Peiniger vergingen in faserigem Rauch. Röchelnd sah Xurodas ihn an.

»Steh auf!«, zischte Lormak, sein Blick hetzte über die näherkommenden Schatten. Zu viele!

Xurodas bewegte sich, fiel jedoch, halb ohnmächtig, zurück und murmelte irgendetwas.

Das war es also …

Lormak befeuchtete die Klinge wieder mit seinem Blut, dann

schrie er: »Lantyria! Ist es das, was du wolltest? Dass wir alle sterben?« Er festigte den Griff um sein Schwert, bereit, jeden Schatten, der sich näherte, zu erschlagen. Er würde so viele mit sich reißen, wie er konnte!

»Wieso diese ganze Farce mit dem Einhorn?«

Die Schatten stürzten auf ihn zu.

Mit einem Mal sengte gleißendes Licht in seine Augen, flutete seinen Geist. Ganz sacht spürte er, wie er aufschlug, wie der feuchte Untergrund sich an seine Wange schmiegte …

Kaum haben sie Yelion verlassen, badet der Glanz eines frischen Herbsttages die Wälder ringsum. Es riecht so gar nicht nach Verfall an diesem Morgen, kein Hinweis, dass bereits der Winter naht. Der Anblick der sich verfärbenden Blätter, die in Myriaden von Bronze- und Goldtönen an den Ästen hängen und im Wind flüstern, erfüllt das Herz.

Lormak ist beschwingt – und vor allem froh und erleichtert –, den Ort der Schande hinter sich zu lassen. Immerhin, die Elfenfrauen sind frei und es ist sehr wahrscheinlich, dass sie die Reise in die Elfengebiete gut überstehen werden. Tatsächlich hat Vulodas zu seinem Wort gestanden. Man hat ihnen Kleidung gegeben, sie mit Essen versorgt, sie mit allem ausgerüstet, was sie für den Rückweg brauchen. Auch gab es keine in den Wäldern verborgene Reitereinheit, welche die jüngst in Freiheit Entlassenen niedermetzelten, sobald sie außer Sichtweite der Stadtmauern waren.

Trotz der Gräuel ist etwas Gutes geschehen.

Das macht Hoffnung. Obwohl viele der Männer sich an den Elfenfrauen vergangen haben, sind sie nun, da diese in Freiheit sind, trotzdem in besserer Stimmung. Auch er, Lormak, hat mit sich gerungen, im Suff, als aus dem Weinnebel eine Stimme sagte, er solle sich doch auch eine dieser Schlampen nehmen. Wen kümmert es denn?

Lediglich noch zügelloserer Weinkonsum beseitigt das Flüstern.

Oder doch nicht?

Er sieht eine Hand – seine *Hand –, wie sie sich nach einer nackten Elfe streckt, sie packt, hinter sich herzerrt ...*

Zeit ist unbarmherzig. Sie lässt sich nicht betrügen, nicht umkehren, man kann nicht zurückschreiten in die Vergangenheit, um etwas zu ändern. Was sie einem lässt, ist Reue. Reue und die Möglichkeit, es in Zukunft besser zu machen.

Lormak blickt nach vorne zu Vulodas, der es seit Kurzem vorzieht, im Sattel zu sitzen, statt sich in seiner Kutsche befördern zu lassen. Etwas ist mit ihm geschehen. Vielleicht sind die Schuldgefühle so stark geworden, dass er sie nicht mehr ignorieren und überspielen oder in Alkohol ertränken kann.

Sind die Todesschreie der Gemordeten mit einem Mal so laut, dass er sie bis in seine Träume hört? Ist er deswegen diese eine Nacht herumgewandert – heimgesucht von Stimmen und Bildern?

Es geschieht nicht oft, dass Menschen sich ändern, zumindest nicht zum Guten. Es ist viel leichter, vom Licht in die Dunkelheit zu stolpern, als von der Dunkelheit wieder ins Licht zu finden. Dass dies vielleicht bei Vulodas geschieht, verwundert Lormak einerseits, andererseits erfreut es ihn.

Niemals hätte er es für möglich gehalten, in Vulodas' Handeln etwas Nachahmenswertes zu erkennen. Lormak schwört sich in diesem Moment, dass er nie wieder einen derartigen Befehl ausführen wird. Nie wieder will er die Stimme seines Gewissens mit dem Knüppel der Gehorsamkeit so lange malträtieren, bis sie verstummt.

Er weiß, Urruk Darn und Xurodas denken wie er: Sie sind ebenso unzufrieden mit dem, was geschieht. Ehrenhaft sind die derzeitigen Taten der Ehernen Garde beileibe nicht. Statt den Frieden zu sichern, bringen sie Krieg.

Ein Weibel teilt Lormak mit, dass Vulodas ihn zu sprechen wünscht.

Verwundert lenkt er seinen Rapphengst an Vulodas' Seite. Gorns rechte Hand mustert ihn neugierig, die linke Hand zupft am Spitzbart.

»Wie wird Gorn reagieren?«

»Ich weiß nicht«, erwidert Lormak zögerlich und versucht es mit etwas Witz: »Vielleicht lässt er Euch den Kopf abschneiden?«

Vulodas lacht leise.

Lormak schüttelt innerlich den Kopf: Bislang hat er Vulodas als das humorloseste Wesen betrachtet, das ihm je untergekommen ist. Auch diesbezüglich offenbart er eine neue Facette. Welche Überraschungen warten noch auf ihn?

»Kaspero ist ein guter Mann und scheint mir durchaus in der Lage, eine adäquate Verteidigung aufzubauen, so diese überhaupt vonnöten ist.« Vulodas blickt kurz in die Ferne, wo die Sonne den Horizont erstrahlen lässt. »Ich bezweifle, dass die Elfen auf Rache aus sind. Es ist nicht ihre Art. Sie sind … feige.«

»Wollen wir es hoffen. Sind sie auf dem Schlachtfeld nur halb so gut wie ihr legendärer Ruf, wäre es ein harter Kampf für uns, sollten sie …«

»Sie werden nicht kommen«, geht Vulodas dazwischen; sein schneidender Tonfall verdeutlicht, dass dieser Teil der Konversation für ihn beendet ist. Mit der nächsten Frage holt er Lormak fast aus dem Sattel: »Gorns brutaler Vormarsch stößt selbst bei einigen Hartgesottenen auf Widerstand. Wie seht Ihr das, stellvertretend für die Offiziere der Armee im Allgemeinen und die der Ehernen Garde im Speziellen?«

Die Frage hallt in seinem Kopf wider, fasert dann auf, verliert alles Stoffliche, füllt seine Gedanken komplett aus. Nur ein Begriff materialisiert sich heraus: Hochverrat!

Mehr als Gestammel würde sowieso nicht aus seinem Mund kommen, deswegen sagt Lormak gar nichts.

Vulodas lächelt.

Lormak erwachte am Boden liegend zu Vogelgezwitscher und dem süßen Duft von Blütennektar. Der Himmel war hell, aber man sah die Sonne nicht, als strahlte sie hinter dünner Gaze, die das Firmament umspannte und auch den Wolken die Konturen nahm. Um ihn her wiegte sich Riedgras im lauen Wind.

Als er aufstand, gewahrte er hinter der zugewachsenen Fläche, auf der ein paar sandfarbene Felsbrocken herumlagen wie das achtlos fortgeworfene Steinspielzeug eines Riesen, die Ruinen einer gewaltigen Anlage. Ob nun Tempel, Festung oder ganze Stadt, vermochte er nicht zu sagen, dafür war der Verfall zu stark. Alles war überwachsen und umklammert von Pflanzenwerk, langen Lianen, und auf den Kronen der halb eingestürzten Mauern brüteten bunt schillernde Vögel, dergleichen Lormak noch nie gesehen hatte.

Überaus fremdartig kam ihm dieser Ort vor, die Pflanzen, Tiere, die Überreste der Architektur sowie das Material, dieses helle Steingut, ganz anders als der dunkle Fels, aus dem man die meisten Burgen in Yur baute.

Orientierungslos, da er weder Sonne noch Mond oder Sterne am diesigen Himmel ausmachen konnte, fragte er sich, ob er vielleicht tot war.

Er zwickte sich in den Arm – der Schmerz war real –, da bemerkte er die frische Narbe, von der Wunde herrührend, die er sich zur Bekämpfung der Schatten selbst beigebracht hatte. Der Dreck des Moors klebte ihm an den Fingern und seine Kleidung trug den dumpfen, den Marschen eigentümlichen Erd- und Torfgeruch.

Sollte so das Leben nach dem Tod aussehen, musste man leider feststellen, dass es dem irdischen Dasein schmerzhaft detailgetreu glich.

Lormak grinste schmal. Nein, tot war er nicht. Er befreite sein Schwert aus der Scheide. Seltsam: Er hatte es bestimmt nicht zurückgesteckt. Das eigene getrocknete Blut haftete an der Klinge.

War er noch auf der Welt, die er kannte? Wenn ja, wo genau? Und was war mit seinen Gefährten geschehen? Wie ging es Avi?

Er drehte sich um die eigene Achse, überlegte, was er tun sollte. Warten? Aufs Geratewohl losgehen in der Hoffnung, auf irgendetwas Aufschlussreiches zu stoßen?

»Blöd in der Gegend herumzustehen, konnte ich noch nie leiden«, brummte er und schritt aus, allerdings nicht in Richtung der Ruinen, obwohl ein sich wiederholendes, helles Klirren aus ihnen drang, sondern gen Wald, da er durstig war und seine Klinge reinigen wollte: Blut ruinierte auf Dauer die Schneide.

Die Bäume hatten nichts mehr mit denen in den Sümpfen

gemein, waren hoch und gerade gewachsen, mit ebenmäßigen Rinden und silbergrünen, makellosen Blättern. Blüten trieben im leichten Wind an Lormak vorbei, der Wald hatte etwas Märchenhaftes. Hell und rein wirkte er, ohne Arg, das Gegenstück zum dunklen und abweisenden Cyrantaras.

Er hörte ein Plätschern, folgte dem Geräusch, bis er einen fröhlich über Steine gurgelnden Bachlauf fand. Erst säuberte er sein Schwert, dann wusch er sich die Arme, ehe er den Kopf eintauchte und das klare Wasser genoss, das ihm Dreck, Blut und Schweiß aus Gesicht und Haar spülte.

Prustend tauchte er auf, schöpfte ein paar Kellen frisches Wasser in seine Kehle, öffnete die Augen – und erstarrte: Am anderen Ufer trank eine Kreatur, die gleichermaßen atemberaubend wie gefährlich aussah.

Sie besaß den Kopf eines Adlers, und unter dem gefiederten Hals begann ein massiger Tierkörper mit beigem Fell und dicken Pranken. An den Flanken lagen zusammengefaltet große Adlerschwingen. Als sie den Kopf hob und Lormak erblickte, peitschte der Schwanz hin und her. Je länger sie sich gegenseitig maßen, desto unruhiger schien sie zu werden, bis sie schließlich aufsprang, Schnabel und Krallen gebleckt, und sich, unter viel Wasserspritzen und schrillem Vogelschrei, mit mächtigen Flügelschlägen in die Lüfte erhob.

Im Nu war das Wesen über den Baumwipfeln und verschwand unter dem lauten Wuppen seiner Schwingen.

»Verdammte Ogerscheiße!«, knurrte er und atmete durch. In was war er jetzt wieder hineingeraten? Gab es hier mehr solche Kreaturen?

Falls ja, wäre es vielleicht gar nicht so unwahrscheinlich, einem Einhorn über den Weg zu laufen. Abermals vernahm er das helle Klingen, das von den Ruinen kam. Waren dort seine Gefährten?

Wachsam kehrte er zurück zur kreisrunden Lichtung mit den zerbrochenen Steinstelen. Dahinter ragten Mauern auf, in denen die vereinsamten Fensteröffnungen im diffusen Licht glühten. Plötzlich machte er eine Bewegung aus, ein schattenhaftes Huschen. Sofort umfasste Lormak sein Schwert mit beiden Händen, wartete ab. Es wäre unüberlegt, sich in unbekanntes Terrain zu wagen, solange er nicht wusste, was ihn erwartete.

Ein Ungetüm erschien, drei Meter hoch, mit Stierkopf und massivem Nacken.

Ein Minotaur.

Lormak kannte dieses Wesen aus Legenden. Leibhaftig gesehen hatte er noch nie einen und er wusste auch nicht, wo ein solcher zu finden war, sollte er je danach suchen. Diesen Wunsch allerdings hegte er keineswegs, während sein Blick über die mit Fell bedeckten, muskelstrotzenden Schultern und den wuchtigen Oberkörper glitt.

Der Minotaur trug eine schwere lederne Schmiedeschürze und in den Pranken führte er einen gewaltigen Hammer, dessen Unterseite hellorange leuchtete, als hätte er damit unlängst gleißenden Stahl bearbeitet.

Sie maßen sich einen Augenblick.

Dann griff der Minotaur an!

Einen Herzschlag lang war Lormak überrascht: Wieso hatte das geflügelte Raubtier den Rückzug angetreten, während der Minotaur ihn ohne Umschweife attackierte?

Diese Frage ändert aber nichts an der Tatsache, dass er es tat!

Lormak bewegte sich immer noch nicht, obwohl das Ungetüm fast heran war. Der Boden erbebte bei jedem Aufprall der dicken Hufe. Erschreckend schnell holte der Minotaur aus. Der Hammer jagte heran.

Lormak hechtete zur Seite, rollte ab und kam wieder auf die Beine. Solch einen Schlag zu blocken, wäre fatal. Im besten Fall würde es ihm das Schwert aus der Hand reißen, im schlimmsten Fall Handgelenke oder Unterarme brechen.

Grollend schwang der Minotaur seine Waffe. Lormak beugte sich nach hinten. So nah passierte der Hammer unter lautem Pfeifen sein Gesicht, dass er die Kerben und Furchen sah, und er meinte, sogar die Resthitze der Glut an der Nasenspitze zu spüren.

Die Kraft seines Gegners war beängstigend: Ohne aus dem Gleichgewicht zu geraten, ohne eine Lücke zu bieten, fing er den mörderischen Schwung ab.

Und griff erneut an.

Die Muskelstränge tanzten, während er den Hammer in X-Schleifen vor seinem Körper bewegte. Lormak blieb nur, zurückzuweichen. Dabei stolperte er über einen der überwucherten Steinknubbel und stürzte.

Instinktiv rollte er zur Seite. Ein dumpfer Schlag neben sich, der Hammer versank im Erdreich. Ohne Mühe befreite der Minotaur ihn. Lormak stand auf, lauerte auf seine Gelegenheit.

Sie kam nicht.

Der Minotaur war ein Meister, und solange Lormak nichts unternahm, würde dieser ihn vor sich hertreiben und irgendwann einen Treffer landen. Bei diesem Gegner darauf zu warten und zu hoffen, dass er, ohne in Bedrängnis zu geraten, einen Fehler beging, war aussichtslos. Wohl oder übel musste er sich in die Todeszone der mörderischen Hiebe begeben.

Schnelligkeit und Geschick, darauf kam es nun an.

Er versuchte, ein Muster in den Angriffen zu erkennen, gab dies jedoch auf, nachdem er beinahe von einer unerwarteten Riposte erwischt worden wäre.

Der Minotaur jagte ihn durch das runde Areal, wie es ihm beliebte. Lormak warf einen Blick zum Wald. Er könnte fliehen.

Sein Stolz verbot es ihm.

Vielleicht hielt der Minotaur seine Gefährten gefangen, seine Freunde; vielleicht hatte er sie sogar getötet.

Sein Gegner hatte es geschafft, ihn einzuschüchtern. Aber er war Lormak Trenkulja, der Blitz, und er wollte verdammt sein, wenn er sich vor diesem Stiermonster einnässte!

»Wenn du damit nicht aufhörst«, rief Lormak, »werde ich dich töten!«

Tatsächlich hielt der Minotaur für einen Moment inne. Seine

Stimme ein gutturales Grollen, sagte er: »Du Dämon! Du schlecht! Müssen sterben!«

»Ich bin kein Dämon«, knurrte Lormak, »sondern ein Mensch!« Das Leder des Schwertgriffs knirschte, so heftig presste er die Finger zusammen.

»Du Dämon«, rumpelte es tief aus der gewaltigen Brust. »Müssen sterben!«

Mit einem Kampfschrei griff Lormak an. Der Minotaur riss den Hammer hoch, lenkte den Hieb ab – und rammte Lormak mit der Schulter.

Lormak meinte, gegen einen Amboss gelaufen zu sein, als er zu Boden ging. Im Liegen blockte er den heruntersausenden Hammer, indem er mit der linken Hand die Schneide umfasste und das Schwert quer nahm. Die Erschütterung ließ ihn aufstöhnen. Der Minotaur holte aus. Lormak vollführte eine Rückwärtsrolle, schnellte sich in den Handstand und kam auf die Beine.

»Du nur tanzen!«, grollte der Minotaur. »Wieso nicht kämpfen?«

Die Worte durchbrachen eine Barriere, legten etwas frei, ganz ohne Traum, einen Erinnerungsfetzen, der an Lormaks geistigem Auge vorbeitrieb.

»Weshalb soll ich tanzen lernen, Meister?«

Ein Lachen, warm und wohlwollend, in der Stimme jedoch eine freundliche Härte, die verdeutlichte, dass es kein Wenn und Aber gab. »Weil es deine Beine stark und flink macht. Jeder Schwerthieb hat seinen Beginn in den Beinen.«

»Aber ich schlage doch mit den Armen …«

»Du wirst sehen, Lormak, und verstehen. Und nun tanz, wie ich es dir beibringe!«

Zum ersten Mal eine bewusste Erinnerung!

»Ja!«, schrie Lormak und deckte den Minotaur mit Hieben

ein. Schwert und Hammer klirrten Funken spritzend gegeneinander, das Krachen fing sich in den Ruinen, schwang zwischen den Stämmen der Bäume. Plötzlich löste der Minotaur die linke Hand von der Axt. Ansatzlos rauschte die Faust auf Lormaks Gesicht zu.

Instinkt, Wahrnehmung, Antizipation oder alles zusammen, Lormak wusste es nicht, aber er konnte ausweichen, duckte sich, und schlug im Hochgehen zu.

Die Klinge erwischte den Minotaur an der Schulter.

Blut spritzte, er grollte, aber nicht mehr so tief wie zuvor.

Ein wütender Hieb.

Lormak entging ihm mit einem Sprung zur Seite, setzte jedoch sofort nach, verkürzte die Distanz.

Er roch das Tier, sah die dunklen, großen Augen seines Gegenübers. Angst flackerte in ihnen, die gleiche Angst, die Lormak zu Beginn gespürt hatte.

Sein Momentum nutzend, hieb er nach unten. Ein peitschender Knall, seine scharfe Klinge durchtrennte die Kniesehnen.

Brüllend sank der Minotaur auf ein Knie. Ohne Zögern wirbelte Lormak herum – und enthauptete ihn.

Eine Blutfontäne als letzter Abschiedsgruß an den Kopf gischtete aus dem Hals, ehe der Körper zur Seite kippte. Lormak atmete durch, stieß die Spitze seines Schwerts in den weichen Boden und setzte sich auf einen verwitterten Steinquader.

»Wenn ein maskierter Dämon den Quell der Ewigkeit betritt und den Wächter bezwingt, wird ein Zeitalter zu Ende gehen …«

Erschrocken drehte sich Lormak herum.

Eine zierliche, in weißes, wallendes Gewand gehüllte Frau schritt auf ihn zu. Sie wirkte weder alt noch jung. Dem Gesicht, obwohl ansehnlich, mangelte es an Kontur, an Spuren, die ein Leben dort hinterließ. Ihr Haar war schlohweiß und es fiel wild und ungebändigt auf schmale Schultern.

»Eine neue Ordnung wird erstehen«, sprach sie weiter. Ihre Stimme war melodiös, sanft, und es erinnerte ihn an die Elfen in seinen Träumen, welche die Sprache der Menschen sprachen, die Worte jedoch viel weicher betonten. Genauso klang es bei dieser Frau, auch wenn er keine elfischen Merkmale bei ihr entdeckte, vom grazilen Körperbau einmal abgesehen.

»Die Welten werden verschmelzen und große Dunkelheit wird alles überziehen, die Guten wie die Bösen, und sie wird so lange währen, bis der Erlöser von der eigenen Erlösung absieht, um die Welt zu erlösen.«

»Verzeiht, doch erscheinen mir Eure Worte etwas kryptisch«, sagte Lormak.

Die Frau schien ihn nicht zu hören – oder ihn nicht hören zu wollen –, denn sie passierte ihn und kniete sich neben den Leichnam des Minotaurs.

Traurig streckte sie die Hand aus und legte sie auf dessen Brust. »Mein treuer Gefährte. Nun läutet dein Tod die Veränderung ein.« Sie seufzte, stand auf und wandte sich wieder Lormak zu. »Folge mir, Lormak, maskierter Dämon.«

»Ihr meint, dass ich … ?« Er eilte ihr hinterher in die Ruinen. »Da müsst Ihr Euch täuschen.«

»Nein«, erwiderte sie schlicht. »Es hat begonnen.«

Sie führte ihn durch die ehemaligen Gassen der Anlage, vorbei an eingestürzten Mauern, schiefen Säulen und halb im Boden versunkenen Portalbögen, bis sie einen hölzernen, nach vorne offenen Schuppen erreichten. Unter dem Dach befand sich ein großer Amboss und die Esse im Schmiedeofen glühte noch. Auf einem Tisch, gebettet auf einem Leinentuch, lag ein Schwert.

Erst jetzt fiel ihm auf, dass er sein Schwert vergessen hatte, es steckte immer noch in der Erde neben dem Stein. Ein unverzeihlicher Fehler für einen Krieger. Wie hatte das passieren können?

»Es ist Euer.« Die Frau deutete auf die, wie es den Anschein erweckte, frisch geschmiedete Klinge.

Zögernd näherte sich Lormak dem Schwert. »Hat … *er* das geschmiedet?«

»Für Euch, ja.«

»Ich finde, das ist etwas … befremdlich.«

»*Rankura* wird Euch gute Dienste leisten. Übersetzt heißt es *Keine Wiederkehr.*« Fest sah sie ihn an. »Es wurde geschaffen, um Dämonen zu töten.«

»Soll ich Selbstmord begehen?«

»Das werdet Ihr nicht tun.«

Humor gehörte offensichtlich nicht zu ihren Stärken.

Lormak griff nach dem Schwert. Seine Finger kribbelten vor Aufregung, als er es hochhob. Es war leicht, perfekt austariert und gleichermaßen schön wie schlicht. In die Klinge waren Symbole eingraviert, desgleichen in die aus mit mattierten Silberornamenten überzogene Parierstange, die in zwei Totenköpfen endete, passend zum Namen der Waffe. Ansonsten war es schnörkellos. Er vollführte ein paar Probeschwünge. Ihm wurde warm ums Herz: Nie hatte er eine bessere Klinge geführt!

»Ihr schenkt mir dieses Schwert, obwohl ich Euren Vertrauten getötet habe?«, fragte er und steckte es in die Lederscheide, die an den Tisch gelehnt stand.

»Das Schicksal hat entschieden, die Prophezeiung erfüllt sich. Niemand kann das ändern, nicht einmal ich.«

»Wer seid Ihr?«

»Ich bin eine Dienerin.«

»Die Antwort ist etwas dünn.«

Sie legte den Kopf schief, als hätte sie Widerworte nicht erwartet. »Aber eine, mit der Ihr Euch vorerst begnügen müsst.«

»Meinetwegen. Vielmehr interessiert mich, was mit meinen Gefährten ist – vor allem mit Avi.«

Sie streckte die Hand aus. »Nehmt meine Hand, ich führe Euch zu Ihnen.« Abermals schaute sie ihn durchdringend an. »Das Menschliche maskiert das Dämonische. So also gelangtet Ihr hierher.«

»Nein«, entgegnete Lormak. »Das Dämonische ist nur eine Hülle. Im Inneren bin ich Mensch.«

Statt darauf einzugehen, wackelte sie auffordernd mit den Fingern.

Er stemmte die Hände die Hüften. »Habt Ihr gehört?«

Sie nickte. »Der Zorn, Euer ständiger Begleiter. Sagt, Lormak Trenkulja, was enttäuscht Euch am meisten, wenn Ihr durch die Träume in die Vergangenheit blickt?«

»Woher wisst Ihr davon?«

Sie lächelte nachsichtig. »Es ist meine Aufgabe, viel zu wissen.«

»Wer seid Ihr?«, fragte er wieder.

»Ich?« Sie lächelte erneut, diesmal nicht nachsichtig, sondern ... weise. Es war ein altes Lächeln. Mit einem Mal war er sicher, dass die Frau genauso wenig menschlich war wie die Flugkreatur oder der Minotaur. Sie benutzte ihre jetzige Form lediglich als Hülle, vielleicht um ihn nicht zu erschrecken – oder aber, um ihn einzulullen. »Wie gesagt, ich bin eine Dienerin, und das ist auch mein Name: Iorla.«

»Welche Sprache ist das?«

»Eine sehr, sehr alte ...« Mit einem Seufzen sah sie sich um, ließ die Ruine auf sich wirken. Als sie sich wieder Lormak zuwandte, lag ein Nachhall von Trauer in ihren Augen. »Also?«

»Also was?«

»Meine Frage von vorhin.«

»Wenn ich meine Träume durchlebe«, begann er leise, »dann enttäuscht mich, dass ich offensichtlich nicht der Mensch war, der ich gehofft hatte zu sein.« Wieso er Iorla etwas derart Persönliches sagte, nahm ihn Wunder. Es ging sie nichts an und doch öffnete er sein Herz. Das war mindestens genauso sonderbar und verstörend wie die Tatsache, dass er zum ersten Mal in seinem Leben sein Schwert vergessen hatte.

Er entfernte seinen Gürtel, zog die alte Scheide herunter, ließ sie fallen und fädelte die neue samt Schwert auf.

Rankura schmiegte sich an seine Hüfte, sein Bein, als hieße es ihn willkommen. Liebevoll legte er die Hand auf den Knauf. »Du wirst genug Futter bekommen, das kann ich dir versprechen.«

Iorla kräuselte die Lippen. »Schön, dass ihr euch so prächtig versteht.« Sie trat an ihn heran und packte seine Hand.

Iorla war kräftiger, als sie aussah. Urplötzlich drehte sich die Welt um Lormak. Licht stach in seine Augen.

Er presste die Lider aufeinander, keuchte vor Schmerz.

Als er sie öffnete, da das gleißende Leuchten erloschen war, staunte er nicht schlecht: Die Umgebung hatte sich verändert. Keine Ruine mehr, sondern ein Garten, in der Mitte ein Teich, auf dem Seerosen trieben, dahinter eine große, luftige Laube. Von seinen Gefährten aber keine Spur.

Iorla ging zum Teich, ließ sich nieder und führte langsam die Hand durchs Wasser. Als sie sie herausnahm, beobachtete sie die herabperlenden Tropfen und die kleinen Wellenringe auf der Oberfläche.

Lormak setzte sich neben sie.

»So ist die Zukunft«, sagte sie und nickte zur Kräuselfläche. »Jede Tat, jedes Wort erzeugt diese Ringe und sie alle vermengen sich, sodass man niemals mit Sicherheit sagen kann, was geschehen wird.«

Je länger er über Iorlas Worte nachdachte, desto mehr ahnte er, auf was sie eventuell anspielte, denn eines war ihm inzwischen klar geworden: Wer oder was Iorla auch war, sie wählte ihre Worte mit Bedacht.

Nach einiger Zeit sagte er: »Ihr bezieht Euch auf die Fährte, der wir folgten.«

»Die Vergangenheit formt die Gegenwart und fließt in die Zukunft«, murmelte sie, ihr Blick nach innen gekehrt. Dann sah sie Lormak an. »Ja, es ist das ewige Ringen zwischen Licht und Dunkelheit.«

Er dachte darüber nach. »Gut und Böse. Es ist der Stoff der Legenden. Die Dämonen sind die Bösen, wir die Guten, nicht wahr?«

Ihr Blick durchdrang ihn, schabte die letzten schwarzen Reste aus seiner Seele. Er zuckte innerlich zusammen, als er sich dieser Musterung stellte. Es fühlte sich an, als stocherte sie mit Wundwerkzeug in seinem Fleisch herum.

»Nein«, sagte sie schließlich. »Nichts ist nur gut oder durch und durch böse.«

»Avi«, sagte Lormak mit Inbrunst. »Sie ist das vollkommene Gute.«

»Sie ist ein Mensch. Und allein deswegen kann sie es nicht sein.«

»Dafür schlägt sie sich allerdings sehr wacker.«

Iorla lächelte versonnen. »Das stimmt.«

»Deshalb wohnt Jaminara in ihr.«

Iorla schloss die Augen, atmete tief ein und öffnete sie wieder. »Das ist wahr.«

»Wir sind so weit gereist, damit Avi geheilt wird. Ist dies der richtige Ort? Sind wir am Ziel?«

»Ja. Ich kann ihr helfen.«

Lormak stand auf. »Auf was warten wir?«

»Jede Tat, jedes Wort erzeugt diese Ringe und sie alle vermengen sich, sodass man niemals mit Sicherheit sagen kann, was geschehen wird«, wiederholte Iorla ihre Worte von vorhin.

»Was hat das damit zu tun?«, fragte Lormak.

»Wenn ich ihr helfe – was ich tun *muss,* da sonst alles verloren ist –, wird das Gleichgewicht der Schöpfung gestört.«

»Was bedeutet das?«

»Die Waage der Götter sollte im Gleichgewicht schweben. Verändere ich etwas, neigt sie sich. Die anderen Diener haben dann die Möglichkeit, ihrerseits in die Geschicke der Sterblichen einzugreifen.«

»Welche anderen Diener?«

»Dieser Konflikt ist der Kampf zwischen Belzuur, Gott des Chaos und der Dämonen, und Jaminara, Wahrerin der Ordnung. Ich bin ihre Dienerin und war es schon immer.« Iorla erhob sich. Eine Art brennender Nebel entsprang um sie her. Sie schien zu schmelzen, zu verglühen, wurde zu einem Punkt reinen Lichts. Lormak hob die Hand vor die Augen. Als er sie sinken ließ, stand vor ihm ein Einhorn.

»Nun weiß ich«, sagte er ergriffen, »dass ich richtig bin.«

»Hegtest du Zweifel?«

»Waren das nicht deine Kreaturen, die Xurodas und mich im Sumpf angriffen?«

»Doch. Sie sind dazu da, Dämonen zu töten.«

Er schwieg.

»So, wie Jaminara mich hat«, sagte Iorla, ohne näher auf den Angriff ihrer Diener einzugehen, »hat auch Belzuur seinen Diener. Er heißt Surag. Des Öfteren hat Surag bereits in das Geschehen eingegriffen und so war es mir möglich, dies ebenfalls zu tun, um Belzuurs Vorteil nicht zu groß werden zu lassen. Trotzdem ist Belzuur in der besseren Position. Er wohnt in einem mächtigen Wesen – und hat keinerlei Skrupel, dieses zu zerstören, um sein Ziel zu erreichen.«

»Und wie lautet dieses Ziel?«

Iorla neigte den Kopf und blickte ihr Spiegelbild an, das auf der Oberfläche des Teichs schimmerte. »Völlige Vernichtung. Allumfassendes Chaos. Leid. Tod.«

Lormak durchzuckte es aufgrund des Schmerzes in Iorlas Stimme. Seine Augen glitten über den alabasterweißen Leib, die kräftigen Läufe, den schlanken Hals, bis sie die Spitze des gewundenen Horns erreichten. Wahrlich, eine beeindruckende Kreatur.

»Avi ist mindestens genauso stark. Die Göttin hat sie nicht umsonst ausgesucht.«

»Damit hast du sicher recht, Lormak, nur ist Jaminara darauf bedacht, Avis Leben zu schonen, ihre Seele, ihr Sein, auf dass sie weiterleben kann, wenn sie sie dereinst verlässt. Deswegen hat sie sich nicht eingemischt in Avis Entwicklung. Und deshalb ist uns Belzuur zwanzig Jahre voraus.«

»Der Gott des Chaos steckt hinter der Dämonenplage.«

»Selbstverständlich. Er nutzt die Gelegenheit, um in die Welt der Sterblichen zu gelangen und seine Pläne zu beschleunigen. Als Jaminara es bemerkte, war es fast zu spät.« Iorla seufzte. »Was ich eigentlich sagen will, ist Folgendes: Wenn ich Avi rette, ist dies ein zwar notwendiger, aber auch umwälzender Eingriff in das Gleichgewicht der Schöpfung, der unserem Gegner die

Möglichkeit bietet, seinerseits die Geschicke im selben Ausmaß zu beeinflussen.«

»Es wird noch schlimmer als bisher?«, fragte Lormak und sah in ihre tiefblauen Augen.

»Viel schlimmer.«

Er umfasste Rankuras Griff. »Ich werde alles tun, um Avi zu beschützen.«

»Vielleicht reicht das nicht.«

»Was sonst soll ich tun?«

»Wenn ich Avi rette, dann schwöre, dass du dem Wunsch der Göttin folgst.«

Lormak zögerte. »Du wirst sie so oder so retten.«

»Ja. Aber wer wird *dich* retten?«

Er schluckte und blickte zur Seite. »Jaminara wird mich vom Dämon befreien, sollte ich ihr zu Diensten sein?«

»Das wird sie – eines Tages. Bedenke allerdings, dass bis dahin noch viele schwere Prüfungen vor dir liegen.«

»Eine Hand wäscht die andere«, sagte er und blickte Iorla wieder an. »Gut. Ich bin einverstanden.«

»Schwöre es.«

»Ich schwöre.«

Ein Windhauch fuhr ihm durchs Haar, begleitet von einem sonderbaren Gefühl, als wäre gerade irgendetwas durch ihn hindurchgeglitten. Erstaunt tastete sein Blick über den Garten. Er entdeckte nichts Außergewöhnliches. Dennoch war ihm mulmig zumute.

Er atmete durch. »Damit ist alles gesagt. Nun kümmere dich um Avi.«

»Ja«, sagte sie verzagt. Sie wich einige kurze Schritte zurück, betrachtete wieder die Reflexion ihrer selbst auf dem Wasser.

»Was ist?«

»So lange lebe ich nun schon«, erwiderte sie leise. »Man möchte meinen, es sei genug. Ich sollte mich damit abfinden, mich bereitmachen für die Reise ins Unbekannte.« Ihre Flanken zitterten. »Und doch, auch ich will leben …«

»Dann tu das«, sagte Lormak. »Heile Avi und erfreue dich an der Schönheit dieses Ortes.« Er meinte, was er sagte. Er spürte die sanften Schwingungen, die sein Gemüt beruhigten, Ruhe versprachen und Linderung jedweden Leids. Dieser Ort war etwas Besonderes, losgelöst von der brutalen Unmittelbarkeit und Wirklichkeit Yurs.

»Das wird nicht gehen«, erwiderte sie, nun wieder gefasst. »Berühr mich.«

Er ging zu ihr und legte seine Hand auf ihren Hals.

Als würde ein riesiges Tuch ein gerade vollendetes Gemälde verwischen, zerteilten sich die Farben vor seinen Augen; er stürzte und trudelte – und stand im nächsten Moment vor Avi.

Die Augen geschlossen, die Hände auf dem Bauch gefaltet, lag sie auf einem steinernen Podest, einer Art Altar, verwittert, gesprungen und überzogen von fremdartigen Symbolen, die auch Avis Leib bedeckten, von Kopf bis Fuß. Auch im Gesicht prangten sie. Nur ein dünnes weißes Gewand umhüllte Oberkörper und Hüften. Es bauschte im starken Wind, der von oben aus dem Himmel kam, in dem sich ein dunkler Mahlstrom drehte. Blitze zuckten darin und erhellten den sich ineinander windenden Wolkenstrudel. Donnergrollen wehte in Lormaks Ohr wie das wütende Knurren einer titanischen Wesenheit.

Unter dem Hügel, auf dem sie sich befanden, breitete sich in alle Richtungen eine graue, vegetationslose Ebene aus, glatt geschliffen vom Wind, der dort unten viel heftiger tobte als hier und dicke Staubwände vor sich hertrieb.

Iorla, nun wieder in ihrer menschlichen Form, trat an Avi heran. Sie murmelte etwas, das Lormak aufgrund des brausenden Windes nicht verstand, und legte beide Hände an Avis Schläfen. Licht entsprang Iorlas Handflächen und sie schloss die Augen, Furchen der Konzentration bildeten sich auf der Stirn. Davon abgesehen geschah nichts.

Da Lormak Iorlas Konzentration nicht stören wollte, erkundete er den Hügelkamm, der großflächiger war als vermutet. Etwas entfernt entdeckte er einen gewölbten Felsblock, der den

Eingang zu einer Höhle barg. Im Inneren glomm blassviolettes Licht, das von einem teilweise durchsichtigen Quarzblock ausging. Eine Gestalt schien darin eingeschlossen. Sein Instinkt meldete sich, als er sich näherte, warnte ihn vor Gefahr.

Lormak zog Rankura, genoss für die Dauer eines Lidschlags, wie sich der Griff und das Gewicht der Klinge in die Hand fügten, ehe er mit aufmerksamem Blick die Höhle maß. Bis auf den schimmernden Block schien sie leer.

Aber sie war es nicht.

Kaum hatte er den nächsten Schritt getan, geriet die Dunkelheit in Wallung und materialisierte sich zu zahlreichen Schattenkriegern. Er verstand die Botschaft, obwohl er zu gerne nachgesehen hätte, wer eingeschlossen in dem Quarzstein lag. Hin und her gerissen kehrte er zu Iorla zurück.

Das Licht, das aus ihren Händen strömte, umfloss inzwischen Avis gesamten Körper, ein schimmerndes Band aus Licht, das sich langsam zu einem gleißenden Kokon aus reiner Helligkeit vergrößerte. Avi war nicht mehr zu sehen, nur Kaskaden von Blitzen, die über die Oberfläche der glühenden Lichtkugel peitschten.

Iorlas Gesicht war verzerrt vor Anstrengung, und ihr Körper schien manchmal wie Wachs zu zerfließen; einmal wollte er zum Einhorn werden, nur um dann wieder in ihre menschliche Form zurückzufallen, sie war gefangen zwischen Werden und Vergehen.

Plötzlich ein lauter Knall.

Der Kokon fiel in sich zusammen, die ganze Energie bündelte sich zu einem Lichtpunkt so groß wie Lormaks Faust. Dieser drang auf Brusthöhe in Avis Körper. Sie bäumte sich auf, Mund und Augen öffneten sich abrupt. Dann fiel sie zurück. Die Lichtkugel entstieg ihrem Körper. Sie strahlte viel schwächer als vor dem Eintritt und in ihren Umdrehungen erkannte Lormak dunkle Schlieren.

Der Mahlstrom am Himmel schien die Kugel anzuziehen. Langsam stieg sie nach oben.

Unvermittelt zerbarst sie.

Heraus brach schwarzer Rauch, der sich zu einem gehörnten Kopf mit glosenden Feueraugen formte.

»Ich sehe euch!«, brüllte eine verzerrte Stimme. »Ich sehe euch und ich werde euch vernichten! Alle werdet ihr untergehen! Niemand kann mich aufhalten!« »Auch du nicht!«, donnerte der wallende Kopf, der plötzlich direkt vor Lormak schwebte. »Wieso stellst du dich auf die Seite dieser Schwächlinge? Welche Macht du haben könntest, Narr!«

Lormak hieb mit Rankura auf den Kopf. Die blitzende Klinge zerteilte ihn mittig.

Ein schriller Schrei, und der Mahlstrom saugte den Rauch ein. Nach einiger Zeit löste Lormak den Blick vom Himmel und steckte Rankura in die Scheide.

Avi war verschwunden. Halb kniete Iorla auf dem Boden, halb hing sie über dem Altar.

Er stürzte an ihre Seite und zog sie in die Höhe.

Stöhnend öffnete sie die Augen. »Es war höchste Zeit … Avi war fast tot und Jaminara somit aus der Welt der Sterblichen gebannt. Das hätte den Sieg für Belzuur bedeutet.« Sie nahm einen bebenden Atemzug, löste sich von Lormak und richtete sich auf. »Doch auch so wird es überaus schwierig, Yur vor Belzuurs Horden zu retten. Egal wie stark du bist, allein wirst du das nicht schaffen.«

»Wir wollten König Fjardan überzeugen, doch das ging gründlich schief.«

Sie blickte über die Ebene, ihre Brauen furchten sich. »Es gibt noch andere.«

»Wir gehen zu den Zwergen.«

Iorla nickte geistesabwesend. »Schart so viele Verbündete wie möglich um euch.«

»Das wird nicht minder schwierig, als die Dämonen zu besiegen.«

Sie schüttelte den Kopf. »Bald wird sich niemand mehr vor

der Gefahr verschließen können, wird niemand sie mehr leugnen. Das Überleben Yurs steht auf dem Spiel.«

»Wo ist Avi?«

»Bei deinen Gefährten.« Sie riss den Blick von der Ebene los, obwohl sie dort wohl irgendetwas gesehen hatte, das Lormaks Augen verborgen blieb.

»Wer liegt in dem Quarzblock?«

»Bleib fern davon. Ehe das Ende kommt, muss ich dafür sorgen, dass niemand ihn findet.« Sie presste die Lippen zusammen, ihre Augen zuckten wieder zur Ebene. »Es ist Der, Der alles Unglück Heraufbeschwor – Molgrash. Er trägt die Schuld an den Totenkriegen, er und sein Gehilfe Berun. Sie ließen sich durch Arsamon blenden und ermöglichten den Toten, in die Welt der Sterblichen zurückzukehren. Einst fochten Arsamon und Iandra gegeneinander, nun sind es Belzuur und Jaminara.«

»Wie gelangen die Dämonen in diese Welt? Wie kann es sein, dass Menschen Dämonen gebären?«

»Dunkle Magie«, antwortete Iorla. »Jemand, der genauso stark ist wie Molgrash seinerzeit – und genauso geblendet –, stürzt Yur in den Untergang.«

»Ich muss diesen Jemand töten.«

»Vielmehr musst du Jaminara so lange beschützen, bis sie Belzuur gegenübersteht.«

Lormak nickte.

»Ich werde dich und deine Gefährten zu den Zwergen bringen. Sie werden euch helfen.«

»Nicht jeder Zwerg ist so offen wie Krax. Die meisten sind dickfellig und verschroben.«

»Sie haben keine andere Wahl«, meinte Iorla und bot Lormak ihre Hand dar. »Ein letztes Mal lege deine Hand in die meine. Leb wohl, Lormak Trenkulja.«

»Du auch, Iorla«, erwiderte er, sein Hals mit einem Mal trocken. Er streckte ihr den Arm entgegen. Einen Herzschlag bevor sie sich berührten, wandte Lormak den Blick zur Seite, sah die Ebene.

Schwarze Schemen stürmten auf den Hügel zu.

Dann spürte er Iorlas Hand in der seinen und hörte ihre Stimme ein letztes Mal: »Suche, was bewacht wurde im Stein ...«

Lormak blickt aus dem Fenster über die Dächer Kelosans, die in der Herbstsonne leuchten. Rauch steigt in den Abendhimmel, der sich wie verwundet rötet und schließlich zu einem tiefen Weinrot geliert. Er wartet schon lange vor König Gorns Privatgemächern. In regelmäßigen Abständen dringen die Wutschreie des Königs durch die massive Tür, und die Wachen werfen sich Blicke zu. Vulodas wird ordentlich der Kopf gewaschen.

Endlich kommt er durch die Tür. Sein Kopf sitzt auf seinen Schultern, ihm fehlen weder Gliedmaßen noch Ohren. Insgesamt wirkt er überhaupt nicht beeindruckt, geschweige denn eingeschüchtert, hat sogar ein dünnes Lächeln für Lormak übrig.

Irgendetwas in Yelion hat den Berater verändert. Davor fragte er niemals irgendjemanden um Rat, sondern betrachtete sich als unfehlbar. Nun fragt er Lormak, manchmal auch Urruk Darn, was sie über dies und jenes denken, und obwohl Lormak sich ein wenig geschmeichelt fühlt, im Moment sozusagen als Berater des Beraters zu fungieren, ist ihm die Sache nicht geheuer. Insgesamt ist ihm dieser Vulodas aber tausendmal lieber als der alte.

Gut erinnert sich Lormak an die Frage, die Vulodas ihm in Yelion stellte: »Gorns brutaler Vormarsch stößt selbst bei einigen Hartgesottenen auf Widerstand. Wie seht Ihr das, stellvertretend für die Offiziere der Armee im Allgemeinen und die der Ehernen Garde im Speziellen?«

Beantwortet hat er sie noch nicht. Zu gefährlich. Und wer weiß, vielleicht sucht Vulodas einen Sündenbock, auf den er seine Verfehlungen abwälzen kann und der dann an seiner statt angeprangert wird?

»Denkt Ihr, Hauptmann, dass es so etwas wie eine epische Gerechtigkeit gibt?«, fragt Vulodas, nachdem sie den Palast verlassen haben und durch das Viertel der Betuchten und Höhergestellten schreiten.

»Ich fürchte, ich verstehe nicht recht.«

»Eine höhere Macht, die unsere Taten nach unserem Ableben wiegt und uns belohnt – oder bestraft.«

»Arsamon nimmt uns auf in sein Reich, sobald wir sterben.«

»Und das ist alles?« Vulodas' Augen blitzen. »Egal ob man Hunderte oder Tausende getötet oder ob man Hunderten oder Tausenden das Leben gerettet hat? Es macht keinen Unterschied? Man stirbt und geht ein in das Reich des Todes?« Vulodas schnippt mit den Fingern. »Einfach so?«

»Ihr müsst mit einem Priester reden«, sagt Lormak, »wenn Ihr Antworten auf Eure Fragen haben möchtet.«

»Was ist mit Euch? Wie viele Elfen habt Ihr abgeschlachtet?«

Abrupt bleibt Lormak stehen. Die grausamen Erinnerungen rauben ihm für einen Moment die Stimme.

Auf und nieder fährt seine Klinge, Blut spritzt in hohen Bögen ...

Lormak schluckt und flüstert schließlich: »Zu viele.«

»Ihr spürt keinen Stolz aufgrund Eures Handelns?« Vulodas sieht ihn aufmerksam an.

Lormak schüttelt den Kopf. »Weil ich Wehrlose niedergemetzelt habe? Darin liegt weder Ruhm noch Ehre.«

Vulodas schaut die Straße hinab. »Nicht viele ... Menschen denken so wie Ihr. Sicher hat diese Blutorgie viele Eurer Kameraden befriedigt.«

»Das weiß ich nicht. Allerdings bezweifle ich es.«

»Ich nicht!«, sagt Vulodas barsch.

Den Weg zurück zum Militärlager an der Westmauer Kelosans verbringen sie schweigend. Vulodas entlässt Lormak, indem er irgendetwas brummt und mit der Hand eine abweisende Geste macht.

Lormak betritt den Schankbereich der Offiziersunterkünfte. Urruk Darn und Xurodas sitzen an einem der Tische und spielen Karten.

Lormak legt eine Bronzemünze auf die Tischplatte und setzt sich dazu.

»Heute zieh ich dich ab, verlass dich drauf, du Glücksschwein!«, sagt er zu Xurodas.

Dieser lacht laut auf und knallt die Hand auf den Tisch. »Hört, hört! Ob diesen Worten auch Taten folgen?«

Lormak lächelt.

Während er auf seine Karten wartet, beobachtet er Xurodas beim Mischen und fragt sich, was sein Kamerad und Freund beim Töten der Elfen gedacht und gespürt haben mag. Es ist schon seltsam, dass er weder mit Xurodas noch mit Urruk Darn über den Vorfall gesprochen hat, sondern ausgerechnet mit Vulodas, für den er all die Jahre nichts als Verachtung empfunden hat.

Er ist unkonzentriert und so verliert er das erste Spiel.

Xurodas' Lachen dröhnt durch den Raum, unangenehm laut und aufdringlich.

Lormak nimmt den Kartenstapel und mischt. Die anderen reden beschwingt und nippen an ihrem Bier. Schließlich legt er die Karten neben sich, stellt die Ellenbogen auf den Tisch und legt die Finger mit den Kuppen aneinander. »Wie geht es euch damit, dass wir in Yelion Dutzende wehrlose Elfen abgeschlachtet haben?«

Xurodas sieht ihn erschrocken an, Urruk Darn verschluckt sich gar am Bier.

3

VOR 22 JAHREN …

GORN WÜRDE TOBEN, weil sein engster Berater und Vertrauter ohne Eskorte nach Yelion ritt, wo ihm Elfen oder vandurische Soldaten auflauern könnten. Bei Gefangennahme könnte er unter Folter viel preisgeben, was eigentlich an keines Gegners Ohr gelangen sollte.

Natürlich wusste Gorn nicht, dass inzwischen viel mehr in seinem Berater steckte als bis vor ein paar Wochen.

Iridon hatte sich an seinen neuen Körper gewöhnt. Während es diesem einerseits an Geschmeidigkeit gebrach, an Schnelligkeit und Finesse, zeigte er andererseits rohe Kraft und Zähigkeit, ein Gefühl, das Iridon, so lange gefangen in seinem sterbenden Elfenkörper, kaum mehr kannte. Auch der Kälte trotzte er besser, was vor allem an der Fettschicht lag, die Vulodas sich angefressen hatte.

Optisch hingegen fand Iridon die neue Hülle abstoßend. Grundsätzlich waren Menschen alles andere als ansehnlich – dieses Exemplar allerdings wies eine überdurchschnittlich hohe Zahl an Widerlichkeiten auf: Der Bauch war feist und spannte unter der Kleidung, der behaarte Rücken erinnerte an ein Wildschwein, der Kinnbart sah einfach nur dümmlich aus, das Gesicht war ungeschlacht und grobporig, die Nase von zu viel Weinkonsum leicht gerötet.

Überhaupt schien das maßlose Leben die Verdauung beeinträchtigt zu haben, denn – und das war Iridon höchst peinlich – gelegentlich überkamen ihn schmerzhafte Magenkrämpfe, die nur durch heftiges Blähen zu lindern waren. Einmal war es ihm in Gesellschaft passiert, und dann auch noch beim Essen! Puterrot war er vor Scham angelaufen – seine Tischnachbarn jedoch aßen und tranken unbeeindruckt weiter. Kein Stirnrunzeln, kein schiefer Blick, nicht mal eine gerümpfte Nase! Dies ließ nur eine Schlussfolgerung zu: Bei Menschen war solch inakzeptables Verhalten gang und gäbe. Jedwede Etikette bezüglich gesellschaftlich tragbaren Verhaltens war ihnen fremd. Die meisten furzten und rülpsten, wie es ihnen beliebte, und auf Sauberkeit hielten sie sowieso nicht viel. Dementsprechend ekelerregend waren ihre Ausdünstungen, ganz zu schweigen vom Zustand ihrer Nägel und Zähne.

Dass Iridon nun – zumindest äußerlich – dieser Rasse angehörte, widerte ihn an. Dennoch akzeptierte er es, weil das Wichtigste war, dass sein neuer Körper funktionierte. Er war das richtige Werkzeug. Nein, er war sogar mehr, obwohl er diesen Umstand nicht erklären konnte: Seine Magie war stärker denn je! Um ein Vielfaches sogar! Diese Tatsache beflügelte ihn gleichermaßen, wie sie ihn erschreckte. Bislang hatte er sich mit dem Wirken von Magie zurückgehalten. Zum einen durfte ihn dabei niemand erwischen, zum anderen war ihm dieses unerklärliche Erstarken seiner Macht nicht geheuer.

»Sei nicht so ängstlich, Iridon«, mahnte er sich zur Vernunft, indes er die vorbeiziehende, schneegesprenkelte Landschaft im Auge behielt. Zwar glaubte er weder an elfische Stoßtrupps noch an vandurische Freischärler, doch allzu sorglos durfte er trotzdem nicht sein. Alle Magie würde ihm nicht helfen, falls man ihn aus dem Hinterhalt attackierte.

»Es gibt nur einen Grund«, sprach er weiter, obwohl ihm die

eigene brummige, tiefe Stimme weiterhin fremd vorkam, »weshalb dir solche Macht zuteilgeworden ist, Iridon.« Er atmete tief ein, der Bauch drückte gegen den Gürtel. »Dein Mut in jener Nacht, diesen Zauber zu wirken, hat die Göttin der Magie beeindruckt. Alnitara hat dich belohnt! Ja, belohnt! Sie will, dass du neue Wege beschreitest. Und sie wird dich dabei unterstützen!« Er verstummte, lauschte stattdessen seinem aufgeregten Herzschlag. Wie gut es tat, ein Herz zu spüren, das stark und rhythmisch pochte.

Es schien zu schön, um wahr zu sein. Dem Tod entronnen und nun mächtiger denn je!

Und diese Macht würde er zu nutzen wissen!

Er hob den Blick gen Himmel. »Alnitara, ich danke dir! Du lässt mich an deiner göttlichen Kraft teilhaben. Dieses Vertrauen werde ich nicht enttäuschen!«

Das Ritual des Körpertausches hatte funktioniert. Was als Experiment mit einem Luchs und einem Hasen begann, hatte er vervollkommnet, zu einer Ebene geführt, die so schnell kein anderer Magier erreichen würde. Er war aus der Talsohle der Verzweiflung aufgetaucht und in Höhen vorgedrungen, die er für unmöglich gehalten hatte. Er besaß Macht, er war stark: Nun konnte er die Menschen dafür büßen lassen, was sie seiner Frau und seiner Tochter angetan hatten. Bevor er Rache üben konnte, gab es allerdings eine Sache, die getan werden musste. Und er fühlte sich bereit dazu.

Kleine Flocken rieselten aus dem Himmel, puderten die Landschaft und Dächer Yelions, die nun in sein Blickfeld traten. Davor sah er frische Erdaushübe und an einigen Stellen standen bereits Palisaden, ein erster Verteidigungswall vor der eigentlichen Stadtmauer. Ein paar Türme standen ebenfalls und eine Vielzahl Arbeiter wuselte herum.

Kaspero, einer der Adeligen, die ihn auf die Jagd begleitet hatten und dem er aufgetragen hatte, die Verteidigungsanlagen Yelions zu verstärken, leistete gute Arbeit. Vielleicht würde es

Gorn ja besänftigen, wenn er ihm bei seiner Rückkehr erzählte, wie gut es voranging.

Dennoch durfte er nicht vorschnell sein. Ihm stand eine schwere Prüfung bevor, eine, die ihn sehr wohl das Leben kosten konnte.

Jetzt nur nicht übermütig werden!

Gerade ritt er an Arbeitern vorbei, die mithilfe eines Ochsengespanns einen der Pfähle aufrichteten, als sich ihm zwei Wachsoldaten näherten.

Iridon zog die Kapuze vom Kopf.

Rasch traten sie beiseite und verbeugten sich. »Eure Exzellenz.«

Iridon nickte, ohne sie eines Blickes zu würdigen, und ritt weiter. Dabei kam er an der Herberge vorbei, wo er auf Sharinja getroffen war. Hoffentlich ging es der tapferen Elfe gut. Wie es das Schicksal wollte, trat in diesem Moment Gorsam ins Freie, dieser räudige Hund. Er führte jemanden vor sich her, dessen Gesicht eine tief nach unten gezogene Kapuze verbarg. Zudem waren die Hände gefesselt.

Mit einem unsanften Stoß bugsierte Gorsam die Gestalt in den Stall. Nach einiger Zeit kehrte er zurück, sah ihn den Himmel, brummte einen Fluch und verschwand in der Herberge.

Iridon kam ein Verdacht.

Er lenkte sein Ross zurück zu den Torwachen.

»Kommt mit«, befahl er ihnen, ritt zum Stall, stieg ab und trat ein.

Der Stallbursche, der auf einem Schemel gedöst hatte, schnellte erschrocken in die Höhe.

»Willkommen«, stammelte er und sein Blick flog wie der eines in die Ecke getriebenen Kaninchens von einer Seite zur anderen. »Was … was kann ich für Euch tun, Herr?«

»Schlaf einfach weiter.« Iridon schritt die Pferdeboxen ab und wurde fündig. Hinter nachträglich eingefügten Eisenstangen kauerten drei Gestalten, die ihn entsetzt anstarrte: Elfenfrauen. Sharinja war, wie er im ersten Moment befürchtet hatte, nicht darunter. Trotzdem kochte Wut in ihm hoch. »Nehmt den Besitzer fest!«, blaffte er die Soldaten an, die sich überrascht ansahen. »Sofort!«

Die Männer schossen herum und rannten aus dem Stall. Iridon folgte ihnen, stieg auf sein Pferd und ritt zu den umfunktionierten Wohnhäusern, die nun als Mannschaftsunterkünfte herhielten.

Wenig später stand ein heftig schnaufender Kaspero vor ihm und knüllte seine edle Jagdmütze zwischen den Fingern. Er schien zu ahnen, dass es um Iridons Laune nicht zum Besten stand.

»Es … es geht einfach nicht schneller«, sagte er haspelnd, »und jetzt schneit es zu allem Überfluss. Das Erdreich ist aufgeweicht und …«

»Seid still!«, schnitt ihm Iridon das Wort ab. »Mit dem Fortschritt der Arbeiten bin ich mehr als zufrieden …«

Kaspero schien eine Geröllawine vom Herzen abzugehen.

»… jedoch missfällt es mir zutiefst, dass meine Anweisungen bezüglich der … Verwendung von Elfenfrauen nicht eingehalten werden!«

Kaspero schlug die Augen nieder und seine Finger schienen Saft aus seiner Mütze pressen zu wollen. »Das … das ist mir nicht entgangen, aber …«

»Es gibt kein Aber, wenn ich einen Befehl erteile!«

»Nat… Natürlich nicht«, stammelte Kaspero. »Jedoch sind es nur einige wenige Elfinnen, die diesbezüglich hier in Yelion sind. Die Soldaten, die Arbeiter, sie verhalten sich besser, wenn sie abends etwas … Abwechslung haben.«

»Verdammt, dann bestellt halt irgendwelche Nutten nach Yelion! Wird doch nicht so schwierig sein, oder?«

Da blickte Kaspero wieder auf und ein bisschen Selbstachtung kehrte in seine Haltung zurück. »Leider schon. Niemand geht freiwillig nach Yelion, nicht mal Huren. Wenn wir hier welche haben wollen, kostet das einiges.«

»Das ist mir egal. Seht zu, dass Ihr die Frauen so schnell wie möglich herschafft. Um die Finanzen kümmere ich mich.«

»Wie Ihr meint.«

Iridon nickte knapp. »Gut, damit wäre diese Sache erledigt. Lasst Euch allerdings gesagt sein, dass ich keine weiteren Schludrigkeiten dulden werde. Das nächste Mal wird es nicht bei einer Rüge bleiben.«

»Natürlich, mein Gebieter.« Reumütig warf Kaspero wieder den Blick zu Boden. »Es war mein Fehler.«

»Damit jeder in Yelion versteht, dass meine Befehle zu befolgen sind, werde ich ein Exempel statuieren.« Es bereitete Iridon Genuss, diese Worte zu sprechen. Zwar war es nur ein winziger, mit der ultimativen Rache vernachlässigbarer Tropfen im Meer seiner Vergeltung, doch wollte er sich diese Kostprobe nicht entgehen lassen. »Heute Abend wird es eine Hinrichtung geben.«

Kaspero durchfuhr es sichtlich. Ruckartig hob er den Kopf und seine erstaunten Augen ruhten auf Iridons Gesicht, als wollte er prüfen, ob dieser sich einen Spaß mit ihm erlaubte.

»Ihr habt ganz recht verstanden.«

»Und wer soll … ?«

»Gorsam.«

Kasperos Adamsapfel hüpfte ein paarmal, als stiegen Worte des Widerspruchs in seiner Kehle auf, die er mühsam zurückschluckte. »Wie Ihr wünscht«, murmelte er schließlich.

Zwei Soldaten in Kettenhemd und Wappenrock schleiften den gefesselten Gorsam zu dem hastig errichteten Galgen, zwei Holzpfosten, auf denen ein mit dicken Nägeln festgehämmerter Balken ruhte.

Schneeflocken drifteten träge aus dem eisengrauen Himmel. Einzig die Unterseiten der Wolken glühten im Abendrot wie die erhitzte Esse einer Schmiede. Obwohl die Menschen dicht gedrängt standen – Iridon schätzte ihre Zahl auf gut und gerne vierhundert –, redete niemand ein Wort. Allein Gorsams Gestammel und Gewinsel durchbrach die Blase stillen Schreckens. Im Griff der Wachen stolperte er zur Richtstätte. Seine Beine versagten ihm einige Male den Dienst, sodass er mit den Knien in den Schneematsch fiel.

Am Galgen angelangt, legte ihm einer der Soldaten den Strick um, der von seinem Hals nach oben über den Balken verlief und am Sattelknauf eines auf der anderen Seite wartenden Pferdes festgebunden war.

Jetzt wehrte Gorsam sich, kreischte wie von Sinnen, sein feistes Gesicht kreidebleich, der Mund weit aufgerissen. Er drehte und wand sich von links nach rechts. Seine Bewacher konnten ihn kaum bändigen.

Auf ein Nicken Kasperos eilte ein dritter Soldat herbei und drosch Gorsam den Schaft seines Speeres quer über den Rücken. Mit einem erstickten Schrei sackte er zusammen. Die beiden Soldaten rissen ihn in die Höhe. Schwankend stand Gorsam zwischen ihnen und sein Blick ruckte über die Anwesenden, bis er Iridon fand.

»Bitte!«, rief er, seine Stimme erstickt von Schmerz und Tränen. »Verzeiht mir! Ich wusste nichts von diesem Befehl, das müsst Ihr mir glauben, Euer Exzellenz!«

Alle Augen richteten sich auf Iridon, der neben Kaspero unweit des Galgens stand. Er weidete sich an Gorsams Angst, genoss es, Herr über Leben und Tod zu sein, auch wenn er die stumme Bitte der anderen spürte: Sie wollten, dass er gegenüber einem der ihren Gnade walten ließ.

Die Elfen hatten sicher auch nicht gewollt, dass man sie niedermetzelte, die Frauen ebenso wenig, dass man sie als Lustvieh hielt, an dem sich jeder vergnügen durfte! Und Gorsam, dieser Schuft, hatte daran gut verdient! Nein, er würde ihm nicht vergeben, tat jedoch so, als dächte er darüber nach.

Ganz zart und sanft keimte Hoffnung in Gorsams hässlichen Augen auf. Iridon ließ sich Zeit, ließ Gorsam zappeln wie einen

Fisch am Haken, der darum flehte, zurück ins Wasser geworfen zu werden. Schlussendlich konnte er sogar froh sein, jetzt zu sterben, denn Iridon würde sich etwas für die Menschen ausdenken, das dereinst jeden wünschen ließe, an Gorsams statt am Galgen gebaumelt zu sein.

»Eure Exzellenz«, wisperte Kaspero und blinzelte, weil ihm trotz der Kälte ein Schweißtropfen ins Auge lief, »das Volk wartet.«

Iridon sah Gorsam fest in die Augen und ließ sich zu einem ganz minimalen, lachenden Zucken der Mundwinkel hinreißen, ehe er dem Mann beim Pferd einen Wink gab, er solle die Exekution durchführen.

Dieser nickte ernst, dann fasste er das Pferd am Zaumzeug. Es setzte sich in Bewegung. Langsam spannte sich der Strick.

Der Hoffnungsschimmer in Gorsams Augen erlosch.

»Nein«, schrie er. »Ich flehe Euch an, ich …« Der Rest des Satzes verging in einem gurgelnden Röcheln. Fingerbreit um Fingerbreit zerrte ihn das Seil in die Höhe. Erst legte sich sein Kopf in den Nacken, sodass er direkt in den Himmel starrte, dann stand er einen Herzschlag lang auf den Zehenspitzen, ehe sich diese vom Boden lösten.

Gorsam zappelte und drehte sich. Jedes Mal, wenn sein Gesicht Iridons Blick passierte, konnte er sehen, wie der Tod stückchenweise von ihm Besitz ergriff: übergehende Augen, anlaufendes Gesicht, dann der offene Mund, aus dem die Zunge hervorstieß wie ein violetter Wurm, die Lippen verfärbten sich fast schwarz, die Adern in den Augäpfeln platzten.

Nach der fünften Pirouette röchelte er ein letztes Mal, der Körper erschlaffte. Wie ein Pendel schwang er sacht von einer Seite auf die andere, drehte sich immer noch leicht. Das einzige Geräusch auf dem Platz war das Knirschen des Stricks.

Iridon zupfte seine Handschuhe zurecht. »Lasst ihn bis morgen Abend hängen, dann verbrennt ihn.«

»W-wie Ihr wünscht«, sagte Kaspero, dem das Entsetzen ins

Gesicht geschrieben stand. »Darf ich mich … darf ich mich zurückziehen?«

Iridon nickte. Während die anderen Menschen auseinanderströmten, blieb er noch einige Zeit neben dem Galgen und schaute Gorsams Leichnam an.

Sein Sinn war entzückt! Wie süß und erfüllend Rache sein konnte, hatte er sich oft ausgemalt, jedoch nie in dieser Intensität erlebt. Wer behauptete, den Racheakt zu vollziehen, sei unbefriedigend und in keiner Weise erhebend, wusste nicht, wovon er redete.

Was für ein rauschhaftes Glücksgefühl würde ihn erst erwarten, sobald er seine wahrhaftige Rache auskostete?

Ein letzter Blick auf den inzwischen von Schnee eingestäubten Leichnam, dann begab er sich zum Soldatenviertel, wo er Kasperos Quartier bezog, der in eine andere Räumlichkeit auswich.

Nach einem Becher guten Weins legte Iridon sich nieder und hoffte, dass der morgige Tag ähnlich freudvoll und erbaulich werden würde wie der heutige.

Ausgeruht, mit sich im Reinen und so euphorisch, dass er sich in Gedanken bremsen musste, um seinem Pferd nicht die Hacken in die Flanken zu hauen, ritt er durch den frischen Schnee, der den Waldboden dort bedeckte, wo die Äste der Bäume ihn nicht abgefangen hatten.

Trotz der Tatsache, dass er den Weg erst einmal zurückgelegt hatte, damals, geschwächt durch ein krankes Herz und ohne eine Ahnung, was Ajuna und seiner Tochter widerfahren war, fand er die Hütte mit traumwandlerischer Sicherheit. Ihm war, als hätte sich nicht nur seine magische Kraft vervielfacht, sondern als wären auch andere Fähigkeiten gewachsen. Alnitara meinte es wirklich gut mit ihm!

Oder gab es eine andere Erklärung dafür?

Kurz legte sich sein Frohsinn.

Nein.

Er stand in der Gunst der Gottheit der Magie.

Punktum!

Eingeschneit wie ein magischer Ort aus alten Fabeln lag die baufällige Hütte vor ihm. Nahebei entdeckte er Knochen, die aus dem Schnee ragten – die Überreste des Packpferds, das er zurückgelassen hatte. Mitleid fühlte er keines. Es hatte seinen Zweck erfüllt, in einem anderen Leben, zu einer anderen Zeit.

Wie damals prognostiziert, war die Tür aus der unteren Angel gebrochen und lag quer auf den Stufen. Er räumte sie beiseite und betrat das Gebäude. Lediglich ein paar Vogelspuren in den Schneehaufen unter den Löchern im Dach, dazu Tierkot, aber keinerlei Anzeichen, dass ein Mensch oder gar Elf hier gewesen war.

Gut.

Iridon fasste das alte Bett ins Auge. Nur wenn man genau hinsah, bemerkte man, dass der Blick leicht zu verschwimmen schien, sobald man es betrachtete.

Er atmete tief durch und stählte sich für den Anblick, der ihn gleich ereilen würde. Als er bereit war, vollführte er eine Handbewegung, als würde er einen Vorhang beiseite ziehen: Der Zauber erlosch, das Flimmern verschwand und nun sah man eine Gestalt auf dem Bett ruhen.

Iridon trat an seinen einstigen Körper heran und musste ob der eingefallenen Wangen und der papierenen Haut schlucken. Nach dem Körperwechsel hatte Vulodas einige wenige Augenblicke in Iridons sterblicher Hülle gewohnt, ehe das kranke Herz seinen Dienst quittierte und ihn ins Reich des Todes schleuderte.

In jener Nacht hatte Iridon seinen Körper aus dem Zelt geschafft, um ihn irgendwo in naher Umgebung der Jagdzelte verschwinden zu lassen. Mühelos trug er ihn auf den Schultern hinaus aus dem Lager zu seinem Pferd. Wie leicht sein einstiger Körper war, von der Herzschwäche völlig abgezehrt. Er legte ihn über den Sattel, das Pferd tänzelte unruhig, doch er brachte es unter Kontrolle und stieg hinter dem Leichnam auf.

Er würde ein bisschen in den Wald reiten und ihn in einer Erdkuhle oder unter irgendeinem Windwurf ablegen, ein paar Zweige darüber drapieren und ins Lager zurückkehren. Er würde in Vulodas' Zelt schlafen, aufstehen und nach Yelion zurückkehren, ohne dass irgendjemand den leisesten Verdacht schöpfen würde. Nach kurzer Zeit erreichte er eine geeignete Stelle. Den Leichnam unter die Luftwurzeln eines Baumriesen drapieren und sicherstellen, dass kein Arm oder Bein herausschaute – mehr gab es nicht zu tun.

Doch Iridon zögerte, weil irgendetwas in ihm sich weigerte, seinen einstigen Körper dem Verfall preiszugeben. Was, wenn er eines Tages mächtig genug wäre, ihn zu heilen, ihn für eine Rückkehr vorzubereiten?

Seltsamerweise hatte er sogar eine Ahnung, wie er seinen alten Körper mittels Magie konservieren konnte. Woher, das wusste er nicht, da er auf diesem Feld nie geforscht hatte. War es ein Wink der Göttin? Eine Belohnung für seinen Mut?

So lenkte er sein Pferd zu der alten Hütte. Dort fand er sein Packpferd, angeleint an einen Baum. Es wieherte laut, als es ihn sah. Er ging ins Innere und legte seine einstige Hülle aufs Bett. Dann wirkte er den Zauber, dessen Formel von irgendwoher aus den Tiefen seiner Erinnerung stieg, ohne länger darüber nachzudenken.

Zu seiner Überraschung funktionierte er auf Anhieb. Ein Block, der wie Eis aussah, formte sich um die erschlaffte Gestalt. Anschließend verbarg er diesen durch einen Illusionszauber. Gleichfalls erschöpft wie trunken über diesen Erfolg, ritt er zurück. Noch weit vom Lager entfernt stieg er vom Pferd, schnalzte diesem einen Stock auf die Flanken, dass es laut schreiend in die Höhe stieg und davongaloppierte, und näherte sich zu Fuß, näherte sich auf demselben Weg wie beim ersten Mal. Und erschrak fürchterlich, als ein Soldat der Ehernen Garde ihn sah.

Nach ein paar Momenten gewann er seine Fassung zurück und sagte, er habe lediglich einen Spaziergang unternommen. Damit ließ er den Soldaten stehen, schlüpfte ins Zelt und schlief rasch ein.

Iridon schüttelte den Kopf, vertrieb die Erinnerungen und ließ den Blick über den Elfenkörper gleiten, ehe er den Illusionszauber wieder aktivierte.

Irgendetwas verband ihn mit dieser verlassenen, verfallenen Hütte im Nirgendwo der Wälder. Von hier war er losgezogen, getrieben von der vagen Hoffnung, seine Tochter ein einziges Mal in den Armen zu halten …

Er seufzte, stand auf, holte die Aufzeichnungen über seine Forschungen und breitete diese auf dem staubigen Tisch aus: Bücher, Pergamente, die meisten in gutem Zustand, manche mit aufgeworfenen Rändern und eingerissen, andere kaum mehr lesbar, weil die Tinte verblichen war.

Zuletzt förderte er den schwarzen Teleportstein zutage und drehte ihn in der Hand.

Die Hütte versinnbildlichte seinen Zustand an jenem Tag, als er nach Yelion aufbrach, jenem Tag, der alles änderte: Sie ähnelte seinem Körper von einst, ramponiert, schwach, dem Ende nahe, doch im Inneren – symbolisch für seinen Geist sowie seine Seele – befanden sich seine größten Schätze, die Dokumente über sein bisheriges Schaffen, das Wissen, über das er verfügte.

Hier würde er alles deponieren, was ihm wichtig war, und es mit einem Schutzzauber versiegeln. Er benötigte die Unterlagen nicht mehr. Zum einen kannte er so gut wie jede Seite im Wortlaut, zum anderen hatte Alnitara ihn mit einer Kraft gesegnet, deren Möglichkeiten seinen damaligen Verstand gesprengt hätten.

Es gab ein altes Leben, das hierbleiben würde, und ein neues, das vor einigen Wochen begonnen hatte. In wenigen Augenblicken würde zudem ein sehr wichtiges Kapitel zu diesem neuen

Leben hinzukommen. Den Teleportstein in der Hand, begab er sich nach draußen. Er legte den Stein in den Schnee, schloss die Augen und streckte seine arkanen Fühler nach der uralten Kraft aus.

Rasch fand er den Quell, grub tiefer. Das Artefakt schien ihn zu begrüßen, den Meister, der den langen Schlaf endlich beendete.

Iridon speiste den Stein mit der eigenen, endlos scheinenden Kraft, lud ihn auf. Bald spürte er im Vibrieren, das ihn erfasste, die unbändige Gewalt des Teleportsteins, spürte, wie das Gefüge des Raums nach und nach zerriss, wie die Grundfesten der gültigen Gesetze ins Wanken gerieten und sich ein Tor öffnete.

Auf der anderen Seite, im versiegelten Stollen in Mjallanor, erwachte der Zwilling und rief nach seinem Bruder. Iridon entfesselte den letzten Zauberstrang, der das Geflecht vollendete, welches das Tor geöffnet hatte.

Ein Strudel riss ihn hinfort, er trudelte und wirbelte umher, obwohl er zur gleichen Zeit das Gefühl hatte, weiterhin an Ort und Stelle zu stehen. So schnell und wild ihn die magische Emanation erfasste hatte, so rasch klang sie ab.

Dunkelheit umfing ihn, nur schwach erleuchtet von den glühenden Symbolen auf dem Teleportstein zu seinen Füßen. Langsam verblassten die Schriftzeichen. Iridon atmete die schale Luft der unterirdischen Kaverne und wirkte einen Lichtzauber.

Eine blau leuchtende Kugel materialisierte sich über seinem Kopf und bestrahlte die Steinwände und die Balustrade, die sich entlang des Abgrunds zog, in dem der Wächter wartete. Gut erinnerte er sich, wie er dort gestanden und einen Blick hinuntergeworfen hatte, wie er vor Schreck zurückgeprallt war. Seinerzeit hatte er gespürt, dass er diesem Gegner nicht gewachsen war. Nun, als er nach unten schaute, regten sich Neugier und Vorfreude.

Er sah den Wächter, diese riesige Bestie, auf deren eisernen

Leib sich Feuerlinien abzeichneten. Offenbar hatte ihn die durch den Teleportstein entfesselte Energie erwachen lassen.

»Keine Angst«, hatte König Gomgrash damals gesagt. »Der Wächter kann nicht herauf.«

Iridon lächelte. »Nein«, flüsterte er, »aber ich will hinunter zu ihm. Ich will zu Molgrashs Schriften.« Er klammerte seine Menschenfinger um die Balustrade. »Und nichts und niemand wird mich davon abhalten!«

Er sah keine intakte Treppe, die nach unten führte, lediglich die Überreste einer solchen, die man damals nach der Erschaffung des Wächters offensichtlich zerstört hatte. Iridon hatte noch nie einen Levitationszauber gewirkt. Nur aus den Legenden der Alten wusste er davon. Aber er kannte das magische Muster, das er erschaffen und mit Magie füllen musste: Jetzt, da er daran dachte, war der Zauber einfach in seinem Kopf.

»Alnitara, ich danke dir!« Ohne einen Gedanken daran, dass er eventuell scheitern und am Boden zerschellen könnte, flankte er über die Brüstung.

Der Wächter, Crangorra, reckte seinen riesigen Kopf.

Im Fallen finalisierte Iridon das arkane Geflecht …

… und landete federweich auf den Füßen.

Der Wächter baute sich vor ihm auf, turmhoch und Ehrfurcht gebietend.

»Und nun kümmern wir uns um Crangorra – oder soll ich Schoßtierchen sagen?«, sagte er mit einem Lächeln. Fast tat es ihm leid, diese einzigartige Kreatur zerstören zu müssen, diese vollendete Verschmelzung von Magie und zwergischer Ingenieurskunst.

Der Wächter griff an.

Und Iridon ebenfalls.

4

Dieser Traum war anders, denn er handelte nicht von seinen Erinnerungen, sondern von jenem Hügel im grauen Ödland, auf dem Iorla sich um Avi gekümmert hatte.

Aus dem Auge des Mahlstroms schaute er nach unten, sah Iorla, sich selbst – und heranstürmende schwarze Schemen. Gerade reichten Iorla und er sich die Hand. Ein Blitz, und sein Körper verschwand. Zurück blieb die Dienerin der Göttin. Ihr Blick erfasste die Ebene, auf der die Schatten herannahten. Eine Flutwelle des Schreckens, scharfe Krallen, gebleckte Mäuler voll dolchlanger Zähne.

Aber Iorla war nicht allein: Dunkle Schemen materialisierten sich neben ihr, dieselben Schattenkämpfer, die Lormak und Xurodas in den Marschen bedrängt hatten. Iorla verwandelte sich zum Einhorn und sofort erschienen andere Fabelwesen, Skorpione mit Frauengesichtern, Männer, deren Oberkörper in Pferdeleiber übergingen. Am Himmel drehten Dutzende geflügelte Kreaturen ihre lauernden Kreise, bereit, sich auf die Angreifer herabzustürzen.

So beeindruckend Iorlas Kämpfer anmuteten, so zahlenmäßig unterlegen waren sie. Die vordersten Bestien stürmten bereits die Flanken des Hügels herauf, gefolgt von Hunderten und Aberhunderten. Hochgewirbelter Staub legte sich über die Szenerie wie ein Bahrtuch.

Noch einmal hörte Lormak Iorlas Stimme: »Wir zahlen den Preis dafür, das Gleichgewicht gestört zu haben. Das Böse ist am Zug. Nun liegt es an dir, Lormak Trenkulja, den Untergang Yurs abzuwenden …«

Benommen öffnete er die Augen und richtete sich auf. Schwindel erfasste ihn. Er schüttelte den Kopf und sah sich um: Er befand sich in einer Kammer, fensterlos, die Wände massiver Fels. Fackeln brannten in schweren Eisenhalterungen.

»Lormak!«, sagte jemand.

Ihm sprang das Herz in den Hals. »Avi?«

Tatsächlich, dort war sie, an einem Tisch sitzend, den man mit Speisen beschickt hatte, und lächelte ihn müde, aber freudig an. Ohne zu zögern, schwang er die Beine aus dem Bett und eilte zu ihr. »Du lebst! Es ist wahr. Sie hat dir geholfen.«

Avis Lächeln wich und sie seufzte. »Ich bin traurig über ihren Verlust«, murmelte sie. Einen Moment lang verloren sich ihre Augen im Nirgendwo.

Sprach jetzt Avi oder Jaminara?

Avis Blick wurde wieder klar und heftete sich auf Lormaks Gesicht. »Du hast dich … verändert.«

Beschämt über die Dämonenmale, wollte er zur Seite schauen, unterdrückte den Impuls jedoch. Er konnte seine dunkle Seite nicht leugnen, schon gar nicht vor ihr – und wollte es auch nicht. »Turbulente Zeiten …«, sagte er nur.

»Ich weiß. Die anderen haben mir alles erzählt.«

»Manchmal bin ich nicht Herr über mein Handeln.«

Sie nickte. »Du bist stark. Niemand sonst könnte den Dämon so lang in Schach halten.«

»Du weißt, was passiert, wenn er mich bezwingt. Ich verliere die Kontrolle.« Lormak sah zur Tür. »Ich bin sicher, da draußen stehen mindestens ein halbes Dutzend Wachen.«

»Ein ganzes Dutzend.«

Er lachte leise. »Du fürchtest dich nicht?«

»Nein. Ich wollte nicht, dass du aufwachst und allein bist.«

Plötzlich überkam ihn der Impuls, ihre Hand in die seine zu nehmen. Er wollte sie spüren, wollte sich daran erfreuen, dass sie lebte. Sie sah mitgenommen aus, was ihrer Schönheit jedoch keinen Abbruch tat. Ihre grünen Augen strahlten, nicht überschwänglich wie bei einem Kind, dem man süße Spezereien kredenzte, sondern ruhig und besonnen, ein Ausdruck, den er manchmal bei Lantyria gesehen hatte.

Trotzdem hielt er seine Hände dort, wo sie waren. Während der Zeit, in der sie auf Leben und Tod gelegen hatte, hatte er es vermieden, sie zu berühren – und so sollte es bleiben. Seine Nähe schadete ihr, egal ob sie bewusstlos war oder wach.

»Danke«, sagte er nach einer Weile des Schweigens. »Das freut mich.«

»Wie geht es dir?«

»Ich fühle mich stark«, sagte er, seufzte jedoch. »Aber der Dämon gewinnt an Macht. Ich dachte, ich wüsste, wie ich ihn bändigen kann. Diese Vermessenheit hat Rantas und die anderen Männer das Leben gekostet. Ich bin eine Gefahr, nicht nur für Dämonen – sondern für alles, das lebt.«

Sie streckte die Hand aus und legte sie auf die seine, er spürte es des Handschuhs wegen kaum. Trotzdem tat die Berührung gut. Lormak beobachtete ihr Gesicht, suchte nach Widerwillen, Abscheu. Nichts dergleichen fand er – außer Wohlwollen.

»Du darfst nicht aufgeben. Eine Schlacht magst du verloren haben, jedoch nicht den Krieg. Bleib stark.«

»Ich versuche es. Eines allerdings musst du mir versprechen: Sollte der Dämon eines Tages völlige Kontrolle über mich erlangen, dann tötet mich. Ich will nicht werden wie Urruk Darn.«

Ihre Hand wanderte bis zu der Stelle auf seinem rechten Unterarm, wo der Handschuh endete, und verharrte dort. »Uns würde auch gar nichts anderes übrigbleiben.« Sie brachte ein schiefes Lächeln zustande und fügte hinzu: »Falls es uns gelingt.«

»Ich hoffe es.«

Lange sahen sie sich in die Augen, bis Lormak den Blick zur Seite richtete. »Avi, ich …«, begann er, brach jedoch ab. Abrupt stand er auf. »Wo sind die anderen?«, fragte er schroffer als beabsichtigt.

Lag da nicht, für den Flügelschlag eines Moments, Enttäuschung in ihrem Blick?

Was hatte er sich geschworen? Er musste die alberne Gefühlsduselei vergessen! Er durfte sie nicht anrühren! Wusste er denn nicht mehr, was damals geschehen war, in jener Nacht im Zelt?

Sie erhob sich ebenfalls.

»Sie sind bei König Gomgrash.«

»Ohne dich?«

»Es gibt einen kleinen Empfang zu Krax' Ehren. Seine Aufzeichnungen finden großen Anklang.«

Lormak nickte. »Das tut ihm bestimmt gut.«

»Sobald wir da sind, beginnt die Audienz.«

»Das geht aber schnell.«

»Du wirst sehen, warum.«

»Wie lange habe ich geschlafen?«

»Eine Nacht und einen Tag.«

»Nur ich?«

»Wir alle fanden uns vor den Toren Mjallanors wieder, ausgeruht und frisch und wach. Nur du hast geschnarcht wie eine Gattersäge.«

»Schlafend bin ich euch eh am liebsten, oder? Nein, ich weiß es: schlafend und in Ketten, das ist das Beste.«

Avi seufzte schwer, als wöge ihr Herz mit einem Mal das Doppelte. »So etwas darfst du nicht sagen.«

»Aber es stimmt«, murmelte er, übermannt von Bitterkeit.

Sie ging zur Tür, legte die Hand auf den Knauf. »Bitte bleib ruhig, egal was passiert. Hörst du?«

Er zuckte die Schultern.

»Ich habe dir vorhin ein Versprechen gegeben«, sagte sie und blickte ihn flehentlich an. »Nun versprich mir, dass du dich gefügig zeigst.«

Er grinste schief. »Eine meiner vielen Stärken.«

Sie wartete.

»Von mir aus.«

Sie öffnete die Tür und im selben Moment klimperte und rasselte und schepperte es dahinter, als rollte ein mit Pfannen beladener Trödelwagen vorbei. Es waren schwer gerüstete Zwergenkrieger, die sich in Position begaben, um den Ausgangsbereich der Tür zu sichern. Lange Bärte und grimmige Gesichter unter schweren Eisenhelmen erwarteten Lormak. Sie wirkten angespannt und in manch Augenpaar glomm unverhohlene Feindseligkeit. Zwei der Zwerge hielten schwere Ketten in den Händen.

Lormak verstand.

Wie es aussah, würde das sein Schicksal sein. Man würde versuchen, die Angst vor ihm mit Fesseln und Ketten zu bekämpfen. Würde er sich je wieder frei unter seinesgleichen bewegen können?

Seine Gedanken stockten und ihm war, als legten sich stählerne Bänder um seine Brust, viel fester, brutaler und schmerzhafter, als es die schweren Ketten der Zwerge je sein könnten.

Seinesgleichen? Was spann er sich da zusammen? Außer Urruk Darn, Xurodas und ihm selbst gab es niemanden mehr wie ihn … Er war ein Aussätziger, ein Verdammter!

Wortlos schloss er die Hände zu Fäusten und streckte sie den Zwergen gekreuzt entgegen. Vorsichtig, als würde er jeden Moment versuchen, ihnen den Kopf abzubeißen, näherten sie sich und legten ihn fachmännisch in Ketten. Binnen Kurzem waren seine Hände aneinandergefesselt und eine weitere Kette zog sich um den gesamten Oberkörper und die eng angelegten Arme, so straff, dass er es kaum schaffte, tief einzuatmen. Das Ende der Kette, die sich um seinen Körper wand, lag in den Händen eines stämmigen Zwerges, der ihm bedeutete, ihm zu folgen.

Avi versuchte sich an einem aufmunternden Lächeln.

Man führte ihn aus dem Haus in eine unbelebte Straße. Das Weichbild Mjallanors war in seltsam grünes Dämmerlicht getaucht, das von überall und nirgends zu kommen schien. Jedoch, gefesselt und von trüben Gedanken gemartert, empfand er weder Interesse an dem Wechselreigen von Licht und Schatten noch an der zwergischen Architektur, sodass all die exotische Fremdartigkeit an ihm abprallte.

Nach einiger Zeit interessierte ihn viel mehr, weshalb, abgesehen von seiner Eskorte, keine Zwerge zu sehen waren.

Hatten sie die Straßen geräumt, damit niemand den Verdammten erblickte und vor Grauen tot umfiel?

Dass er mit dieser Vermutung falschlag, wurde ihm gewahr, als sie bei einer Weggabelung in eine andere Straße schwenkten. Aufgeregtes Geschrei drang gedämpft durch die geschlossenen Fenster eines mehrstöckigen Gebäudes.

Im nächsten Moment gab es einen Knall, da im zweiten Stock einer der Läden so fest gegen die Fassade prallte, dass das Holz splitterte und kleine Stücke nach unten rieselten. Eine Gestalt sprang durch das Fenster und landete auf der Straße. Statt der Länge nach hinzuschlagen und liegen zu bleiben, federte sie ihren waghalsigen Sprung gekonnt ab. Es war ein Zwerg, noch jung an Jahren – kein Bart, keine Grannen. Als er die Soldaten gewahrte, fletschte er die Zähne und gab ein tiefes Knurren von sich. Seine Augen, umkränzt von Dämonenmalen, leuchteten in grellem Rot.

Die Seuche hatte Mjallanor erreicht.

Lormak verstand nun, was Avi vorhin mit »Du wirst sehen, warum« gemeint hatte: Die Dämonen waren hier und Gomgrash war offensichtlich daran gelegen, jemanden zurate zu ziehen, der Erfahrung damit hatte.

Ehe einer der Soldaten der Eskorte reagierte, ging die Tür der Behausung auf und zwei Zwerge stürmten auf den Dämon zu. Er wich fauchend zurück, dann zuckte er.

Etwas steckte in seinem Hals.

Ein Wurfbeil.

Kreischend riss er die Waffe heraus, dunkles Blut spritzte in schnellen Stößen, dazu kräuselte sich Rauch aus dem klaffenden Schnitt: Das Wurfbeil war geweiht.

Der Dämon schnellte herum, wollte davonlaufen. Nach ein paar unsteten Schritten jedoch sank er in die Knie und kippte zur Seite.

In dem offenen Fenster erschien der Kopf eines Zwerges. Er hatte graues Haar und ein furchiges Gesicht. Eine wallende Robe wies ihn wohl als Mitglied der Priesterschaft oder einer ähnlichen Gruppierung aus. Verdrossen hieb er mit der Faust auf den Fenstersims und fluchte lautstark, seine Augen auf den Dämon gerichtet, dessen Körper sich gerade in schwarzen, stinkenden Rauch verwandelte.

Lormak suchte Augenkontakt mit Avi. »Das ist es also.«

Sie nickte bekümmert. »Die Zwerge versuchen alles, um herauszufinden, wie man eine Verwandlung rückgängig machen kann. Wochenlang forschen sie bereits.«

»Ohne Erfolg«, schlussfolgerte Lormak.

Wieder bejahte sie mit einem Nicken.

Wie erwartet machte die Dämonenplage weder vor hohen Gebirgszügen noch dicken Toren Halt. Der Angriff erfolgte direkt ins Herz, vorbei an Bollwerk und Waffenkammer. Gerade für die Zwerge, bestrebt, alles Fremde und Feindselige fern von ihrer Heimat zu halten, mussten die Dämonengeborenen der schlimmste aller auszudenkenden Albträume sein. Durch Herumexperimentieren wurde man diesem Übel jedoch nicht Herr. Man musste es an seiner Wurzel bekämpfen: Landaskan.

Hoffentlich war König Gomgrash ein Mann, der die Lage richtig beurteilte und sich nicht davor scheute, drastische und umfassende Maßnahmen zu ergreifen – wie zum Beispiel das Entsenden einer schlagkräftigen Streitmacht.

Lormak wollte Avi fragen – das Reden hatte man ihnen schließlich nicht verboten –, wie sie Gomgrash einschätzte. Just in diesem Moment stülpte man ihm eine Kapuze über den Kopf.

»Auch Ihr«, hörte Lormak einen Zwerg sagen, womit dieser nur Avi meinen konnte.

Anhand seines Gehörs sowie Geruchssinns bekam Lormak zumindest grob mit, wohin sie ihn führten. Zuerst betraten sie ein Gebäude. Ein Gang, dann knarzte das Schloss einer Tür; es ging eine lange Treppe hinab nach unten. Erneut ein Schloss, gefolgt vom rostigen Quietschen und Schleifen einer Gittertür. Ein enger Gang, der nach Feuchtigkeit roch. Manchmal spürte Lormak einen Luftzug, der sich seinen Hals hinauf unter den Stoff drückte, und mutmaßte, dass es zahlreiche Verzweigungen gab, durch welche die Luft strömte. Lange Zeit vernahm er nichts anderes als seinen eigenen Atem und die dumpfen Geräusche der Zwergenstiefel.

Irgendwann erreichten sie wieder eine Tür, gegen die jemand klopfte. Ein schabendes Geräusch, vielleicht ein Sehschlitz, ein kurzes Gespräch in tiefem Zwergenbass, dann ging es wieder nach oben. Seine Hoffnung, dass man ihm endlich diese vermaledeite Kapuze abnahm, zerschlug sich allerdings. Obwohl sie von der Akustik her in einer großen Halle waren – die Schritte erzeugten ein leises Echo –, blieb er blind.

Seine Selbstbeherrschung wurde langsam so porös wie Ton, den man zu lange der Sonne aussetzte. Was bildeten sich diese kleinen Scheißhaufen eigentlich ein?

Er atmete heftiger, die Kette drückte auf seine auf- und abschwellende Brust. Wieder kam eine Treppe. Ein Gang. Noch ein Korridor. Wieder ein Gespräch. Eine große Tür öffnete sich. Die Gespräche dahinter verstummten jäh.

Er zitterte vor Wut, der Dämon riss an Ketten, die weit weniger straff saßen als jene, die Lormaks Körper umschlangen.

Beruhige dich! Bleibe stark!

Er begann zu schwitzen, übte sich in Selbstbeherrschung, denn er wusste, dass die Zwerge dies nicht taten, um ihn zu quälen, sondern einzig und allein der Tatsache wegen, weil er eine Gefahr darstellte.

Jedoch, alle Vernunft war verschwendet. Er spannte die Muskeln und ein Grollen entwand sich seiner Kehle.

In diesem Moment befreite man ihn von der Kapuze.

Ein mit dunklem Holz getäfelter Raum, beherrscht von einem Rundtisch, an dem seine Gefährten saßen – und ihn aufmerksam anblickten.

Wiedersehensfreude sah anders aus.

Hinzu kam, dass man Xurodas nicht gefesselt hatte. Natürlich befanden sich Wachen im Raum, aber ob diese schnell genug reagieren könnten, sollte Xurodas die Raserei packen?

Die anderen Zwerge waren angetan in kostbare Gewänder. Einer allerdings hob sich von den anderen ab, sowohl der dunklen Krone wegen, die sein ergrautes Haupt zierte, als auch um seiner eindrucksvollen Erscheinung willen. Wäre er statt des mit Silberfiligran verzierten Umhangs und golden schimmernden Kettenhemds mit Bettlerkleidung dort gesessen, er hätte trotzdem alle Blicke auf sich gezogen: Er verströmte eine Aura der Macht und Stärke, und seine braunen Augen leuchteten wachsam und intelligent. Er war es auch, der das Schweigen brach.

»Lormak Trenkulja, ich, König Gomgrash, heiße Euch in Mjallanor willkommen.«

»Die Freude ist ganz meinerseits«, presste Lormak hervor und blickte vieldeutend an sich hinab. Die Ketten klirrten leise.

Gomgrashs freundlicher Ausdruck verlor etwas von seiner Wärme. Auffordernd sah er zu Lormaks Gefährten.

»Du musst verstehen, dass …«, sagte Halron.

»Was?«, blaffte Lormak. »Dass ich mich fortan nur noch in Ketten bewegen darf, sofern ich in Eurer erlauchten Nähe bin?«

Gomgrash hob die Arme. »Ihr habt recht«, sagte er ruhig. »In Ketten gelegt hier zu stehen wie ein Raubmörder, ist eines Mannes wie Euch unwürdig.« Er sagte etwas auf Zwergisch und deutete auf Lormak. Zögernd begann eine der Wachen, an den Ketten herumzunesteln.

Das Einlenken des Königs, obwohl Lormak alles andere als

respektvoll gewesen war, ließ die Wut abebben. Bald loderte lediglich Zorn und er spürte, wie er die Kontrolle zurückerlangte.

Die nächsten Worte fielen ihm schwerer als vieles, was er bisher durchlebt hatte: »Haltet ein.«

Gomgrash runzelte die Stirn.

»Es ist besser«, sagte Lormak und musste sich zwingen, dass seine Stimme nicht schwankte, »wenn ich gefesselt bleibe.« Er seufzte. »Für die Sicherheit aller hier.«

Mit Weh im Herzen bemerkte er, wie Boras und Zuraja erleichterte Blicke tauschten.

Einen Moment umwölkte sich Gomgrashs Stirn, dann sagte er: »Nein.« Er machte eine Geste, die dem Soldaten zeigte, er solle weitermachen.

Binnen Kurzem war Lormak frei.

»Nehmt Platz«, sagte Gomgrash.

Lormak setzte sich neben Avi und Krax. Der Zwerg war der Einzige, der ihm ein Lächeln ohne Arg schenkte.

Er klopfte dem Chronisten auf die Schulter und raunte: »Habe schon gehört, dass du dir durch dein Gekritzel Meriten verdient hast.«

Krax strahlte über beide Ohren.

Der König legte die Hände auf den Tisch, blickte ernst in die Runde. »Wie bereits erwähnt, verlangt es mich danach, mein Volk vor dieser Bedrohung zu schützen. Bislang haben weder die Priester noch meine Gelehrten einen Weg gefunden, den Fluch zu brechen.«

»Das wird«, erhob nun Avi die Stimme, »auch nicht gelingen. Dabei ist es vollkommen egal, wie sehr Ihr und Eure Untertanen sich bemühen: Hier sind Mächte am Werk, die nicht von der Ferne aus bekämpft werden können.«

»In jedem Land und jeder Stadt, in der wir waren«, sagte Halron, »haben wir erlebt, wie rasch die Dämonenplage um sich greift – und nichts und niemand vermochte sie aufzuhalten. Der Niedergang folgt einem festen Schema. Erst ereignen sich die

Dämonengeburten. Danach rückt die dunkle Streitmacht heran. Der Schrecken dieser widernatürlichen Verwandlungen zersetzt Moral und Durchhaltewillen der Verteidiger. Stück für Stück fällt Yur in die Hände der Dämonen. Landaskan, Inkarth, Vandur: Um all diese Reiche ist es bereits geschehen. Um Lantra wird es nicht viel besser stehen. Vielleicht leisten die Elfen sowie Jendar und Thalsin noch Widerstand, aber das ist mehr Hoffnung als Gewissheit.«

Gomgrash redete mit seinen Beratern. Offensichtlich waren nicht alle der menschlichen Sprache mächtig. Nach und nach jedoch malte sich Entsetzen auf ihre Gesichter.

»Ich stimme dir zu, Halron«, nahm nun Zuraja das Wort, »wobei ich die Lage sogar noch düsterer einschätze. Ich bezweifle, dass Jendar die Kraft hat, etwas auszurichten, denn König Fjardan ist wahrscheinlich tot. Und selbst wenn nicht, traue ich ihm nicht einmal zu, eine Küchenschabe aus dem Verderben führen, geschweige denn ein ganzes Volk.« Eine schneidende Geste unterlegte ihre Worte. »Jendar ist gefallen, da besteht kein Zweifel. Dieser Narr Fjardan – der, nebenbei bemerkt, mit Artefakten aus der Zeit der Alten herumgepfuscht hat – schickte zu allem Überfluss sein ganzes Heer aus, um irgendwelche imaginären Orks zu finden, die angeblich in sein Land einfallen. Da hätte er den Dämonen auch gleich den roten Teppich ausrollen können.«

»Mit Verlaub, Botschafterin«, sagte Gomgrash, »doch was die Orks angeht, lag König Fjardan – seiner anderen Verfehlungen ungeachtet – womöglich nicht ganz falsch.«

»Wie meint Ihr das?«, fragte sie sofort.

Auch die anderen horchten auf.

»Unseren Kundschaftern zufolge sind die Orks in Aufruhr. Sonderbar ist nur, dass die verschiedenen – und meist verfeindeten – Sippen sich zusammengetan haben und unter einem Banner gegen die Menschen marschieren.«

»Dass Orks sich zusammenrotten«, sagte Boras, »habe ich niemals erlebt. In meinen ersten Jahren als junger Soldat in der vandurischen Armee habe ich ein paarmal gegen diese behaarten Biester gekämpft. Mindestens genauso oft, wie wir ihnen die Köpfe einschlugen, taten sie das untereinander. Orks sind furchterregende Krieger, aber unorganisiert. Ihnen fehlt taktisches Geschick. Ich will mir gar nicht ausdenken, was passiert, wenn sie vereint unter einem Kriegsfürsten kämpfen, der etwas schlauer ist als ein Felsbrocken.«

Verzweifelt schüttelte Zuraja den Kopf. »Das hat uns noch gefehlt!«

Avi stand auf. »Auf den ersten Blick mag diese Neuigkeit niederschmetternd wirken. Stellt man sich allerdings die Frage, weshalb die Orks – entgegen ihrer Wesensart – plötzlich Seite an Seite ins Feld ziehen, gibt es dafür meines Erachtens nur einen Grund.«

Krax fasste sich an den Kopf. »Natürlich! Bei ihnen geschieht das Gleiche wie überall sonst!«

Ein grimmiges Nicken vonseiten Halrons. »Dämonengeburten!«

»Ja. Wieso sollten gerade sie *nicht* betroffen sein?«, fragte Avi. »Und da ihre Schamanen ebenfalls kein Mittel dagegen finden, argwöhnen sie, dass es sich um einen Fluch handelt, den die Menschen ihnen an den Hals gehext haben, um sie ein für alle Mal loszuwerden.« Sie setzte sich wieder.

»Das klingt«, sagte Gomgrash, »leider sehr überzeugend. Und es zeigt, dass ich falschgelegen habe.« Einen Moment wirkte er richtiggehend bestürzt, als trüge er Schuld an den Geschehnissen, ehe er sich fasste und mit seinen Beratern redete.

Was hatte er sich vorzuwerfen? Hatte er Kenntnis von etwas, von dem sie nichts wussten?

Gomgrash räusperte sich. »Obwohl wir Zwerge nicht gerade das kontaktfreudigste Volk sind …« – kurzes Gelächter am Tisch –, »… sind wir dennoch sehr interessiert an dem, was in Yur geschieht. Nicht nur schreiben unsere Chronisten alles nieder, was sie erleben, wir haben auch viele Kundschafter und Gewährsmänner, die für uns arbeiten. Ein Netzwerk an Informanten ist mindestens genauso wichtig wie eine schlagkräftige Armee.« Er seufzte. »Natürlich wussten wir von der sich ausbreitenden Dämonenplage, verfolgten mit, wie sie von einem Königreich der Menschen auf das andere übersprang. Leider erlagen wir dem Trugschluss, dass es ein Problem ist, mit dem lediglich die Menschen zu kämpfen haben. Ein Fehler, wie sich nun herauskristallisiert.« Nachdenklich rieb er sich über den Mund. »Ich habe zu lange gewartet, in der unsinnigen Hoffnung, die Plage würde an der Stärke unserer Tore scheitern. Wir zogen uns zurück, vermieden den Kontakt zu anderen Rassen.« Plötzlich lachte er verächtlich. »Wie dumm ich doch war!« Dann atmete er tief ein und sah die Gefährten an. »Also, was sollen wir tun?«

»König Gomgrash«, erhob Halron vorsichtig die Stimme, »erst einmal möchten wir Euch danken: Nicht nur habt Ihr uns so rasch eine Audienz gewährt, nein, Ihr habt auch ein offenes Ohr für unser Anliegen. Ihr erkennt, was auf dem Spiel steht. Die endgültige Entscheidung obliegt natürlich Euch, aber wir würden tatsächlich vorschlagen, dass« – er sah zu Avi und diese nickte energisch –, »dass Ihr Euer Heer mobilisiert und gegen die Dämonen ins Feld zieht.«

Gomgrash blinzelte, blickte kurz auf seine Hände, die ineinander verwrungen auf der Tischplatte ruhten, ehe er den Blick wieder hob. »Bis jetzt hat niemand die Dämonen zurückschlagen können.«

»Ich bitte vielmals um Entschuldigung, Majestät«, sagte Krax, »doch das ist nicht ganz korrekt. Als die Dämonen vor gut siebzehn Jahren das erste Mal versuchten, in Vandur einzudringen, wurden sie von den Truppen der Menschen besiegt. Man *kann* sie bezwingen, nur bedarf es dazu einer kampfstarken Armee mit guter Moral. Ihre jüngsten Siege haben die Bestien so mühelos errungen, weil ihnen, wie Halron bereits erklärte, der Schrecken der Dämonengeburten vorausgeht.«

»Zuschlagen, bevor es zu spät ist«, brummte Gomgrash, als rezitierte er den Leitsatz eines Militärstrategen. »Den Feind angreifen, bevor er es tut.«

»Ganz genau!«, sagte Halron. »Zu lange haben sich diese Ausgeburten keiner gut organisierten und entschlossenen Streitmacht mehr gegenübergesehen!«

Avi ballte die Faust. »Die Priesterschaft soll sofort damit beginnen, die Waffen der Soldaten zu segnen. Füllt geweihtes Wasser in Tonkrüge und schleudert diese in die Reihen der Feinde, wenn sie angreifen. Den Rest erledigen zwergische Äxte!«

Gomgrash erhob sich und seine Berater taten es ihm gleich. »Wir werden darüber beratschlagen.« Damit verließen sie den Raum. Ein Teil der Soldaten begleitete sie, der andere blieb.

Schweigen machte sich breit, das angereichert war mit Gedanken und Vorahnungen, aber auch mit Hoffnung, Zuversicht und Mut. Der Einzige, den das Wohl und Wehe Yurs anscheinend kein bisschen scherte, war Xurodas. Schon während der Diskussion hatte er gelangweilt in seinem Stuhl gehockt, damit beschäftigt, Hautfetzen aus seinem Nagelbett zu zupfen. Nun war er dazu übergegangen, Haare aus seiner Nase zu reißen, indem er mit Daumen und Zeigefinger darin herumstocherte und dann ruckartig anriss.

Die restlichen Gefährten rutschten auf ihren Stühlen umher oder blickten auf irgendeines der Wappen, die die Holzvertäfelungen säumten, Gedanken wälzend, Hoffnungen abwägend, auf der Suche nach dem Silberstreif am Horizont.

Krax beugte sich zu Lormak und flüsterte: »Wie geht es dir?«

»So gut, wie es einem Schlächter eben gehen kann, der jeden Moment in einen neuerlichen Blutrausch abzugleiten droht.«

»Gräm dich nicht: In der Geschichte Yurs gibt es weitaus schlimmere Figuren als dich. Sie töteten aus purer Lust, in klarem Bewusstsein, einfach aus der Freude am Leidzufügen.«

»Tröstlich.«

Krax kicherte leise. »Niemand ist ohne Fehl.«

»Du? Avi? Halron? Wie viele Menschen habt ihr grundlos getötet?«

»Wahrscheinlich keinen einzigen.«

»Siehst du?«

»Das heißt nicht, dass wir stets die tugendhaftesten Entscheidungen trafen. Jeder hat gelogen, betrogen, hintergangen, was auch immer, obwohl er die Möglichkeit gehabt hätte, eine moralisch weitaus akzeptablere Wahl zu treffen.«

»An dir ist ein Philosoph verloren gegangen.«

»Vielleicht werde ich das noch. Meine Lehre als Chronist ist von den Meistern der Schriften einstimmig als beendet erklärt worden. Mehr noch, ich wurde in den Rang eines *Raxgortl* berufen.«

»Was bedeutet?«

»Übersetzt so viel wie: Wahrer der Feder.«

»Klingt toll.«

Krax nickte. »Ist es auch. Normalerweise erreicht man dieses Amt erst nach vielen weiteren Jahren als Gelehrter.«

»Dir stehen alle Türen offen.«

»Ich hatte Glück – Glück, Avi und dich zu treffen.«

»Wir hatten ebenfalls Glück, dich zu treffen.«

Krax sah zur Seite. »Viel für den Erfolg der Gruppe habe ich nicht beigetragen.«

»Das sehe ich anders.«

»Es tut mir leid, dass ich dich nach dem … Vorfall gemieden habe.«

»Ich kann das verstehen.«

»Es war einfach so … so …«

»Hör auf.«

Krax nickte. »Immer noch Freunde?«

»Klar.«

Der Zwerg lächelte und in diesem Moment hätte Lormak ihn am liebsten in den Schwitzkasten genommen und ihm das Haar zerwuschelt.

Jäh schwangen die Flügeltüren auf und König Gomgrash kehrte zurück, dichtauf gefolgt von seinen Beratern.

Die Gesichter ernst, aber entschlossen, ließen sie sich nieder. Einzig Gomgrash blieb stehen, die muskulösen Arme auf den

Tisch gestützt. »Die Entscheidung ist gefallen: Die Zwerge ziehen in den Krieg!« Er sagte etwas auf Zwergisch, laut und energisch, worauf die Wachen mit den Enden ihrer Speere oder den Stiefeln in schnellem Takt auf den Boden klopften und stampften. Dazu stießen sie kehlige Kampfrufe aus.

Gomgrash ballte die Faust. »Wir werden dieser hässlichen Brut das Fürchten lehren!«

»Das will ich hören!«, jubelte Halron und Boras ballte ebenfalls die Faust, als hätten sie den Krieg bereits gewonnen.

Xurodas, der eingenickt war, wachte ob des Lärms auf und sah sich missbilligend um. Dann verschränkte er die Arme vor der Brust und sah finster ins Nichts.

»In einer Woche«, sagte Gomgrash und die Soldaten hörten sofort mit dem Krachmachen auf, »wird sich das Heer in Bewegung setzen. Jetzt, in diesem Augenblick, sind bereits Späher und Boten unterwegs. Mit etwas Glück finden wir die Reste des menschlichen Widerstands, damit wir uns mit diesen vereinen können.« Er hieb auf den Tisch, so fest, dass Lormak sich nicht gewundert hätte, wäre die Faust durch das dicke Holz bis zum Fußboden gerauscht. »So soll es sein: Wie vor Hunderten von Jahren ziehen die Zwerge in einen großen Krieg. Das alte Bündnis, das sich gegen die finsteren Armeen Dessen wandte, Der alles Unglück heraufbeschwor, muss erneuert werden! Ich werde alles Zwergenmögliche veranlassen, damit dies geschieht.«

Zuraja erhob sich. »Sollte es wahr sein, dass die Orks in Aufruhr sind, sollte man versuchen, mit ihnen zu verhandeln. Natürlich sind sie wild und unberechenbar, doch einen Versuch wäre es wert: Schlagen sie sich auf unsere Seite, würde das unsere Kampfkraft deutlich erhöhen.«

»Warum nicht?«, meinte Gomgrash und sagte etwas zu einem seiner Berater, der unverzüglich aufstand und den Raum verließ.

Zuraja nickte zufrieden und setzte sich wieder.

Gomgrash sah in die Runde. »Um der Wahrheit die Ehre zu geben, bin ich froh, endlich etwas zu tun, anstatt dazusitzen und dem Verderben dabei zuzusehen, wie es um sich greift.« Sein

Blick schwenkte von einem Gefährten zum nächsten: »Ich würde es begrüßen, würdet ihr meine Truppen beim Kampf gegen die Dämonen unterstützen.«

»Etwas anderes«, erwiderte Halron, »hatten wir nie vor. Zusammen können wir es schaffen.«

Zum ersten Mal seit Langem verspürte Lormak so etwas wie Euphorie, ungeachtet der Ausmaße der vor ihnen liegenden Aufgabe: Nicht nur mussten sie ganz Yur von den Dämonen säubern, sondern Avi dazu verhelfen, jenem Wesen gegenüberzustehen, das all dieses Chaos verursacht hatte, das als Gefäß für Belzuur diente. So viel konnte schiefgehen. So verdammt viel …

Dennoch blieb keine andere Wahl.

»Sofern es nichts weiter zu besprechen gibt«, sagte Gomgrash, »werden meine Berater und ich uns nun zurückziehen. Bis alle Vorbereitungen getroffen sind, seid meine Gäste und erholt euch. Wenn auch nur halb so viel von dem stimmt, was Kraxangartl, Sohn des Drulgashanvartux von der Sippe der Steinmalmer des Roshgontraxlaskl, in seiner Chronik niedergeschrieben hat, habt ihr euch diese Erholung wahrlich verdient. Es soll euch an nichts mangeln. Wenn ihr einen Wunsch habt, lasst es die Bediensteten wissen.«

Lormak stand auf. »Eine Sache gäbe es tatsächlich noch.«

Alle Augen richteten sich auf ihn.

Er räusperte sich. »Es geht um etwas, das Iorla mir gesagt hat. Es waren ihre letzten Worte und daher denke ich, dass sie von großer Wichtigkeit sind: Suche, was bewacht wurde im Stein.«

Er erntete lediglich fragende Blicke.

Avi lehnte sich zu ihm. »Wenn Iorla dir dies gesagt hat, ist es gut, dass du es nicht verschweigst.«

Nachdenklich strich der Zwergenkönig mit der Hand durch seinen Bart und sein Blick kehrte sich nach innen. Nach einiger Zeit fragte er: »Mehr hat diese … Frau nicht gesagt?«

Lormak schüttelte den Kopf.

»Was bewacht wurde im Stein …«, murmelte Gomgrash.

Einer seiner Berater beugte sich zu ihm und flüsterte etwas.

Gomgrash machte einen besorgten Laut, dann stand er auf. »Ist diese Iorla eine Seherin?«

»Das sicher auch«, erwiderte Lormak.

»Eine mächtige Seherin?«

»Ich würde sagen, die mächtigste, die es gibt.«

Die Farbe wich aus Gomgrashs Gesicht. »Am meisten Sorge bereitet mir, dass sie ›Sucht, was bewacht *wurde*‹ gesagt hat und nicht ›Sucht, was bewacht *wird*‹.« Er schüttelte den Kopf, wie um eine Aura zu zerstreuen, den Widerhall böser Schwingungen. »Nein, es ist unmöglich. Das kann einfach nicht sein.« Forschen Schrittes bewegte er sich in Richtung Ausgang. »Folgt mir!«

Gebannt beobachtete Lormak, wie Gomgrash sich der verschlossenen Eisentür näherte. Der König nahm einen Schlüssel und führte ihn ins Schloss. Ein Knirschen und Quietschen von Metall, das man lange nicht bewegt hatte. Mit einem Ächzen stieß er sie auf.

Seine Eskorte heftete sich an seine Fersen, danach die Gefährten, allen voran Halron. Lormak und Xurodas gingen als Letzte, Xurodas mit offenkundigem Desinteresse, Lormak mit einem bangen Gefühl, das er nicht benennen konnte.

»Wartet!«, rief Zuraja plötzlich. Jeder erstarrte. Nur das Knistern der Fackeln war zu hören, deren flackernder Schein die Wände der Höhle erhellte.

»Ich spüre den Nachhall mächtiger Magie«, sagte sie atemlos. »Überaus mächtiger Magie.«

»Das ist Crangorra«, sagte Gomgrash – und wirkte gleichermaßen erleichtert wie erfreut über Zurajas Worte. »Er ist der Wächter, geschaffen aus Metall und Magie nach der dunklen Zeit der Totenkriege, zu hüten, was niemand je wieder sehen darf.« Er lächelte, nahm einem seiner Soldaten eine Fackel aus der Hand und schritt zu einer Brüstung. Ohne zu zögern, schleuderte er die Fackel in die Tiefe dahinter, beugte sich übers Geländer und wartete offenbar auf etwas.

Zeit verstrich.

Schließlich drehte sich Gomgrash herum, kam zu ihnen zurück, totenblass im Gesicht und auf so wackeligen Knien, dass ihm zwei seiner Männer beisprangen und stützten.

»Das kann nicht sein«, stammelte er, »kann nicht sein …«

Er richtete sich auf, schöpfte bebend Atem. Seine Soldaten verbeugten sich und traten zurück.

Nach kurzem Zögern bellte er etwas auf Zwergisch, es klang, als würde ein Hammer einen Brocken Gestein zertrümmern. Zwei seiner Krieger machten auf dem Absatz kehrt, eilten aus der Kaverne. An Zuraja gewandt, sagte Gomgrash: »Ihr sagt, Ihr spürt mächtige Magie.«

Sie nickte geistesabwesend und ihr Blick glitt über die Felswände, ohne sich irgendwo festzusetzen. »Ja, das stimmt.«

Hilflos warf Gomgrash die Arme in die Höhe. »Der Wächter wurde durch Magie geschaffen. Ich dachte, Ihr meintet *diese* Magie!«

»Ich weiß nicht«, murmelte sie. »Ich brauche mehr Zeit.«

Die Krieger kehrten zurück, dicke Seile in den Händen, welche sie um die Brüstung knoteten.

Sofort umfasste Gomgrash einen der Stricke und kletterte auf die andere Seite. »Das Siegel der Kammer ist intakt. Wie ist das passiert?« Kopfschüttelnd machte er sich daran, sich am Seil herabzulassen.

Aus einem Impuls heraus folgte Lormak ihm. Vorsichtig ließen er und ein paar Zwergenkrieger sich hinab in die Tiefe. Unten angelangt, nahm Gomgrash die Fackel auf, die er hinabgeworfen hatte, und ging vorsichtig vorwärts. Das Licht glitt über verbogene Metallteile, die überall verstreut lagen, manche nicht größer als Lormaks Hand, andere von den Ausmaßen einer Hauswand.

Inmitten der Trümmerwüste blieb Gomgrash mit hängenden

Schultern stehen. »Wie konnte das passieren? Ich verstehe es nicht …«

»Ich würde meinen«, sagte Lormak, »jemand war stärker als der Wächter.«

»Unmöglich!« Gomgrash ging weiter.

Nach einiger Zeit gelangten sie zu einem in der Mitte durchgebrochenen, massiven Stein, der die kreisrunde Öffnung dahinter verschlossen hatte. Er lag am Boden, genauso nutzlos wie der Wächter. Der König zischte einen zwergischen Fluch und betrat die kleine Kammer. Bevor er einen Fuß in sie setzte, wusste Lormak aufgrund des Geruchs, der ihm in die Nase wehte, was ihn erwartete.

Alles war verbrannt.

Einst mussten hier hölzerne Regale gestanden haben. Überreste derselben lagen im Raum verteilt, zusammen mit ein paar verkohlten Pergamenten und Buchdeckeln.

Ein Wutschrei platzte aus Gomgrash heraus.

Lormak und die Soldaten zuckten zusammen.

Schwer atmend und fassungslos sah der König sich um, ehe er, sein Gesicht wie in Stein gegossen, zu den Seilen zurückkehrte und sich mit zornigen Pumpbewegungen seiner Arme nach oben hievte. Lormak tat es ihm gleich und schwang sich wenig später über die Brüstung.

»Habt Ihr schon etwas herausgefunden, Zauberin?«, fragte Gomgrash.

Zuraja, nahe einer der Wände am Boden kniend, winkte ihn herbei.

Sowohl die Gefährten als auch die Soldaten standen im Kreis um sie herum und starrten den schwarzen Stein an, den sie in die Schale ihrer Handflächen gebettet hatte.

Sie erhob sich. »Mithilfe dieses Artefakts ist jemand hierher gelangt. Ein Teleportstein aus der Zeit der Alten, wie mir scheint. Es handelt sich dabei um ein äußerst seltenes und wertvolles Relikt. Bis jetzt habe ich nur davon gehört. Und glaubt mir, ich habe bereits viele Artefakte in den Händen gehalten, keines davon jedoch auch nur annähernd so mächtig wie dieses. Es muss ein Gegenstück geben«, fuhr sie fort. »Verfügt man über genug arkane Kraft, kann man – in der Dauer eines Wimpernschlags – von einem Stein zum nächsten reisen.«

»Das wird ja immer bunter!«, knurrte Gomgrash. Dann klappte sein Kiefer herunter. »Moment, das heißt, dass … dass jemand schon einmal hier gewesen sein muss! Sonst könnte der Stein ja gar nicht hier gelegen haben, oder?«

»Das stimmt.«

Gomgrashs Gedanken rasten, man sah es an seinem Blick, der glatt durch Zuraja hindurchging. »Nur einmal«, er stockte kurz, »nur einmal während meiner Regentschaft habe ich einem Fremden gestattet, diesen verbotenen Ort zu betreten! Ich war ständig an seiner Seite … Wie hat er das gemacht?« Vor Zorn schlug sich Gomgrash mit der Faust auf den Oberschenkel. »Ich hätte es wissen müssen! Diese Augen! Ich kenne dieses Glitzern. Trotzdem habe ich mich von seiner geständigen, reumütigen Art blenden lassen. Gomgrash, du tumber Stein! Kein Wort hat er ehrlich gemeint. Von Anfang an war es sein Plan, diesen vermaledeiten Stein in Mjallanor zu platzieren, auf dass er eines Tages zurückkehren kann. Und ich präsentiere ihm die Lösung dieses Problems auf dem Silbertablett, indem ich ihn herführe! Abschrecken wollte ich ihn – stattdessen habe ich ihm geholfen bei seinem durchtriebenen Spiel! Axt und Stein!«, brüllte er, riss sich die Krone vom Kopf und feuerte sie auf den Boden. Es klirrte, und hüpfend und schlitternd verschwand sie in die Dunkelheit. Einer der Zwerge hetzte hinterher und hob sie ehrfürchtig auf.

Gomgrash ballte die Fäuste, warf den Blick nach oben, als befände sich über ihm das Firmament, und schrie: »Iridon Vulkola, du spitzohriger Lügner! Ich werde dich finden, egal in welchen Winkel Yurs du dich verkrochen hast!«

»Es war ein Elf«, flüsterte Zuraja.

»Elf oder nicht«, sagte Avi. »Wie es aussieht, wissen wir nun, wer unser Feind ist.«

»Wieso?«, fragte Boras. »Wir haben doch keinen Schimmer, was genau er verbrochen hat. Wahrscheinlich hat er ein paar wertvolle Zwergenklunker mitgehen lassen und das war's.« Nun leiser, fügte er hinzu: »Jedes Kind weiß, dass diese Raffzähne ausrasten, wenn ihnen jemand etwas unter dem Arsch wegstiehlt.«

»Nein«, sagte Avi. »Iorla hat Lormak diesen Hinweis gegeben, und das nicht ohne Grund. Ich bin sicher, der Übeltäter ist eine, wenn nicht *die* zentrale Figur. Wir müssen diesen Iridon Vulkola finden und ihm das Handwerk legen.«

An Gomgrash gewandt, der gerade seine leicht verbogene Krone zurück auf sein Haupt setzte, fragte sie: »Was genau ist hier passiert?«

»Crangorra, der Wächter, der geschaffen wurde, um die dunklen Schriften Desjenigen, Der Unglück über alle heraufbeschwor, zu bewachen, wurde bezwungen. Unten ist vieles verbrannt, doch ist nicht auszuschließen, dass einige Aufzeichnungen entwendet wurden.«

»Erst wandeln die Toten auf Yur«, sagte Avi, »dann, Hunderte von Jahren später, die Dämonen. Erst Arsamons Armee, dann Belzuurs. Da muss ein Zusammenhang bestehen.« Sie drehte sich zu Zuraja. »Wäre es möglich, dass man die Aufzeichnungen Desjenigen, Der Unglück über alle heraufbeschwor, als Grundlage nimmt, um die Dämonen zu entfesseln?«

»Das kann ich nicht sagen«, gestand Zuraja ein, fast entschuldigend.

»Für mich«, sagte Halron, »der ich über keinerlei magische Begabung verfüge, klingt das zumindest plausibel.«

»Was machen wir jetzt?«, fragte Boras.

Mit der linken Hand kratzte Zuraja sich am Kopf, während sie den Teleportstein in ihrer rechten betrachtete. Schließlich fragte sie: »König Gomgrash, in meiner Funktion als Gesandte des Königs von Lantra habe ich den ehrlichen und offenen Austausch mit Euch als sehr angenehm und hilfreich empfunden. Deswegen hoffe ich – in meiner Funktion als Magierin –, dass Ihr meiner nächsten Frage ebenso offen und ehrlich begegnet: Wer hütet die Magie, welche Mjallanor durchdringt? Oder anders gefragt: Wer sorgt für die magische Energie, die den Wächter speist beziehungsweise gespeist hat? Es wäre sehr wichtig zu wissen.«

Der König sah sie einen Moment lang unergründlich an, ehe er seufzte: »Ihr habt recht: Angesichts der Situation erscheinen Geheimnisse als unangebracht. Obwohl verpönt und per Gesetz sogar verboten, gibt es Magie in Mjallanor, bewacht und am Leben gehalten von einem geheimen Zirkel, von dessen Existenz allein ich und ein paar meiner engsten Vertrauten wissen. Ohne diese Magie würde Mjallanors Glanz rasch verblassen.«

»Ich danke Euch«, sagte Zuraja. »Verzeiht, wenn ich das so geradeheraus sage: Etwas anderes hätte ich auch nicht geglaubt. Ich weiß jetzt, weshalb mich die magische Aura dieses Ortes anfangs so verwirrte: Einerseits ist der Zauber, der den Wächter speiste, noch aktiv, andererseits wurde hier zusätzlich mächtige Magie gewirkt. Magie, die ihn zerstörte, und Magie, welche den Teleportstein aktivierte. Wie es aussieht, hat sich an dieser Stelle ein seltsames Phänomen manifestiert.« Sie sah den König an. »Ich nehme an, zum Bau Crangorras wurden auch Artefakte der Alten verwendet.«

»Das weiß ich nicht«, erwiderte Gomgrash.

Einer seiner Berater trat an ihn heran und flüsterte ihm etwas ins Ohr.

Der König nickte. »Ja, es waren auch Artefakte der Alten dabei.«

Zuraja lächelte schmal. »Offensichtlich hat sich die Magie, die Eure Magier aufbringen, um den Wächter zu speisen, nach dessen Zerstörung auf den Teleportstein übertragen, sozusagen von einem Artefakt der Alten auf das andere.«

»Und das bedeutet?«, fragte Gomgrash leicht verwirrt.

»Es bedeutet, dass diese Magie seit der Zerstörung des Wächters das Artefakt speist – und es mit Energie versorgt. Ein wenig mehr, und es wäre vielleicht möglich, den Teleportstein erneut zu aktivieren.«

Wie jeder andere auch dachte Lormak über das Gehörte nach und wie jeder andere gelangte er zum selben Zeitpunkt zu demselben Ergebnis – mit dem Resultat, dass alle wie auf ein ungehörtes Kommando hin ungestüm durcheinanderredeten.

Nach einigen Momenten bat sich Zuraja lauthals Ruhe aus und machte beschwichtigende Gesten. »Das ist nur eine – nun seid doch endlich leise! – Mutmaßung. Es hängt davon ab, ob ich die arkane Struktur des Zaubers nachzeichnen kann, und auch davon, ob Eure Magier« – sie sah Gomgrash an – »sowohl stark genug als auch in der Lage sind, in Kontakt mit mir zu treten.«

»Ich kann mir nicht vorstellen, dass das klappt«, sagte Boras, sein Blick starr auf den schwarzen Teleportstein in ihrer Hand gerichtet, und Lormak hörte deutlich, dass er *hoffte,* es würde nicht klappen.

»Wenn ich das richtig verstehe«, sagte Gomgrash, »könnte man zu dem Ort reisen, an dem der andere Stein ist.«

»Darum geht es«, sagte Zuraja.

Boras wackelte ablehnend mit dem Zeigefinger. »Wie wär's, wenn man erst einmal fragt, ob man überhaupt bereit ist, mit diesem magischen …«

»So weit sind wir noch gar nicht«, sagte Zuraja ungeduldig, »denn es gibt vorab einiges zu klären.« Erneut sah sie Gomgrash auffordernd an.

Nach einiger Zeit nickte er. »Ich werde die … *Drollgur* holen.« Er flüsterte seinem Berater etwas ins Ohr. Dessen Augen weiteten sich und er murmelte etwas zurück.

Gomgrash schob die buschigen Brauen zusammen.

Der Berater nickte und eilte von dannen.

Avi legte Zuraja die Hand auf den Unterarm. »Sag, wie viele können den Stein benutzen?«

Zuraja zuckte die Schultern. »Ich denke, der Stein hat einen bestimmten Radius. Wer sich darin befindet, wird teleportiert – vorausgesetzt, es steht genügend Magie zur Verfügung.«

Lormak zog Avi mit sich, weg von den anderen. »Bevor wir diesbezüglich weitere Überlegungen anstellen, will ich dich etwas fragen: Sagt dir der Name Iridon etwas?«

Sie schüttelte den Kopf.

»Mir auch nicht. Wieso tut sich plötzlich diese neue Fährte auf? In meinen Träumen fällt immer wieder der Name Vulodas. *Er* steckt hinter der Dämonenplage, nicht irgendein Elf.«

»Ich weiß es nicht«, sagte Avi sanft. »Vertrau Iorla, vertrau Jaminara.«

»Du meinst, wir sollen den Teledingsbums-Stein benutzen?«

»Ich bin mir sicher.«

»Gut, versuchen wir es.« Er lächelte. »Denn ich vertraue *dir.*«

Ihre Blicke fanden sich, Lormak spürte den Sog ihrer klaren, grünen Augen. Er wollte ihre Hand nehmen. Stattdessen ballte er die Fäuste. »Wir müssen vorbereitet sein. Wer weiß, was uns erwartet, wenn wir in unbekanntem Gebiet auftauchen.« Damit wandte er sich brüsk ab. In seiner Brust wütete ein Blitzgewitter, das beim Blick in ihre Augen losgebrochen war.

Einige Zeit wägte man das Für und Wider ab, den Teleportstein zu aktivieren. Letztendlich aber lag die Entscheidung auf der Hand: Eine bessere Möglichkeit, mit etwas Glück direkt ins Herz des Feindes vorzustoßen, würde sich nicht auftun. Selbst Boras sah es schließlich ein. Gomgrash ließ alles Nötige in die Wege leiten. Proviant wurde herbeigeschafft, dazu Waffen und Rüstungen, aus denen die Gefährten frei wählen durften. Des Weiteren fragte Gomgrash die Soldaten seiner Leibgarde, wer von ihnen tapfer genug sei, die Gefährten auf ihrer gefährlichen Mission zu begleiten.

In einer geschlossenen Linie traten sie vor.

»Dann geht alle«, sagte Gomgrash auf Zwergisch und Krax übersetzte für die anderen. »Beschützt sie, wie ihr mich beschützt. Ihr seid die Besten der Besten, *Rongarrim,* vergesst das nicht!«

»Rongarrim!«, brüllten die Leibgardisten.

»Ihr kennt nicht Angst noch Mutlosigkeit!«

»Rongarrim!«

»Eure Äxte und Schwerter schneiden selbst die Steine der Berge! Ihr seid unbesiegbar!«

»Rongarrim!«

»Ich bin stolz auf euch, wie eure Väter stolz auf euch sind! Rongarrim!«

»RONGARRIM!«

Gomgrash nickte zufrieden. »Nun geht, erzählt euren Familien und Liebsten von eurer Mission. Dann kehrt zurück, stärker und mutiger denn je!«

Im Laufschritt verließen die Zwerge die Höhle, ein kurzer, massiver Wurm aus Äxten und Panzerplatten und wuchtigen Helmen.

Gomgrash blickte ihnen nach. Seine Augen glitzerten, ob vor Tränen oder vor Härte, konnte Lormak nicht sagen, denn das Fackellicht warf zu viele Schatten.

Er spürte eine Hand auf der Schulter, die ihn zur Seite zog.

Xurodas.

Lormak war verblüfft. Den ganzen Tag hatte der Kerl kein Wort gesagt, schlimmer noch, nicht einmal zugehört, weswegen er die Arme vor der Brust verschränkte und brummte: »Was gibt es? Brauchst du Hilfe beim Nasebohren?«

»Witzig …« Xurodas schwenkte den Blick zu den anderen, ging noch etwas weiter weg und sagte mit leiser Stimme: »Seit Avi wieder da ist – also, seit sie wieder gesund, meine ich –, erinnere ich mich sogar, wenn ich wach bin.«

Lormak entsann sich der Stimme, die ihm auftrug, das Tanzen zu erlenen. »Ist mir auch schon passiert. Sei froh darüber.«

Xurodas räusperte sich. »Ich weiß, wie du mal zu Urruk Darn und mir gekommen bist. Wir saßen am Tisch, du hast dich zu uns gestellt und dann hast du gefragt: ›Wie geht es euch damit, dass wir in Yelion Dutzende wehrlose Elfen abgeschlachtet haben?‹ Ist mir echt kalt den Rücken runtergelaufen.«

»Davon habe ich ebenfalls geträumt«, sagte Lormak.

»Vom Massaker?«

»Nein, dass ich euch darauf anspreche.«

Xurodas' Blick kehrte sich für einen Moment nach innen. »Sie standen auf diesem verdammten Platz. Und Gorn, dieses Aas, hat angeordnet, dass wir sie umbringen.« Er schnippte mit den Fingern. »Einfach so. Manchmal denke ich, ich hätte ablehnen und mein Glück ohne euch versuchen sollen.«

»Glück?«

»Wir gehen doch eh alle drauf.«

»Aber nicht kampflos.«

Xurodas gab einen abschätzigen Laut von sich, ehe seine Augen wieder diesen abwesenden Ausdruck annahmen. »Niedergemetzelt haben wir sie, dass wir knöcheltief im Blut wateten. In Stücke gehauen, Männer, Frauen und auch Kinder. Ein paar junge Dinger haben wir verschont, um sie anschließend zu ficken.«

Lormak sah zur Seite, ob die Gefährten etwas mitbekamen. Zum Glück redeten sie laut. »Haben wir da auch … ?«

Xurodas sah ihn nur an. Sein Blick war schlimmer als jedes Wort.

Lormaks Herz stolperte, er wandte sich ab und fasste sich an den Kopf, als zerschnittene Bildfetzen aufblitzten: Blut und noch mehr Blut, Kehlen, die sich im Stahlregen öffneten, klaffende Wunden. Nackte Körper, die sich zusammenkauerten, schreckensweite Augen, die sich auf ihn richteten.

Seine Hand, die eine Elfe packte und mit sich zerrte.

»Siehst du es?«, fragte Xurodas.

»Halt die Klappe!« Lormak schüttelte den Kopf und begrub die Eindrücke unter Selbstbeherrschung. Er war genauso ein Tier gewesen wie alle anderen damals. Ein Tier, und das ohne Dämon.

»Wie es aussieht, sind wir jetzt, verschmolzen mit dem Dämon, bessere Menschen, als wir es einst waren.« Xurodas gab ein leises, finsteres Lachen von sich. »Was für eine Ironie. Da hoffen wir auf Rettung, auf Erinnerungen an unser Leben davor – und greifen, ohne es zu ahnen, noch viel tiefer in die Scheiße.« Er schluckte ob des schlechten Geschmacks in seinem Mund und atmete tief durch. Verdammt, wie sollte er seine Seele jemals reinwaschen? Wie es aussah, *verdienten* Xurodas, Urruk Darn und er die Dämonen, die sie peinigten!

»Hörst du sie manchmal auch?«, fragte Xurodas, leise und rau, als spräche er aus einem Grab.

Lormak runzelte die Stirn. »Wen?«

»Diese Stimme, die einem durch den Kopf säuselt.«

»Was genau meinst du?«

Xurodas winkte ab. »Nicht so wichtig«, murmelte er und ging zurück zu den anderen.

Es war ein schönes, nachgerade rührendes Bild, wie die anderen Zuraja zum Abschied umarmten. Die Magierin, die sich nach außen meist beherrscht gab, kämpfte darob mit den Tränen. Gomgrash und die anderen Zwerge hielten respektvollen Abstand, als persönliche Worte gewechselt wurden.

Ihre Wege würden sich trennen, denn Zuraja musste sowohl den Zauber überwachen als auch ihre Kraft mit der der Drollgur verschmelzen, jener geheimnisvollen Zwerge, die in steingrauen Roben abseits in den Schatten warteten.

Alles in allem war Zurajas Wegfall ein herber Verlust, denn sie war die einzige Zauberwirkerin, die sie hatten. Gegen magische Gefahren waren sie also schlecht gerüstet – und sollten sie dereinst jenem Mann oder Elf oder was auch immer gegenübertreten, der nicht nur dieses Artefakt aktiviert, sondern sogar den Wächter bezwungen hatte, wäre eine mächtige Magiern wie Zuraja dringend vonnöten.

Lormak vermochte nicht zu sagen, auf wen die schwereren Prüfungen warteten: auf die kleine Gruppe, die sich wahrscheinlich weit hinter die feindlichen Linien teleportierte? Oder auf die Zwerge und Menschen und alle anderen, die sich mit der Hauptstreitmacht der Dämonen zu messen hatten?

»Lormak!«, rief Zuraja und breitete die Arme aus.

Zögernd ging er zu ihr.

Er war überrascht, als sie die Arme um ihn schlang und einen Moment lang den Kopf fest an seine Brust drückte.

Er schluckte. »Danke.«

»Es tut mir leid«, sagte sie. »Ich weiß, dass du nicht du selbst warst, als du …« Sie verstummte und lächelte. »Du musst meine Freunde beschützen.«

»Das werde ich.«

Sie küsste ihn auf seine von Dämonenmalen überzogene Wange.

»Du musst das nicht tun«, sagte er befangen.

Sie grinste. »Das bisschen Dämon halte ich aus.«

Als Letztes verabschiedete sie sich von Avi. Die beiden redeten einige Zeit leise miteinander und Avi drückte sie fest an sich, Tränen in den Augen. Während ihrer Krankheit war es Zuraja gewesen, die sich nach Lantyrias Tod am meisten um sie gekümmert hatte.

Nun rief Gomgrash die Drollgur herbei und Krax übersetzte, was Zuraja den Zwergenmagiern auftrug.

Avi stellte sich nahe dem Teleportstein auf. »Machen wir uns bereit.« Nach und nach gesellten sich die Gefährten sowie das Dutzend schwer gerüsteter Zwerge zu ihr und fassten sich an den Händen.

Als Letzter kam Krax zu ihnen. Gebannt warteten sie auf den Beginn des Zaubers.

Lormak spürte das Gewicht an seiner Hüfte, das Gewicht der Klinge, die Iorla ihm geschenkt hatte.

Rankura.

Keine Wiederkehr.

Das Schwert würde viel Arbeit bekommen. Sein Blick glitt über die Gefährten, alle in schwerer Rüstung, selbst Avi. Gomgrash hatte ihnen ein Vermögen zum Geschenk gemacht, Rüstungen, welche sich nur Fürsten und Könige leisten konnten. Alle, Rongarrim wie Menschen, sahen entschlossen aus, bereit, den nächsten Schritt dieses langen Weges zu wagen.

Der schwarze Stein begann zu glühen, die Symbole erwachten zum Leben …

5

VOR 20 JAHREN …

RAU KRATZTE die Feder über das Pergament, ein Wort fügte sich ans andere. Zufrieden mit dem Fortschritt an diesem Tag steckte Iridon die Feder ins Tintenfass, blickte zum offenen Fenster, durch das ein sanfter, wohltuender Wind strich.

Sein Kreuz zwickte, wie so oft in letzter Zeit. Inzwischen kam er mit dem hässlichen Menschenkörper besser klar, da er einige Pfunde abgespeckt hatte, sodass er sich nicht mehr wie ein aufgeplatzter Fleischsack fühlte, wenn er Treppen stieg. Andererseits war er schwächer geworden, vor allem in den Armen. Offensichtlich hatte Vulodas damals in stetem Rhythmus an Waffengängen teilgenommen. In einem vor wenigen Tagen eingegangenen Schreiben irgendeines Offiziers fragte dieser, wo er, Vulodas, denn abbliebe; ob er die Lust verloren habe?

Geantwortet hatte er nicht.

Es gab Wichtigeres zu tun.

Überhaupt mied er den Kontakt zu anderen Menschen, was allerdings niemand kommentierte. Entweder war Vulodas ein Einzelgänger gewesen oder man vermisste seine Gesellschaft nicht sonderlich. Iridon ging von Letzterem aus. Die einzige

Ausnahme bildete Lormak Trenkulja, ein Hauptmann der Ehernen Garde. Mit diesem traf er sich ab und an, und sie redeten über philosophische Aspekte des Lebens.

Iridon verwunderte es, dass ein Soldat Zugang zu tiefgründigen Themen fand und nicht einzig und allein an Völlerei und Vielweiberei dachte, und musste zugeben, dass er diese Treffen recht erquicklich fand.

Für einen Menschen war Lormak recht redegewandt und gewieft. Hatten sie über ein Thema geredet, die Sterblichkeit oder den Glauben an die Götter beispielsweise, griff er dies beim nächsten Gespräch wieder auf und lieferte oft interessante Thesen und Ansichten, ein Indiz, dass er darüber räsoniert hatte. Dass er diese Fähigkeit besaß – nachhaltig und ausdauernd über etwas zu kontemplatieren –, erhob ihn über die meisten anderen seiner Rasse, denn Denken gehörte definitiv nicht zu den Stärken der Menschen. Unglaublich, wie sie es geschafft hatten, sich an die Spitze Yurs zu arbeiten. Gut, zum einen lag es daran, dass sie sich vermehrten wie Stallschweine, zum anderen, dass sie ihre Interessen vehement, ja brutal durchsetzten.

Verschwommene Zerrbilder pflanzten sich vor ihm auf, zeigten die toten Körper seiner Frau und Tochter. Iridon zwängte sie zurück in die Tiefe, der sie entstiegen waren. Obwohl sie seine Rache nährten, überkamen sie ihn mittlerweile immer seltener.

Es war, als würde sein Durst nach Rache von selbst kommen, ohne sein Zutun, als wäre er ein Teil von ihm geworden, eine kreatürliche Regung wie das Atmen.

Er würde die Menschen nicht nur vernichten – er würde sie leiden lassen. Hass flutete durch seine Adern. Starr hockte er im Stuhl, die Muskeln gespannt, sein Atem ging in keuchenden Stößen. Mit dem Hass war es das Gleiche wie mit dem Verlangen nach Rache. Beides war allgegenwärtig. Manchmal fragte er sich, ob es … ja, ob es wirklich sein eigener Hass war, den er da spürte. Wie konnte eine derart starke Emotion in unveränderlicher Heftigkeit durch ihn hindurchpulsen, monoton wie Regen, wie

Brandungsrauschen? Manchmal war es ihm, als würde etwas anderes in ihm diesen Hass auslösen, etwas Fremdes, als lebte noch ein anderes Wesen in ihm. Suchte er danach, fand er nur sich selbst.

Es war seltsam.

Ein Klopfen an der Tür riss ihn aus seinen Gedanken.

Iridon schob seine Aufzeichnungen zu einem Stoß zusammen und legte eine Liste darüber, die sich mit der Proviantversorgung der Truppen in Yelion befasste. »Ja?«

Leise quietschend schwang die Tür auf.

Er blickte über die Schulter, sein Gesicht grimmig.

Tynn Bradas steckte den Kopf herein. Es dauerte, bevor er sagte, was er wollte, eine Angewohnheit, die Iridon auf die Nerven ging. Als müsse dieser Möchtegernmagier jedes Mal aufs Neue überlegen, was er eigentlich wollte.

Die klaren Augen musterten Iridon ausdruckslos. Nur auf der hageren Wange zuckte ein Muskel neben der schmalen Nase, was einen schwachen Impuls auslöste, der den geckenhaften, mit Silberdraht umflochtenen Bart für einen Lidschlag erzittern ließ.

»König Gorn wünscht Euch zu sprechen.«

»Ich bin gleich fertig.«

»Es ist dringend.«

»Nach Euch.« Iridon stand auf, warf einen Senkblick zu seinen Aufzeichnungen – die Liste verdeckte sie vollständig –, schloss die Tür ab und folgte Tynn Bradas durch die schnörkellosen, kahlen Korridore des Palasts. Sinn für Ästhetik hatte Gorn wirklich nicht.

»Um was geht es?«, fragte Iridon und versuchte, den Zorn aus seiner Stimme zu halten.

»Das wird Euch der König selbst sagen.«

Am liebsten hätte er diesem spröden, hochfahrigen Gerippe die Gurgel umgedreht.

Bald würde dieser Jahrmarktbudenzauberer genauso wie der Rest seiner verdorbenen Rasse untergehen!

In Sachen arkaner Macht hatte Iridon von Tynn Bradas – wie

auch von allen anderen Magiern Yurs – nichts zu befürchten. Wenn er wollte, könnte er ihn zerquetschen wie einen Käfer.

Wieso hatte er das nicht längst getan?

Viel Mühe hätte es ihn nicht gekostet. Allerdings hätte dies für Aufsehen gesorgt, etwas, das Iridon vermeiden wollte. Deswegen hielt er sich bedeckt, verbarg seine magische Aura vor Tynn Bradas. Es war so leicht, dass er eigentlich den ganzen Tag lang gähnen könnte. Ärgerlich war allerdings, dass er durch Tynn Bradas' unerwartetes Erscheinen seine Kammer nicht hatte magisch sichern können – das hätte selbst ein Menschenmagier gemerkt. Andererseits, wieso sollte sich jemand unerlaubt Zutritt zu seiner Kammer verschaffen? Niemand schöpfte Verdacht gegen ihn.

Oder doch?

Hatte er in seinen Gesprächen mit Lormak zu viel angedeutet? Angestrengt dachte er nach. Ein paarmal hatten sie über epische Gerechtigkeit disputiert: Sollte ein jeder bestraft werden, der einmal etwas Böses getan hatte, von einer höheren Macht, einem göttlichen Schiedssprecher vielleicht? Iridon hatte dabei angemerkt, was die Menschen verbrochen hatten, um ihre niederen Ziele und Triebe zu befriedigen.

War das zu offensichtlich gewesen? Ein paarmal hatte Lormak – gerade am Anfang ihrer Bekanntschaft – angedeutet, dass er, Vulodas, sich verändert habe, im selben Atemzug aber beteuert, dass ihm der »neue« Vulodas um einiges angenehmer sei als der »alte«. Iridon hatte sich herausgewunden, indem er von moralischer Erkenntnis und ähnlichem Firlefanz salbaderte.

Hatte er zu viel preisgegeben? Ungewollt zu viele Hinweise gestreut, die einen findigen Geist auf die richtige Fährte führen könnten?

Iridon machte im Gehen eine wegwerfende Handbewegung. Nicht selbst verrückt machen! Er war kurz vor dem Ziel. Bis jetzt war alles so gelaufen, wie er es sich ausbedungen hatte. Der Anfang vom Ende der Menschheit war nah!

Dann würde auch Lormak sterben …

Ihn überraschte, dass dieser Gedanke ihn traurig stimmte. Trotzdem blieb er hart. Es war nicht zu ändern.

Vor Gorns Gemächern hielt Tynn Bradas an. Die beiden Wachen vor der Tür salutierten und traten beiseite.

Wortlos hieb Iridon mit den Fingerknöcheln dagegen und ein brummiges »Herein!« drang durch die Tür. Ohne Abschiedsgruß an Tynn Bradas zog er sie auf, trat ein und ließ sie etwas heftiger als nötig ins Schloss fallen.

König Gorn, eine zerschlissene, blassrote Robe auf den Schultern, schaute aus dem Fenster, die großen Hände fassten mit weißen Knöcheln hinter dem Rücken ineinander. Erst nach einiger Zeit drehte er sich herum und musterte Iridon aus wintergrauen Augen. Sein längliches, hartes Gesicht mit den Schläfenwülsten war abstoßend, desgleichen die hervortretenden, knotigen Adern auf den Unterarmen, die aus einem Oberhemd herausschauten, das wie der Rest seines Habitus bereits bessere Tage gesehen hatte. Genauso wenig wie die Dekoration des Palastes interessierten Gorn Kleidung, Nahrung, Körperpflege oder irgendeine Art von Zerstreuung. Einzig dem Wein war er zugetan, viel mehr als seiner Frau, wie man sagte, obwohl diese hochschwanger war und in den nächsten Tagen ein Kind erwartete.

Dieses Kind würde der Anfang sein, das Kind jenes Königs, der seine Familie tötete!

Ein Lächeln zupfte an Iridons Mundwinkeln.

Gorn hatte ihm die Tochter genommen und er würde ihm den Sohn nehmen, den Thronfolger – aber nicht auf ähnlich plumpe Weise, nein: Seine Rache hatte Finesse.

»Wir haben Vandur«, raunte Gorn. »Der zweite Streich nach Inkarth, diese blutsaugenden Zecken an der Flanke unseres Reichs.«

»Ich habe bereits davon gehört«, erwiderte Iridon mit geheuchelter Begeisterung. »Wieder ein Sieg für Eure Exzellenz.«

»Schnee von gestern«, brummte Gorn und begann, vor seinem Arbeitstisch, auf dem Geländekarten mit Truppenaufstellungen lagen, auf und ab zu gehen. »Lantra ist unser neuer Feind!« Ein rötlicher Teint übergoss die Wangen und er ballte die Faust, als hätte Lantras König tatsächlich einen Affront begangen, den es zu sühnen galt – was natürlich nicht der Fall war. Trotzdem sprach Gorn so wütend, dass ihm Speicheltröpfchen von den Lippen spritzten. »Unsere ersten Angriffe haben diese feigen, räudigen Begatter von Ziegen tatsächlich abgewehrt!« Er blieb stehen, zitterte am ganzen Leib und schöpfte tief und bebend Atem. »Das ist ungeheuerlich! Nichts und niemand hält mich auf!« Sein Schrei stand an der Kippe zum Kreischen. »Niemand!«

»Ich bin sicher, die Eherne Garde wird auch diesmal den Erfolg bringen.«

»Das sollten sie besser – sonst lasse ich jeden einzelnen dieser jämmerlichen Versager hinrichten!«

Er würde Gorn sogar zutrauen, dass er so dumm war …

»Die Besten der Besten müssen her!«, schnaubte Gorn und seine Augen blitzten. »Darn und Trenkulja werde ich zu diesen Ziegenfickern schicken! Dann werden sie schon sehen!«

Darüber wäre Lormak bestimmt nicht erfreut: Je länger der Krieg andauerte, desto weniger war er mit dem Herzen dabei, das hatte er unumwunden zugegeben. Es lag an ihren Gesprächen, dass er inzwischen mehr hinterfragte – sogar die Weisungen seines Königs, dem er den Treueschwur geleistet hatte.

»Ich kann es ihm antragen, wenn Ihr dies wünscht.«

»Ich wünsche es«, sagte Gorn, seine Stimme leiser, aber dafür umso schneidender. »Noch viel mehr wünsche ich allerdings, dass Ihr den Heerbann begleitet!«

Der Satz war kaum verklungen, da erhaschte Iridon aus den Augenwinkeln den Schatten einer Bewegung und er meinte, das Schlagen von Flügeln zu hören!

Sein Kopf ruckte nach links.

Wie der grelle Fleck im Auge, wenn man direkt in die Sonne schaute, hing dort der Nachhall eines Fledermauskörpers, nicht stofflich, sondern durchscheinend wie die Hülle einer Seifenblase.

Der Anblick erschütterte Iridon in seinen Grundfesten. Für einen Moment schwankte der Boden, er musste sich konzentrieren, um nicht zu stürzen.

Die Fledermaus!

Nach all dieser Zeit.

Seit er in Vulodas' Körper geschlüpft war, hatte sie ihn nicht mehr heimgesucht. Anfangs wunderte ihn dies, nach ein paar Wochen jedoch dachte er nicht mehr daran.

»Ihr braucht gar nicht so zu glotzen!«, blaffte Gorn, da es Iridon die Sprache verschlagen hatte. »Habt Ihr geglaubt, Ihr könntet Euch für den Rest des Feldzugs in Eurer Kammer herumdrücken?« Ein arglistiges Glitzern funkelte in Gorns Augen. »Ich habe nicht vergessen, wie Ihr Euch seinerzeit unerlaubt davongestohlen habt! Ihr habt etwas gutzumachen!«

»Ich habe in Yelion lediglich nach dem Rechten ges…«

»Schweigt!«, brüllte Gorn mit verzerrtem Gesicht. »Ihr tut, was *ich* Euch befehle!«

Demütig warf Iridon den Blick zu Boden. »Natürlich, mein König.«

»Yelion interessiert längst niemanden mehr. Meine Kundschafter haben keinen einzigen Elfenarsch in weitem Umkreis von Yelion ausgemacht. Die machen sich in die Hosen vor mir. Die bleiben in ihren von Vögeln zugeschissenen Wäldern, bis der Mond aus der Nachtwiege stürzt!«

Iridon sah auf, die Augen glühend vor Zorn: Zwar dachte er im Grunde genau das Gleiche – doch dass ein *Mensch* sich erdreistete, Derartiges über sein Volk zu sagen!

Gorn bemerkte Iridons Wut nicht, sondern streifte am Tisch entlang. »Ich *befehle* Euch also, die Verstärkungen zu begleiten und alles Nötige in die Wege zu leiten, um diesen Ziegenfickern den Garaus zu machen!«

»Ich freue mich, dass ich Euch behilflich sein kann.«

Gorn grinste ihn an wie ein Wolf. »So mag ich meine Untertanen. Wenn Ihr diese Mission zu meiner Zufriedenheit erfüllt, werde ich mich erkenntlich zeigen. Und die kleine Grafschaft in Inkarth bekommt Ihr auch wieder zurück.«

»Ihr seid zu großzügig«, murmelte Iridon, obwohl es ihn einen feuchten Kehricht interessierte. Er hatte nicht einmal gewusst, von welcher Grafschaft Gorn faselte, als dieser ihn wutentbrannt zu sich zitierte, nachdem er aus Yelion zurückgekehrt war.

»Wie geht es Eurer Gemahlin?«, fragte Iridon höflich und mit falscher Wärme in der Stimme. Er wollte lediglich sicherstellen, dass die Königin das Kind nicht vor der Zeit gebar, sonst wäre sein schöner Plan dahin. Nicht der ganze natürlich, sondern das Sahnehäubchen, auf das er sich jetzt schon freute.

»Wie?«, fragte Gorn, ohne ihn anzusehen, sondern wieselte weiter im Raum herum. Ein Wunder, dass er noch keine Furchen in den Boden gelaufen hatte.

»Eure Gemahlin«, wiederholte Iridon. »Wie geht es ihr?«

»Ach, die liegt den ganzen Tag im Bett und ist unausstehlich.« Er schnaufte empört. »Weibsbild, elendes! Statt froh zu sein, meine Saat austragen zu dürfen, liegt sie einem in den Ohren, welche Schmerzen sie leidet.«

Iridon schwieg betreten. Obwohl ihm das Wohlergehen der Königin genauso wenig interessierte wie diese blöde Grafschaft, ekelte ihn dieser unbeherrschte, größenwahnsinnige Irre derart an, dass er sich zusammennehmen musste, um nicht das Gesicht zu verziehen. Er hoffte, dass Gorn ihn nun entließ.

Weit gefehlt.

Eine gefühlte und qualvolle Ewigkeit schwadronierte er über seine Taktiken herum, die er ersonnen hatte, um die Ziegenficker in die Knie zu zwingen. Er, Iridon, solle genau zuhören, sonst würde er die ganze Sache vermasseln. Und das würde ihm beileibe nicht gut bekommen! Am liebsten würde er die Ziegenficker selbst ausrotten. Aber das war schlechterdings unmöglich, weil die trächtige Kuh jeden Moment werfen könne, und zur Geburt des Balgs müsse er wohl oder übel anwesend sein, schließlich warte das Volk schon so lange darauf. Iandra möge verfügen, dass es ein Bursche werde, sonst werde er jeden verdammten Tag auf einen ihrer Schreine scheißen!

Iridon spielte mit dem Gedanken, den König hier und jetzt zu töten, damit dieses Geseier endlich aufhörte. Mit Mühe riss er sich am Riemen: Es würde seine Rache trüben, wäre der König bei der Geburt seines Kindes nicht dabei – oder besser gesagt bei dem, was ihn danach erwartete.

Als Gorn ihn endlich gehen hieß, hätte Iridon beinahe vor Wonne aufgeseufzt. Flotten Schrittes marschierte er zurück zu seiner Kammer.

Er trat ein, schloss die Tür auf, ging zum Tisch. Seine Augen fixierten den Blätterstoß: Die bedeutungslose Liste lag obenauf. Er hob sie an, blätterte durch seine Aufzeichnungen. Dann traf ihn ein Windstoß aus dem offenen Fenster.

Einen Moment, die Arme in die Hüften gestemmt, schaute er sich um, überlegte. Nein, hier war niemand gewesen. Nichts Auffälliges.

Oder?

Als Abweichung von der Norm konnte man die Tatsache sehen, dass nicht ein Diener oder Soldat oder irgendein anderer Idiot abbestellt worden war, um ihn zum König zu geleiten, sondern Tynn Bradas.

Wieso ausgerechnet der Magier?

Sicher war sicher …

Er drückte den schweren Tisch beiseite und strecke den Kopf aus dem Fenster. Über ihm war ein Vorsprung, der links und rechts zu einem breiten Sims auslief, noch weiter oben die Unterseite eines Balkons. Man musste schon ein meisterhafter Kletterer sein, um durchs Fenster einzusteigen. Andererseits war es nicht unmöglich. Er neigte sich zurück – und bemerkte kleine Fasern, die dirckt unter dem Fenster lagen. Neugierig hob er ein paar davon auf, legte sie auf die Handfläche und besah sie sich genau.

Sein Herzschlag beschleunigte sich: Abrieb von einem Seil.

Er stürzte zur Tür, riss sie auf, spähte nach links und rechts in den Gang.

Niemand.

Leise drückte er die Tür wieder ins Schloss, fuhr sich durchs Haar, knibbelte an der Unterlippe herum. Verflixt! Hatte das etwas zu bedeuten? Was, wenn es nicht heute geschehen war, sondern vor Tagen – oder Wochen? Wussten etwaige Verschwörer von seinem Plan und warteten auf die richtige Gelegenheit, diesen zu vereiteln? Bespitzelte man ihn?

Er würde vorsichtiger sein.

Was, wenn Lormak ihn seit ihrem ersten Gespräch aushorchte?

Iridon setzte sich an den Arbeitstisch, warf die Liste zu Boden und legte die Seite seiner Aufzeichnungen vor sich, die unvollendet war. Die nächsten Tage würde er jedweden Kontakt zu anderen meiden. Sofern man ihm irgendwelche tumben Arbeiten andrehen wollte, würde er Unwohlsein vorschützen. Legte er sich ins Zeug, sollte er in einer halben Woche fertig sein. Entschlossen nahm er den Federkiel, tunkte ihn ein, tropfte ihn ab und begann zu schreiben.

Iridon stahl sich durch die finsteren Gänge des Palasts. Er trug, dem Anlass entsprechend, eine kostbare schwarze Robe mit Goldmustern. Würde ihm jemand über den Weg laufen und sich fragen, weshalb der dem Militärischen zugetane Berater des Königs plötzlich die Kutte eines Magiers trug, wäre dies die letzte Frage, die durch seinen Kopf schießen würde, ehe er starb.

Die Zeit der Heimlichtuerei und des Leisetretens war vorüber.

Heute Nacht würde es geschehen.

Vorfreude packte ihn und er grinste in die Dunkelheit, während er unbemerkt die Treppen erklomm, die zur großen Bibliothek führten. Die wertvolle Büchersammlung, zusammengetragen von Gorns Vorfahren, war der passende Ort: Zum einen genoss Iridon das Fluidum alter, ehrwürdiger Werke – dass sie von Menschen geschrieben waren, schmälerte den Genuss, ließ sich jedoch nicht ändern –, zum anderen war es Gorns Privatbesitz, was hieß, dass nur ihm allein der Zutritt gestattet war. Dies wiederum bedeutete, dass niemand Iridon stören würde: Er hatte dezent herumgefragt und erfahren, dass Gorn nie einen Fuß in die Bibliothek setzte. Beweis dafür war Gorns Intellekt und Ausdrucksweise. Der König war nichts weiter als ein dummer Kesselflicker, der durch das Recht der Geburt eine Position erreicht hatte, die ihm nicht zustand. Am liebsten hätte Iridon ein Lied gepfiffen, doch war das angesichts der späten Stunde und der Stille nicht ratsam.

Dass man ihn beschattete, stand inzwischen fest. Vorgestern hatte Lormak vor seiner Tür gestanden, um ihm einen Plausch anzutragen.

Iridon hatte ihn abgewimmelt.

Später wollte Tynn Bradas ihn sprechen. Auch diesem zeigte er die kalte Schulter.

Diese kleinen Ratten heckten irgendetwas aus, aber Iridon hatte vorgesorgt. Heute Nachmittag hatte er in einem Nebenzimmer ein paar wirre und völlig unnütze Symbole auf den Boden gekritzelt. Er wusste, dass die anderen ihn beobachteten – und denken würden, dort werde er sein Vorhaben in die Tat umsetzen. Bis sie ihn in dem riesigen Palast fanden, wäre alles längst vorbei. Folgen konnte ihm niemand. Beim Verlassen seiner Gemächer hatte er einen Schattenzauber gewirkt, der jeden mit Blindheit schlug, der ihm folgen wollte. Bei sich trug Iridon lediglich eine große Schatulle sowie eine Mappe mit seinen Aufzeichnungen.

Er erreichte die Bibliothek, umfasste den Knauf der verschlossenen Tür, murmelte eine magische Formel. Metall und Holz verzogen sich, bis es ein Knacken gab. Die Tür schwang auf. Iridon trat ein, zog die Vorhänge zu, atmete den geliebten Duft alten, trockenen Pergaments und stellte die Schatulle ab. Aus der

Mappe holte er seine Dokumente, dann sprach er einen Lichtzauber. Eine leuchtende Kugel erschien unter der tonnengewölbten Decke und spendete sanftes, blaues Licht.

Es war so weit.

Was er vorhatte, war alles andere als leicht oder ungefährlich. Nicht einmal der Kampf gegen *Crangorra* reichte da heran. Bei weitem nicht. Dennoch verspürte Iridon keine Angst, lediglich Anspannung. Irgendetwas in seinem Inneren sagte ihm, dass er es schaffen würde. Die Gefahr zu scheitern war gering. Er war zu stark, zu gut. Alnitara blickte wohlwollend auf ihn herab, ihren Schützling, ihren gelehrigen Schüler, der ihren Ruhm mehren würde. Er spürte es. Bei dem Gedanken allein brandete die Magie in seinem Körper auf, schlug gegen die Umfriedung aus Fleisch und Blut.

Sie war ein Biest, wollte entfesselt werden.

»Gleich«, flüsterte Iridon, denn er hatte sich vorgenommen, diesen Moment auszukosten. Er erwartete, dass sich die Vorfreude in höchste Verzückung wandelte, dass er, trunken vor Gedanken an seinen bevorstehenden Triumph, in Ekstase verfiel, ein Leuchtfeuer der Sinne.

Dies jedoch geschah nicht.

Er seufzte, halb enttäuscht, halb bestätigt. Er hatte geahnt, dass selbst sein größter Geniestreich, sein Meisterstück, irgendwie *normal* vonstattengehen würde. Schließlich hatte er niemals von einem Feldherrn gehört, der in Erwartung des Sieges Freudentänze und Luftsprünge gemacht hätte, die Wangen von Glückstränen benetzt. Bestimmt hatten sie in Schlachtlinien gedacht, in Truppenstärken, in Proviant. Im Kopf war einfach kein Platz für überschwängliche Freude. Aber sie würde kommen, denn nach dem Zauber könnte er sich zurücklehnen und den Dingen ihren Lauf lassen.

Er würde auf der königlichen Terrasse sitzen, ein Weinglas in der Hand, und sich an den Schreien laben, die aus den Straßen Kelosans zu ihm schallten.

Für einen Moment schloss er die Augen, zerdrückte die

aufkeimenden Knospen zukünftiger Triumphgefühle und leerte seinen Geist. Er musste frei sein für die Abläufe der Inkantation.

Nun galt es …

Hier stand er, allein in einem mit Büchern gefüllten Raum in einem Palast, wie es viele gab auf Yur. Und doch würde diese heutige Nacht das Schicksal der Menschen für immer – und auf höchst grausame Weise – verändern.

Er holte das königliche Lesestehpult, platzierte es in der Mitte des Raums und legte seine Aufzeichnungen darauf. Alsdann nahm er das erste Blatt, hielt es vor seine Augen. Er brauchte nicht mehr zu tun, als seine Magie direkt ins Pergament zu schicken.

Sein Mund spaltete sich zu einem Lächeln, als die Schriftzeichen zu glühen begannen. So, wie er sie geschrieben hatte, beginnend mit dem ersten Wort, wand sich das Feuer über das Pergament. Als das letzte Symbol in Flammen aufging, gleißten die Ränder auf. Das Blatt zerfiel zu Asche. Im selben Moment bildete sich um Iridon herum ein Kreis von Schriftzeichen, als hätte er sie vorab auf den Boden geschrieben. Wie mit feurigem Pinsel gezeichnet, fraßen sie sich ins Holz.

Iridon nahm das zweite Schriftstück und leitete seine Magie hinein.

Das Schauspiel wiederholte sich, und als die Asche herabrieselte, zitterten die Bücherregale, der Boden, die Decke. Nebel braute in den Ecken der Kammer und legte sich um alles Weltliche, alles Stoffliche.

Das dritte Pergament.

Einen Schritt hinter dem Lesepult formte sich eine rotierende, rot wabernde Sphäre, aus der kleine Blitzverästelungen fauchten. Erst apfelgroß, wuchs die Sphäre, dehnte sich aus, dann, mit einem scharfen Peitschen, platzte sie. Eine ovale, mannshohe und völlig schwarze Fläche hieß Iridon finster willkommen. Sie schluckte alles Licht.

Das vierte Pergament.

Die Oberfläche der schwarzen Scheibe geriet in Wallung, als würden von der anderen Seite riesige Finger dagegen stoßen.

Das fünfte.

Die Membran zerriss und enthüllte einen wirbelnden Mahlstrom. Ein Windstoß, kalt und schauerlich, brauste durch die Kammer und schreckte den Nebel auf.

Das sechste.

Ein heller Steg, wie gebündeltes Licht, materialisierte sich, führte direkt durch den Mahlstrom.

Gerade als er das siebte Pergament zur Hand nahm, vernahm er über dem Fauchen und Brausen der sich windenden Gebilde einen Ruf – doch kam er nicht aus der Sphäre, die Iridon zu betreten gedachte, sondern aus dieser Welt, der Welt der Sterblichen.

Sein Herz tat einen erschrockenen, dumpfen Schlag.

Ruhig bleiben! Gleich war es geschafft!

Das siebte Blatt ergleißte, verbrannte, die Aschestücke wirbelte der aus dem Tor kommende Wind hinfort.

Der Mahlstrom erstarrte. An seiner statt wuchs das Auge des Sturms, wurde zum Korridor, der in eine Sphäre führte, die nächst Iridon wohl nur zwei andere Sterbliche je betreten hatten, nämlich Molgrash und Berun. Es war die Urwelt, der Kosmos, der seit Anbeginn der Zeit existierte.

Die Ebenen der Ewigkeit.

Iridon stürzte zur Schatulle, öffnete sie. Darin schwebte eine magische Kugel aus reiner Energie, nicht unähnlich der, die bei einem Lichtzauber Gestalt annahm – aber ungleich mächtiger. Dies war der Schlussstein im Bogen seines Plans.

Plötzlich krachte die Tür zur Bibliothek gegen die Wand. Herein stürmten nacheinander vier Männer: Lormak, Urruk Darn, Xurodas – und Tynn Bradas. Ihre Gesichter waren schweißüberströmt und ihre gehetzten Blicke richteten sich auf Iridon.

Er grinste sie nur an, riss das Lesepult beiseite – und sprang, die Zauberkugel in den Händen haltend, direkt in das Tor.

Er stand nun auf dem gleißenden Pfad, der in die Ebenen der Ewigkeit führte, drehte sich herum. Verdammt noch eins, durch dieses Tor hätte er eigentlich zurückkehren wollen! Nun gut, musste er eben ein neues kreieren, um wieder wegzukommen.

Er wirkte den Zauber. Das Tor wurde kleiner wie ein sich schließendes Auge. Gleich würde es in sich zusammenfallen.

Mit einem Mal erstarrte es. Ein kleiner Spalt blieb: Von der anderen Seite wurde Magie hineingelenkt!

Tynn Bradas!

Iridon hielt dagegen, doch offenbar legte Bradas den letzten Tropfen magischer Energie in die Waagschale, denn das Tor blieb bestehen.

Die Aktivierung des Portals hatte Iridon Kraft gekostet, und das nicht wenig. Zwar fühlte er sich weiterhin in der Lage, sein Unterfangen zu Ende zu bringen – andererseits sollte er sicherstellen, dass diese Verrücktgewordenen ihm nicht folgten.

Zu spät!

Der Erste war bereits auf dem Steg. Lormak!

Dann kam der Zweite. Urruk Darn. Einen Lidschlag später gesellte sich Xurodas hinzu. Sie steckten in wuchtigen, weiß schimmernden Plattenrüstungen. Jetzt zückten sie gewaltige Schwerter und näherten sich.

Iridon fluchte und rannte davon.

Das durfte doch nicht wahr sein!

Er könnte einen Zauber wagen, der sie vielleicht von der Brücke fegte, aber das würde ihn weitere Kraft kosten, Kraft, die er noch benötigte.

»Verflucht sollt ihr sein!«, schrie Iridon und lief auf dem hellen Pfad, so schnell er konnte, doch jedes Mal, wenn er einen Blick über die Schulter wagte, hatten seine Verfolger aufgeholt!

Dann war der Übergang in die Ebenen der Ewigkeit vollzogen: Jäh endete der helle Pfad vor einer Nebelwand.

Iridon fasste sich ein Herz und stieß hindurch. Es dauerte nicht lange und das wabernde Grau verflüchtigte sich, gab den Blick frei auf viele riesige, den sterblichen Verstand durch ihre schiere

Größe sprengende Gebilde, die Blasen ähnelten. Sie bewegten sich weit, weit weg, drehten sich leicht, schimmerten hier und da, als bräche sich Sonnenlicht auf ihren Oberflächen. In ihnen befanden sich die ungeborenen Seelen der verschiedenen Rassen, die darauf warteten, in die Welt der Lebenden geschickt zu werden.

Nun war die Gelegenheit.

Er durfte nicht zaudern, obwohl die drei Hauptleute jeden Moment aus dem Nebel brechen würden.

Mit aller Kraft schleuderte er die Kugel von sich und schrie: »Zu den Menschen und den Dämonen! Zerberste und führe zusammen!« All seine arkane Kraft legte er in diesen Schrei.

Unvermittelt gewahrte er Schatten im Nebel.

Er erschrak.

Im selben Moment fuhr ihm die Magie aus den Fingern, traf die Kugel. Durch den Schreck allerdings zerplatzte sie nicht in, wie erwünscht, zwei gleich große Hälften, sondern in zwei größere Bruchstücke – und mehrere kleine Teilsplitter.

Nicht so schlimm, ist gar nicht so schlimm ...

Iridon begann zu laufen, hielt die Augen jedoch auf die Welten der ungeborenen Seelen gerichtet. Eines der beiden großen Teile traf eine der Blasen und riss sie auf.

»Ja!«, rief er laut. »So ist es gut!«

Das andere große Bruchstück verschwand in der Schwärze jenseits der Blasen, im dunklen Nichts. Dann jedoch glomm in diesem Nichts ebenfalls ein Blitz.

»Ja!«, schrie er abermals.

Hinter ihm spuckte der Nebel die drei Gardisten aus. Verdattert warfen sie den Blick hin und her, was Iridons Vorsprung vergrößerte. Über ihm indes bildeten sich zwei bläuliche Kanäle. Der Anfang des einen haftete über dem Riss in der Blase der ungeborenen Menschenseelen, der andere näherte sich aus der Finsternis. Wie Würmer, die sich rochen, glitten sie in Wellenbewegungen aufeinander zu.

Und verschmolzen!

»Es ist getan!«, kreischte Iridon.

Der Korridor war geschaffen!

Was für ein Glück, dass das Wegplatzen der kleinen Splitter den Zauber nicht gestört hatte!

Freudentränen rannen Iridon über die Wangen. »Die Rache ist mein!«

Die Dämonen würden in die Sphäre ungeborener Menschenseelen eindringen und mit ihnen in die Körper der Neugeborenen fahren. Und irgendwann, in einem Jahr oder zwei oder schon nach ein paar Wochen oder auch erst nach einem Jahrzehnt würden sie die menschliche Seele bezwingen: Aus Menschen würden Dämonen werden!

Sie würden miterleben müssen, wie sich ihre eigene Saat gegen sie richtete, wie der Sohn die Tochter oder die Mutter tötete, wie sich brave und liebe Kinder in mordlüsterne, geifernde Bestien verwandelten!

Iridon blieb stehen. »Euer Niedergang ist besiegelt!«, schrie er den heranstürmenden Gardisten entgegen.

Weiterlaufen konnte er nicht. Selbst seine Kraft, um das Dutzendfache gewachsen seit dem Körpertausch, war am Ende. Zu gern hätte er sehen wollen, wie sein Zauber in Yur wirkte, wie die Menschenkinder zu Dämonen wurden. Im Palast würde es losgehen. Gorns Spross wäre der Erste in der langen, ja endlosen Reihe. Dann würde sich die Seuche ausbreiten, vom Palast auf Kelosan, von Kelosan auf Landaskan, nach Inkarth und Vandur und alle anderen Menschenreiche. Überall, bis in jede Ecke, in jede Höhle und auf jedem Berggipfel würde ein Dämon in ein Neugeborenes fahren, bis irgendwann kein Mensch mehr auf Yur wandelte.

Das war seine Rache.

Das Gefühl des Triumphs überwog, als er den Gardisten entgegenblickte, weniger die Trauer, dass es ihm verwehrt blieb, seinen Triumph auszukosten. Er hatte Großes vollbracht, das stand außer Frage.

Hier und jetzt starb er also. Doch Iridon erwartete den Tod seltsam losgelöst.

Er seufzte. Ihm fehlte die Kraft, über irgendetwas zu befinden. Einzig die Freude über seinen Erfolg glühte nach wie Kohlereste in verschütteter Asche.

Auf einmal spürte er eine fremde Präsenz.

Gib nicht auf! Es wäre schade um dich, nach allem, was du erreicht hast. Es war die Stimme einer Frau, sanft, lieblich.

»Wer bist du?«

Kannst du dir das nicht denken, alldieweil du mich so oft angerufen hast?

»Alnitara?«

Wer sonst?

Ergriffen fiel er auf die Knie.

Nicht auf die Knie fallen sollst du, sondern laufen! Begib dich in die Schwärze!

Benommen richtete er sich auf und stolperte voran. »Da komme ich nicht hin!«

Dieser Ort ist ein Konstrukt deiner Gedanken. Lauf zur Kante und spring. Du musst in die Schwärze!

»Ich gehorche dir«, keuchte Iridon, schwenkte ab, die Kante kam, dahinter nur Leere.

Alnitara war mit ihm.

Ohne Zögern stieß er sich ab.

Er fiel nicht, sondern schwebte.

»Die Schwärze«, sagte er, sich um die eigene Achse drehend, »ist die Ebene der Dämonen. Und der Toten.«

Es wird deine Rettung sein.

»Ich verstehe nicht«, erwiderte er, während sein Blick an den drei schimmernden Gestalten hing, die ihm weiterhin folgten, nun ebenfalls schwebend. Schon wieder holten sie auf. Man konnte Gorn ja nachsagen, was man wollte – dass seine Soldaten niemals aufgeben durften, das hatte er ihnen jedenfalls ins Hirn geprügelt!

»Mein Zauber«, sagte Iridon, »er hat Euch gefallen?«

Schon der erste, als du dir den Körper nahmst. Ich wusste gleich, in dir steckt noch viel mehr.

»Dass ich mit einer Gottheit spreche. Ich … kann das irgendwie nicht fassen.«

Ich habe dich erwählt, Elfenzauberer. Du wirst meine Hand sein, mein Wille! Zusammen werden wir Yur in ein Zeitalter unvergleichlicher Magie führen.

Das Gefühl, eine Gottheit für sich gewonnen zu haben, umhüllte ihn wie eine samtene Decke, eine Wolke des Geborgenseins. Er war am Ziel, mehr noch, darüber hinausgeschossen wie ein Sternenreigen, nicht aufzuhalten und unendlich stark!

Aus dem schwarzen Nichts schälten sich Steinstelen oder Säulen, Ruinen, die wie verbrannt wirkten. Alles war dunkel, schattenhaft. Er setzte mit den Füßen auf, begann zu laufen und spürte, dass er beobachtet wurde. Nach und nach glommen Augenpaare auf, rot und lauernd, wie Tropfen heißer Glut.

Dir wird nichts geschehen!

»Es sind Dämonen!«, japste er. »Sie werden mich nicht dulden! Ein Sterblicher, der in ihre Sphäre eindringt … Zerfetzen werden sie mich!«

Nein! Denkst du, sie werden denjenigen vernichten, der ihnen nach so langer Zeit, nachdem die Alten sie aus Yur hierher bannten, die Möglichkeit wiedergibt, in die Welt der Sterblichen zu gelangen?

Und in diesem Moment sah er den blau leuchtenden Korridor, hoch über ihm. Weit, weit in der Ferne berührte er die Ebene der Dämonen. Durch diese Verbindung, die er, Iridon, erschaffen hatte, gelangten sie zu den Menschenseelen. Er, ein mickriger Elf, ein Sterblicher, vergänglich, verletzlich, hatte durch seinen Zauber die göttliche, kosmische Ordnung in ihren Grundfesten erschüttert!

Du hast jedes Recht, stolz auf dich zu sein, doch sieh dich vor – noch bist du nicht in Sicherheit!

Gehetzt sah er zurück. Erbarmungslos setzten ihm die Gardisten nach. Hinter den Sehschlitzen ihrer weißen Helme glitzerten entschlossene Augen und ihre Rüstungen schimmerten, gleißten, drei Lichtquellen, die die Schwärze der dämonischen Sphäre zurückdrängten.

»Ich bin am Ende … meiner Kräfte. Meine Zauberkraft ist dahin. Ich kann sie nicht aufzuhalten.«

Das musst du auch gar nicht. Sieh nur!

Um ihn her lösten sich Schatten aus den Ruinen – und stürzten sich auf die Gardisten!

»Unfasslich!«

Sie helfen ihrem Meister!

»Meister?«, echote Iridon ungläubig.

Ja! Sie revanchieren sich für das, was du für sie getan hast. Von nun an kannst du über sie gebieten!

Ihn schwindelte, alles ging zu rasch, war zu groß, um es auf diese Schnelle zu begreifen.

»Ja!«, rief er trotzdem und blieb stehen. »Vernichtet die Eindringlinge!«

Und tatsächlich! – mehr und mehr Dämonen warfen sich auf die Gardisten. Diese jedoch schienen unbeeindruckt. Egal wie viele Schauerkreaturen zum Angriff ansetzten – ihre mächtigen Lichtklingen gingen auf und nieder, ohne Unterlass. Dämon um Dämon löste sich unter den Hieben auf.

»Das kann nicht sein!«

Lauf weiter! Dies sind schwache Diener. Sobald du die Brücke überquert hast, bist du in Sicherheit!

Wie Alnitara vorausgesagt hatte, erreichte er wenig später einen Abgrund, über den sich eine breite Brücke aus schwarzem, fugenlosem Stein wölbte. Zögerlich blickte er in den Schlund. Feurige Augen glühten in den Tiefen, gewaltige Leiber bewegten sich in diesem unheiligen Schein.

»Sie werden mich verschlingen!«, flüsterte und trat zurück.

Es sind die höchsten Diener Belzuurs, die dort hausen, um das Reich des Gottes zu beschützen. Überquere die Brücke, Iridon, oder es ist zu spät!

Ein infernalisches Brüllen donnerte aus dem Abgrund herauf.

»Ich … ich kann nicht …«

Narr!, peitschte Alnitaras Stimme durch seine Gedanken. Für die Dauer eines Lidschlags verlor sie ihre weibliche Sanftheit und Melodie und wurde zu einem dunklen, bösartigen Grunzen. Dann, nach kurzer Stille, mäßigte Alnitara ihren Zorn und sagte: *Vertrau mir. Ich habe dir geholfen. Du bist mein Erwählter. Wenn du dich jedoch weigerst, kann ich dir nicht helfen … Es wäre eine Verschwendung.*

Der erste Gardist war auf wenige Schritte heran. Gerade zerfetzte seine Klinge einen geflügelten Dämon.

Obwohl die drei Kämpfer sich in ihren Rüstungen glichen, spürte Iridon, dass es Lormak war.

»Stirb«, brüllte dieser, »du elender Verräter!«

Iridon lief los, hetzte über die Brücke. Jeden Moment würde einer dieser mächtigen Dämonen neben ihm auftauchen und ihn hinabzerren! Die unheimliche, boshafte und überaus mächtige Aura dieser Wesen zersetzte seinen Willen. Er glaubte Alnitara, dass sie ihm nichts täten. Trotzdem war ihm, als watete er durch Sirup oder Schlamm, jeder Schritt eine Prüfung an Entschlossenheit und Mut.

Am Ende der Brücke wirkst du den Portalzauber und gelangst zurück nach Yur.

»Ich weiß nicht, ob ich das noch hinbekomme«, keuchte er.

Du musst, Iridon, du musst!

Benommen entsann er sich des Zaubers. Zurück durch das erste Tor durfte er nicht: Tynn Bradas war dort und der würde ihn ohne Umschweife töten; wenn nicht mit Magie, dann körperlich, denn Iridon würde keine wie auch immer geartete Konfrontation mehr überstehen.

Er begann den Zauber, spürte, wie die Magie an seinen Eingeweiden riss, ihn zu zerfetzen drohte. Unsägliche Pein schnitt durch seinen Körper. Er schrie, seine Hände zitterten. Dann sprach er die Formel.

Am Ende der Brücke entstand ein Tor, flackernd und schwach. Mehr taumelnd als gehend überwand er die letzten Meter, warf einen letzten Blick zurück: Die Gardisten wurden von mächtigen Dämonen attackiert, kämpften um ihr Leben. Gerade schloss sich ein zahnbewehrtes Maul um das Bein eines Kriegers. Dieser brüllte vor Schmerz. Trotzdem hackte er mit seiner Klinge auf den Kopf des Dämons ein. Ein Blitz. Nun brüllte der Dämon, eine klaffende Wunde im kantigen Schädel. Im nächsten Moment erwischte eine Pranke einen der Gardisten am Hals, ehe ein Maul in Lormaks rechten Unterarm biss.

Helligkeit hüllte Iridon ein.

In seinen Ohren rauschte und toste es, und die Welt gerann zu einer Mischung aus Dunkelheit und Licht.

Er stürzte.

Knallte auf etwas Hartes.

Schwärze flackerte vor seinen Augen.

Gut gemacht, du bist zurück!

Er fand nicht mehr die Kraft zu lächeln, ehe er in die Schwärze einer Ohnmacht stürzte.

6

Die Helligkeit zerrann, dann, in einem letzten Blitz, der ihr in die Augen sengte, war der Teleportationszauber vorbei. Avi stolperte ein paar Schritte, die Hände vor die Augen gehoben. Sie sank in irgendetwas ein, es knirschte.

Ein ohrenbetäubender Knall, ein Sirren und Pfeifen, ein metallisches Prasseln. Etwas traf ihre Rüstung.

Steine?

Schreie, die ihr durch Mark und Bein gingen, Schreie der Verwunderung – und des Schmerzes. Erschrocken griff sie zu ihrem Schwert. Sie blinzelte, hielt die Klinge vor sich, weiterhin geblendet. Schleifgeräusche, als weitere Waffen gezogen wurden.

Sie spürte ein Brennen am Hals. Vor Schreck stolperte sie, verlor das Gleichgewicht. Sie fiel weich und im nächsten Moment legten sich Punkte aus Kälte auf ihr Gesicht. Hastig rieb sie sich die Augen, stand auf.

Endlich sah sie wieder.

Überall war Schnee. Darin lagen einige Gestalten: Zwerge der Leibgarde. Ihr Blut floss ins Weiß.

Avi schaute an sich herab. Metallsplitter steckten in ihrer Rüstung. Sie hob die Hand, führte sie zum Hals. Blut leuchtete auf den Kettenhandschuhen. Eines der Geschosse hatte sie gestreift. Dann griff sie zu ihrem Amulett, holte es hervor.

»Was für ein Glück!« Iorla hatte es wieder eins werden lassen. Der darin gefasste Stein war unversehrt. Keiner der Splitter hatte die Rüstung durchdrungen und es beschädigt. Das Amulett verrichtete sein Werk, sie spürte den sanften Impuls der Göttin.

Jedoch verging ihre Erleichterung, als sie sah, wie die Zwerge neben ihren gefallenen Kameraden knieten. Es waren drei an der Zahl. Von ihren Gefährten hatte Boras etwas abbekommen. Er saß mit dem Rücken gegen die Wand einer halb eingestürzten Waldhütte gelehnt, deren Außenwände die Metallsplitter durchlöchert hatten. Blut sickerte zwischen seinen Fingern hindurch. Halron war bei ihm, zerriss mit fliegenden Fingern ein Verbandstuch und reichte es seinem Freund, der es, das Gesicht schmerzverzerrt, auf den Bauch drückte.

»Netter Empfang«, brummte Lormak, steckte das Schwert zurück und ließ den Blick schweifen. »Immerhin keine Dämonen …«

»Hätten die Zwerge uns nicht mit Rüstungen ausgestattet«, sagte Avi, »lägen wir alle tot im Schnee.«

»Jedenfalls sind wir wieder da, wo wir hingehören: im Chaos aus Blut, Leid und Tod.«

Sie nickte traurig. Kaum war sie genesen, ging es genauso weiter, wie es immer gewesen war: ein ständiger Kampf, um etwas länger zu überleben als diejenigen, die weniger Glück hatten. Sie konnte diese Wehmut nicht abschütteln – als säße sie mit Widerhaken in ihrer Seele. Sie wusste, woran das lag: Lantyria. Bislang hatte sie, durch die sich überschlagenden Ereignisse gehetzt, nicht die Zeit gefunden, sich von der Priesterin zu verabschieden. Ihr wurde das Herz schwer. Kurz hatte sie mit Zuraja geredet, ihr gedankt für die Hilfe und Pflege während ihres langen Siechtums. Zuraja hatte daraufhin gesagt, dass Lantyria sich so aufopferungsvoll um Avi gekümmert habe, wie sie das noch nie von einem Menschen erlebte. Danach hatte Avi still geweint, bis die nächste Besprechung in Mjallanor anstand.

Mehr Herzweh war ihr nicht gegönnt gewesen. Wie es aussah, blieb jetzt genauso wenig Zeit dafür.

»Was ist?«, fragte Lormak.

Avi winkte ab. »Keine Sorge, mir ist nichts passiert.«

»Nun, dann ...« Seine Lippen fanden die Worte nicht, nach denen er suchte. Abrupt wandte er sich ab und ging zu Halron, um ihm bei der Versorgung von Boras zu helfen. Avi blieb stehen, ratlos, verwirrt, niedergeschlagen. Stumm sah sie den Zwergen dabei zu, wie sie ihre Gefallenen nebeneinander aufbahrten und jedem einen kleinen Stein auf die Brust legten. Dann beteten sie leise, ehe sie die Ausrüstung der Gefallenen nach brauchbaren Utensilien durchsuchten. Da die Gruppe über keine Lasttiere verfügte, teilten sie die Vorräte untereinander auf und steckten sie in große Rucksäcke.

Der Schneefall verdichtete sich, Hunderte kleine Flocken, die wie aus einem großen Sieb niederfielen.

Krax redete mit dem Hauptmann der Zwerge, einem breitschultrigen, kompakten Veteranen mit einer Augenklappe und einem zerbeulten Helm, der ihn wohl schon auf unzähligen Abenteuern begleitet und auch diesmal seinen Dienst verrichtet hatte: Ein Geschosssplitter steckte oberhalb der Stirnwulst im Metall. Im Bart des Kämpen schimmerten silberne Strähnen wie darin eingeflochten, und Furchen und Rillen durchzogen das wettergegerbte Gesicht. Sein Name war Rangash.

Der Einzige, der genauso allein dastand wie Avi, war Xurodas. Gerade spuckte er aus, bevor er griesgrämig in den grauen Himmel blickte. »So ein Dreckswetter! Als wir Mjallanor erreichten, war es Sommer!«

»Das ist in der Tat seltsam«, sagte Avi.

Als wäre er ertappt worden – offenbar hatte er zu sich selbst gesprochen –, schnellte Xurodas herum. »Oh«, machte er verdutzt, dann lächelte er schmal. »Hat sich darüber noch niemand gewundert?«

»Die Falle hat wohl jeden etwas durchgerüttelt.«

Er strich mit dem Daumen über seine Unterlippe. »Scheint,

als hätte dieser komische Elf sichergehen wollen, dass ihm niemand auf diesem Weg folgt. Nur gut, dass deine Göttin auf dich aufpasst. Ich werde in deiner Nähe bleiben.«

Heiß schoss es ihr in die Wangen. »Es war Glück, mehr nicht.«

»Wie ist es, wenn man die Essenz einer Göttin in sich hat?«

Am liebsten wäre Avi herumgewirbelt und davongelaufen: Sie wollte nicht darüber sprechen, schon gar nicht mit Xurodas. Und doch, sie musste sich dem stellen, was sie war. »Ich spüre nichts davon«, sagte sie, die Zähne zusammengebissen, sodass ihre Worte einem Zischen ähnelten.

»Sicher besser, als einen Dämon in sich zu tragen …«

»Sollten wir Erfolg haben, wirst auch du erlöst werden.«

»Sagt das die Göttin?«

Avis Augen wurden schmal. »Wenn du auf Streit aus bist, suche dir jemand anderen!«

Beschwichtigend hob er die Hände. »So war das nicht gemeint.« Seine Augen funkelten amüsiert.

Avi ließ ihn stehen und gesellte sich zu Halron und Lormak, die neben Boras knieten. Sein Gesicht war weiß wie der Schnee ringsum, in dem sein hastig entfernter, von einem Geschoss durchschlagener Brustpanzer lag. Ein breiter Verband umwand seinen nackten Bauch, war jedoch bereits nach dieser kurzen Zeit von dicken, roten Flecken durchtränkt.

Halron und Lormak tauschten einen kurzen Blick.

Boras bemerkte dies und schob die Brauen zusammen. »Nun druckst nicht herum wie die Waschweiber! Mich hat's erwischt, das weiß ich selbst.« Er spuckte aus. Blut war im Speichel. »Ohne einen Heiler oder Magie bin ich verloren.« Kurz schloss er die Augen. »Habe eh ganz schön durchgehalten. Länger als viele andere unserer Waffenbrüder. Nicht wahr, mein Hauptmann?«

Halron sah weg, sein Adamsapfel hüpfte.

»Bald werde ich bei ihnen sein. Sie rufen bereits nach mir.«

»Dann lass sie rufen«, sagte Lormak. »Du bist stark. So rasch bringt dich das nicht um.«

»Oh, toll«, sagte Boras mit einem angestrengten Schnaufen, »qualvolles Siechtum. Ich freue mich schon drauf ...«

»Das meinte ich nicht.«

Boras hob die Hand; es war gut, wollte er damit sagen. Dann schloss er die Augen und versuchte, gleichmäßig zu atmen. Sofort musste er husten. Kleine Blutstropfen perlten ihm dabei über die Lippen und versickerten im Bart.

Avi entfernte sich, fühlte sich, als läge ihr ein Ochsenjoch auf den Schultern, und ihr Magen zwickte, als hätte sie ein Pfund Schusternägel verschluckt. Nicht auch noch Boras! Sie schritt die Umgebung der verfallenen Kate ab, eine kleine, von Bäumen gesäumte Lichtung.

Jemand näherte sich ihr, während sie gedankenverloren ein Gesträuch betrachtete: Spärlich hingen rote Beeren darin, bedrängt vom Schnee, wie Blutstropfen da und dort. Es konnte noch nicht lange Winter sein.

Krax, etwas bleich um die Nase, ansonsten unversehrt, stellte sich zu ihr. Irgendwie erschien es ihr befremdlich, den Chronisten mit Helm und Kettenhemd zu sehen. Sogar eine Axt trug er am Gürtel – und natürlich das Metallkästchen. »Weißt du zufällig, wo wir sein könnten?«

Avi schüttelte den Kopf.

»Jetzt, da der Schreck langsam abklingt, erscheint mir dies alles höchst suspekt.« Krax wischte sich Schneeflocken aus seinem rostroten Flaum. »Ich hatte gedacht, entweder tauchen wir bei den Elfen auf oder nahe Kelosan.« Er umfasste den Wald mit einer Handbewegung. »Das hier ist Niemandsland. Und wieso ist Winter?«

»Zuraja könnte es vielleicht erklären.«

»Du meinst, der Zauber hat nicht richtig funktioniert?«

»Keine Ahnung. Womöglich hat er uns nicht nur hierher befördert, sondern auch die Zeit verändert.«

»Das wäre ja heftig.«

Avi hob die Schultern. »Wer weiß, welche Gefüge solch ein mächtiger Zauber zerreißen kann.«

»Hm, stimmt.«

»Das wir in irgendeinem Wald und nicht in einem bekannten Ort aufgetaucht sind, könnte aber auch daran liegen, dass dieser Iridon den Stein absichtlich nicht bei sich trägt. Womöglich hat er ihn hier versteckt, damit man ihm nicht folgen kann, sollte es tatsächlich jemandem gelingen, den Teleport auszulösen.«

Krax nickte. »Der magische Hinterhalt spricht für deine Thes...« Er erstarrte und riss die Augen auf.

»Was?«, fragte Avi alarmiert.

»Zw-zwischen den Bäumen! Ich habe etwas gesehen!«

Gemeinsam wichen sie zurück, spähten durch das Schneetreiben in den Wald, suchten nach Bewegung.

Dann, leiser als die fallenden Flocken und nur wenige Schritte von ihnen entfernt, sprangen Gestalten hervor, Langbögen in den Händen.

Avi rief erschrocken aus und Krax fiel so heftig auf den Hosenboden, dass Schnee aufspritzte.

Hinter ihnen bellte Rangash Befehle.

Es war zwecklos.

In Scharen ergossen sie sich aus den Wäldern, angetan in weiße Kapuzenroben und weiße Hosen. Kein Wunder, dass niemand sie bemerkt hatte.

Avis Herz schlug ihr bis in den Hals, während man sie und ihre Kameraden vor der Kate zusammendrängte. Die Bogenschützen bewegten sich anmutig, geschmeidig, wie Raubkatzen; kein Knirschen ertönte, wenn sie ihre hochgeschnürten Stiefel auf die Schneedecke setzten.

Niemand rührte sich, nicht einmal die schwer gerüsteten Zwerge. Nicht einer von ihnen hatte nach einer Armbrust gegriffen, was klug war: Eine falsche Bewegung, da war Avi sicher, und man würde sie mit Pfeilen spicken. Irgendeiner würde den Weg durch die Rüstung schon finden.

Einer der Schützen nahe der Kate veränderte sich – das hieß, die Kleidung veränderte sich: Seine rechte, den Außenbrettern der Hütte zugewandte Seite nahm den dunklen, feuchten Braunton des Holzes an, die linke blieb weiß.

»Das ist ja mal was«, flüsterte Krax beeindruckt.

Eine der Gestalten stieß einen trillernden Pfiff aus, der sich anhörte wie ein Vogelruf.

Wenig später öffnete sich der Ring, um vier Berittene hindurchzulassen. In einigem Abstand zu der Gruppe zügelten sie die Rösser. Zwei trugen himmelblaue Roben, der dritte eine prunkvolle Rüstung, der vierte einen ornamentverzierten Brustpanzer, einen roten Mantel, an dessen Saum Schnee klebte, und auf dem Haupt eine goldene Krone.

Was Avi allerdings viel mehr interessierte als die Gewandung, waren die spitzen Ohren.

Die vier Elfen stiegen ab.

»Ich bin König Belfatis, Herrscher über das Elfenreich«, sagte der Elf mit der Krone in der Sprache der Menschen und ließ seinen Blick über die Gruppe wandern. »Fürwahr, ihr seid ein bunter Haufen.«

Krax übersetzte im Flüsterton für die Zwerge.

Bevor Belfatis noch etwas sagen konnte, trat Rangash einen Schritt vor – Bogensehnen knirschten –, hob beide Arme über den Kopf. Dann, langsam und so, dass man es gut sah, entledigte er sich seines Rucksacks. Ein Blick, ob er ihn öffnen dürfe – Belfatis bejahte mit einer Geste seiner Hand.

Rangash griff hinein und holte eine Röhre heraus, deren Siegel er, gut sichtbar für jedermann, brach. Heraus nahm er ein Dokument, das er Belfatis darreichte. Der Elf in der schweren Rüstung neben dem König ging zu Rangash, nahm das Schriftstück entgegen, brach das Siegel, das es zusammenhielt, entrollte es und gab es Belfatis.

Dieser las es durch. Seine Augenbrauen hoben sich und er sah die Gruppe interessiert an. »Von König Gomgrash höchstselbst, geschrieben in vier Sprachen: die der Menschen, Zwergisch, Elfisch – und sogar Orkisch. Das Siegel ist echt. Seid gegrüßt, Rangash, Befehlshaber der Rongarrim.«

Rangash neigte den Kopf und seine Krieger taten es ihm gleich.

Belfatis fasste Xurodas und Lormak ins Auge. Besonders auf Lormaks Dämonenmalen im Gesicht ruhten sie lange, ehe er weiterlas: »Zwei Kreaturen, halb Mensch, halb Dämon, die der guten Sache dienen. Und«, er blickte zu Avi, »eine Frau, welche die Macht der Göttin Jaminara in sich trägt. Weshalb, wenn ich fragen darf, wirkt eine solch … illustre Gesellschaft mächtige Magie in einem Wald fernab jeglicher Zivilisation?« Erneut schwenkten seine wachen Augen über die Gruppe. »Wer von euch ist der Magier?«

»Niemand«, sagte Lormak. »Unsere Magierin blieb zurück, um den Zauber zu wirken, der uns hierher brachte.«

Eine der Gestalten im blauen Umhang lehnte sich zu Belfatis und murmelte etwas.

Der König lauschte, dann wandte er sich wieder an die Gefährten. »Dafür ist ungeheure Macht vonnöten.«

»Ein Artefakt der Alten half uns dabei«, sagte Krax. »Dessen Gegenstück ist höchstwahrscheinlich in dieser Kate.«

Belfatis nickte. »Ein Artefakt der Alten … Das würde in der Tat die ungeheuerliche Kraft der magischen Entladung erklären, die uns zu euch führte.« Er machte eine Geste mit der Hand und die Bogenschützen senkten ihre Waffen.

»Ich glaube euch«, sagte er dann. »Wie es aussieht, stehen wir auf derselben Seite.« Er gab einen Wink. Die beiden Elfen im blauen Gewand, offensichtlich Zauberkundige, stiegen vom Pferd. Nachdem sie ein paar leise Silben gewechselt hatten, gingen sie einmal um die Hütte herum. Anschließend setzte einer von beiden einen Fuß hinein, hielt jedoch sofort inne und sagte etwas zum König.

Dieser runzelte die Stirn. »Ein Zauber ist noch aktiv.«

Avi sah zu Lormak. Er zuckte die Schultern, war offenbar genauso überrascht wie sie.

Nachdem der Magier die Hütte betreten hatte, drang ein Leuchten durch die Löcher und Risse, gefolgt von einem überraschten Ausruf. Er reckte den Kopf heraus und bedeutete Belfatis zu kommen.

Der König sprang vom Pferd, zeigte auf Boras und sagte etwas auf Elfisch. Der zweite Magier nickte und strebte auf Boras zu, während Belfatis die Kate betrat. Avi und Lormak folgten ihm. In dem Verfall und dem Schmutz und dem Schnee, der sie im Inneren erwartete, stand ein Bett. Darauf lag ein Elf in einer Art durchsichtigem Stein, die Augen geschlossen, die Hände auf dem Bauch gefaltet. Sein Gesicht war ausgezehrt, die Wangen so hohl, als saugte er sie absichtlich nach innen.

»Iridon!«, keuchte Belfatis und verharrte einen Augenblick, ehe er die Hütte verließ. Der Anblick hatte ihn sichtlich erschüttert.

»Es ist der Elf, den wir suchen«, sagte Avi, nachdem der König eine Weile ins Leere gestarrt hatte.

»Ihr sucht Iridon Vulkola? Wieso?«

Zusammen schilderten sie dem König die bisherigen Erlebnisse.

Nach ihren Ausführungen stand Belfatis eine Weile reglos, den Zeigefinger an die Unterlippe gelegt. Schließlich sagte er: »Ich weiß nicht, was Iridon getan hat. Ist er tot? Lebt er noch? Hat er wirklich den Wächter vernichtet, wie ihr sagt? Ich traue es ihm zu. Er war ehrgeizig, ja besessen, hat sich über Grenzen hinweggesetzt, was letztendlich dazu führte, dass er sich selbst aus der Gemeinschaft seines Volkes ausgeschlossen hat. Eine traurige Geschichte …«

»Aber sein Körper«, sagte Halron, »der liegt doch hier. Wie kann dieser Iridon da noch am Leben sein?«

Belfatis hob die Achseln. »So starrköpfig Iridon auch gewesen sein mag, ein überaus fähiger Magier war er allemal. Meine Zauberkundigen werden der Sache auf den Grund gehen.«

Der elfische Zauberkundige, der mit ihnen in die Hütte gegangen war, kehrte nach einiger Zeit zu Belfatis zurück und hatte mehrere Dokumente und Bücher unter die Achseln geklemmt. Er und der König unterhielten sich kurz, ehe Belfatis sich an die Gruppe wandte. »Diese Aufzeichnungen könnten von Iridon stammen. Vielleicht bringen wir so Licht ins Dunkel. Begleitet mich zum Heerlager. Wir müssen reden.«

Als es dunkel war, verließ die Gruppe das Zelt des Königs und begab sich in ein großes Truppenzelt, das man eigens für sie freigeräumt hatte. Nach Reden war niemandem mehr zumute, auch Avi nicht. Erschöpft sank sie auf ihr Lager, zog die Stiefel aus und stellte sie unter den Stuhl, neben dem ihre ramponierte Brünne sowie ihr treuer Bogen lagen. Über der Lehne hing der Waffengürtel mit dem Langschwert.

Was fehlte, war Festos.

Würde ihr der Kopf nicht von den vielen Gesprächen an diesem Abend schwirren, wäre sie wahrscheinlich in Tränen ausgebrochen. Mehr Zeit, als ihm zum Abschied ein paarmal über die Wange zu streicheln, war in Mjallanor ob des hastigen Aufbruchs nicht geblieben. Natürlich hatte Festos gespürt, was los war, und wieherte zum Herzerbarmen.

Nun, so weit von ihm entfernt, schmerzte der Verlust umso schlimmer. Der einzige Gefährte, der von Anfang an zu ihr gestanden, sie begleitet und beschützt hatte, war nun nicht mehr an ihrer Seite.

Sie seufzte, wickelte die Decke um den Körper und versuchte, den Kopf auf die Hände gebettet, einzuschlafen.

Boras jedoch hielt sie davon ab. Ihm ging es so gut, dass er Halron mit Fragen löcherte, was man beim Kriegsrat beredet hatte. Halron gab ihm einsilbige Antworten – auch er schien müde –, was Boras allerdings nur anstachelte.

Erst als Xurodas' wütendes »Haltet endlich die Fresse!« durchs Zelt dröhnte, kehrte Ruhe ein.

Zu spät.

Avi war wieder wach und langsam entwirrte sich das Bündel der vielen Gesprächsfäden, die beim Kriegsrat gesponnen worden waren, und sie durchlebte den Nachmittag ein weiteres Mal in Gedanken.

Sie betrat das Zelt des Königs, das von einem großen, wuchtigen Rundtisch mit hochlehnigen Stühlen beherrscht wurde. Ein Lüster hing darüber, mit Kerzen bestückt, und verbreitete angenehmes Licht. In den Schatten jenseits des Tisches standen Elfen in glitzernden Rüstungen, die Visiere geschlossen, lange, gebogene Stangenwaffen in den Händen, die Avi an Sensen erinnerten, nur war die Klinge schmaler.

Sie nahm Platz, zu ihrer Linken Krax, rechts Lormak, dann Halron und Xurodas. Es folgten Rangash und drei seiner Streiter. Erst dann setzten sich die Elfen, ein knappes Dutzend an der Zahl: Belfatis, neben ihm der General der elfischen Truppen, Yoritas mit Namen – filigrane Rüstung, weißes Haar, kantiges Gesicht –, sowie Mitglieder des Äußeren und Hohen Rats, das Oberhaupt ein gewisser Djarlak, dem die Farbe aus dem Gesicht wich, als er hörte, dass Iridon seine Hände im Spiel habe.

Weil die Magier die Aufzeichnungen noch nicht ausgewertet hatten, sprach man allerdings nur kurz über diesen ominösen Iridon. Vielmehr beratschlagte man, was nun zu tun war. Der Auslöser für das Entsenden des Elfenheeres war derselbe wie bei den Zwergen, erfuhren sie von Belfatis: Dämonengeburten. Da die Dämonenseuche von Landaskan ausging, hieß das Ziel Kelosan, die Hauptstadt. Dort vermutete man den Quell allen Unheils – und wollte ihn vernichten. Zudem sagte Belfatis, es gehe die Kunde, dass ein Heerbann, bestehend aus Orks und Zwergen, eine Schlacht gegen die Dämonenarmee gewonnen habe und bereits an der Grenze zu Vandur stehe.

Das wäre zu schön, um wahr zu sein! Avi knüllte den Saum der Decke zwischen den Fingern. Zwerge, Orks und Elfen – alle gegen die Dämonen! So, wie sie es sich herbeigesehnt hatte!

Außerdem war nun klar, dass die Gruppe durch den Teleportzauber tatsächlich ein halbes Jahr verloren hatte.

Danach, als man beriet, welcher Strategie man sich bedienen solle, um die Dämonen zu besiegen, stellte sich heraus, dass es bereits einen Versuch der Elfen gegeben hatte, dem dämonischen Übel den Garaus zu machen. Allerdings war dies nicht durch eine Streitmacht wie diese geschehen, sondern durch eine Gruppe handverlesener Kämpfer und Magier. Zu diesem Unterfangen inspiriert hatte sie ein menschlicher Zauberer.

Das ließ Lormak offenbar aufhorchen, denn umgehend fragte er: »Verzeiht, wie lautet der Name dieses Menschenmagiers?«

»Tynn Bradas«, sagte Belfatis. »Ihr kennt ihn?«

Lormak schluckte. »In der Tat. Ein alter Freund von mir.« Nach einem Räuspern fügte er hinzu: »Wisst Ihr, was mit ihm geschehen ist?«

»Wir denken«, erwiderte Djarlak, der die Sprache der Menschen ebenso gut beherrschte wie Belfatis, »dass sowohl ihm als auch unseren Schwestern und Brüdern Schlimmes widerfahren ist.« Er seufzte. »Vor nunmehr siebzehn Jahren sind sie ausgezogen, um das Böse zu bekämpfen. Tynn sowie fünf weitere, alles mächtige Kämpfer und Magier.«

»Ihr hättet bereits damals die Armee mitschicken sollen«, sagte Halron.

Belfatis machte ein reumütiges Gesicht. »Jetzt, da die Dämonengeburten auch uns heimsuchen, gebe ich Euch recht. Damals jedoch, nach dem Massaker von Yelion, als es so aussah, als würden allein die Menschen von der Dämonenplage heimgesucht, erachteten wir diese Geißel als gerechte Strafe für sie.« Plötzlich weiteten sich seine Augen. »Wartet einen Moment …« Er sagte etwas zu einem Mitglied des Äußeren Rates, das nickte, sich erhob und aus dem Zelt eilte.

Wenig später kehrte es mit einer Elfe zurück. Auffällig waren ihre Augen, blau und mit kleinen hellen Punkten darin, wie Körnchen aus Goldstaub. Als sie die Gefährten musterte, straffte sich ihre Haltung und sie presste die Lippen zusammen. Sie trug die Robe der Waldläufer, der Elitekundschafter der Elfen. Wie Avi erfahren hatte, waren es Waldläufer gewesen, die sie bei der

Kate umzingelt hatten. Der finsteren Miene der Elfe ließ sich jedenfalls entnehmen, dass es ihr lieber gewesen wäre, man hätte Avi und die anderen ohne viel Federlesens mit Pfeilen gespickt.

In der Sprache der Menschen sagte Belfatis mit ernster Stimme: »Sharinja ist eine Überlebende aus Yelion. Gorn und seine Schergen haben ihr Schreckliches angetan, auf das ich nicht weiter eingehen möchte.« Er räusperte sich und wandte sich auf Elfisch an Sharinja.

Avi verstand lediglich ein Wort, nämlich *Yelion*. Sie redete lange, ehe sie aufstand und sich grußlos verabschiedete.

Belfatis seufzte. »Mehr als zwanzig Jahre sind vergangen, seit ich ihre Geschichte das erste Mal hörte, ihre und die einiger weiterer Frauen, denen Vulodas, der Berater Gorns, das Leben schenkte. Bevor dies jedoch geschah, traf sie, zur Lustsklavin der Menschen degradiert, durch Zufall Iridon, der sich, als Mensch verkleidet, in Yelion aufhielt: Ihr müsst wissen, dass seine ehemalige Frau Ajuna eines der Opfer des Massakers war. Offensichtlich ist er ihr nach Yelion gefolgt … Jedenfalls versprach Iridon Sharinja, dass er ihr helfen wolle. Wenige Tage später geschah das Unfassbare: Ohne einen triftigen Grund ließ Vulodas die Frauen frei. Als er an Sharinja vorbeiging, sagte er: ›Ich halte meine Versprechen.‹ Sharinja schwört Stein und Bein, dass er dabei Elfisch sprach. Aber sie war verwirrt, verängstigt, von der Rückreise nach Garyat zu Tode erschöpft. Somit tat ich ihre Worte als Fantasterei ab.« Belfatis fuhr sich durchs dichte Haar. »Ein Fehler, wie mir nun scheint.«

Avi warf einen Blick zu Lormak, der wie versteinert am Tisch saß, die Hände zu Fäusten geballt. Seine Kiefer bewegten sich, als wollte er die Schale einer Nuss mit den Zähnen zu knacken. Schließlich sagte er: »Ich erinnere mich an diesen Vorfall.«

Alle horchten auf, selbst Xurodas, der sich seit geraumer Zeit mit einem Zahnstocher den Dreck unter den Fingernägeln wegkratzte.

Stockend erzählte Lormak ihnen, dass er zu dieser Zeit in Yelion gewesen sei, als Hauptmann der Ehernen Garde, und dass er sich sehr wohl darüber gewundert habe, dass Vulodas von einem Tag auf den anderen wie ausgewechselt wirkte. Aufgefallen sei ihm dies zum ersten Mal während eines Jagdausflugs. Mitten in der Nacht sei er ins Lager zurückgekehrt. Was er im Wald getrieben habe, wisse niemand. Danach habe er bis in den Mittag geschlafen und sei in Art und Wesen verändert aus seinem Zelt gekommen. Im Anschluss daran habe er die Elfen befreit.

Kaum war die letzte Silbe von Lormaks Schilderung verklungen, da betrat ein Magier das Zelt, verbeugte sich und eilte, etwas blass um die Nasenspitze, zu Belfatis. Avi beobachtete das Mienenspiel des Königs: Mit jedem Satz des Magiers veränderte es sich, von neugierig und interessiert zu besorgt über bestürzt bis entsetzt. Schlussendlich war sein Gesicht genauso fahl wie das des Magiers. Eigentlich waren alle Elfengesichter blass geworden, reihum.

»Die Aufzeichnungen«, sagte Belfatis mit schwerer Stimme, »sprechen eine eindeutige Sprache. Offensichtlich hat Iridon an einem Zauber geforscht, mit dem man … mit dem man die Körper wechseln kann.«

Der Satz war wie ein Hammerschlag direkt auf den Schädel. Die Puzzleteile purzelten durcheinander, ehe sie sich zu einem Bild formten, das Avi einige Momente wie betäubt dasitzen ließ.

Erst Lormaks Stimme löste die Starre in ihr. Der Schreck jedoch blieb.

»Meine Erinnerungen haben mich also nicht getrogen«, sagte er. »Nun ist klar, was passiert ist: Iridon hat sich Vulodas' Körpers bemächtigt. Und er ist verantwortlich für die Dämonenplage, denn ich weiß, dass Tynn Bradas und wir, die Hauptleute der Ehernen Garde, ihm das Handwerk legen wollten. Dabei«, seine Stimme verkümmerte zu einem Flüstern, »wurden wir zu dem, was wir jetzt sind …«

Djarlak knurrte einen elfischen Fluch: »Schon damals sorgte Iridon für einen Eklat nach dem anderen. Stets handelte er nach seinem eigenen Gutdünken, widersetzte sich Anweisungen, weil ihm irgendeine abstruse Idee in den Kopf gefahren war. Nach der Trennung von seiner Frau entglitt ihm offenbar jeder Sinn für die Realität. Er wurde zu einem irregeleiteten Spinner. Dass er zu so etwas fähig ist, hätten wir nicht für möglich gehalten.« Er schüttelte den Kopf. »Selbst das eigene Volk verschont er nicht!«

»Er wollte Rache«, sagte Avi, »weil Gorn seine Frau auf dem Gewissen hatte.«

»Und seine Tochter«, ergänzte Belfatis, sowohl auf Elfisch als auch in der Sprache der Menschen – und erntete dafür einige erstaunte wie empörte Blicke von seinen Untergebenen. Daraufhin lächelte er schmal und blickte zu Avi. »Im Grunde ahnte beziehungsweise wusste jeder, dass Iridon der leibliche Vater von Ajunas Tochter war. Da er jedoch in Ungnade gefallen war, redete man nicht darüber. So ist das bei uns.« Er seufzte.

»Aber wieso wir, sein eigenes Volk?«, entsetzte sich Djarlak.

»Als Erstes befiel die Plage die Menschen«, sagte Avi. »Und es hat fast zwanzig Jahre gedauert, bis sie auch Euer Volk erreichte. Bei den Zwergen und Orks verhält es sich genauso. Vielleicht ist irgendetwas bei der Beschwörung oder dem Zauber oder wie immer Iridon diesen Fluch ins Leben gerufen hat, schiefgegangen, sodass er sein eigenes Volk ebenfalls traf, wenn auch viel später.«

»Oder«, warf Halron ein, »er hat es absichtlich getan.«

»Was auch immer sein Plan ist«, sagte Belfatis, »es ändert nichts an der Tatsache, dass man ihm und den Dämonen das Handwerk legen muss. König Gomgrashs Botschaft entnehme ich, dass Ihr«, erneut fasst er Avi ins Auge, »hierbei die zentrale Rolle spielt.«

Alle Augen richteten sich auf sie und sie spürte, wie ihr eine Blutwelle in die Wangen schwappte.

Lormak sprang ihr bei, indem er das Wort ergriff. Der Druck der vielen Augenpaare zerstreute sich und sie atmete dankbar aus.

»Avi und Iridon müssen sich gegenüberstehen. Erst dann

kann Jaminara Belzuurs Macht bannen und die alte Ordnung wiederherstellen.«

Umgehend brummte das Zelt vor Getuschel.

Lormak ließ sich davon nicht beirren: »Eines dürfen wir nicht vergessen: Dieser Konflikt, der ganz Yur in den Untergang zu stürzen droht, war von Anfang an mehr als der Racheplan eines hasserfüllten Elfen. Dahinter steht der uralte Kampf der Götter, Jaminara und Iandra auf der einen Seite, Belzuur und Arsamon auf der anderen. In den Totenkriegen maßen sich Iandra und Arsamon, nun sind es Jaminara und Belzuur. Es steht viel auf dem Spiel. Nun … eigentlich alles. Es geht um euch, die Elfen, aber auch um Zwerge, Orks, Goblins, Oger, kurzum: um alle sterblichen Rassen Yurs.«

»Gut gesprochen«, sagte Belfatis. »Ich schließe mich Eurer Meinung an, Lormak Trenkulja. Und genau deswegen denke ich, dass uns sehr schwierige Prüfungen bevorstehen. Selbst wenn ein Bündnis aus Zwergen, Menschen und Orks einen Sieg errungen haben mag – eine Entscheidung ist noch in weiter Ferne. Der Feind ist mächtig. Zwanzig Jahre hatte er Zeit, seine Ränge aufzufüllen. Neben den Totenkriegen seinerzeit wird dies das schwierigste Kapitel im Lebensbuch der Elfen werden.«

Seine Worte senkten sich auf die Gesellschaft herab und in manch Gesicht las man Betroffenheit, wenn nicht Furcht. »Dennoch«, sprach er weiter, energisch, entschlossen, »bin ich überzeugt, dass wir – egal wie groß das Opfer sein wird, das wir zu bringen haben – den Sieg davontragen. Wir sind tapfer. Wir sind stark. Wenn die Elfen in den Krieg ziehen, dann erbebt die Erde, jeder Strauch, jeder Ast, und der Himmel selbst hält erstaunt den Atem an, sodass sich kein Wind mehr regt!« Dies wiederholte er auf Elfisch und seine Berater stimmten Hochrufe an, allen voran General Yoritas, aus dessen Haltung und Miene Zuversicht, Beherztheit und Furchtlosigkeit sprachen. Avi wusste nichts über ihn, schätzte – und hoffte – jedoch, dass dieser Haudegen genau der Richtige war für die kommenden Schlachten.

»Bleibt noch zu klären«, sagte Belfatis, »wie unser weiteres

Vorgehen aussehen soll. In meinen Augen gibt es zwei Möglichkeiten, die es gegeneinander abzuwägen gilt: Erstens, ihr kommt mit uns und zusammen kämpfen wir uns bis Kelosan vor und stoßen Iridon vom Dämonenthron. Zweitens, ihr versucht es heimlich, ohne aufzufallen, während wir die Aufmerksamkeit des dämonischen Heerbanns auf uns ziehen.«

Lormak lehnte sich zu Avi. »Bist du sicher, dass dein Amulett wieder ganz heil ist?«

Sie horchte in sich. Mit einem Lächeln flüsterte sie: »Ja.«

Halron sah in ihre Richtung, hatte offenbar mitbekommen, was sie gesprochen hatten, nickte und stand auf. »Da Avi in Besitz eines magischen Artefakts ist, das es Dämonen unmöglich macht, sie aufzuspüren, plädiere ich für Euren zweiten Vorschlag, Eure Majestät: Sollte das Heer entdeckt und angegriffen werden, ist sie in großer Gefahr.«

Belfatis machte einen nachdenklichen Laut. »Das leuchtet mir ein. Andererseits darf man nicht vergessen, dass achttausend Elfenkrieger sie beschützen.«

»Natürlich. Sollte es uns allerdings gelingen, mit einer kleinen, aber kampfstarken Truppe Kelosan zu erreichen, haben wir das Überraschungsmoment auf unserer Seite. Darüber hinaus würden wir somit die Eventualität ausschließen, dass Euer Heer aufgehalten wird, ehe es Kelosan erreicht. Natürlich bin ich überzeugt«, fügte er rasch hinzu, »dass es wahrscheinlich keine zweite Armee gibt, die der Euren gleichkommt. Dennoch dürfen wir nicht vergessen, dass wir es mit einem unberechenbaren Feind zu tun haben. Unberechenbar, was seine Kampfstärke und seine Truppengröße angeht. Sind es nur ein paar Hundert Dämonen – oder bereits Zehntausende? Wir wissen es nicht.«

Rangash brummte Krax etwas zu. Zögerlich stand der Chronist auf und lächelte etwas unbeholfen. »Ähm, Hauptmann Rangash möchte einwerfen, dass er damit leben kann, dass man die Armee der Elfen auf eine Stufe mit der der Zwerge stellt, möchte sich jedoch dagegen verwahren, irgendeine Armee Yurs *über* die der Zwerge zu erheben …« Seinen Worten schickte er einen entschuldigenden Blick nach.

Belfatis begann zu lachen, aus tiefstem Herzensgrund, und klopfte ein paarmal mit der Hand auf den Tisch. Auch Halron grinste bis über beide Ohren.

Rangashs Miene verfinsterte sich.

Sofort redete Krax mit ihm und versuchte ihm zu erklären – so zumindest hoffte Avi –, dass man weder über ihn, Rangash, lache noch über die Armee der Zwerge, sondern sich über den Einwand amüsiere, weil man den Stolz der Zwerge vergessen hatte.

Rangash lauschte aufmerksam, dann begann er ebenfalls zu lächeln und sagte etwas zu Krax. Dieser seufzte leise und sah um Nachsicht bittend zu Belfatis. »Hauptmann Rangash meint, nachdem man diese Sache geklärt habe, sei es an der Zeit, noch etwas anderes, den beiden Völkern Eigentümliches anzusprechen. Es stehe nämlich außer Frage, dass die Zwerge das beste Bier brauen, doch möchte Rangash vom in ganz Yur hochgelobten Wein der Elfen kosten, um herauszufinden, ob sie in dessen Herstellung wirklich die unangefochtenen Meister seien, wie landläufig behauptet wird.«

Wieder haute Belfatis mit der Hand auf den Tisch und verfiel in Gelächter. Er wandte sich zurück und rief etwas in Richtung Eingang. Einen Lidschlag später kam eine Bedienstete ins Zelt geeilt und verneigte sich vor ihm. Er sagte etwas zu ihr und flugs entfernte sie sich.

Wenige Zeit später wurde aufgetafelt. Platten mit Speisen wurden hereingetragen – und natürlich der Wein, in bauchigen Amphoren. Bevor man sich über das Essen hermachte, bestand Belfatis darauf, dass Rangash als Erster ganz allein kosten müsse.

Es war eine komische Situation: Jeder schaute ihm gebannt beim Trinken zu, wie er erst kleine Schlucke nahm und diese von einer Backe in die andere schickte, dann ein paar größere – und schließlich mit einem tiefen Seufzer der Wonne gegen die Lehne seines Stuhls sank. Die Augen geschlossen, ein seliges Lächeln auf den Lippen, sagte er etwas zu Krax.

Dieser, sichtlich erleichtert, verneigte sich über den Tisch hinweg vor Belfatis. »Der Hauptmann schwört, dass er niemals in seinem Leben einen edleren Tropfen gekostet habe, und ist sicher, dass er niemals wieder einen besseren kosten werde.«

Die Elfen jubelten und man machte sich mit großem Appetit über die Speisen her. Es war ein Festschmaus. Zum einen der vorzügliche Wein, zum anderen die Auswahl an Speisen: Käse, Fisch, Wildbret, Früchte, frisches, noch warmes Brot und andere elfische Spezialitäten, die Avi nicht benennen konnte. Dafür, dass die Elfen im Winter mit achttausend Mann unterwegs waren, schienen sie bestens verpflegt. Sicher durfte man das Essen des Königs nicht mit dem der Soldaten gleichsetzen, doch wie Avi Belfatis kennengelernt hatte, mussten seine Krieger mitnichten darben.

Avi gähnte, drehte sich auf den Rücken, legte die Hände auf den vollgeschlagenen Bauch und hörte Xurodas eine Weile beim Schnarchen zu. Der Kostverächter hatte sich den edlen Wein in den Rachen geschüttet, als wäre seine Kehle ein Brunnenschacht. Hoffentlich würde diesem Banausen am Morgen der Schädel platzen. Verdient hätte er es. Die gute Laune des Abends allerdings hatte Xurodas' unmäßiges Gesaufe nicht trüben können: Wenn Menschen, Elfen und Zwerge im Kampf genauso an einem Strang zögen und dieselbe Standhaftigkeit bewiesen wie bei diesem weinbeschwingten Stelldichein, hatte Iridon jetzt schon verloren …

Avi seufzte, gähnte abermals und blickte zum Zeltdach. Ihr Magen gluckerte und rumorte und zudem schnarchte Xurodas weiterhin unerhört laut. An Schlaf war nicht zu denken.

Nach einiger Zeit erhob sie sich und verließ das Zelt.

Das schwarze Himmelstuch breitete sich über ihr aus, die Sterne strahlten weiß und rein. Mit Genuss atmete sie die kalte, klare Luft, die den Mief von Speisen und Wein und vielen Körpern in einem aufgeheizten Zelt aus ihrer Nase vertrieb.

Sie vertrat sich die Beine, erfreute sich am Knirschen ihrer Stiefel im frischen Schnee. Ansonsten war es still in diesem Teil des Lagers, in dem auch der König und seine höheren Offiziere nächtigten. Sie sah sich um und glaubte, allein zu sein, erinnerte sich aber daran, was Yoritas im Laufe der Feier gesagt hatte: Elfen seien immer dann am gefährlichsten, wenn man sie *nicht* sehe. Gut möglich also, dass ein paar Waldläufer Wache hielten und jeden ihrer Schritte beobachteten. Dennoch fühlte es sich sonderbar an, durch ein Feldlager zu streifen, das ihr wie verlassen vorkam. Zwar erhaschte sie durch die Bäume hie und da Feuerschein, auf dieser Lichtung jedoch war es, als wäre die Zeit eingefroren.

Eine Zeit lang schaute sie den Mond an, der, bis auf einen kleinen, schwarzen Rand, rund am Himmel hing und ein Glühen verströmte, das die Ebenen und Bergspitzen in der Ferne mit Silber übergoss.

Ein Geräusch.

Zwar war es durch den Schnee gedämpft, doch der Stille wegen hörte Avi es dennoch deutlich: ein leises, gutturales Keuchen.

Sie erstarrte.

Dämonen?

Angespannt tastete ihr Blick die Umgebung ab. Sie sah kein verräterisches Huschen, nichts, was auf Gefahr hindeutete. Das sonderbare Geräusch jedoch blieb. Ihre Augen hefteten sich auf Lormaks Zelt, ein kleines Rechteck nahe den Bäumen, eigens für ihn errichtet.

Vorsichtig näherte sie sich. Nach dem Gelage bei Belfatis hatte er Avi darum gebeten, ihn zu fesseln: die Beine, dazu die Hände auf dem Rücken und überdies einen Strick um den Hals, der ebenfalls um die Knöchel führte, damit er sich auf keinen Fall befreien konnte. Sie willigte ein, obschon ihr dabei fast das Herz entzweibrach. Mit dem Rücken zu ihr hatte er auf dem Boden gesessen, statuengleich, regungslos, als interessierte es ihn nicht. Er bedankte sich sogar dafür, dann ließ er sich auf die Seite fallen und blieb auf der Decke liegen. Avi schob ein Kissen unter seinen Kopf, fragte, ob sie noch etwas tun könne.

Er verneinte und schloss die Augen. Jedoch, bevor die Lider sich zur Gänze über die Pupillen gesenkt hatten, sah Avi die Leere in ihnen, die Verzweiflung. Sie hatte mit den Tränen gekämpft, ihm kurz die Hand auf die Schulter gelegt und war dann gegangen.

Nun stand sie wieder vor seinem Zelt, die Hand am Behang.

Furcht vor dem, was sie im Inneren erwartete, stieg in ihr hoch. Hatte er sich in einem Anfall die Schultergelenke ausgekugelt? War er am Ersticken? Dass er diese Maßnahme gefordert hatte, verstand sie sogar: Sie befanden sich in der Nähe des Königs sowie dessen engsten Beratern. Was für ein Triumph wäre es wohl für den Feind, wenn er mit Lormaks Hilfe ein Blutbad anrichtete?

Avi gab sich einen Ruck, zog den Behang zur Seite und duckte sich hinein.

Er lag so da, wie sie ihn zurückgelassen hatte: auf der Seite, gefesselt, ohne sich zu bewegen. Einzig seine Brust hob und senkte sich in schnellem Takt. Seinen Atem presste er jedes Mal mit einem Zischen heraus. Bestürzt kniete sie sich neben ihn, legte ihm die Hand auf die Schulter.

Er war schweißnass.

Tropfen standen auf seiner Stirn, rannen herab und platschten auf die Decke. Seine Augen waren starr nach vorne gerichtet. Schatten flackerten in ihnen, als stiege Rauch hinter den Pupillen auf, der in einem Tanz des Schreckens wirbelte.

»Lormak«, sagte sie und rüttelte ihn.

Keine Reaktion.

»Wach auf!«

Nichts, er hörte sie nicht.

»Lormak!«, rief sie nun, aus Angst, der Dämon würde gewinnen. Als sie ihn erneut schütteln wollte, sengte die Essenz des

Bösen durch ihre Finger, als hätte sie in ein Feuer gefasst. Durch den Stoff ihres Leinenhemdes drang ein helles Leuchten.

Das Amulett!

Sie sprang auf, fischte es mit schreckenssteifen Fingern hervor und begutachtete den blauen Stein: ein feiner Riss. Ihr Herz tat einen Satz, dass ihr die Luft wegblieb. Sie schluckte, schloss die Finger ums Amulett. Erleichtert schöpfte sie Atem: Es war noch intakt.

Nie hätte sie vermutet, dass eine bloße Berührung mit Lormak ausreichen könnte, um es zu beschädigen. Wenn die Dunkelheit in ihm die Oberhand hatte, musste sie ihm fernbleiben, egal wie sehr er auch litt. Denn sie wusste, was passierte, wenn ihr magischer Schutz sich auflöste: Sie wäre wieder die Gejagte, ihre einzige Erlösung der Tod.

Trotzdem wollte sie Lormak helfen, irgendwie. Mit viel Überwindung setzte sie sich nieder, schlug die Beine unter und wartete. Ihre Anwesenheit, so unbedeutend diese auch sein mochte, war das Einzige, was sie geben konnte.

»Es tut mir leid, Lormak«, wisperte sie, »so unendlich leid …«

7

DUMPFER SCHMERZ, wann immer das riesige, zahngesäumte Maul einen Fetzen nach dem anderen aus Lormaks Körper riss. Es war kein scharfes Reißen und Brennen, keine Agonie, die ihm die Sinne raubte, sondern die Empfindung, irgendetwas zu verlieren. Er hob die Arme zum Schutz. Das gefräßige Maul biss einfach durch sie hindurch, grub sich in seine Seele, verschlang einen weiteren Teil seines Ichs.

Panik ergriff ihn. Lange würde es nicht mehr dauern und das Maul hätte ihn vollständig zerfetzt und aufgefressen! Davonlaufen konnte er nicht, er war an Ort und Stelle festgebannt, obwohl er weder Strick noch Fessel spürte.

Anfangs hatte nur das Maul existiert. Klein war es da gewesen, kaum größer als das eines Karpfens. Mit jedem Schnappen jedoch wuchs es und nun formte sich bereits der Kopf dahinter: rot leuchtende, böse Augen, Schuppen und Stacheln. Wieder ein Biss, Kopf und Maul wuchsen, wohingegen er, Lormak, immer weiter schwand. Der Kopf war inzwischen größer als er selbst. Wieder fetzten die Zähne etwas aus ihm heraus.

Er musste kämpfen, sonst wäre es um ihn geschehen! Aber wie? Der zahnbewehrte Albtraum war nicht aufzuhalten!

Ein Kampf auf Leben und Tod.

Ein Kampf gegen das Vergessen.

Ein Kampf, um sein Ich zu bewahren – und nicht zu etwas anderem, Finsterem zu werden …

Rankura.

Der Name nebelte durch seinen Geist.

Ja, er erinnerte sich. Sein Schwert. Edel. Und gefährlich. Eine Klinge, geschmiedet, um Dämonen zu töten.

»Rankura!«, schrie Lormak. »Rankura!«

Gebannt starrte er auf seine Hände.

Das Maul schnappte zu – und riss einen Brocken aus ihm heraus.

Kein Schwert, seine Hände blieben leer.

»Rankura!«, brüllte er, »Rankura! Rankura! Komm zu mir, Schwert, und beschütze mich!« Immer und immer wieder schrie er den Namen seiner Klinge.

Das riesenhafte Maul schoss heran, die boshaften Augen, bereits so groß wie Katapultsteine, glitzerten siegesgewiss.

Unverhofft schlossen sich seine Hände um einen Schwertgriff. Ohne zu zögern, schlug er zu.

Die Klinge glitt durch die dämonische Fratze, spaltete Kopf und Maul. Schwarzer Rauch quoll aus dem Schnitt. Wie bei einem zerteilten Apfel fielen die Hälften auseinander, dann zerplatzten sie. Die herausgerissenen Stücke verbanden sich wieder mit seiner Seele …

Sie hetzen durch die dunklen Gänge des Palasts. Die Zeit läuft ihnen davon. Vulodas hat eine falsche Fährte gelegt, einen Zirkel magischer Symbole, die, bei eingehender Betrachtung, keinen Sinn ergeben. Leider hat Tynn Bradas dies nicht rasch genug erkannt. Sie haben sich einlullen lassen, nicht geahnt, dass Vulodas – oder welch Geist ihn auch immer beherrscht – dahintergekommen ist. Obwohl der Berater des Königs wie ausgetauscht war nach jener Nacht im Jagdzelt, argwöhnte danach niemand, welch finstere Pläne er schmiedete.

Lormak ärgert sich über sich selbst. Er war dumm gewesen, so verdammt dumm! Beeindruckt von Vulodas' Sinneswandel, von seinen philosophischen, überaus interessanten Ansichten, ließ er sich einwickeln – suchte ihn gelegentlich sogar auf und redete somit mit einem Mann, der früher wortkarg, knurrig und so halsstarrig und übellaunig und rachsüchtig gewesen war, dass jeder seine Nähe mied.

Lormak weiß, weshalb er so lange zögerte, seine Freunde und Tynn Bradas zu informieren: Es war Vulodas' plötzliche Weitsicht, ja Weisheit, seine Weltklugheit, die Lormak beeindruckte – und an der er teilhaben wollte, um selbst zu wachsen. Sein Stolz über den Rang eines Hauptmanns der Ehernen Garde ist inzwischen dahin, zerrupft von Gorns Feldzügen und grausamen Entscheidungen. Vulodas half ihm dabei, einen Weg zu finden, der sein Soldatendasein mit moralischer Vertretbarkeit in Einklang bringt. Diesen Schatz, diesen leuchtenden Pfad inmitten der Dunkelheit, die ein überehrgeiziger und ruchloser König heraufbeschwor, wollte er nicht missen. Zu lange jedoch verschloss er die Augen davor, warum *Vulodas sich dermaßen geändert hatte.*

Inzwischen, nachdem er seine Gefährten schlussendlich doch eingeweiht hatte und man Versuche unternahm, Vulodas auf den Zahn zu fühlen, kristallisiert sich eines heraus: Jemand anderes lenkt den Berater des Königs. Wie, das weiß selbst Tynn nicht. Leider tappen sie im Dunkeln, haben keine eindeutigen Beweise, weswegen sie sich entschieden, Gorn nichts zu sagen: Wie hätte dieser reagiert, wenn sie ihn damit konfrontierten, dass Vulodas sich verändert hat, dass jemand anderes *seine Schritte lenkt? Dass er* irgendetwas *im Schilde führt?*

Gorn hätte sie ausgelacht.

Erstens hält er nicht viel von Magie – Tynn steht in seiner Gunst knapp über der eines fußlahmen Kämmerers –, zweitens haben sie nichts Handfestes. Alles ist zu vage. Die Unterlagen, die sie Vulodas geklaut und dann wieder hingelegt haben, hat Tynn in Eile zusammengefasst, ein Kauderwelsch, das vielleicht ihm, aber bestimmt nicht Gorn etwas sagt.

Nein, sie sind auf sich allein gestellt.

Erst wenn sie Vulodas gestellt haben, erst wenn er tatsächlich Magie gewirkt hat – was er noch nie konnte –, können sie Gorn einweihen.

Selbst dann stellt sich jedoch die Frage, inwieweit den König die ganze Sache überhaupt interessiert. Er ist beschäftigt, alles für die Geburt seines Nachkommen zu organisieren, und wie es scheint, macht ihm das keinen besonderen Spaß.

Vor zwei Tagen kam die Order, dass Lormak sich nach Vandur zu begeben habe, zusammen mit Xurodas und Urruk Darn: Die vandurischen Streitkräfte wehren sich heftiger als erwartet. Wieder einmal muss es die Garde richten. Diesem Befehl können sie sich nicht widersetzen, außer sie desertieren. Aber das will auch niemand. Auf jeden Fall müssen sie Tynn helfen, denn auf sich allein gestellt kann er gegen Vulodas nichts bewirken.

Deswegen schlagen sie jetzt zu, irren aufgrund der falschen Fährte jedoch ziellos durch den Palast. Man könnte sie glatt für Meuchler halten, wie sie durch die unbeleuchteten Gänge rennen, nach verräterischen Geräuschen horchen, irgendetwas, das sie zurück auf Vulodas' Spur bringt. Der Palast ist gewaltig.

Niemand will es sich eingestehen: Was sie hier veranstalten, ist aussichtslos.

Indem sie kreuz und quer durch die Gänge hetzen, werden sie Vulodas nicht finden. Der Einzige, der die Situation jetzt noch retten kann, ist Tynn. Er ist zurückgefallen, ab und an schließt er die Augen. Lormak weiß, wieso: Tynn sendet seine Magie aus, in der Hoffnung, dass irgendeine arkane Fluktuation diese streift wie die Schnurrhaare einer Katze. Er hat es ihnen erklärt und sie glauben ihm, kennen ihn als Zauberwirker, der seinesgleichen sucht.

Dennoch ist Lormak bange zumute. Er kennt den Kampf Mann gegen Mann, er schätzt das ehrenhafte Messen der Kräfte in einem gerechten Zweikampf. Magie ist rätselhaft, unberechenbar – und selten gerecht. Sie ist der Kopf einer Schlange, die im Verborgenen lauert, um unerwartet zuzubeißen, durch den Schutzpanzer aus Stahl, Stolz und Ehre hindurch.

Er fürchtet diese Konfrontation. Nimmt er die Gespräche mit Vulodas als Grundlage, so weiß dieser Mann oder diese Kreatur sehr viel mehr als er – und bestimmt ist sie der Magie ebenso mächtig, wie sie es mit Worten ist.

Ein gefährlicher Gegner.

Unvermittelt bleibt Tynn stehen. Lormak und die anderen verharren ebenfalls. Tynn streckt die rechte Hand aus, führt sie durch eine Bewegung, als wollte er Spinnenweben beiseite wischen. Seine Stirn zerfurcht sich vor Anstrengung, wodurch sein Gesicht noch ausgezehrter wirkt.

»Oben!«, keucht er schließlich. »Hinauf! Hinauf!«

Trotz des Gewichts der Kettenhemden überwinden sie die Stufen in kräftigen Sprüngen, der Schweiß läuft ihnen in Strömen über Gesicht und Körper.

Tynn hat etwas gewittert. Die Hand ausgestreckt, führt er sie durch Korridore und Abzweige, ein Bluthund, der nicht mehr lockerlässt. Nur ist es kein angeschlagenes Tier, das sie verfolgen, sondern ein sehr mächtiges.

Das wird ihnen gewahr, als sie die Tür zur Privatbibliothek des Königs aufstoßen, unter deren Türspalt Helligkeit in den Gang zuckt wie das Leuchten von Blitzschlägen.

Der Raum ist in gespenstisches Halblicht getaucht, Nebel wallt in den Ecken, an den Wänden, als befänden sie sich in einem finsteren Wald. Erst sieht Lormak nur eine ovale Fläche vor sich in der Luft schweben. Er blickt daran vorbei.

Vulodas!

Dieser birgt eine leuchtende Kugel in den Händen, grinst Lormak und die anderen an – und springt. Er müsste am anderen Ende der Scheibe herauskommen, wie beim Satz durch ein blindes Fenster. Doch er ist verschwunden.

Tynn eilt an ihnen vorbei auf die andere Seite, mustert die Fläche. Die geröteten Wangen verlieren ihre Farbe, sein Mund öffnet sich in Staunen und Entsetzen. Dann schüttelt er seine Starre ab und winkt sie hektisch herbei.

Lormaks Herz rast, nicht der Treppen wegen, die sie hinaufgestürmt sind, sondern um des Anblicks willen, der sich ihm bietet: ein erstarrter Mahlstrom, durch den sich ein leuchtender Steg zieht, hinein in eine dunkle Welt, die einen erschaudern lässt. Vulodas läuft darauf, bleibt dann stehen und dreht sich herum.

Die schwarze Fläche schrumpft.

»Nein!«, keucht Tynn und stößt beide Arme nach vorne. Der Schrumpfprozess verlangsamt sich. »Hinein!«, presst er hervor. »Ihr müsst ihm nach, sonst ist alles verloren!«

Sie sehen sich an, der gleiche Blick, kurz bevor sie in die Schlacht ziehen, in den möglichen Tod. Hier sind keine Klingen, keine Pfeile. Der Tod jedoch, der schaut ihnen aus diesem Tor entgegen.

»Rasch!« Tynns Züge sind verzerrt, als würde die magische Macht, die er aufwendet, sein Gesicht zu Wachs werden lassen und es verformen. »Ich ... halte es ... offen!«

»Und so«, sagt Lormak, und Xurodas und Urruk Darn stimmen mit ein, »soll unser Blut über das Leben hinaus besiegeln, dass wir Brüder sind, in Körper wie Geist, dass wir einstehen für Landaskan, für die Garde, für unsere Freundschaft!«

Gemeinsam preschen sie voran ...

Lormak schlug die Augen auf. Sie brannten, als hätte jemand glühenden Sand hineingestreut. Er blinzelte ein paarmal, stöhnte leise. Während Schmerzwellen durch seinen Körper fluteten, kehrte tröpfchenweise seine Erinnerung zurück, auch die an das gefräßige, monsterhafte Maul.

An Handgelenken und Knöcheln gefesselt, kauerte er auf dem Boden, spürte aber einen vertrauten Schwertgriff in den Händen.

Jemand war bei ihm und entfernte die Fesseln. Ihn streifte ein Geruch nach Wald und einem Duftöl, das mild nach Kräutern roch: Avi.

Seufzend setzte er sich auf, rieb sich die Stellen, wo die Fesseln ihn gehalten hatten, und blickte zu Avi, die sich erschöpft auf ein Kissen neben ihn setzte, Ringe unter den Augen. Durch den Stoff des Zelts drang matte Helligkeit. Die Sonne ging auf. Wie es aussah, hatte sie die ganze Nacht an seiner Seite gewacht.

Er drehte das Schwert, bewunderte einen Augenblick das Schimmern des Stahls: »Du hast mir Rankura gereicht.«

Sie nickte. »Weil du danach gerufen hast.«

Er legte das Schwert neben sich auf die gelösten Stricke. »Du hast mir das Leben gerettet. Ich weiß nicht, wie ich dir danken soll. Du tust so viel für mich, obwohl jene Macht in mir wohnt, die dich zu vernichten trachtet.«

Sie fuhr sich mit der Hand durchs schwarze Haar. Eine einfache Geste, vielleicht Befangenheit oder Scheu, aber das war egal, er könnte ihr Stunden dabei zusehen.

»Ich hatte Angst, du könntest dir etwas antun.«

»Sei auf der Hut, dass ich *dir* nichts antue.« Er schöpfte Atem. »Es wird stärker.«

Sie sah ihn an, besorgt und, ja, auch etwas ängstlich, was ihm das Herz zu brechen drohte. Aber er durfte sie nicht belügen, musste ihr erzählen, was vor sich ging, damit sie die Vorzeichen rechtzeitig wahrnahm und Schutz suchte.

»Der Dämon hat mich angegriffen. Er wollte die Kontrolle erlangen, vollends diesmal. Ich bin sicher, er wird es wieder versuchen. Wie lange ich ihm standhalten kann, weiß ich nicht.« Er senkte den Blick zu Rankura. »Wenn es wieder geschieht und ich den Kampf verliere, greife dir diese Klinge, die eigens dafür geschaffen wurde, Dämonen zu töten, und ramme sie mir ins Herz. Wenn das nicht geht, dann lauf, so schnell du kannst. Ich habe bereits einmal versucht, dich zu verletzen.« Er schluckte trocken und konnte ihr nicht ins Gesicht sehen. »Und irgendwann werde ich es wieder versuchen …«

»Sag so etwas nicht!«

»Ich muss! Denn es wird geschehen!«

Unerwartet heftig fiel ihre Reaktion aus: Sie sprang auf und trat gegen das Kissen, sodass es durch das Zelt segelte und gegen die Bahn klatschte. Blut schoss in die blassen Wangen. »Du bist kein Prophet! Wenn du es dir einredest, wird es passieren! Die Kontrolle darüber hast allein du, niemand anderes!«

»Avi«, sagte er besänftigend, »glaub mir, dass ich kämpfen werde bis zum letzten Atemzug, bis zum letzten Tropfen Blut. Aber ich spüre, wie der Dämon mächtiger wird. Vielleicht liegt es daran, dass wir uns dem Ursprung allen Übels nähern, oder einfach, weil er mich schon so lange begleitet. Iorla hat gesagt, ihr Eingreifen erschüttere das Gleichgewicht, sodass nun der Feind am Zug ist.« Er schüttelte den Kopf. »Ich darf mich – und dich – nicht belügen, denn das würde es nur schlimmer machen.«

So jäh Avi die Wut gepackt hatte, so rasch verschwand sie. Kraftlos setzte sie sich auf den Boden. Ihre Augen schimmerten im Glanz zurückgehaltener Tränen. »Vielleicht wäre es besser gewesen, Iorla hätte mich sterben lassen.«

Schweigend blickte er sie an, hätte sie am liebsten in den Arm genommen. Stattdessen sagte er leise: »Damit du lebst, hätte ich alles in Kauf genommen. Und wenn Iorla gesagt hätte, der Himmel würde auf die Erde stürzen und die Sonne würde aufhören zu scheinen … Alles hätte ich gutgeheißen, damit du lebst. Mag die Sonne erlöschen – mir reicht dein Licht, Avi.«

Langsam hob sie den Kopf, bis sich ihre Augen trafen. Sie öffnete den Mund, wie um etwas zu sagen, schloss ihn jedoch wieder.

Lormak stellte sich vor, wie er die Lippen mit einem Kuss wieder öffnete, lang und innig, und wie sie eng umschlungen niedersanken, sich einander hingaben und alles vergaßen, worüber sie Sorge trugen.

Avi schluckte und die Tränen flossen ungehemmt über ihr regungsloses Gesicht. Mit einem Mal stand sie auf und verließ das Zelt. Er sah ihr nach, wie sie im fahlen Licht dieses Wintermorgens zurück zu ihrem Zelt lief, ihre knirschenden Schritte im Schnee das einzige Geräusch – und ihr Schluchzen.

Lormak legte sich die Faust an die Stirn, seufzte und schloss die Augen. Einen Moment lang meinte er, den Verstand zu verlieren. Diese Zerrissenheit stieß ihn Stück für Stück an den Rand des Zusammenbruchs. Er durfte Avi nicht näherkommen, allein deswegen, weil seine verderbte Aura die ihre schädigte. Um sie zu beschützen, musste er sich fernhalten. Es war die eiserne Regel, die immer Bestand hatte – und die seine Seele Span um Span abhobelte, bis irgendwann nichts mehr von ihr übrig wäre.

Niedergeschlagen ließ er sich aufs Lager sinken, ehe er in

einen unsteten Dämmerschlaf trudelte, von dem er immer wieder aufschreckte. Dann tat er etwas, das er für gewöhnlich zu vermeiden suchte: Er gab sich seinem Selbstmitleid hin und verfluchte alles und jeden, die Götter, Iorla, dass sie ihm so etwas antaten. Der Dämon ließ diese Schwäche ungenutzt.

Entweder musste er sich nach dem knapp verlorenen Kampf erholen – oder er weidete sich einfach an Lormaks Leid, wissend, dass derlei Trübsinn ihm in die Karten spielte, ohne dass er dafür etwas tun musste.

Es war entschieden: Sie würden versuchen, sich heimlich nach Kelosan durchzuschlagen, abgelöst vom Verbund der elfischen Streitmacht. Belfatis führte sein Heer direkt gen Osten, während sie zunächst nach Süden und erst später nach Osten und schließlich Nordosten schwenken würden. Da die Zwerge hoffentlich von Süden vorstoßen würden – oder zumindest die Truppen des Feindes binden – sollte sich ein Korridor auftun, in dem sie unbehelligt blieben.

So zumindest lautete der Plan.

Pläne waren so lange gut, bis die Schlacht begann.

Dennoch war Lormak sicher, dass sie sich richtig entschieden hatten. Ohne die Hauptstreitmacht waren sie beweglicher, flexibler und kaum auszumachen, was den Waldläuferroben geschuldet war, mit denen Belfatis sie ausgestattet hatte. Nebst den verbliebenen Zwergen, angeführt von Rangash – die ebenfalls die Tarnroben trugen (man hatte sie eilends auf ihre Größe umgenäht) –, befand sich ein Elitekontingent Waldläufer bei ihnen, darunter auch zwei Magier und sogar Djarlak, sodass die Gruppe, die Gefährten eingerechnet, nun vierzig Mann stark war. Genug – hoffentlich –, um dämonische Streifscharen zu vernichten, damit niemand Iridon über ihr Kommen informierte.

Es war ein riskantes Spiel.

Falls man sie bemerkte, würde Iridon alles daransetzen, die

kleine Gruppe auszulöschen, da die eigentliche Gefahr von Avi ausging. Kjala und Urruk Darn suchten bestimmt weiter nach ihr – aber hoffentlich woanders. Vielleicht waren sie auch einem Zwergenkontingent in die Arme gelaufen, das kurzen Prozess mit ihnen gemacht hatte.

Wäre zu schön, um wahr zu sein, dachte Lormak, während er voranschritt und die von Schneewehen gewölbte Waldlandschaft im Auge behielt.

Nein, Kjala und Urruk Darn waren am Leben. Er wusste dies, eine Gewissheit in der Tiefe seiner Seele, die man nicht erklären konnte. Irgendwann würden sie sich gegenüberstehen, Auge in Auge, obwohl er nicht an Vorhersehung oder vorbestimmte Schicksalspfade glaubte.

Bis jetzt hatte er jeden Widersacher bezwungen. Auch Urruk Darn würde er bezwingen, unbenommen ihrer gemeinsamen Zeit und einstigen Freundschaft.

In Fjardans Palast hast du mich überrascht. Ein zweites Mal wird dir das nicht gelingen!

Auf eigenes Bitten bildete Lormak die Nachhut. Er wollte allein sein, brauchte Zeit, um die Geschehnisse zu verarbeiten, um seinen Geist zu stählen, damit er für die nächste Attacke des Dämons bereit war.

Sei stark und entschlossen! Stark und entschlossen! Stark und entschlossen! Stark und …

In Gedanken betete er diese Litanei rauf und runter, damit sie sich in sein Leibgedächtnis einmeißelte.

Er war der Blitz, der einzige Gewinner des Silberturniers, der nicht eine Runde abgegeben hatte! Wer sonst könnte diese Bürde tragen? Wer sonst war hart genug, um dies alles erfolgreich durchzustehen?

Er ballte die Fäuste. »Ich werde es schaffen!«, zischte er voll Inbrunst. »Ich werde sie beschützen! Wir werden siegen!«

Seine Schritte wurden schwungvoller, links und rechte stob der knöcheltiefe Schnee hoch. Am liebsten hätte er seine Klinge gezogen und diese Ausgeburten gesucht, um sie allesamt zu erschlagen!

»Ihr werdet uns nicht aufhalten!«

Er fühlte sich in besserer Verfassung, wie ein frisch geschmiedetes, gefährliches Schwert. Eine Waffe. Um zu vernichten! Sein Herz pumpte das Blut durch seinen Körper und jeder Tropfen davon schrie nach Tod.

»Nein!«, keuchte er schließlich und lehnte sich schwer atmend gegen den Stamm einer Fichte. Durch die Erschütterung lösten sich Schneeblumen von den Zweigen und rieselten herab.

Statt der lähmenden Schwermut pochte nun der Übereifer. War dies auch das Tun des Dämons, dass er von einer Gefühlslage in die nächste schnellte? Von Trübsinn zu überschwänglichem Tatendrang?

Er streifte die Kapuze ab und wischte sich mit dem Ärmel den Schweiß von der Stirn.

Verdammt, gäbe es in seinem Leben irgendwann wieder einen normalen Tag?

Etwas mehr als ein Jahr war vergangen, seit er Avi getroffen hatte. Ein halbes Jahr waren sie von Vandur über Lantra, Jendar und einen Teil Thalsins bis zu den Zwergen gereist; das andere halbe Jahr hatten sie, wie es schien, durch den Teleportzauber verloren. Lormak kam es vor wie eine Ewigkeit. Nein, zweimal eine Ewigkeit. Kurz wünschte er, Avi niemals getroffen zu haben und im Kampf gegen die vorrückenden Dämonen gefallen zu sein.

Er schüttelte den Kopf, biss die Zähne zusammen.

Trotzdem war ihm, als würde er langsam, aber sicher verrückt.

Er hob den Blick. Die Gruppe war weitergegangen, nur die Spuren im Schnee wiesen ihm den Weg. Seufzend schritt er aus. Die Erregung war vorbei, er fühlte sich wieder wie sonst: hadernd und von Zweifeln gequält. Er war nicht mehr der Lormak aus den Träumen; nicht mehr der entschlossene, geradlinige Krieger, der zwar nicht nur Ruhmestaten beging, doch immerhin ein Ziel vor Augen hatte, und wenn es, nachdem er sich innerlich von Gorn abgewendet hatte, nur das Wachsen an sich selbst war.

Und jetzt?

Er hechelte dem Wunsch hinterher, Avi zu beschützen, und irgendwann, mit der Gnade Jaminaras, diesen verfluchten Dämon loszuwerden!

Was würde danach übrig bleiben?

Ein Mensch? Oder lediglich eine leer geschabte Hülle?

Er ging rascher zu, schloss wieder zur Gruppe auf. Einen Steinwurf hielt er Abstand zu den hintersten Kämpfern, einem halben Dutzend Waldläufer. Schweigsam waren sie, in sich ruhend, wie es schien, trotz der dramatischen Lage. Da konnte einen schon der Neid zwacken, mit welcher Seelenruhe die Elfen durch Feindesland zogen.

Die Zwerge gaben sich verschlossen und wortkarg wie sonst auch, doch wo die Gesichter der Elfen ausdruckslos waren, loderte in den Augen der Zwerge grimmige Beherztheit. Sie brannten darauf, dem Feind, der ihre Kinder zu Dämonen machte, den Scheitel nachzuziehen. Gelegenheit dazu würden sie irgendwann bekommen, so viel stand fest.

Lormak schwenkte etwas zur Seite, um seine Gefährten zu sehen. Krax war bei Rangash, Boras unterhielt sich – man mochte es kaum glauben – mit Xurodas und Avi schritt neben Halron einher.

Plötzlich, im Gehen, legte sie den Kopf auf seine rechte Schulter.

Und Halron schlang den Arm um ihre Hüfte!

Lormak erstarrte, als hätte man ihm einen Stab ins Rückgrat gerammt.

Der Kuss! Seinerzeit, bevor Lormak sie vergewaltigen wollte, hatten Halron und Avi sich geküsst wie ein Liebespaar. Und jetzt das!

Er konnte nicht weitergehen, seine Beine gehorchten ihm nicht. Kaum, dass er noch atmete, alles war gelähmt.

Du eifersüchtiger Narr! Sei doch froh, dass sie jemanden hat!

Halron kümmerte sich um sie, damit sie nicht verzweifelte. Wollte Lormak diese Rolle übernehmen – und in einem Moment dämonischen Wahns über sie herfallen, um zu versuchen, sie erneut zu schänden? Was dachte er denn? Dass sie ihn attraktiv fände? Ihn, mit seinen schauerlichen Dämonenmalen, die inzwischen sogar sein Gesicht entstellten? Wer wollte schon einen Dämon?

»Ja«, knurrte er, »wer will schon einen Dämon?«

Erneut entfernte sich der Trupp, wurde eins mit dem Wald, dem Schnee und dem Himmel. Es war sinnbildlich: Er war kein Teil des Ganzen, sondern kreiste wie eine schwarze Sonne um seine Mitstreiter herum, ohne jemals in ihrer Mitte zu sein. Wie Yur zu den Sternen, ja, so gewaltig war die Kluft, die ihn von der Gruppe trennte.

Und von Avi.

Am Nachmittag rasteten sie, schlugen Zelte zwischen den Bäumen auf, vermieden Feuer, um keinen Rauch zu erzeugen, und aßen somit ein Mahl aus Trockenfrüchten und Stockfisch.

Lormak, abseits auf einer Decke sitzend, kaute lustlos auf seinem Essen herum. Dann und wann – er konnte es einfach nicht vermeiden! – glitt sein Blick zu Avi. Sie hockte neben Krax und unterhielt sich mit ihm. Halron war bei Boras, der vollständig genesen schien. Xurodas hockte ebenfalls fern der anderen, sein düsterer Gesichtsausdruck ein Spiegelbild von Lormaks Gedanken. Ein Anflug von Schadenfreude: Wenigstens war er mit seinen dämonischen Anwandlungen nicht allein.

Dämonische Anwandlungen ... Nett ausgedrückt.

Beinahe hätte er laut gelacht. Dann sah er Avi, wie sie aufstand und sich zu Halron setzte. Jede Idee eines Lachens blieb Lormak zusammen mit einem Happen Stockfisch im Hals stecken. Er hustete und schaute aus tränenden Augen weiter zu ihr, als wäre sein Blick gebannt. Sie neigte den Kopf, er tuschelte etwas, sie lachte, etwas verschämt, aber auch amüsiert. Es war ein sanftes Necken, ein Hin und Her.

Schließlich, Lormaks Herz gefror zu einem Klumpen, erhoben sie sich gleichzeitig, schlenderten zu einem Zelt – und verschwanden darin. Avi trat hinter ihm ein und für einen Moment schaute sie zur Gruppe.

Hastig warf Lormak den Blick nieder und wartete. Erst nach ein paar Herzschlägen sah er wieder zum Zelt. Da stand es, unscheinbar, wie jedes andere, nicht größer noch kleiner, eigentlich unbedeutend. Und doch fühlte er sich, als müsste sein Kopf zerspringen, sein ganzer Körper, in tausend schmerzende Scherben, so scharf, dass sie seine Seele zerfetzten, grausamer, brutaler, als es das Maul des Dämons je vermocht hätte.

Er stand auf und verließ das Lager. Sein Blickfeld schrumpfte zusammen, auf die Halme von Sträuchern, die verloren aus Schneewechten ragten, auf Baumstämme, auf einige letzte Blüten, die sich vergebens gegen die Herrschaft des Winters stemmten.

Irgendwann blieb er stehen, riss sein Schwert aus der Scheide und hackte damit auf einen Baumstamm ein. Dicke Holzsplitter wirbelten umher. Irgendwann waren seine Hände taub. Trotzdem drosch er weiter auf den Baum ein.

»Lormak …«

Mitten im Schwung hielt er inne, drehte sich zögernd um.

Krax.

Das passte: Sein Name ähnelte dem Geräusch, mit dem die Klinge die Holzstücke herausgebrochen hatte.

»Was ist?«

»Hör auf damit.«

»Ich finde«, Lormak zwang sich zu einem halben Lächeln, »du siehst viel besser aus mit Kettenhemd und Helm. Männlicher.«

»Hör auf.«

»Wieso?« Lormak tätschelte den Baum wie einen alten Freund. »Er hat ein bisschen … Beschnitt nötig.«

Krax schüttelte den Kopf. »Deine Augen strafen deine frivolen Worte Lügen.«

»Gut. Dann sag, was du willst – ansonsten: Hau ab!«

»Du liebst sie.«

Lormak faltete die Brauen zusammen. »Wen?«

»Tu nicht so.«

Er rammte Rankura in die Scheide. »Was geht es dich an?«

»Du musst sie verstehen.«

»Avi? Was gibt es da zu verstehen?« Die nächsten Worte brannten wie Säure auf der Zunge: »Sie und Halron haben zueinandergefunden. Es ist doch vollkommen normal, dass sich zwei *Menschen* besser kennenlernen.«

»Sie braucht Halt.«

»In *seinen* Armen?«

»Überleg, was sie durchgemacht hat.«

»Denkt jemand daran, was *ich* durchmache?«

Krax seufzte. »Nicht jeder ist so stark wie du.«

Lormak ballte die rechte Faust und schwenkte sie. »Drauf geschissen!«

»Sie braucht menschliche Wärme, das Gefühl von Geborgenheit.«

»So heißt das nun, verstehe.«

»Bei dir kann sie nichts davon bekommen, Lormak. Deine … Aura schadet ihr. Glaub mir, das beschäftigt sie. Mehr sogar, als du denkst.«

Lormak ließ den Kopf sinken. »Mag sein, dass ich anfangs Gefühle für sie hegte. Das hat sich gegeben. Ich bin ihr Beschützer. Das und nichts anderes ist meine Aufgabe.«

»Dich selbst belügen kannst du recht gut.«

»Was – beim heiligen Scheißehaufen! – soll ich denn tun?«

»Warten«, erwiderte Krax. »Und sie verstehen. Vielleicht hilft ihr diese … Sache mit Halron, diese schrecklichen Zeiten besser zu überstehen.«

»Dann«, sagte Lormak finster, »richte ihr aus, dass sie es tun soll, wenn ich es nicht sehe.«

»Deine Bitterkeit macht mich traurig.«

»Sie ist das Einzige, was mich auf dem Weg hält. Ich ertrage den Gedanken nicht, sie zu verlieren – weder auf die eine noch die andere Weise.«

»Vor uns liegen schwere Prüfungen. Du musst einen klaren Kopf haben, sonst ist es um die Mission – und uns alle – geschehen.«

»Du überschätzt meine Fähigkeiten.«

»Nein«, erwiderte Krax ernst. »Ich weiß, was für ein mächtiger Krieger du bist.«

»Zum Köpfeabschlagen bin ich gut genug, nicht wahr?«

»Du bist der Beste. Nimm es hin und sei stolz – oder spuck drauf. Deine Entscheidung.«

Schweigen hielt Einzug. Lormak blickte zur Seite. Aus den Augenwinkeln sah er, dass Krax mit der Stiefelspitze Wellenlinien in den Schnee zeichnete.

»Danke«, sagte Lormak schließlich, »dass du mit mir geredet hast.«

»Ich habe immer ein offenes Ohr für dich, auch wenn ich dich manchmal nicht weniger fürchte als Urruk Darn. Trotzdem weiß ich, das Licht in dir ist stärker als die Dunkelheit.«

»Komm, gehen wir zurück«, sagte Lormak. Nach ein paar Schritten legte er dem Zwerg die Hand auf die Schulter. »Du erzählst ihr nichts von dieser Unterhaltung, verstanden?«

»Wieso? Vielleicht versteht sie dann besser, weshalb …«

»Nein!« Gemäßigter fügte er hinzu: »Erzähl ihr, du hast mit mir gesprochen. Die Quintessenz ist folgende: Ich empfinde keine Liebe für sie, sondern sorge mich einzig und allein um ihr Wohlergehen.«

»Ich weiß nicht, ob …«

Abermals schnitt Lormak ihm das Wort ab. »Ich will es so.«

»In Ordnung«, murmelte Krax.

Zurück im Lager zog besagtes Zelt ein letztes Mal Lormaks

Blick. Alle aufquellenden Gefühle zerdrückte er zu einem Klumpen und schleuderte ihn weit, weit in die Tiefen seiner Seele.

Soll der Dämon daran ersticken!

Grimmig nahm er einen Schleifstein und kümmerte sich um Rankuras Schneide. Das Holzhacken hatte ihr bestimmt nicht gutgetan. Zu seiner Überraschung stellte er fest, dass sie nichts von ihrer Schärfe eingebüßt hatte.

Er lächelte und setzte den Schleifstein trotzdem an. Das Geräusch beruhigte ihn.

Nach einiger Zeit hielt er inne und erfreute sich an dem Schimmer, den das matte Winterlicht auf die Klinge zauberte. So makellos wie dieses Schwert wäre auch er gerne: keine Scharte, egal wie stark man beansprucht wurde, immer überlegen, unzerstörbar. Er fädelte die Klinge in die Scheide, stand auf. Da er nicht müde war, ging er zu Boras, der sich aufgrund des Tarnumhangs nur als verwischter Schemen vom Wintergemälde abhob.

»Leg dich hin, ich übernehme deine Wache.«

Boras schaute zu ihm hoch. »Sicher? Du bist nicht eingeteilt.«

»Ich bin nicht müde. Erhol dich.«

»Meine Verletzung beeinträchtigt mich nicht mehr. Ich bin geheilt, der Elfenmagie sei Dank.«

Lormak lächelte, weil Boras offenbar argwöhnte, dass man ihn nicht für voll einsatzbereit hielt. Dies kratzte natürlich an seiner Kriegerehre.

»Das weiß ich. Aber ich kann nicht schlafen.«

»Hm«, machte Boras, ehe er sich erhob. »Nun gut. Ein Krieger muss schlafen, wann er kann, damit er ausgeruht ist für die Schlacht. Das weißt du sicher auch.«

Lormak lächelte. »Los, hau dich aufs Ohr.«

»Danke«, brummte Boras und stapfte davon.

Lormak ließ sich auf dem Stein nieder und behielt die Umgebung im Auge. Über den weiß gepuderten Baumwipfeln glühte der Himmel in Streifen aus Orange und Zartrosa, und die flusigen Endstücke der Wolken leuchteten in saftigem Rot. Ein

Eichhörnchen hopste durch den Schnee, eine Nuss in den Vorderpfoten, und verschwand hinter einem Windwurf, vor dem sich der Schnee türmte. Ein bunt gefiederter Vogel landete auf einem Ast. Schneeflocken lösten sich, als er sich bewegte und dem Eichhörnchen nachschaute. Dann steckte er den Kopf unter seine Fittiche und putzte sich.

Jäh krächzte er und flatterte davon. Wenig später stieg Vogel um Vogel aus den Baumkronen. Allesamt schwenkten sie in raschem Flug nach Süden, aufgeregt tschilpend, als hätte ein Falke oder Adler sie im Visier. Lormak sah sogar einen Raubvogel. Dem jedoch stand nicht der Sinn nach Jagen: Er flog genauso hastig nach Süden wie seine Beute. Im nächsten Moment hüpfte das Eichhörnchen aus seinem Versteck hervor und flitzte in dieselbe Richtung.

Lormak erhaschte eine Bewegung im Unterholz, nicht von einem Eichhörnchen, sondern von etwas viel Größerem.

Er stand auf, zog leise sein Schwert.

Ein Hirsch stand zwischen den Bäumen, bebende Flanken, das Fell dampfte. Mit einem mächtigen Satz stob er davon.

In Richtung Süden.

Hinter sich vernahm Lormak aufgeregte Stimmen.

Die beiden Elfenmagier unterhielten sich, fuchtelten mit den Armen herum. Djarlak stieß zu ihnen, ermahnte sie zur Ruhe. Nach einem kurzen Wortwechsel erbleichte er jedoch und blickte sich verunsichert um.

Lormak gesellte sich zu ihnen. »Was ist los?«

Djarlak erschrak. Zwar versuchte er, seine Reaktion durch ein Lächeln zu überspielen, doch Lormak sah den Schrecken über die Dämonenmale sowie den Wunsch, sich von ihm zu entfernen.

»Die … die Magier«, stammelte Djarlak, »spüren heftige Fluktuationen.«

»Und das heißt?«

Djarlak wechselte schnelle Worte mit den beiden Zauberern, dann sagte er zu Lormak: »Ein gewaltiger Ausbruch arkaner

Macht. Genaueres können sie nicht sagen. Es ist, als schwappte eine Welle aus purer Energie übers Land.«

Lormak presste die Lippen zusammen und sein Blick suchte den Vogelschwarm, inzwischen eine Wolke winziger Punkte am Horizont. Und es waren nicht die einzigen Flüchtlinge. Von überall her schwärmten die Vögel gen Süden und im Wald raschelte und knirschte und knisterte es, weil seine übrigen Bewohner ebenfalls das Weite suchten.

Wenn die Tiere flohen, sollte man sich das eine Mahnung sein lassen, es auch zu tun …

»Was es auch ist«, sagte Lormak, »gut ist es bestimmt nicht.«

Er dachte an Iorla, an die allgültige Regel des göttlichen Gleichgewichts, die sie gebrochen hatte. Würde man nun den Preis für Avis Rettung erfahren?

Wenn ja, würde er hoch sein …

Einer der Elfenmagier rief etwas. Es klang entsetzt.

Die Erde erbebte. Die Erschütterung war so stark, dass es Lormak von den Beinen hob. Er drehte sich im Fallen und rollte sich ab. Als würden Titanen mit urgewaltigen Fäusten von unten gegen die Erde Landaskans donnern, wankte der Boden. Bäume stöhnten und ächzten, neigten sich wie unter Sturmböen, obwohl kein Lüftchen wehte.

Das Krachen berstender Stämme hallte durchs Lager. Direkt neben Lormak knirschte ein Baum. Ein Riss spaltete den Stamm, verlief von oben nach unten und wurde breiter. Durch die Spannung im Holz platzten Splitter ab und pfiffen durch die Luft. Lormak sprang zur Seite, als der rechte Teil des Stamms wegbrach und eines der Zelte unter sich begrub. Schnee wirbelte auf, stach in Lormaks Augen.

Einen Moment lang geblendet, taumelte er von rechts nach links, denn die Erde wurde weiterhin gebeutelt. Er stürzte in den Schnee, schlang die Arme ums Gesicht, machte sich klein, um den umstürzenden Bäumen wenig Fläche zu bieten.

Gegen diese Urgewalt gab es keinen Schutz, kein Entrinnen, man musste auf das Glück vertrauen.

Im nächsten Moment erstarb das Beben, eine unheimliche Stille breitete sich aus. Lormak erhob er sich, klopfte Schnee von der Kleidung und blickte ungläubig über das verwüstete Lager. Nach und nach erhoben sich die Unversehrten und sammelten sich in der Mitte des Lagers. Lormak kam an dem zerschmetterten Zelt vorbei und riss den zerstörten Behang beiseite. Erschüttert ließ er ihn sinken, um das Enthüllte rasch zu verbergen: zwei zermalmte Elfenkörper.

Wie es aussah, waren dies die einzigen Toten, die zu beklagen waren. Lormak war erleichtert, als er Avi sah, die sich angstvoll an Halron drückte. Dann sah sie zu ihm.

Die instinktive Regung, wegzuschauen, unterband Lormak und hielt ihren Augen stand. Schließlich war sie es, die den Blick senkte.

Irgendetwas wollte aus der Tiefe steigen, in die er seine Gefühle geschleudert hatte, doch er wehrte sich dagegen und es sackte wieder hinab. Das befriedigte ihn. Er hatte sich im Griff. Gestärkt war er aus dieser Prüfung hervorgegangen, wie Stahl, der durch die Esse hart und widerstandsfähig wurde. Nichts würde ihn mehr so erschüttern, dass es bis zum Grund seiner Seele drang.

Nichts!

Schweigend, da niemand wusste, woher dieses vernichtende Beben gekommen war, verstaute man die Ausrüstung und setzte den Weg fort durch eine stille, leblose Landschaft, verunstaltet von Schneisen der Zerstörung: entwurzelte und gesplitterte Bäume, aufgeworfenes Erdreich und scharfe Abbruchkanten, wo ganze Hänge nachgegeben hatten. Sie waren herabgerutscht, hatten die Vegetation mitgerissen.

Zurück blieb braune, geröllübersäte Erde. Vielleicht war es besser so. Sie flanierten nicht durch schneegepuderte Märchenlandschaften, die Romantik verströmen sollten. Hier ging es ums Überleben, um Tod und Zerstörung und ein Ziel, das zu erreichen noch viel größere Opfer fordern würde.

Nach etwa einer Stunde, das letzte Stück der Sonnenscheibe

versank gerade im Westen, umgeben von einem wie brennend wirkenden Horizont, erreichten sie eine Gegend, in der die Zerstörung besonders heftig war: Kaum, dass ein Baum mehr aufrecht stand, kaum, dass der Schnee noch dort lag, wo er einst niedergegangen – ein zerpflügtes Ödland aus Baumleichen und entwurzeltem Strauchwerk. Zudem wehte ihnen ein seltsamer, abstoßender Odem entgegen, eine Mischung aus beißendem Säuregestank und Brandgeruch. Ein jeder, egal ob Mensch, Elf oder Zwerg, lockerte die Klinge und die Bogenschützen legten Pfeile auf die Sehnen.

Lormak gab seine Position als letzter Mann auf und lief nach vorne, denn die Gruppe war stehengeblieben, an ihrer Spitze Avi, die ihr Amulett umklammert hielt.

»Spürst du sie?«

»Ja«, erwiderte sie leise. »Aber es ist anders als sonst.« Sie leckte sich über die Lippen – Lippen, die Halron geküsst hatte.

Er schluckte, bannte diesen Gedanken und fragte: »Inwiefern?«

»Es ist, als befände sich vor uns eine Wand dämonischer Energie. Das Gefühl ist diffus. Ich kann nicht sagen, ob Dutzende Dämonen dort lauern – oder ob es lediglich eine dämonische Aura ist, die von überall kommt.«

»Können wir das Gebiet umgehen?«

Schwach schüttelte sie den Kopf. »Es ist überall, Lormak.«

»Dann bleibt uns nur eine Wahl.« Er blickte zu den wartenden Kämpfern. »Wir gehen weiter.«

»Bleib bei mir«, flüsterte sie.

Er biss die Zähne zusammen, weil er sagen wollte, dass Halron sich doch um sie kümmern solle! »Das werde ich«, sagte er stattdessen, »das werde ich …«

Ein Schatten ragte in die abendliche Düsternis wie eine Speerspitze, doppelt so hoch wie die Wipfel jener Bäume, die dem Erdbeben getrotzt hatten.

»Was ist das?«, fragte Krax.

Lormak ging rascher zu. »Das werden wir gleich sehen.« Falls dort Gefahr lauerte, wollte er ihr nicht in der Nachtschwärze begegnen, sondern im Streulicht des sich neigenden Tages. Hatte dieser Steilfelsen, der so gar nicht ins Landschaftsbild passte, etwas mit dem Beben zu tun?

Sein Herz pochte, als er endlich freie Sicht auf den schwarzen Felskeil hatte, der durch die Kruste der Erde gebrochen war wie ein Stachel. Die darum verstreuten Stein- und Erdbrocken umzirkelten ihn gleich einem Wundrand. Wachsam näherte Lormak sich, Rankura in der Hand. Mit etwas Abstand folgten die anderen. Nun sah er das große Loch, ähnlich einem Höhleneingang, das in dem schwarzen Fels klaffte. Rauch quoll daraus hervor: die Quelle des beißenden Gestanks.

»Sei vorsichtig, Lormak«, wisperte Avi, »ich spüre …«

Der Rest des Satzes ging in einem schrillen Kreischen unter, so laut und schneidend, dass es Lormak einen Moment lang lähmte. Die Höhle spie eine schauerliche Kreatur aus, einen Wurm, ungeheuerlich in seinen Ausmaßen: mindestens zehnfach baumstammdick, bedeckt von ungleichmäßig gewachsenen, schuppenartigen Panzerplatten, die im Abendlicht wie mit Öl bestrichen schimmerten. Das Maul war riesig und mit mehreren Zahnreihen versehen, dafür geschaffen, Fleisch und Knochen in kleine Häcksel zu fetzen.

Ohne Säumen griff das Monster an. Dabei ringelte sich der hässliche Körper zusammen und streckte sich wieder aus. Auf diese Weise überwand es die Distanz bis zur Gruppe in einem Tempo, dass Lormak klarmachte: Hier gab es keine Flucht – nur den Kampf!

Erst als der Dämon – nichts anderes konnte es sein, würde die Natur doch niemals etwas derart Widerliches hervorbringen – die Hälfte des Weges zurückgelegt hatte, vernahm Lormak das Summen von Bogensehnen.

Obwohl allen der Schreck in den Gliedern steckte, war jeder Schuss ein Treffer. Jedoch, nur wenige der geweihten Geschosse fanden den Weg in die Fugen zwischen den Panzerplatten. Geschah dies, kreischte der Wurm. Aus den Wunden stieg schwarzer Rauch und zersetzte die Schuppen ringsum. Die meisten Pfeile jedoch zersplitterten.

Die Erde vibrierte, der Wurm öffnete sein Maul, ein Schlund des Todes. Gleichzeitig bremste er sein Momentum. Dass er nicht weiter nach vorne preschte, konnte nur eines bedeuten …

»Begebt euch in Sicherheit!« Lormak sprang nach rechts, rannte einige Schritte und warf sich auf den Boden.

Aus dem Maul spritzte ein Strahl dunklen Schleims, wie ein Fächer. Mindestens ein halbes Dutzend Streiter ging zu Boden, zuckend, wie von Sinnen brüllend.

Lormak stürmte auf den Wurm zu.

Dieser bemerkte ihn.

Das hintere Ende schnellte ihm entgegen. Lormak sprang und zog die Beine an. Dicht unter ihm wischte der Körper vorbei. Er richtete seine Klinge nach unten. Rankura durchstieß den Panzer, als existierte er gar nicht. Bis zum Heft steckte die Klinge im Dämonenleib.

Der Wurm bäumte sich auf, zuckte, der Körper prallte gegen Lormak. Er wurde nach hinten geschleudert, hielt Rankura jedoch fest, sodass das Schwert herausglitt. Er federte seinen Sturz ab, sprang auf die Beine – und jagte Rankura in einem mächtigen Schwung herab. Schuppen zerplatzten unter dem Aufprall, eine große Wunde klaffte auf. Erneut hieb er zu, diesmal auf den Schädel. Der Treffer schickte den Dämonen der Länge nach auf den Boden. Wie besessen hackte Lormak weiter auf ihn ein, schlug die Kopfpartie zu Brei. Erst als lediglich die Erschütterungen seiner Schläge den Körper bewegten, ließ er ab und entfernte sich schwer atmend.

Der Dämon war besiegt.

Wo Spritzer des Dämonenblutes ihn getroffen hatten, prangten Löcher wie Brandflecken in seinem Umhang, sogar der Brustpanzer hatte sich stellenweise aufgelöst. An seine Haut jedoch war nichts gelangt.

Unvermittelt ertönte ein tiefes Grollen und Rumpeln. Unter lautem Getöse brach der Steilfelsen auseinander. Zurück blieben nur schwarze Trümmer und eine Staubwolke, die sich nach allen Seiten ausbreitete.

Mit Grauen stellte Lormak fest, dass sieben Kameraden einen schrecklichen Tod gefunden hatten. Die Flüssigkeit hatte ihnen Rüstung und Fleisch verätzt. Er wandte den Blick ab, als ihn die leere Augenhöhle eines halb zersetzten, mit Haut- und Haarresten versehenen Elfenschädels anstierte.

Fünf Elfen, zwei Zwerge – und wie durch ein Wunder keiner seiner Gefährten. Lediglich Xurodas hatte es am linken Arm erwischt, doch die Wunde schloss sich bereits wieder.

»Du hast uns gerettet«, sagte Halron und nickte anerkennend.

Lormak ging an ihm vorbei, säuberte seine besudelte Klinge am Umhang eines Leichnams und steckte sie in die Scheide zurück. »Wir müssen weiter.«

Die Zwerge platzierten je einen Stein auf die Brust der Toten, die Elfen summten einen Singsang, dann verließen sie diesen Ort des Schreckens.

Die Nacht brach herein. Schwärze legte sich auf die zerstörte Landschaft wie ein Leichentuch. Ein halber Mond hing am Himmel, als hätte der Wurm vor seinem Tod ein Stück herausgebissen, und leuchtete ihnen mit seinem totenbleichen Licht den Weg.

Nach einiger Zeit schloss Avi zu Lormak auf.

»Die Lage verschlimmert sich«, sagte sie bedrückt. »Offenbar ist die Welt der Dämonen mit der der Sterblichen verschmolzen. Sie gelangen nun direkt nach Yur.«

»Dagegen können wir nichts tun.«

»Wie viele solcher Felsnadeln wird es wohl geben?«

»Mit Sicherheit zu viele«, brummte er. »Wir können unmöglich alle vernichten, indem wir die Wächter töten oder was immer diese Würmer sind. Anscheinend stehen sie mit dem Felsen in einer Art Verbindung. Stirbt der Dämon, vernichtet dies auch das Tor. Das wird Aufgabe der Armeen der Zwerge und Elfen sein.«

Avi nickte. »In Zukunft müssen wir diese Felsen meiden.«

»Wenn es möglich ist.«

»Du warst sehr tapfer«, sagte Avi.

»Es ist meine Aufgabe, dich zu beschützen. Aller weiteren Kümmernisse, die dir aufs Herz drücken, nimmt sich ja jemand anderes an.«

Lormak hörte, wie sie einatmete, als hätte er ihr einen harten Stoß in die Rippen versetzt. »Lormak, hör zu. Ich …«

»Geh wieder nach hinten. Hier vorne ist es zu gefährlich für dich.« Damit beschleunigte er seine Schritte. Avi fiel zurück. Er spürte ihre Augen, die darum baten, sich herumzudrehen und mit ihr zu reden. Diesen Gefallen jedoch tat er ihr nicht.

Und hasste sich dafür.

8

VOR 20 JAHREN …

IRIDON ERWACHTE ZU PRASSELNDEM REGEN. Benommen richtete er sich auf, fasste sich an den Kopf. Hinter den Schläfen klopfte es dumpf. Seine Robe war vollgesogen und ihm war kalt. Wie lange hatte er hier gelegen?

Dunkle Wolken bedeckten den Himmel wie zerlaufene Tinte und verbargen den Mond, sodass nur fahles Sickerlicht die Umgebung erhellte.

Mit einem Ächzen stand Iridon auf. Drei Gebäuderückwände bildeten ein diesen Hinterhof umschließendes Hufeisen. Auf wackeligen Beinen peilte er die schmale Gasse an, die herausführte, vorbei an Kisten und Fässern, zerrissenen Jutesäcken und allerlei anderem Gerümpel: Holzlatten, alte Kleidung, kaputte Töpfe, verborgenes Eisenwerk. Etwas huschte fiepend vor seinen Stiefeln vorbei und verschwand unter den schiefen Latten eines Holzverschlags.

In seinem Kopf fand er keinen Anhalt, was geschehen war, als hätte man mit einem Besen durchgefegt. Die Anstrengung, seinen Erinnerungen irgendetwas abzutrotzen, quittierte sein Schädel mit Wogen aus Schmerz, die bis in den Nacken rauschten. Stöhnend hielt er sich am Pfosten eines Vordachs fest, zog die Hand jedoch rasch zurück, da er in etwas Schmieriges langte. Er wischte die Hand an der Hüfte sauber und torkelte weiter.

Wo war er, verdammt?

Die enge Gasse entließ ihn in eine breitere Straße. Erleichtert atmete er aus, als er über die Dächer hinweg die vom Mondlicht umflorte Silhouette des Königspalasts erkannte, weit entfernt zwar, doch nicht zu verwechseln, vor allem der wuchtigen Außentürme wegen, die viel eher zu einer Festung passten als zu einer herrschaftlichen Residenz.

Er musste irgendwo im Armenviertel sein, und das mitten in der Nacht. Nicht gerade die beste Gegend, um allein und unbewaffnet durch Kelosan zu streifen. Im Moment bekäme er nicht mal einen Lichtzauber zustande, geschweige denn einen, der etwaige Tunichtgute davon abhielt, ihn auszurauben oder zusammenzuschlagen – oder gleich umzubringen, da er nicht mehr am Leib trug als seine Robe und sonstige Kleidung. Die einzelnen Stücke waren an sich kostbar. Völlig durchnässt, wie er jedoch war, gab er wohl eine Erscheinung ab, die sich sehr gut ins Armenviertel fügte.

So schleppte er sich voran, die Furcht im Nacken, den falschen Leuten über den Weg zu laufen. Er konnte nicht einmal eilig voranschreiten, dazu fehlte ihm die Kraft und die Kleidung zerrte nach unten wie ein voller Mehlsack. Was wäre das für ein unrühmliches Ende nach diesem Erfolg in den Ebenen der Ewigkeit! Totgeknüppelt von einem stinkenden, warzenübersäten Trinker …

Er blieb stehen.

Hatte er den Zauber überhaupt gewirkt? Verdammt, diese Kopfschmerzen! Alles war so diffus und vage, als blickte er durch Nebelschwaden auf seine Gedanken und Erinnerungen. Er spürte, sie waren da. Doch war alles so abgelaufen, wie er es sich ausgemalt hatte? War der erste und wichtigste Schritt seiner Rache vollzogen?

Sorge dich nicht, erklang die sanfte Stimme einer Frau in seinem Kopf und der Nebel lichtete sich für einen Augenblick.

»Alnitara!«, sagte er. Vor Erleichterung kippte seine Stimme zu einem leisen Winseln über. »Ich hatte schon befürchtet, dass …«

Alles ist gut.

Obwohl ihre Stimme so wohltönend und beruhigend war, steigerte sich das Pochen in seinem Schädel. Er fasste sich an die Schläfen und stöhnte.

Du hast dich verausgabt, Iridon. Sowohl deine Kraft als auch deine Erinnerungen werden zurückkehren, sobald du ausgeruht bist. Kehre zurück zum Palast, frei von Sorge. Ich bin bei dir.

»Ja«, wimmerte er: Eine Spitze aus Kristall schien sich durch sein Gehirn zu schieben.

Ihm wurde schlecht. Einige Momente stand er da, gelähmt von Schmerz.

»Zurück zum Palast«, murmelte er, »zurück zum Palast …«

Mehr torkelnd als gehend bewegte er sich weiter. Ab und an warf er einen Blick über die Dächer, wählte die Gassen und Straßen nach Gutdünken, einfach nach Westen, raus aus dem Armenviertel, hin zum Palast, stolperte über Unrat, würgte bei dem Gestank in manchen Ecken, den selbst der Dauerregen nicht fortwusch, fiel auf die Knie, riss sich die Hose auf, schlitterte über etwas Glitschiges, hörte ein paarmal raue Stimmen und wählte eine andere Route, orientierte sich neu, strauchelte gegen ein Fass, das mit einem Krachen umkippte, lief schneller, rang aber so heftig nach Atem, dass er beinahe stürzte.

Alles war wie in einem schlechten Traum, als würde er schlafwandeln und nicht mehr wissen, wie er zurückfand …

Ein Tor, links und rechts eine rissige Mauer.

Endlich! Das Ende des Armenviertels.

Mit letzter Kraft schlug er die Faust gegen das Holz. Nichts geschah. Er drosch dagegen, so fest er konnte, bis ihm die Hand wehtat.

Die Holzleiste eines Sehschlitzes schnalzte zur Seite und zwei zornige, von buschigen Brauen gekrönte Augen blitzten ihm entgegen.

»Was zum …«, knurrte der Soldat.

»Öffnen!«, japste Iridon und zog sich die tropfende Kapuze vom Kopf. »Auf der Stelle!«

Die Augen weiteten sich. »Meister Vulodas?«

»Ja, verflucht!«

Das metallische Rumpeln eines Riegels, ein Torflügel schwang auf.

Erleichtert trat Iridon hindurch. In dem schmalen Durchgang war die offene Tür einer Wachstube, aus der flackerndes Licht auf den Weg fiel. Ein zweiter Soldat trat heraus und blickte Iridon verdattert an.

»Was ist geschehen, Meister Vulodas?«

Iridon öffnete den Mund, sagte jedoch nichts. Ja, was sollte er erzählen? Bislang hatte er keinen Gedanken daran verschwendet, was er Gorn und dessen Vasallen auftischen sollte, wieso er völlig abgewrackt aus dem Armenviertel gestolpert kam.

»Wein …«, murmelte Iridon in Ermangelung einer anderen Eingebung. »Gebt mir Wein oder Met, ich brauche erst mal einen Schluck.«

Die beiden Soldaten tauschten einen kurzen Blick, der Iridon nicht entging.

»Wir sind auf Wache«, sagte der Mann mit den buschigen Brauen. »Da ist es untersa…«

»Redet keinen Unsinn!«, herrschte Iridon ihn an. »Jeder Idiot weiß, dass Wachsoldaten immer eine Notration versteckt halten.«

Die beiden schienen wie versteinert.

»Es soll euer Schaden nicht sein. Nun gebt mir davon oder ich überlege es mir anders!«

Der Soldat mit den buschigen Brauen nickte seinem Kumpan

zu und dieser verschwand in der Wachstube, um wenig später mit einer Karaffe und einem Tonbecher herauszukommen. Er schenkte ein und reichte Iridon das Gefäß.

»Habt Dank«, murmelte er und setzte es an die Lippen. Seine Gedanken rasten und der Schmerz, der raste ebenfalls. Das durfte ihn nicht einschränken. Nicht jetzt! Anstatt zu trinken, biss er in die Wandung des Krugs, um das Klopfen in seinem Kopf auszuhalten. Es käme darauf an, wo Tynn Bradas, Xurodas, Urruk Darn und Lormak waren.

Was hatten sie gemacht, während er ohnmächtig im Hinterhof gelegen hatte?

War es überhaupt dieselbe Nacht?

Oder waren die drei Krieger gestorben?

Und Tynn Bradas auch, weil er sich verausgabt hatte, um sie zu retten?

Er lockerte die schmerzenden Kiefer und trank einen Schluck. Grässlich! Wie konnte man so ein Zeug saufen? Wie konnte man es überhaupt *Wein* nennen?

»Entführt«, sagte er schließlich, wischte sich über den Mund und lächelte in sich hinein. Er hatte eine Idee, und während er weitersprach, nahm sie Gestalt an. »Man ... hat mich entführt. Es gibt Verräter am Königshof. Dieser Magier ...«

»Tynn Bradas!«, sprang ihm der mit den buschigen Brauen bei.

Iridon nickte. »Ja, richtig. Aber Tynn Bradas handelte nicht auf eigene Faust, sondern wurde unterstützt. Nun haltet euch fest! Urruk Darn, Xurodas und Lormak Trenkulja stecken ganz tief mit drin.«

Entgeistert sahen sich die Soldaten an.

»Seid Ihr sicher?«

»Denkt ihr, ich würde bei diesem Wetter freiwillig eine Nacht im Armenviertel verbringen?«

Ratlose Blicke.

»Ich bin der Bande auf die Schliche gekommen«, spann Iridon sein Lügennetz weiter. Zufrieden stellte er fest, dass die

Männer sich langsam, aber sicher darin verfingen. »Das konnten sie natürlich nicht zulassen. Mich im Palast verschwinden zu lassen, wäre schwierig gewesen. Zu viele Augen und Ohren. Also überwältigten sie mich und brachten mich im Schutz der Nacht ins Armenviertel. Aber ich konnte entkommen, mit etwas Geschick und noch viel mehr Glück.« Ernst sah er die Wachmänner an. »Rasch! Wir müssen zum Palast. Die Königsfamilie schwebt in großer Gefahr! Die Verschwörer wollen sie allesamt umbringen, vor allem das Ungeborene! Sie wollen die Herrscherlinie auslöschen, um selbst an die Macht zu gelangen!«

Zögerlich erwachten die beiden Männer aus ihrer Starre, blickten allerdings immer noch drein, als hätte ein jeder vier Karaffen dieses üblen Gesöffs intus.

»Auf was wartet ihr?«

Die Männer setzten sich in Bewegung, Iridon an der Spitze. Die Schmerzen waren schier unerträglich, trotzdem zwang er sich, zu laufen, nicht zu gehen. So schwer es ihm in seinem jetzigen Zustand auch fiel, er musste das Netz zu Ende weben, sonst würde es zerreißen.

Dieser letzte Akt noch, pulsten seine Gedanken, *dann ist es getan!*

»Hoffentlich kommen wir nicht zu spät« sagte der andere Soldat.

»Das hoffe ich auch«, keuchte Iridon.

»Wie viele Verschwörer sind es?«

»Ich weiß nur von den vieren.«

»Der König samt Familie wird streng bewacht. Sie müssen schon viele Handlanger haben.«

Am liebsten hätte Iridon diesem naseweisen Volltrottel die Gurgel umgedreht, doch strengte es ihn schon genug an, einen Fuß vor den anderen zu setzen. »Nein, müssen sie nicht«, knurrte er. »Sie versuchen es mit dunkler Magie!«

»Das ist heimtückisch!«

»Ja – und jetzt halt den Mund und spar dir deinen Atem fürs Laufen!«

Wie sich herausstellte, hatten die beiden noch genug Luft,

nicht aber Iridon, sodass sie ihn das letzte Stück des Weges, als es den gewundenen Pfad zum Palast hinaufging, stützen mussten.

Am Haupttor angelangt, wiederholte Iridon keuchend sein Schauermärlein. Er war der Berater des Königs, sein Wort hatte Gewicht. Zudem erweckte er, wie er fand, sehr glaubwürdig den Eindruck eines Entführten, der mit knapper Not entkommen war. Darüber hinaus fühlte er sich auch so. Die Enthüllung war wie ein Schlag auf einen Bienenstock: Binnen Kurzem läuteten die Glocken und Dutzende Soldaten eilten herbei, viele nur in Beinkleidern und damit beschäftigt, ihre Schwertgehänge anzulegen und Hemdzipfel in den Hosenbund zu stopfen. Der wachhabende Offizier brachte rasch Ordnung ins Chaos und bellte ein paar Befehle. Die Männer schwärmten aus.

»Ein Dutzend soll mit mir kommen«, sagte Iridon. »Ich weiß, wo die Verschwörer stecken könnten.«

Der Offizier nickte und stellte die Männer ab.

Im Palast wuselte es nur so, Soldaten wie Bedienstete liefen hin und her. Gefolgt von den Soldaten, begab Iridon sich zur Privatbibliothek des Königs. Dabei verfluchte er jede einzelne Stufe, die nach oben führte, und bald war es ihm, als wütete eine Feuersbrunst in seinen Lungen. Japsend und pfeifend kämpfte er sich nach oben.

Endlich erreichten sie die Bibliothek. Die Tür stand einen Spaltbreit offen, es war dunkel. Die Männer zückten ihre Klingen, rissen die Tür auf, stürmten nach vorne, die beiden Fackelträger hintendrein. Hektisch schwenkten sie Klingen und Fackeln. Der Raum war leer. Lediglich die Symbole, die bei Iridons Zauber ergleißt waren und sich in die Dielen des Bretterbodens gesengt hatten, zeugten davon, dass hier etwas Magisches geschehen war.

Erleichterung spülte durch Iridon und drängte die Erschöpfung für einen Moment zurück.

Mit gespieltem Zorn knurrte er: »Die Vögel sind ausgeflogen! Verdammt!« Die Augenbrauen zusammengeschoben, den Unterkiefer vorgereckt, ließ er den Blick durch den Raum schweifen.

»Wo könnten diese Verräter nur stecken?« Er strich mit dem Daumen an der Unterlippe entlang, dann wies er die Männer an, zu jenem Raum zu gehen, in dem er selbst den unbrauchbaren Magiekreis erstellt hatte, um Tynn Bradas und die anderen hereinzulegen. Dieser wäre natürlich auch leer, aber die Männer wären umso überzeugter, dass diese magische Verschwörung tatsächlich existierte – und nicht nur ein Hirngespinst war.

»Los«, er winkte sie durch die Tür, »nun lauft schon! Ich bin zu geschwächt, halte euch nur auf.«

»Seid Ihr sicher, dass Ihr allein zurechtkommt?«, fragte einer der Soldaten, ein junger Bursche mit sommersprossenbesprenkelter Nase.

»Ja, ja«, erwiderte Iridon. »Unsere Sorge muss der Königsfamilie gelten. Kümmert euch nicht um mich. Mir geht es gut.«

Der Jungspund nickte und hastete seinen Kameraden hinterher.

Iridon wartete, bis ihre Schritte verklungen waren, und lächelte. So geschwächt sein Körper war, sein Geist schlug Purzelbäume der Freude. Wie es aussah, war Tynn Bradas über alle Berge. Sollte er sich nicht mehr im Palast aufhalten, käme das einem Eingeständnis seiner Schuld gleich.

Nur um eine Sache musste Iridon sich noch kümmern.

So schnell es ihm möglich war, machte er sich auf den Weg zu seinem Gemach. Sogar den Schlüssel dafür trug er noch in der Tasche seiner Robe. Vorsichtig und leise schloss er auf, öffnete die Tür und ließ den Knauf erst wieder los, nachdem der Haken geräuschlos hinter den Riegel gerutscht war. Offensichtlich war niemand hier gewesen: Der Schutzzauber war intakt, der Schreibtisch so, wie er ihn verlassen hatte.

Eilends sammelte er alle verbliebenen Dokumente zusammen, die den Verdacht auf ihn lenken könnten. Dann öffnete er das Fenster, holte seine Waschschüssel und legte die Pergamente hinein. Es bedurfte einer ungeheuren Anstrengung, diesen lächerlichen Feuerzauber zu wirken. Zweimal misslang er, ehe beim dritten Versuch ein Funke entstand, der eines der Blätter traf. Es begann zu schwelen. Bald züngelten Flammen und im Nu brannte der ganze Stoß.

Iridon hielt die Schüssel am ausgestreckten Arm aus dem Fenster und wartete, bis das Feuer erstarb. Das meiste war zu Asche verbrannt, nur ein paar Fetzen geschwärzten Pergaments hatte es nicht erwischt. Aber das war zu wenig, um ihn zu diskreditieren, falls man diese Überreste fände. Überdies gab es außer Tynn Bradas sowieso niemanden, der etwas damit anfangen konnte.

Zufrieden drehte er die Schüssel um und sah der Asche und den Pergamentresten dabei zu, wie der Wind sie hinaus in die finstere Nacht trieb.

Er ließ das Fenster offen, damit der Brandgeruch sich verflüchtigte, und verließ seine Kammer in Richtung Königsgemächer.

Alle Spuren waren beseitigt.

Zumindest die im Palast.

Die Hütte im Wald, die gab es ja auch noch. Wieso hatte er dort viele seiner alten Unterlagen verstaut – und obendrein seinen quasi toten Elfenkörper? Und den Teleportstein? Rational betrachtet war das kompletter Unfug. Weshalb hatte er die Hütte samt Inhalt nicht einfach abgefackelt?

Steckte eine Art rührselige Nostalgie dahinter, weshalb er das nie in Erwägung gezogen hatte? Wollte er seinen alten Körper verschonen, weil dieser den letzten Anker zu seinem früheren Leben darstellte? Kam die verfallene Kate für ihn eine dieser Schatullen gleich, in der man seine persönlichsten Dinge aufbewahrte, heimlich, nur für die eigenen Augen gedacht, damit man an die Vergangenheit denken konnte? Nach kurzer Betrachtung klappte man sie wieder zu und schob sie zurück unters Bett, um sie irgendwann wieder einmal in Augenschein zu nehmen und in Erinnerungen zu schwelgen.

Viel aus seinem alten Leben besaß er nicht mehr. Wollte er die letzten Überbleibsel einfach so zerstören? Immerhin schützte ein Zauber die Kate. Der unbedarfte Jäger oder verirrte Wanderer würde sein blaues Wunder erleben, sollte er versuchen, darin herumzuschnüffeln.

»Vielleicht hätte ich den Teleportstein nicht dort lassen sollen?«, wisperte er.

Nein, das war nicht weiter schlimm. Selbst wenn die Zwerge dessen Pendant irgendwann fänden, wäre niemand in der Lage, ihn zu aktivieren. Niemand war so mächtig wie er.

Niemand!

Jeden anderen Zauberwirker dieser Welt hatte er weit hinter sich gelassen.

Durch den Gang wehende Stimmfetzen lenkten seine Gedanken zurück ins Hier und Jetzt. Er war den königlichen Gemächern nahe.

»Bleib bei deiner Geschichte, Iridon«, sprach er sich Mut zu, »und alles wird gut.«

Bei der Planung seiner Rache hatte er an das *Danach* keinen Gedanken verschwendet, einfach, weil er über solche Macht gebot. Dass er so zerschunden und ermattet zurückkehren würde, dass selbst der geringste Zauber eine Herausforderung darstellte – und er somit in Gefahr geraten könnte –, war ihm schlichtweg nicht in den Sinn gekommen. Andererseits bereitete es ihm eine morbide Freude, mit seiner abstrusen Geschichte den gesamten Palast zum Besten zu halten: Es rundete seinen Triumph gebührend ab. Nicht nur im Arkanen war er diesen Trotteln überlegen, sondern auch in Sachen Intelligenz.

Niemand konnte es mit ihm aufnehmen.

Niemand!

Ein Pulk Soldaten umstand den Eingangsbereich zu Gorns Gemächern und der Offizier, den Iridon am Palasttor aufgescheucht hatte, redete heftig gestikulierend mit Gorn, der, angetan in eine bauschige Hose und ein beiges Rüschenhemd, auf dem ein Weinfleck prangte wie Blut, dem Wortschwall mit grimmiger Miene lauschte. Dann sah er Iridon und stemmte die Arme in die Hüften.

»Na endlich!«, bellte er, das Gesicht rot. Ob vor Zorn oder

des Weinkonsums wegen, war nicht zu erkennen. »Was bedeutet dieser ganze Zinnober? Da hat man einmal seine Ruhe und dann rumpelt die halbe Palastwache in mein Gemach und stört mich!«

»Dafür gibt es einen triftigen Grund, Eure Exzellenz«, sagte Iridon und verneigte sich tief.

»Von allen Seiten werde ich vollgeplappert und viel Sinnvolles ist dabei bis jetzt nicht herumgekommen.« Der Offizier wurde bei diesen Worten genauso rot im Gesicht wie Gorn, allerdings vor Beschämung.

Eigentlich schade, dass Iridon nicht so lange warten konnte, bis einer von Gorns eigenen Männern diesen irgendwann umbrachte.

Gorn krauste die Stirn. »Also?«

Inzwischen darin geübt, präsentierte Iridon dem König die Erkenntnisse mit inbrünstiger Überzeugung und fluchte den Missetätern, dass sie ihm entkommen waren. Als hätte Iridon es ihnen vorab befohlen, bestätigten die Soldaten den Fund zweier Hexenkreise in den Räumlichkeiten des Palasts, sodass sich das eine schlüssig ans nächste fügte.

Schließlich schluckte Gorn die Geschichte. »Dieser elende Quacksalber wollte mich also aus dem Weg räumen, samt Frau und Thronerbe …« Er ballte die Fäuste, er kam richtig in die Hitze, noch mehr Blut schoss ihm ins Gesicht, das jetzt in der Farbe eines frisch versohlten Hinterns leuchtete. »Und drei meiner besten Männer waren auch mit dabei. Unfassbar!« Seine klobigen Hände öffneten und schlossen sich, als zermalmte er die Verräter in Gedanken. »Findet sie!«, brüllte er. »Findet diese Bastarde! Lebend, wenn es geht! Dafür werden sie büßen! Und wenn ihr den gesamten Palast auf den Kopf stellen müsst. Ich will sie haben!«

»Den ganzen Palast?«, echote der Offizier.

»Habt Ihr was mit den Ohren?«

»N-nein.«

»Trommelt die ganze Garnison zusammen, jeden Weibel,

jeden Büttel, jeden Nachtwächter, alles, was laufen kann und Augen hat, verstanden?«

Der Offizier verfiel in heftiges Nicken.

»Und wehe, sie entkommen!«

Mit Augen, die sonst nur durchgegangene Pferde hatten, preschte der Offizier von dannen, gefolgt von seinen Soldaten. Einzig die schwer gerüstete Leibgarde verharrte an Ort und Stelle.

Der König begann, vor der offenen Tür auf und ab zu gehen. »Das hätte ich nie gedacht!«

»Man weiß nie«, sagte Iridon gemessen, »was in den dunklen Tiefen der Seele vor sich geht.«

»Gerade diese drei ... Die Besten der Besten, ohne dass ich hier übertreibe.« Jäh blieb der König stehen, nickte. »Vielleicht hat sie genau das in den Verrat getrieben. Dass sie sich besser fühlten, besser als ihr König, dem sie zur Treue verpflichtet sind bis in den Tod! Sie sind arrogant geworden und gierten nach einer Macht, die ihnen allein von Standes wegen nicht zusteht! Ja, das ist der Grund. Ich bin sicher.«

Paranoide Wahnvorstellungen! Glückwunsch!

Iridon verbiss sich ein Grinsen und verlieh seinen Zügen den Anstrich von Ernsthaftigkeit. »Das klingt einleuchtend, Eure Majestät.«

»Natürlich.« Gorn taxierte Iridon mit einem Seitenblick. »Oder denkt Ihr, ich hätte mich so lange an der Macht gehalten, wenn ich auf den Kopf gefallen wäre?«

So ein selbstverliebter, tumber Hornochse!

Von links, wo die Gemächer von Gorns Frau und deren Bediensteten lagen, kam ein Soldat herbeigeeilt.

»Mein König«, sagte der Mann atemlos, »es ist so weit!« Er schnappte nach Luft, was verständlich war, wenn man in dieser schweren Rüstung durch die Gänge hastete. »Die Königin!«

Gorns Stirn furchte sich. »Hä?«

»Die Wehen haben eingesetzt!«

»Bei den Gehörnten!« Übel gelaunt sah Gorn in sein Gemach und brüllte: »Verschwinde!«

Das Rascheln von Stoff, tapsende Schritte. Eine junge, zierliche Frau eilte, angetan in Unterwäsche, den Rest ihrer Kleidung unter dem Arm, an ihnen vorbei.

»Ausgerechnet jetzt!« Verdrossen sah Gorn ihr nach. »Der kleine Wildfang hat Feuer, das sage ich Euch.«

»Ich kann verstehen, dass Ihr verärgert seid«, sagte Iridon, »aber solltet Ihr jetzt nicht nach Eurer Gemahlin sehen?«

Gorn machte eine wegwerfende Handbewegung. »Ja, ja, ich weiß. Ihr braucht Euch nicht als Stimme meines Gewissens aufspielen, Vulodas. Es reicht, wenn Ihr meine Befehle ausführt.«

Iridon senkte den Kopf. »Natürlich, Eure Majestät.« Dann heftete er sich an die Fersen der Wache, gefolgt von einem immer noch wetternden Gorn.

Gorns Frau, eine unscheinbare Erscheinung mit feisten Pausbäckchen, die sich gerade schmerzerfüllt blähten, lag in einem großen Himmelbett, betreut von drei Zofen und der Hebamme, einer alten Vettel mit einer haarigen Warze auf der Nase, die gerade ein frisches, vor Wärme dampfendes Tuch unter die gespreizten Beine der Königin legte.

Iridon sah weg, als sich ein Schwall Fruchtwasser ergoss. Ihn schüttelte es und so trat er in den Hintergrund und beobachtete die Hebamme dabei, wie sie zwischen den Beinen der Königin herumfuhrwerkte.

»Es kommt!« Die Stimme der Hebamme knarrte wie eine rostige Türangel.

Eine Zofe hielt Binden bereit, die nach Olivenöl dufteten, eine andere einen Faden, mit dem man die Nabelschnur abbinden würde.

Die fettgepolsterten Händchen der Königin krallten sich ins Laken, wanderten dann erratisch zu den Holzstreben, die den Baldachin trugen, und umklammerten diese. Sie stieß widerliche Presslaute aus und der Schweiß lief ihr in Strömen über das bleiche Gesicht.

Ein hustendes Gurgeln ertönte, einen Lidschlag später ein ersticktes Krächzen, dann der Schrei eines Neugeborenen.

»Ein Sohn!«, rief Gorn und hob die Augen dankbar zu den Holzbalken der Zimmerdecke. »Endlich …«

Zofen und Hebamme machten sich am Neugeborenen zu schaffen und wenig später hielt ihm die alte Frau ein in Tücher gewickeltes Bündel hin.

Gorn verzog das Gesicht. »Ist gut, ich sehe das Balg ja. Ich werde mich darum kümmern, sobald es größer ist und nicht mehr alles vollscheißt!«

Die Hebamme wich zurück und die Zofen tauschten rasche, aber durch und durch erschütterte Blicke. Da löste sich die Hand der Königin vom Bettpfosten und streckte sich Gorn entgegen. Er ignorierte die suchenden Finger. Statt seine Frau aus Dankbarkeit auf die Stirn zu küssen oder wenigstens zu streicheln, patschte er ihr auf die Schulter, als wäre sie ein Katapultmeister, der im Schlachtgetümmel einen besonders schwierigen Schuss ins Ziel gesetzt hatte.

Das ganze Spektakel zeigte Iridon, dass Menschen es nicht wert waren, weiterhin über Yurs Antlitz zu wandeln, und er mit seinem Plan, sie vollends auszulöschen, alles und jedem einen Gefallen erwies. Trotzdem tat ihm die Königin in diesem Moment leid. Das hatte sie nicht verdient, egal ob sie eine plumpe, unansehnliche Frau war oder nicht. Sie hatte Gorn einen Sohn geschenkt und nicht einmal das honorierte dieser Stelzbock. Es war an der Zeit, einen Schlussstrich unter seine Regentschaft zu ziehen.

Gorn kam zu Iridon, grinsend wie ein Wolf, der die lang gejagte Beute gerissen hatte, und legte ihm die Hand auf die Schulter. »Was für ein Tag! Hätte nicht gedacht, dass die so schnell wirft. Bleibt noch Zeit, um in angenehmer Gesellschaft«, Gorn zwinkerte, »ein paar Humpen zu trinken.«

Iridon nickte.

»Ich lasse den Wildfang noch mal holen. Die bringt einen Druck auf die Lippen«, wieder dieses widerliche Augenzwinkern,

»dass Euch schwindelig werden wird. Und ich meine *beide* Lippenpaare.«

»Eine … bemerkenswerte Fähigkeit.«

»Solltet Ihr Euch nicht entgehen lassen.« Damit verließ er die Gemächer seiner Frau.

Iridon trat an eine Zofe heran, die das Neugeborene in den Armen wiegte, während die Hebamme die Königin versorgte.

Die Frau hielt ihm den Sohn des Königs hin, ein verschrumpeltes Etwas mit zerknautschtem Gesicht. Schön war es nicht, doch spürte Iridon eine Verbindung zu diesem Menschling, ein sanftes Band, das ihn stutzig machte, als streckte das frische Leben seine Fühler nach ihm aus, um ihn willkommen zu heißen. Nein, mehr – um ihn als *Meister* zu akzeptieren.

Dies ist, erklang Alnitaras Stimme, *dein erster Diener.*

Im selben Moment sagte die Zofe: »Ist das nicht wunderbar?«

»Ja«, erwiderte Iridon mit einem breiten Lächeln, »das ist es in der Tat.«

9

AVI LAUSCHTE ihrem Herzschlag und sehnte den Schlaf herbei. Der jedoch blieb fern an diesem Nachmittag. Sie war müde, nein, mehr als müde. Die Erschöpfung klebte wie Harz in ihren Muskeln und jeden Tag kam ein neuer Tropfen hinzu, bis sie sich irgendwann nicht mehr rühren könnte.

Seit zwei Tagen reisten sie nur noch nachts, im Schutz der Dunkelheit, denn tagsüber beherrschten seltsame fliegende Kreaturen den Himmel. Sie besaßen lange, stachelige Schwänze, ledrige Schwingen und Schlangenschädel, in denen rote Augen glühten.

Es bestand kein Zweifel mehr: Die Welt der Dämonen war mit der Welt der Sterblichen verschmolzen. Den Umweg über die Geburt durch einen Menschen, Elf, Zwerg, Ork oder was auch immer hatten sie hinter sich gelassen. Sie gelangten direkt nach Yur, in den hässlichen Formen, die sie auch in der Welt der Dämonen besaßen. Lormak und die anderen hatten zahlreiche Kreaturen erschlagen, spinnenartige Wesen, Würmer, aufrecht gehende Monstren, die selbst Lormak um mehrere Köpfe überragten.

Sieben Zwerge lebten noch, achtzehn Elfen, darunter einer der Magier – den anderen hatte ein Dämon mit Klingenhänden enthauptet –, und Djarlak. Die Gefährten waren ebenfalls am Leben, obzwar es Xurodas einmal heftig erwischt hatte. Ohne seine Heilkraft wäre er gestorben. So erholte er sich, war jedoch schweigsam und verschlossen. Falls er mal redete, dann nur mit sich selbst.

Gespräche entfalteten sich kaum mehr. Keine scherzhaften Neckereien, keine Witze oder derben Sprüche, keine zotigen Anekdoten, keine aufmunternden Zurufe: Zu anstrengend war die Reise, zu schmerzhaft und bestialisch die erlittenen Verluste. An Bauchwunden langsam krepiert, zerfleischt, in Stücke gerissen, von widerlichen Flüssigkeiten zerfressen. Die linde Euphorie am Anfang war binnen weniger Tage einem Kampf ums nackte Überleben gewichen.

Vielleicht hielten diese Bilder sie wach. Avi öffnete die Augen. Die frische Schneedecke auf der Plane schluckte das Licht, es war düster im Inneren des Zelts.

Neben ihr murmelte Halron im Schlaf und bewegte sich. Sie schmiegte sich enger an ihn. Ohne diese Wärme, diese Schulter zum Anlehnen würde sie dieses Martyrium nicht durchstehen. Aus den kurzen Stunden der Zweisamkeit schöpfte sie das bisschen Kraft, das sie nicht zusammenbrechen ließ, das es ihr ermöglichte, einen Fuß vor den anderen zu setzen. Es war weniger die Leidenschaft, wenn sie mit Halron schlief, als vielmehr das Gefühl, jemanden bei sich zu haben. Für sie war der Sex mit ihm, auch wenn er schön war, nichts weiter als Beiwerk – auf das sie auch verzichten könnte. Halron jedoch würde das nicht verstehen. Er gab ihr Wärme, sie ihm ihren Körper.

Sofort meldete sich das schlechte Gewissen, im Geist sah sie Lormaks anklagenden, wütenden – und verletzten – Blick.

Aller weiteren Kümmernisse, die dir aufs Herz drücken, nimmt sich ja jemand anderes an …

Das Echo dieses Satzes hallte weiterhin in ihr nach, als würde jemand an den Wundrändern einer langsam verheilenden Wunde herumzupfen, nicht brutal, aber doch so fest, dass man den Schmerz stets spürte.

Hätte sie Lormak sagen sollen, dass sie am liebsten *seine* Nähe genießen würde und sich lediglich in Halrons Arme flüchtete, weil sie diese Prüfungen sonst nicht überstand?

Was sollte sie tun? Sobald sie sich ihm näherte, überflutete das Dämonische ihren Verstand; berührte er sie, war es wie das Brennen einer giftigen Flüssigkeit, die sich auf der Haut verteilte. In ihr wohnte die Essenz der Göttin, in ihm die Essenz ihres Widersachers, Belzuur. Eine Annäherung, egal welcher Art, war einfach nicht möglich.

Dennoch hatte sie geglaubt, nein, war sich sicher gewesen, dass da mehr war als die Rolle, die sich zwischen Beschützer und Beschützter abspielte. Dann jedoch war Krax an sie herangetreten und hatte gesagt: »Er empfindet nichts für dich, keine Liebe. Er sorgt sich einzig und allein um dein Wohlergehen.« Mit gesenktem Kopf war er gegangen, wie jemand, der etwas verbrochen hatte.

Avi rollte sich zusammen. Gegen die Tränen war sie machtlos.

Eine Hand legte sich auf ihre Schulter.

»Was ist?«, fragte Halron sanft und stützte sich auf den Ellenbogen. »Schlecht geträumt?«

»Ja«, flüsterte Avi und schluckte.

»Dann lass uns etwas unternehmen, das die Träume vergessen macht«, murmelte Halron, zog sie mit sanfter Unnachgiebigkeit zu sich heran und küsste sie auf die Lippen.

Sie erwiderte den Kuss, das Verlangen jedoch blieb aus. Zumindest bei ihr.

Nach einigem Streicheln wanderte seine Hand zu ihrer nackten Hüfte. Er rollte sich auf sie, bedeckte Mund und Stirn mit Küssen.

»Nein«, flüsterte sie.

Er hob den Kopf, blickte sie an, überrascht.

Enttäuscht.

»Ich möchte nicht«, murmelte sie.

Er seufzte, legte sich neben sie, sagte nichts, doch spürte sie, dass die Enttäuschung blieb. Sie presste die Lippen aufeinander, wollte sich dazu bringen, dass sie sich ihm hingab, wie sie es schon ein paarmal getan hatte. Nein, sie konnte nicht. Sie nahm seine Hand, er erwiderte den Druck. Wenig später begann er, ihren Unterarm zu streicheln. Unterschwellig schwang in der Liebkosung die Bitte nach mehr.

Ein Geben und Nehmen. Der Gedanke hinterließ bei Avi einen bitteren Beigeschmack, als sie sich ihm zuwandte und mit der Hand sein Glied umschloss.

Er stöhnte und sie bewegte ihre Hand rhythmisch auf und ab. Wenig später spürte sie ein Pulsieren. Er bäumte sich auf, keuchte, benetzte ihre Finger und seinen Bauch. Sie ließ los, wischte die Finger an einem Tuch ab, das neben ihrem Lager lag, und sank zurück. Nach einigen schweren Atemzügen küsste er sie auf die Stirn, richtete sich auf und säuberte sich.

»Entschuldige, aber das habe ich gebraucht«, murmelte er.

»Ich weiß«, erwiderte sie und stierte nach oben. Auf der Plane löste sich just in diesem Moment etwas Schnee und rutschte herab.

»Es fällt mir einfach schwer, neben der Frau meiner Träume zu liegen, ihre Wärme zu spüren und …« Der Satz glitt ins Wortlose und kehrte nicht zurück.

»Ich weiß«, wiederholte sie, obwohl sie wusste, dass dies mit Sicherheit nicht das war, was er hören wollte.

Sie lag neben ihm, angespannt, und wartete. Irgendwann erklangen gleichmäßige Atemzüge. Vorsichtig verließ sie ihre Schlafstatt und kleidete sich gebückt an. Halron brummelte etwas. Sie erstarrte, auf einem Bein stehend, beide Hände an der Stulpe ihres linken Stiefels. Halron drehte sich auf die Seite, sodass sie seinen nackten, von zwei blassen Narben gezeichneten Rücken sah. Das Kettenhemd ließ sie liegen – das Klimpern würde ihn bestimmt wecken – und streifte lediglich ihren Mantel über. Dann verließ sie das Zelt.

Das Lager war eingeschneit und noch immer schwebten Flocken aus dem grauen, hier und dort mit roten Streifen gespickten Himmel. An einem anderen Ort, in einer anderen Zeit hätten die weiß gepuderten Zelte und Bäume bestimmt idyllisch ausgesehen, romantisch und ruhig, als könnte nichts den Frieden stören. Auf Avi wirkte es trügerisch, eine verlogene Märchenlandschaft.

Sie ging zu dem erloschenen Grubenfeuer, um das ein paar Kochutensilien verstreut lagen, sank in die Knie und breitete die Hände darüber aus. Wärme strahlte hoch und sie genoss diese Wärme im Moment mehr als die eines nackten Körpers neben ihr. Nach einiger Zeit erhob sie sich und ging durch den Schnee zu einem Baum. Etwas raschelte und Krax kam zu ihr gestapft, mit Kettenhemd und Helm armiert, ein Anblick, an den sie sich wohl niemals gewöhnen würde. Das einzige Anzeichen seines alten Lebens war die metallene Box an seinem Gürtel – gleich neben der Kurzaxt.

»Du bist meine Ablösung? Ich hatte gedacht, es wäre der Elfenmagier.«

»Konnte nicht schlafen«, erwiderte sie.

Er gähnte. »Ich mit Sicherheit. Es sind nur noch zwei Stunden, dann geht es weiter. Entschuldige, aber ich muss mich hinlegen.«

»Klar.«

Er nickte und ging zu seinem Zelt, das er sich mit Rangash teilte. Die beiden, obwohl grundverschieden – Krax der leicht verklärte Chronist, Rangash der beinharte Veteran –, verstanden sich prächtig, auch wenn dem Hauptmann der Verlust seiner Getreuen zusetzte. Ihn eingerechnet, waren nur sieben Kämpfer der Elitegarde übrig, also die Hälfte. Rangash wurde nicht müde zu wiederholen, dass er seinem König nie wieder unter die Augen treten könne.

Der Elfenmagier tauchte auf, eingemummt in einen schweren Mantel und einem Gesichtstuch, durch das der Dampf seines Atems zerfasert aufstieg. Ein knappes Nicken, dann war er zwischen den Bäumen verschwunden, die letzte Wache, ehe es weiterging, gen Nordosten, nach Kelosan.

Avi war wieder allein und die Einsamkeit drückte ihr aufs Gemüt. Ihre Gedanken trüb und schwer, streifte sie durch das kleine Lager, schaute in alle Richtungen, zuletzt in den dunkelnden Himmel.

Nach einiger Zeit fielen ihr frische Fußspuren im Schnee auf, die weder von ihr noch Krax oder dem Elfenmagier stammen konnten, da sie vom äußersten Zelt ausgingen und sich nach ein paar Metern im Unterholz verloren. Xurodas? Lormak? Sie schritt zu Lormaks Zelt, fasste sich ein Herz, öffnete den Behang und spähte hinein. Ihre Gabe verriet es ihr, bevor sie ihn sah: Lormak. Er schlief.

Also musste es Xurodas sein. Sie ließ die Plane zurückfallen und folgte den Spuren.

Nach einigen Metern fragte sie sich, ob es wirklich klug war, ihn ganz allein zu suchen. Immerhin war er nicht viel anders als Lormak – und somit gefährlich. Andererseits äußerte sich seine dämonische Seite meist nicht in Wutausbrüchen. Womöglich brauchte er Hilfe, und wenn es nur ein Gespräch war, das ihm half, den richtigen Weg nicht zu verlassen.

Nach einiger Zeit benötigte sie die gelegentlichen Fußabdrücke nicht mehr, ihre Gabe lenkte sie zu ihm. Zwischen den Bäumen sah sie einen Schemen. Sie wurde langsamer, weil sie, obwohl sie sicher war, dass es sich um Xurodas handelte, keinen unnötigen Lärm verursachen wollte.

Behutsam setzte sie ihre Stiefel in seine Fußabdrücke und vermied es, Sträucher und Gräser zu streifen, die spärlich aus der Schneedecke ragten. Einen Steinwurf entfernt saß er mit dem Rücken zu ihr im Schnee. Er neigte seinen massigen Körper rhythmisch von links nach rechts, als wollte er sich selbst in den Schlaf wiegen.

Ihr erster Impuls war es, umzukehren und ihn nicht zu stören, da ihr sein Verhalten als … ja, sehr privat erschien, etwas, das niemand anderes sehen sollte. Oder durfte. Warum sonst hatte er sich an diesen Ort zurückgezogen?

Ja länger sie über ihr Verhalten nachdachte, desto mehr fragte sie sich, wer ihre Füße bis hierher gelenkt hatte.

Sie selbst?

Oder Jaminara?

Abrupt stellte Xurodas die Wiegebewegungen ein und stand langsam auf. Er hielt den Kopf gesenkt, von hinten sah er aus, als besäße er gar keinen. Und er gab seltsame Laute von sich, kehlig, guttural, als müsste er sich heftig räuspern oder als wollte er etwas herauswürgen, an dem er sich verschluckt hatte.

In diesem Moment wurde ihr klar, dass sie einen Fehler begangen hatte.

Wie viel Xurodas war dort?

Und wie viel Dämon?

Xurodas schnellte herum.

Vor Entsetzen schrie Avi auf.

Aus Xurodas' Gesicht, ganz schwarz, als wäre es verbrannt, krochen Würmer, die sich gegenseitig auffraßen! Direkt vor seinem Mund wanden sie sich, auf seiner Stirn, krochen aus kleinen Kratern aufgeplatzten Gewebes.

Sein Oberkörper bebte, er atmete tief ein, als nähme er Witterung auf. Dann riss er sein Schwert aus der Scheide und stürmte auf sie zu!

»Nein!«, keuchte Avi, stolperte zurück. Ihr Stiefelabsatz verfing sich in Gestrüpp. Sie strauchelte, ruderte mit den Armen – und fiel in den Schnee. Sofort raffte sie sich in die Höhe und begann zu laufen.

Nicht schnell genug.

Schritte hinter ihr, widerliches Keuchen und Hecheln. Sie sah über die Schulter. Seine Klinge zuckte heran. Sie warf sich zur Seite, rollte sich ab. Haarscharf pfiff der Stahl über sie hinweg. Dann war er über ihr, pflanzte sich breitbeinig auf, die Klinge erhoben.

»Du musst sterben. Dann bin ich frei!« Gedehnt und von

Blubbern und Gurgeln begleitet, drangen die Worte aus seiner Kehle.

»Das ist nicht wahr!«, schrie sie mit überschnappender Stimme. »Nur du selbst kannst dich erlösen!«

Er lachte, ein heiseres Raspeln. Seine Augen, gelblich und geschlitzt wie die eines Raubtiers, glühten auf und die Würmer peitschten in wilder Ekstase über sein Gesicht.

Im selben Moment brach Helligkeit aus dem Amulett hervor, traf ihn und schleuderte ihn zurück.

Er brüllte auf, sank in die Knie. Zu schnell jedoch raffte er sich wieder auf. Aus einem schwelenden, faustgroßen Loch in seiner Brust stieg schwarzer Rauch. Er zitterte, schloss die Augen. Der Rauch versiegte und Avi meinte, die Wunde schlösse sich bereits wieder.

Sie wollte sich erheben, sank jedoch wieder in die Kälte des Schnees. Ihre Brust brannte und die Erkenntnis, dass das Amulett nun endgültig zerstört war, machte sie schwindeln.

Scheinbar aus dem Nichts setzte ein Schatten über sie hinweg und landete vor ihr, wehender Umhang, eine große, Ehrfurcht gebietende Gestalt.

Lormak.

Mit gezückter Klinge wartete er auf Xurodas.

Dieser sah ihn hasserfüllt an – und blieb, wo er war.

»Steck dir deine Träume in deinen verdammten Arsch!«, knurrte Xurodas.

»Erst wenn ich dir deinen versoffenen, hässlichen Kopf von den Schultern gehauen habe!«

Xurodas lachte; es klang, als riebe man Knochen auf Stein. »Du Narr! Bring diese Schlampe um – und schlage dich auf die Seite der Sieger.«

»Stell dich lieber zum Kampf!«

»Ha!«, bellte Xurodas – wirbelte herum und tauchte mit einem gewaltigen Satz in den Schutz der Bäume.

»Wir werden uns wiedersehen«, murmelte Lormak. Er wartete, Schwert in der Hand. Nichts geschah.

Nach einiger Zeit ließ er die Klinge sinken und sah Avi an. »Wie geht es dir?«

»Das Amulett …«

»Wieso bist du ihm nach?«

Sie zuckte die Schultern. Am liebsten hätte sie sich für ihre Blödheit geohrfeigt. »Ich dachte, er bräuchte Hilfe.«

Lormak schnob verächtlich durch die Nase.

Schritte näherten sich.

Avi drehte den Kopf.

Boras und der Magier eilten heran.

»Was jetzt?«, fragte sie hoffnungslos.

Lormak ließ Rankura in die Scheide gleiten. »Jetzt werden wir noch mehr Dämonen töten müssen, um ans Ziel zu gelangen.«

Bedauern klang anders.

Das Lager war in Eile abgebrochen worden und man hatte einiges an Ausrüstung zurückgelassen, um rascher voranzukommen. Der Proviant war so rationiert, dass er bis nach Kelosan reichen sollte, und nun teilten sich drei Kämpfer ein Zelt statt zwei wie zu Anfang.

Lormak und ein Fährtenleser der Elfen liefen voraus, folgten Xurodas' Spuren. Sie wollten ihn erwischen, ehe er andere Dämonen fand und diese um sich scharte für einen Angriff. Früher oder später allerdings würde dies sowieso geschehen. Avi holte das Amulett hervor. Der Stein war zersprungen, kleine Stücke herausgebrochen. Unwiederbringlich zerstört.

Je weiter sie ins Innere Landaskans vordrangen, desto schwieriger wurde es, denn die Landschaft veränderte sich immer mehr, von einst grünen, dichten Wäldern zu zerbrochenen Brachfluren mit toten Bäumen, aufgeworfener Erde und schwarzen, hässlichen Felsen. Mancherorts fauchte heißer Dampf aus dem Boden und einmal hatten sie einen glühenden

Strom flüssigen Gesteins gesehen, der die Flanke eines Berges herabrann, gleich zähflüssigem Blut, und alles in seinem Weg vernichtete, den Schnee tilgte, Pflanzen verschlang und eine schwarze, verkohlte Schneise zurückließ.

In der Ferne erklang ein Kreischen. Sie kannten dieses Geräusch. Es war kein Vogel, sondern eine der fliegenden Kreaturen, die nun häufiger auftauchten. Hals über Kopf rannten alle zu einer Deckung, einer Abbruchkante, einem umgestürzten Baum, irgendetwas, das ihnen Schutz bot, wo ihre Tarnroben sie eins werden ließen mit der Umgebung. Jetzt, da die Nacht das Zepter an sich nahm und der letzte Rest Tageslicht sich in dunkler werdendem Grau verlor, sollten sie sicher sein.

Die erste Bestie zog vorbei, weit entfernt, zuckendes Flügelschlagen erkennbar zwischen den blattlosen Wipfeln der abgestorbenen Bäume ringsum. Ein zweites Kreischen, das Rauschen von Schwingen über ihnen. Avi richtete den Blick nach oben. Die Kreatur kippte im Flug nach rechts, beschrieb einen weiten Bogen und vollendete ihn zu einem Kreis. Wieder und wieder glitt sie über die Gruppe, den Kopf gesenkt, die glimmenden Augen forschend.

Sie stieß einen heiseren Schrei aus. Wenig später kam die erste Bestie zurück und zusammen zirkelten sie das Gelände ab.

Avis Puls jagte durch ihre Schläfen. Verdammt! Es ging los: Die Dämonen spürten Jaminaras Essenz.

Die Schwingen ausgebreitet, glitten die Monster tiefer, knapp über den Bäumen.

Ein elfischer Ruf erscholl.

Im nächsten Augenblick sangen die elfischen Bögen. Mehr als ein Dutzend Pfeile schnellten durch die Luft. Die meisten fanden ihr Ziel. Lautes Kreischen, die Dämonen gerieten ins Trudeln und stürzten zur Erde. Schnee stäubte fontänenartig auf. Noch ehe sie sich erhoben hatten, war Lormak heran. Seine Klinge enthauptete den ersten, dem zweiten schlitzte er den Bauch auf und schlug ihm daran anschließend ebenfalls den Kopf ab.

»Schnell«, rief Lormak, »ehe weitere kommen!«

Die Krieger verließen ihre Verstecke und liefen los.

Das nächste Mal muss ich ebenfalls kämpfen!, bläute sich Avi ein, da sie vor Schreck keiner Bewegung fähig gewesen war.

Sei nicht feige! Zeige keine Furcht! Handle rasch!

Sie rief sich ins Gedächtnis, was Furdas ihr einst beigebracht hatte.

Furdas …

Wie ging es ihm? Lebte er noch? Sie seufzte, der einzige Laut, den die Anstrengung zuließ, während sie sich durch den tiefen Schnee plagte.

Leere deinen Geist und lass den Körper tun, was er tausendmal geübt hat, hörte sie seine Stimme, obgleich es ihr vorkam, als wären viele Zeitalter verstrichen seit jenen Tagen, Tagen, die ihr schmerzhaft unbeschwert vorkamen. *Zu viele Gedanken beeinträchtigen deine Fähigkeiten.*

»Alles in Ordnung?«, hörte sie Halrons Stimme, der neben ihr lief.

»Ja«, sagte sie knapp, hielt ihren Blick geradeaus gerichtet.

Der Mond legte einen schimmernden Mantel übers Land und in seinem Licht mühten sie sich Meter um Meter voran, ins Ungewisse, zum dämonischen Herzen, dem sie sich unaufhörlich näherten. Avi hatte den Eindruck, als würde sie dessen finsteren Schlag überall hören, wie er stärker wurde mit jedem Schritt, wie alles in ihr sich dagegen auflehnte. Die Zähne zusammengebissen, den Kopf nach vorne gebeugt, kämpfte sie dagegen an. Weit konnte es nicht mehr sein.

Zwei Tage noch, hatte Djarlak beim Aufbruch heute Abend gesagt.

Zwei Tage bis nach Kelosan.

Die Nacht war ihr Schutz und sie gönnten sich keine Pause, bis diffuse Helligkeit in den Mondhimmel sickerte. Noch ein, zwei Stunden, und sie müssten sich verstecken.

Zwei Elfenspäher kehrten zurück und redeten aufgeregt mit Djarlak.

Das Mitglied des Hohen Rates ging zu Lormak und Avi folgte ihm, da sie hören wollte, was passiert war.

»Meine Männer berichten, dass sich vor uns eine Schlucht befindet, über die eine Brücke führt. Einen anderen Weg auf die gegenüberliegende Seite scheint es nicht zu geben.«

»Hm …«, machte Lormak und dachte nach. »Wie kann das sein?«, fragte er kurz darauf. »Ihr sagtet, den Karten zufolge dürfe es keine Hindernisse geben.«

Djarlak nickte. »Das stimmt. Die Landschaft aber hat sich verändert.«

»Sehen wir es uns an.« Entschlossen schritt Lormak aus, Rankura in der Hand.

Avi fiel auf, dass weniger Schnee lag. Einerseits war sie froh darüber, da das Gehen nun einfacher war; andererseits fand sie es sonderbar. Den Grund dafür bemerkte sie wenig später: Es wurde merklich wärmer.

Sie öffnete den Mantel und streifte die Kapuze ab, da sie den Eindruck hatte, sie bewegte sich auf einen gewaltigen Ofen zu. Nach einiger Zeit erreichte die Gruppe besagte Stelle.

Der Wald hörte einfach auf, war weggebrochen. Es ging steil nach unten. Vorsichtig beugte sich Avi über die Kante. Gut zweihundert Meter in der Tiefe wand sich ein glühender Strom, flirrende Hitze stieg auf, ein feuriger Fluss mitten im Land. Auf der anderen Seite erhoben sich zerklüftete Felsformationen, richtige Höhenrücken, die durch die ursprüngliche Bodenkruste gebrochen waren. Es war nicht das erste Mal, dass sie so etwas gewahrten, aber die Ausmaße warfen einen Bann über die Gruppe.

Niemand sprach ein Wort.

Statt Wäldern kahler, schroffer Fels, ein Ödland, in Herzschlagschnelle geschaffen von Kräften, die man nicht begreifen konnte. Avi kniff die Augen zusammen: In der Ferne erhob sich, einem verkrüppelten Finger gleich, ein schiefer Turm.

Dann verfing sich ihr banger Blick an der Brücke, die nachträglich gebaut worden sein musste.

Von Dämonen? Eisenketten verbanden die beiden Enden und dazwischen waren dicke Bretter gefügt worden. Sie war breit, doch ein Handlauf fehlte. Ihr wurde schlecht bei der Vorstellung, sie überqueren zu müssen.

Ein grimmiges V auf der Stirn, das seine zusammengefalteten Brauen bildeten, ließ Lormak den Blick schweifen. »Wir haben keine andere Wahl«, sagte er schließlich.

Avi schwitzte noch stärker, doch nun war es kalter Schweiß, der ihr aus den Poren brach. Hinter dieser Brücke lag die Welt der Dämonen. Da war nichts Menschliches mehr.

»Ich gehe als Erster«, sagte Lormak.

Djarlak sah ihn an. Angst flackerte in seinen Augen. »Es ist der ideale Ort für einen Hinterhalt.«

Lormak zuckte die Schultern. »Eine bessere Idee?«

»Nein. Bedenkt jedoch, dass wir Xurodas nicht eingeholt haben. Sollte er die Brücke bereits überquert haben …«

»… hat er sich mit Sicherheit mit Verstärkung eingedeckt«, beendete Lormak den Satz.

Djarlak nickte.

»Wir werden es herausfinden müssen.« Ein Drängen lag in Lormaks Stimme, das Avi erst verstand, als er ihr sein Gesicht zuwandte: In seinen Augen schimmerte eine beklemmende Düsternis, eine Seelenschwärze. Sie wusste jetzt, wieso er keine Verzögerungen in Kauf nehmen wollte: Ihm lief die Zeit davon. Nicht mehr lange, und die Dunkelheit würde, genau wie bei Xurodas geschehen, von ihm Besitz ergreifen.

Eine eisige Faust umklammerte ihr Herz.

Lormak stand zwischen den Bäumen, nur ein paar Meter vom Anfang der Brücke entfernt, hinter ihm acht Freiwillige, die sich auf seine Frage, wer mit ihm gehen wolle, dazu bereiterklärt hatten: drei Zwerge, drei Elfen – und Boras und Halron.

Die restlichen Kämpfer würden auf dieser Seite bleiben und versuchen, Lormak mit Pfeil und Bogen böse Überraschungen vom Leib zu halten.

Lormak atmete tief durch. Ihn schien die heiße, beißende Luft, die aus der Schlucht drang, nicht zu beeinträchtigen.

Avi indes kratzte es im Hals und das Atmen fiel ihr schwer. Ferner brannten und tränten ihre Augen und sie hoffte, überhaupt zu sehen, auf was sie schoss, sollte es nötig sein.

»Wohlan denn«, presste Lormak hervor und setzte sich in Bewegung.

Avi fühlte sich an damals erinnert, als Lormak ganz allein über die Brücke gerannt war. Ein Pfeilhagel nach dem anderen war auf ihn niedergegangen. Unbeeindruckt, den Schild vor sich haltend, war er nach vorne gestoßen wie ein Rammbock.

Diesmal besaß er keinen Schild, und statt sich langsam unter Beschuss vorzukämpfen, sprintete er auf die Brücke, die zu wackeln begann ob seiner schweren Schritte. Er zögerte keinen Moment, sah nicht einmal nach links und rechts, walzte voran, Rankura in der rechten Hand. Ein Drittel hatte er bereits unbehelligt hinter sich gebracht, da folgten ihm die Freiwilligen.

Tränen stiegen Avi in die Augen, diesmal jedoch nicht der Hitze wegen: So viel Mut, so viel Todesverachtung, und alles nur, weil sie, die Erwählte, dem Bösen gegenübertreten musste. Dafür opferten diese Menschen, Elfen und Zwerge bereitwillig ihr Leben. Dafür war nicht nur die Mentalität eines Kriegers vonnöten, sondern mehr: der Glaube an den Sieg, die Hoffnung, das Schicksal Yurs zu verändern, zum Guten zu verändern, und jenen, die ihnen teuer waren, eine Zukunft ohne Dämonen zu erkaufen.

Lormak war bei der Hälfte angelangt. Die Morgendämmerung spendete gerade genug Licht, damit Avi auf diese Entfernung das Flimmern seines Tarnumhangs ausmachen konnte.

Dann ging ein Ruck des Entsetzens durch ihren Körper: Am anderen Ende tauchten Schemen auf, schwach umrissen vom Streulicht, und auf den Felskanten darüber erschienen einige der geflügelten Kreaturen, die sich sogleich abstießen.

Mit steifen Fingern hob Avi ihren Bogen und riss einen der Pfeile aus der Erde, die sie vor sich aufgereiht hatte. Das

Schnalzen ihrer eigenen Sehne mischte sich mit dem Peitschen der Elfenbögen und zwergischen Armbrüste. Sirrend jagten die Todesboten durch die Luft.

Zwei Dämonen kreischten, stürzten vom Felsvorsprung, verfehlten die Brücke und vergingen zischend in der gefräßigen Glut. Unbeirrt rannte Lormak weiter. Ein Dämon, der aussah wie ein Käfer – breite Zangen, der Leib so groß wie ein Haus – wartete auf ihn am Ende der Brücke.

Das Maul öffnete sich, ein Strahl dunkler Säure spritzte heraus.

Lormak sprang, höher, als ein Sterblicher dies vermocht hätte, und entging dem Schwall, der auf die Brücke klatschte. Das Holz begann zu dampfen.

Dann war er bei der Kreatur. Zwei mächtige Hiebe, und die Mundwerkzeuge lösten sich. Kreischend bäumte das Biest sich auf. Lormaks Klinge jagte über den entblößten, ungepanzerten Bauch. Eine eklige Sturzflut, wie aus Kübeln gegossen, schwappte heraus, aber Lormak war schon beim nächsten Gegner und spaltete diesen mit einem gewaltigen Hieb Rankuras in der Mitte, vom Scheitel bis zur Sohle.

Die Freiwilligen auf der Brücke hatten diese zur Hälfte überquert, gerieten jedoch in Schwierigkeiten, da die geflügelten Biester sich auf sie warfen. Ein Elf wurde von einer ausgestreckten Klaue erwischt, stolperte – und stürzte schreiend herab. Avi zielte, hielt ihren Atem ruhig, dann schickte sie den geweihten Pfeil auf die Reise.

Einen Herzschlag später durchschlug er den Hals des fliegenden Ungetüms. Wie vom Blitz getroffen krachte es auf die Brücke, rutschte durch sein Momentum über die Kante und folgte dem Elfen in einen feurigen Tod. Die Erschütterung des Aufpralls brachte einen Zwerg ins Ungleichgewicht. Er stürzte, glitt zur Seite. Seine schrappenden Finger bekamen die Kette zu fassen. So hing er im nächsten Moment über dem Abgrund, was durch den Tarnmantel seltsam aussah, ein hin- und herpendelndes Flimmern unterhalb der Brücke.

Boras, dem die Kapuze vom Kopf gerutscht war, hielt inne, kniete sich nieder. Sein Gesicht verzerrte sich, während er den Zwerg zurück auf die Brücke hievte. Als es geschafft war, blieben beide erschöpft liegen, über ihnen die kreisenden Dämonen. Die Elfen und Zwerge feuerten ein Geschoss nach dem anderen ab und fuhren reiche Ernte ein. Drei weitere Dämonen sackten, wie von einem Strudel ergriffen, an der Brücke vorbei.

Dann erreichten die Überlebenden die andere Seite und sprangen Lormak zur Hilfe. In dem schmalen Hohlweg, der herab zum Plateau führte, auf dem die Gefährten um ihr Leben kämpften, tummelten sich unzählige Dämonen.

Der verbliebene Elfenmagier, der neben Avi stand, trat nach vorne, streckte die Arme aus, schrie etwas. Aus seinen Händen brach ein Ball aus Feuer, der durch die Luft sengte, über Lormaks Kopf hinweg, und in dem schmalen Korridor zerplatzte. Dämonen wurden durch die Luft gewirbelt.

Stöhnend sank der Magier auf ein Knie, schüttelte den Kopf.

Djarlak griff ihn unter und zog ihn hinter sich her »Wir müssen hinüber, sonst frisst die Säure die Brücke auf!«

Rangash bellte ein Kommando, und Elfen und Zwerge betraten die Brücke. Avi heftete sich an ihre Fersen. Im Laufen schossen die Elfen auf die über ihnen kreisenden Dämonen. Diese warfen sich auf die Gruppe.

Eine Erschütterung.

Avi keuchte auf, schlenkerte mit den Armen, um ihr Gleichgewicht zu bewahren. Sie sah nur, wie vor ihr Zwerge und Elfen von der Brücke purzelten, ein Knäuel aus Armen und Beinen. In Todesangst brüllend verschwanden sie aus ihrem Blickfeld.

Die Kiefer zusammengepresst, rannte sie weiter. Vor ihr waren Djarlak und der Elfenmagier. Letzterer schlug plötzlich der Länge nach hin, offenbar von Schwäche übermannt. Im selben Augenblick krachte ein weiterer Flugdämon gegen die Brücke, die sich kurz zur Seite neigte und unter lautem Kettengeklirr wieder zurückschnellte. Der bewusstlose Elf schlitterte übers Holz. Djarlak warf sich hin, versuchte, ihn zu fassen.

Zu spät.

Lautlos sauste der Magier nach unten.

»Nein!«, schrie Djarlak. Kurz schloss er die Augen, ehe er sich aufraffte und weiterlief. Avi folgte ihm dichtauf, duckte sich aber ruckartig, da die Klaue eines Geflügelten nach ihr krallte. Ein Brennen auf der Stirn, Wärme floss an der Nase entlang über Lippen und Hals. Keine Zeit, sich darum zu kümmern. Sie hielt den Blick auf das jenseitige Ende gerichtet, wo Lormak und die anderen kämpften.

Ein angriffslustiges Kreischen zu ihrer Rechten. Reflexartig schnappte sie sich einen Pfeil aus dem Köcher, legte auf, feuerte im Seitwärtslaufen. Der Pfeil versank im aufgerissenen Maul eines Flugdämons. Das Leuchten der Augen erlosch, er begann zu trudeln und rauschte knapp unter der Brücke vorbei, knallte gegen die Felswand und stürzte mit seltsam verrenkten Schwingen ins Inferno.

Sie rannte weiter, ließ zeitgleich mit Djarlak die Todesbrücke hinter sich und keuchte erleichtert auf.

Zum Verschnaufen jedoch blieb keine Zeit: Aus dem Korridor ergossen sich weiterhin die Dämonen. Es war eine Masse der Abscheulichkeiten, geifernde Mäuler mit spitzen Zähnen, Klauen und Schuppen und stachelige Schwänze, auf vier Beinen über den Boden huschend, oder auf zweien, in allen Formen, allen Auswüchsen des Widerwärtigen.

Von ihren niedergehauenen Artgenossen, die sich an der Mündung des Weges türmten, nahmen sie keine Notiz. Ohne einen Gedanken an den Tod stürzten sie sich auf Lormak, Boras und Halron, die sich so am Ende des Korridors postiert hatten, dass lediglich drei oder vier Gegner sie direkt angehen konnten.

Ein Dämon nach dem anderen starb, gefällt von Lormak, dessen Klinge reiche Ernte einfuhr. Die anderen unterstützen ihn lediglich, ohne wirklich ins Kampfgeschehen einzugreifen. Lormak stand da, unerschütterlich, unermüdlich, hackte und hackte und hackte Rankura in Dämonenleiber, sodass das dunkle Blut nur so spritzte.

Avi bezog seitlich Position und entließ ihre Pfeile in die dicht gedrängten Ränge. Die verbliebenen Bogenschützen taten es ihr gleich. Und dann, mit einem Mal, hörte der Ansturm auf. Als Letztes kam ein drei Schritt hohes Ungetüm angewalzt, bewaffnet mit einer dornenbesetzten Keule. Es hatte einen Kopf, über den sich dicke Wülste zogen, und zwischen den verfärbten, wurmartigen Verwachsungen ragte ein Stachel hervor, aus dem grüne Flüssigkeit troff. Es stieß ein Grollen aus, als würden Steine bersten.

Die Keule sauste herab.

Gewandt wich Lormak aus, sprang nach vorne – und führte Rankura durch einen mächtigen Seitschwung, den er scheinbar ungebremst zu Ende führte, als wäre er auf keinen Widerstand gestoßen. Jedoch, das rechte Bein löste sich vom Körper und das Monster stürzte.

Lormak sprang auf den Rücken, dunkel tropfte das Blut von der Schneide, als er Rankura mit der Spitze nach unten richtete und ins Rückgrat des Dämons jagte. Dieser riss den Kopf nach oben, die Wülste bebten, dann ein letztes Zucken. Der gewaltige Körper erschlaffte.

»Weiter.« Mehr sagte Lormak nicht und bog in den von Dämonenkadavern gesäumten Weg ein, der hoffentlich aus dieser Felswüste herausführte. Zurück blieben die gefallenen Gefährten, doch für Bestürzung und Trauer war keine Zeit.

Avi behielt Lormaks Rücken im Auge, damit sie nicht allzu genau auf die vom Feuerball zerfetzten, dunklen Fleischstücke blickte, die überall verstreut lagen, die Spritzer und kleinen Teile, die am Fels klebten.

Endlich entließ sie der Korridor in eine weite Fläche, durchzogen von Schrunden und Rissen, aus denen der übel riechende Dampf stieg. Sie befanden sich in einem Kral, umzirkelt von steilen Felswänden in der Form eines Hufeisens, an dessen Ende, umweht von Nebelschleiern und Dampfwolken, der vorab erspähte Turm in den Morgenhimmel ragte.

Ohne zu zögern, hielt Lormak darauf zu. Der Rest der

Gruppe folgte schweigend, war viel zu sehr damit beschäftigt, einfach zu atmen. Selbst Halron, Boras und Rangash, die besten und ausdauerndsten Kämpen, schienen am Ende ihrer Kräfte angelangt.

Näher und näher kam der Turm, während Avi keuchend versuchte, mit Lormak Schritt zu halten. Unablässig spähte sie nach Gefahr, doch kein Dämon weit und breit. Wie viele Biester bei der Brücke den Tod gefunden hatten, wusste Avi nicht. Achtzig? Hundert? Jedenfalls war es keine Armee gewesen, sondern lediglich eine Kampfgruppe. Hätten sie sich einer richtigen Streitmacht gegenübergesehen, wäre niemand mehr am Leben, auch Lormak nicht. Wie es aussah, wurden die Truppen woanders benötigt, ein Indiz dafür, dass der Plan aufging: Die Elfen und Zwerge und womöglich sogar die Orks beanspruchten die Aufmerksamkeit des Feindes, sodass dieser andere Prioritäten hatte, als eine kleine Gruppe Eindringlinge aufzuhalten.

Vor dem rauchähnlichen Schleier, der den Turm einhüllte, verhielt Lormak seine Schritte. Was sich darin verbarg, konnte man nicht sehen. Lediglich einen dunklen Schemen machte Avi aus, nachdem sie zu Lormak aufgeschlossen hatte. Der entpuppte sich zum Glück nicht als Dämon, sondern lediglich als zackiger, mannshoher Felsbrocken.

Lormak drehte den Kopf, fixierte sie.

Avi verbiss sich ein erschrockenes Keuchen: Sein Gesicht war dunkel von Dämonenblut, auch ihm Haar klebte es und die Vorderseite des Brustpanzers sah aus, als hätte man diesen in Pech getaucht.

»Spürst du etwas?«, fragte er und deutete mit dem Kinn zum nebelartigen Dampf.

Sie beruhigte ihren Atem, schloss für einen Moment die Augen. »Ja, aber es ist zu vage. Alles hier strahlt im Spektrum dämonischer Energie.«

Er nickte knapp, ehe er den Blick wieder nach vorne richtete.

»Mir widerstrebt die Vorstellung, auch nur einen Fuß in diese graue Suppe zu setzen«, sagte Krax.

»Es ist der einzige Ausgang aus diesem Talkessel«, erwiderte Lormak. »Ich gehe vor. Ihr folgt mir.«

Niemand widersprach ihm.

Avi stählte sich, tauschte ihren Bogen gegen das schmale Langschwert an ihrer Hüfte und setzte sich in Bewegung.

Das seltsame Dampfgemisch stank bestialisch, nach Säure, Schwefel und verrottendem Fleisch. Sie würgte, ihre Augen brannten und sie hörte am Keuchen und Husten um sie herum, dass es den anderen genauso erging. Nach kurzer Zeit verschwamm ihr Blick, Lormaks Rücken hüpfte auf und ab und von links nach rechts, und obwohl ein dumpfer, klopfender Druck sich in ihrem Kopf ausbreitete, fühlte sie sich mit einem Mal ganz leicht, als schritte sie nicht über schroffes Gestein, sondern auf einem flauschigen Teppich oder Watte.

Jemand fasste sie an der Hand und leitete sie. Die Berührung war zu gleichen Teilen angenehm wie abstoßend; angenehm, weil es ihr Sicherheit gab, abstoßend, da Avi dieselbe korrumpierte Aura spürte wie überall in diesem dämonenverseuchten Brachland.

Es war Lormaks Hand.

Plötzlich, ähnlich dem Vorhang bei einer Theatervorstellung, hob sich der Nebel und gab den Blick auf den Turm frei, der dick und wuchtig und schwarz nach oben ragte, um ihn herum ein Ring verkrüppelter Bäume, Stämme und Äste so stark verdreht, dass es wirkte, als hätte jemand versucht, sie auszuwringen wie nassen Stoff.

Neben sich hörte Avi das Schaben von Stiefeln. Nach und nach schleppten sich die Gefährten aus dem giftigen Dunst und sanken darnieder. Lormak ließ Avi los. Ihrer Stütze verlustig, sackte auch sie zusammen, prallte schmerzhaft auf die Knie, kippte zur Seite und schlug schwer auf. Das Scheppern, weil das Schwert ihr entglitt und auf den Boden prallte, drang schrill in ihr Ohr.

Der Einzige, dem dies alles nichts auszumachen schien, war

Lormak. Er stand aufrecht, Rankura in der Hand, und sah die Gefährten lediglich besorgt an.

Avi wollte etwas sagen, doch ihre Lippen waren taub, die Zunge fühlte sich geschwollen an, ungefüge, wie ein Fremdkörper, sodass aus den angestrebten Worten nicht mehr wurde als ein verschwurbeltes Lallen. Sie wollte sich aufraffen, konnte sich jedoch nicht bewegen. Angst pulste durch ihren Körper bei dieser Erkenntnis, aber nur schwach, als drückte jemand ein Kissen auf ihre Empfindungen.

Lormak spannte sich, stand stockstill, lauschte in die morgendliche Stille. Dann, langsam, ohne ein Geräusch zu erzeugen, kam er zu ihr, bückte sich, packte sie am Arm – und schleifte sie hinter sich her. Behutsam lehnte er sie gegen den Turm.

Da saß sie jetzt, wie eine Marionette mit gekappten Führungsfäden, die Beine von sich gestreckt, die Arme nach unten hängend, der Kopf schief auf dem Hals sitzend.

Lormak eilte zurück, um die anderen ebenfalls aus dem Dunst zu holen, da bewegte sich etwas in den grauen Wogen.

»Wie erwartet«, drang eine raue, kehlige Stimme aus dem Schleier, »kümmerst du dich als Erstes um die kleine Schlampe.«

Eine Gestalt trat heran, einige Meter von Lormak entfernt. Würmer zuckten im Gesicht.

Xurodas.

Er hatte sich noch weiter verändert. Stacheln waren aus seinem Körper gewachsen, hatten das Kettenhemd durchdrungen, das zerstört am massigen Körper klebte. Dazu war ein Bein dicker als das andere und bei genauerem Hinsehen erkannte Avi, dass es dem eines Krebses glich, gebogen und scharfzahnig. Trotzdem bewegte er sich erstaunlich behände, als er zu einem Elf ging, ihn mit der linken Hand am Fuß packte und einfach hochhob, sodass er mit nach unten hängenden Armen über dem Boden baumelte. »Statt die tapferen Kämpfer zu beschützen«, fuhr Xurodas fort, »gilt deine einzige Sorge dieser dreckigen Fotze.«

Die rechte Hand, in der er ein gezahntes Schwert hielt, zuckte. Ein reißendes Geräusch. Der Elf zappelte. Gedärm klatschte auf den steinernen Untergrund. Achtlos ließ er den Entleibten fallen. Er kam so zu liegen, dass Avi ihm direkt ins Gesicht blickte. Unsägliche Pein stand in den geweiteten Augen, der Mund war aufgerissen, doch nicht einmal ein Wimmern passierte die Lippen des Elfen.

Avi wollte wegsehen, aber es war ihr nicht möglich. Kein Muskel ihres Körpers gehorchte ihr. So musste sie die Agonie des Elfen miterleben, in dessen Augen langsam die Dunkelheit des Todes einzog.

»Stell dich mir, Verräter, anstatt Hilflose zu töten!«, zischte Lormak und näherte sich Xurodas.

Dieser lachte nur – die Würmer wanden sich aufgeregt – und packte einen weiteren Gefährten.

Boras!

Lormak stürmte nach vorne.

Xurodas, als würde er einem verwundeten Rehbock den Gnadenstoß verpassen, rammte sein Schwert in Boras' Körper und warf ihn von sich. Mit schlenkernden Armen rollte dieser über den Boden, blieb schließlich liegen. Schwall um Schwall ergoss sich der Lebenssaft aus der tiefen Wunde.

Avi wollte aufschreien, zu ihm stürzen. Es ging nicht, ihr Wille kam nicht gegen die Lähmung an.

Dann krachten Rankura und das gezahnte Schwert aufeinander, Funken spritzten. Avis Hoffnung, dass Xurodas ein rasches Ende fände, erfüllte sich nicht.

Nach mehreren heftigen und schnellen Hieben, die allesamt kreischend Stahl auf Stahl endeten, umkreisten sich die beiden Kämpfer lauernd. Es schien, als wäre Xurodas stärker geworden, schneller. Anders konnte sich Avi nicht erklären, dass er imstande war, Lormak Paroli zu bieten. Wie Halron war er ein begnadeter Schwertkämpfer, gehörte mit Sicherheit zur Elite, bewegte sich jedoch nicht in Lormaks Ebene, einer Ebene, in der er, so hatte Avi stets angenommen, sehr allein war.

Xurodas griff an, trieb Lormak zurück, Schritt um Schritt, bis Lormak gegen die Turmmauer prallte. Geistesgegenwärtig duckte er sich. Xurodas' Schwert krachte mit einem atonalen Singen gegen den Stein und sprengte einige Stücke heraus. Dem nächsten Schwung entging Lormak mit einem hastigen und unkontrollierten Rückwärtssprung.

Avi spürte ein Kribbeln in den Fingerspitzen. Sie versuchte, die Arme zu heben.

Zwecklos.

Während die beiden ehemaligen Hauptleute der Ehernen Garde sich beharkten, zuckten ihre Augen zu Boras. Regungslos lag er, wie er gefallen war, in einer dunklen, umfänglichen Lache. In das Entsetzen über seinen Tod mischte sich in diesem Moment auch Angst, da Lormak zur Seite ausweichen musste – und Xurodas dadurch einen Korridor gewährte, den dieser sofort nutzte, um sich Avi zu nähern.

Lormak durchschaute Xurodas' Vorhaben und griff an. Xurodas erwehrte sich gekonnt. Plötzlich stolperte Lormak zurück. Der Panzer war aufgeplatzt, das Kettenhemd durchschlagen und über das Blut erschlagener Dämonen rann nun das seine, das noch rot war, menschlich. Immerhin schüttelte er den Treffer rasch ab und ging Xurodas unvermindert heftig an. Dieser jedoch hielt dagegen, das Gelärm der aufeinanderprallenden Klingen schnitt schmerzhaft in Avis Ohr. Ihre Zuversicht sank.

Wie es aussah, würde Lormak diesen Kampf verlieren.

Xurodas bemerkte ebenfalls, dass die Waagschale in seine Richtung kippte. Er lachte laut auf, als sich die Schwerter verhakten und er Lormak mit einem kraftvollen Schubs nach hinten schleuderte. »Das ist alles, Blitz?«, kam es glucksend aus seinen verformten Dämonenlippen. »Wie erbärmlich! So willst du mich besiegen?« Kopfschüttelnd setzte er nach, sein Krebsbein scharrte über den Stein, vorwärts, vorwärts, bis Lormak nur noch wenige Meter vor Avi stand.

»Du jämmerlicher Wurm! Ich werde dich zerquetschen!«

Jauchzend hieb Xurodas nach unten.

Lormak blockte, indem er Rankura beidhändig über den Kopf hielt. Der Aufprall zwang ihn auf ein Knie herab.

Das Kribbeln in Avis Fingern war inzwischen ein unangenehmes Brennen, das sich langsam bis zu ihren Unterarmen zog. Ihr rechter Arm – sie konnte ihn ein wenig heben! Die Beine jedoch blieben tot.

Ein erstickter Schmerzlaut erklang. Lormak wankte rückwärts, Rankura klirrte auf den Boden.

Nein!

Jubelnd holte Xurodas aus – und schrie schmerzerfüllt auf. Er stolperte zur Seite, brach in die Knie.

Hinter ihm, zitternd, das Schwert mit beiden Händen umfasst, stand Halron auf wackeligen Beinen.

»Du verdammtes«, sagte er mit schwankender Stimme, »elendes, feiges Schwein!« Er schnaufte heftig, hatte seinen Körper kaum unter Kontrolle. Trotzdem wollte er Xurodas den Garaus machen. Dieser kauerte am Boden, fluchend und knurrend, da ihm der Schmerz der geweihten Klinge zusetzte.

Ein tapsender Schritt, dann noch einer, Halron näherte sich ihm, obwohl sein Gehen eher einem Vorwärtsfallen gleichkam; die Klinge schleifte über den Boden, er hielt sie nur noch mit der Rechten, während der linke Arm schlaff herabhing.

Bring es zu Ende, Halron! Bitte!

Er taumelte Xurodas entgegen. Dieser erhob sich schwankend, hatte seine Klinge ebenfalls verloren.

Mit einem Keuchen wuchtete Halron seine Waffe nach oben, über den Kopf, als wäre sie ein Steinquader, den er zu stemmen hatte.

Xurodas verkürzte die Distanz mit einem ungelenken Sprung und rammte Halron mit der Schulter.

Halron stolperte nach hinten, verlor seine Waffe und stürzte über den sich gerade erhebenden Rangash.

Die Hände auf die Oberschenkel gestützt, schöpfte Xurodas Atem. Blut strömte aus der Wunde in seinem Rücken, verebbte jedoch, ungeachtet des geweihten Stahls von Halrons Klinge. Er knurrte, las sein gezahntes Schwert auf und wandte sich Lormak zu, der gekrümmt am Turm lehnte, wenige Schritte von Avi entfernt. Xurodas' siegessicheres, überhebliches Gebaren war verschwunden.

Er wollte es zu Ende bringen.

Avi versuchte aufzustehen. Stück für Stück stemmte sie sich nach oben, zitternde Oberschenkel, Schwindel, sie blinzelte, wollte Lormak irgendwie helfen. Auf halber Höhe verließen sie die Kräfte. Ein Wimmern auf den Lippen, rutschte sie wieder nach unten.

Lormak stieß sich ab. Sie sah nur seinen Rücken. Er stand aufrecht, nicht mehr von Schmerz gebeugt. Irgendetwas wölbte sich auf Schulterhöhe unter dem Kettenhemd.

Xurodas erstarrte. »Was … ?«

»Stirb«, sagte Lormak. Das Wort trug den Tod mit sich, auf eiskalten Schwingen.

Er griff nach Rankura und hieb zu.

Xurodas, einen erschrockenen Laut auf den verfärbten Wulstlippen, stolperte zurück.

Lormak ließ ihm keinen Platz. Erneut sauste die Klinge herab.

Xurodas parierte den Schlag, aber die Wucht fegte ihn von den Beinen.

Nun gestaltete sich die Auseinandersetzung so, wie Avi es von Beginn an erwartet und gehofft hatte: Xurodas konnte sich seiner Haut kaum erwehren, kam mit dem Ausweichen und Blocken der mächtigen Hiebe nicht hinterher. Plötzlich keuchte er auf, dunkel spritzte es aus seiner Schulter, dann kreischte er, als ein Stoß knirschend in seine Brust drang. Er krampfte, seine Waffe entglitt ihm und klirrte auf den Boden.

Lormak riss Rankura heraus, ein Blutstrahl sprang aus der Wunde. Xurodas, die Würmer in seinem Gesicht zuckend und bebend, wirbelte herum, ein Bogen aus Blut folgte der Bewegung. Er wollte fliehen.

Zwei wankende Schritte gelangen ihm, ehe Lormak ihm von

hinten den Schädel mit solcher Gewalt zertrümmerte, dass Knochen, Hirn, Würmer und Blut in alle Richtungen explodierten. Langsam kippte der Körper zur Seite.

Mit einem saugenden Geräusch löste Lormak die Klinge aus dem zerschlagenen Schädel.

Dann drehte er sich herum.

Avi hob die Hand vor den Mund, die erste Bewegung, die ihr ohne Probleme gelang. Ihr blieb die Luft weg, als sie die schwefelgelben Augen gewahrte, die geschlitzten Pupillen sowie die kleinen Hörner, die aus seiner Stirn gewachsen waren.

Lormak umklammerte Rankura, so fest, dass Avi das Knirschen seines Lederhandschuhs vernahm.

Seine Lippen öffneten sich, entblößten überlange, spitz zulaufende Eckzähne – die Fänge eines Raubtiers.

»Lauf!«, knurrte er mit einer Stimme, die dunkel war, bösartig – dämonisch. »Geh mit den anderen nach Kelosan!«

Der Schreck verlieh Avi die Kraft, sich zu erheben. Mit fahrigen, unsteten Bewegungen brachte sie Abstand zwischen sich und ihn, stolperte zu ihren Gefährten.

Alle starrten auf Lormak. Er erwiderte die Blicke ungerührt. Bevor er den Turm betrat, sagte er, Avi fixierend: »Ich kämpfe noch.« Dann war er verschwunden.

Was wollte er in diesem Turm?

Ein Ruf tiefster Qual zerriss die unheimliche Stille. Halron schleppte sich zu Boras, kniete sich neben ihn, bettete den Kopf seines Freundes auf den Oberschenkeln, streichelte ihm über die Stirn. Dann warf er den Kopf in den Nacken. »Nein!«, schrie er, ein Ruf so voll der Pein, dass Avi Tränen in die Augen traten. Sie wollte zu ihm, ihn trösten, irgendetwas tun, das seine Trauer linderte.

Nein.

Niemand vermochte dies.

So blieb sie stehen, betroffen und voll der Verzweiflung: ein herber Verlust für die Gruppe, nicht nur Boras' Kampfkraft wegen. Sie dachte an Lantyria, selbst an Xurodas, diesen zerrissenen Mann, der letztendlich nicht die Kraft gefunden hatte, dem Dunklen zu widerstehen. Wie viele würden noch sterben, bevor dies alles vorbei war?

Schluchzer rissen sich aus ihrer Kehle.

Jemand nahm ihre Hand.

Es war Krax.

Mit einer Entschlossenheit, die sie ihm nicht zugetraut hätte, sagte er: »Wir müssen weiter, Avi.« Er schluckte. »Weg von ihm.«

Sie nickte wie betäubt, wusste genau, wen er damit meinte. »Ja«, hauchte sie, hatte jedoch nicht den blassesten Schimmer, wie sie die Kraft aufbringen sollte, dieses Schrecknisse noch länger durchzustehen.

10

VOR 3 WOCHEN …

Er spürt, sein erster Diener ruft nach ihm, und so eilt er zu den königlichen Gemächern. Die Wachen lassen ihn passieren. Es ist so weit.

Seine Rache wird erblühen.

Er wirkt einen Zauber und öffnet leise die Tür zum Zimmer der Königin. Ermattet liegt sie im Himmelbett. Die Geburt hat sie schwer mitgenommen und sie erholt sich nur langsam. Eine Zofe, die am warmen Kaminschacht sitzt, legt ihr Strickzeug nieder, blickt fragend auf.

Er nickt ihr versichernd zu.

Die Wiege, wo Morquat ruht, des Königs Sohn, steht neben ihr. Als er sich nähert, gerät die leichte Decke in Bewegung: Sein Diener freut sich, dass er hier ist.

Stolz blickt Iridon in die Augen seiner Schöpfung. Dunkel sind sie, wie geschliffener Obsidian. Morquat ist gewachsen, er sammelt seine sich anbahnende Macht, um das Ende der Menschheit einzuläuten.

»Erhebe dich«, sagt Iridon.

Die Zofe, gerade dabei, wieder die Stricknadel zu heben, wirft ihm einen verwirrten Blick zu. Iridon lächelt, freundlich, wie er meint. Die Zofe steht langsam auf, obschon sie gar nicht gemeint ist.

Da bewegt sich die Decke, etwas kriecht heraus. Ein Neugeborenes, so wundervoll und einzigartig schön, dass es Iridon fast die Tränen in die Augen treibt. Blasse Haut, die Haare schwarz wie ein Rabenflügel. Sie reichen dem Neugeborenen bis zu den sanft geschwungenen Schultern. Nein, kein Neugeborenes, ein Kleinkind, das sich nun aufrichtet. Wie rasch er sich entwickelt!

Klappernd fällt die Stricknadel auf den Boden, das Wollknäuel bettet sich daneben, zuletzt das angefangene Oberhemd, das Morquat bereits nicht mehr passt.

Dann schreit die Zofe, ein schrilles Kreischen.

Iridon lacht.

Niemand wird sie auf dem Gang hören: Der Zauber saugt jedes Geräusch in sich auf.

Morquat knurrt, hüpft aus der Wiege, die mit einem Krachen umfällt, und rennt zur Zofe. Schützend reißt sie die Hände vors Gesicht, als Morquat seine feingliedrigen Finger in ihren Umhang krallt und sich daran hochzieht. Ihr Kreischen kippt zu einem Schrillen über, unmenschlich fast.

Es bricht jäh ab, als Morquat ihren Hals erreicht und hineinbeißt.

Ein Gurgeln und Röcheln, Blut spritzt aus der Hauptschlagader über Morquat und das grüne Gewand mit dem silberverbrämten Kragen. Die Zofe, ihre Augen weit aufgerissen, taumelt zur Seite, dann sinkt sie in sich zusammen. Morquat lässt von ihr ab, sieht Iridon an.

»Sehr gut!«, meint er voller Stolz und erfreut sich am Anblick der makellosen Elfenbeinhaut, auf der sich große Kleckse sowie feine Tröpfchen ein rotes Stelldichein geben. Seine Zähne leuchten wie die Abendsonne.

Iridon vernimmt heftiges Keuchen.

Die Königin, aus dem Schlaf gerissen durch das Gekreische ihrer Zofe, versucht, sich aus dem Bett zu stemmen. Jedoch, ihre Kräfte versagen und sie fällt wie hingegossen gegen die Rückwand ihrer Schlafstatt, sodass sie nun gekrümmt sitzt und ihren Sohn anschaut.

Der Wahnsinn sickert in ihre Augen, die Gesichtszüge verselbstständigen sich zu einer grotesken Grimasse, was sie noch hässlicher macht, als sie es eh schon ist.

»Wie kann es sein«, sagt Iridon, »dass Ihr, gestraft mit dem Aussehen eines Schweins, solch einen anmutigen Sohn gebären konntet?«

Die Königin reißt den Mund auf, Speichelfäden spannen sich in den Winkeln.

Iridon wird schlecht, er sieht weg und deutet beiläufig auf die Königin.

Morquat schnellt aufs Bett. Ein Geräusch, als zerrisse man nasses Pergament. Schmatzlaute.

»Nun übertreib es aber nicht, ja?«, ermahnt Iridon ihn, als er sich nach einiger Zeit wieder umdreht und die Sauerei erblickt, die Morquat angerichtet hat.

Der Königin Kopf hängt noch an ein paar Sehnen und dem Rückgrat, das weiß wie Kreide aus der roten, zerstörten Masse heraussticht. Laken und die Wand sehen aus, als hätte man einen Kübel roter Farbe dagegen geklatscht.

»Bringen wir es zu Ende«, meint Iridon, löst den Zauber auf, öffnet die Tür und betritt den Korridor. Die vier Wachen, einen Steinwurf entfernt, welche die Gemächer des Königs sichern, blicken Iridon desinteressiert an.

Lächelnd schreitet er ihnen entgegen. Sie lächeln zurück, etwas verunsichert zwar, ahnen jedoch nichts. Erst als Morquat hinter Iridon erscheint, gehen ihnen die Augen über. Sie erstarren, Rüstungen rasseln und scheppern, doch sie unternehmen nichts. Fassungslosigkeit strahlt aus den Gesichtern unter den Helmen. Iridon verhält seine Schritte nicht, geht auf sie zu, Morquat hinter ihm, der gierige Grunzlaute ausstößt.

Iridon blickte über die Schulter. »Nun nimm dich etwas zusammen! Vergiss nicht, du bist immer noch der Spross eines Königs, auch wenn er ein erbärmlicher, ungebildeter Trottel ist.«

Ein Schleifen, als eine der Wachen ihre Bestürzung abschüttelt und das Schwert aus der Scheide reißt. Das Geräusch bricht den Bann. Die anderen machen es ihr gleich.

Iridon erfasst sie mit spöttischem Blick.

Dann streckt er die Hand aus.

Eine Windfaust rauscht durch den Gang auf die Soldaten zu. So gewaltig ist der Zauber, dass es sie von den Beinen hebt und durch den Korridor wirbelt. Sie überschlagen sich, purzeln durch die Luft, ein Knäuel aus Armen, Beinen und Köpfen. Schwerter klirren, Helme, dann knallen die Männer schwer auf den Boden. Das Krachen würde selbst Tote wecken. Drei rühren sich nicht mehr, der vierte rafft sich taumelnd hoch. Man sieht in seinen Augen, wie er gegen die Ohnmacht ankämpft, die Schmerzen. Ohne Schwert steht er da, stützt sich an der Wand ab.

Iridons Lippen kräuseln sich amüsiert. Erneut schießt seine Hand nach vorne. Wie von einem Katapultgeschoss abgefeuert, rauscht der Mann bis zum Ende des Korridors, einer Puppe ähnlich, die man fortgeschleudert hat – und knallt mit voller Wucht gegen die Wand, so heftig, dass, nachdem er lautlos niedergesunken ist, ein Riss in der marmornen Wandverblendung prangt.

Jäh wird die Tür aufgerissen, der König schaut verdutzt heraus, benötigt einige Momente, ehe er begreift, was passiert. Seine schreckgeweiteten Augen richten sich auf Iridon.

Dann sieht er Morquat.

Iridon weidet sich am Entsetzen, das die Pupillen weitet, an der ersterbenden Hoffnung, an der Erkenntnis des drohenden Niedergangs. Der König stolpert zurück ins Gemach.

Iridon macht ein paar schnelle Schritte, sieht, wie Gorn eine Schublade aufreißt und einen Dolch an sich nimmt. Er betritt das Gemach, in dem es nach Wein riecht, Wein und altem Schweiß. Schwer atmend steht der König an den Tisch gelehnt, zerzaust, verlebt, plötzlich ein alter Mann, in Unterwäsche, einem schmuddeligen Leinenhemd, die Arme zurückgekrempelt, graue Haare darauf, wie von Raureif uberhaucht.

»Was hast du getan?«, presst er hervor.

»Sei still, du Dummkopf«, entgegnet Iridon und bleibt zwei, drei

Meter von ihm entfernt stehen, die Arme in die Hüften gestemmt, und mustert ihn abschätzig.

»Du … du elender Verräter!«, stammelt Gorn. »Wie redest du mit mir? Ich lasse dich …«

»Hörst du schlecht? Ruhig sollst du sein.«

Gorn richtet sich auf, die alte Überheblichkeit kehrt zurück. Seine Finger umklammern den Dolch so fest, dass die Knöchel weiß hervortreten.

Morquat betritt den Raum, knurrt, als er seinen Vater sieht, geht auf alle viere wie ein Tier, bereit zum Sprung.

»Was hast du mit meinem Sohn gemacht? Dafür wirst du leiden, wie noch nie jemand gelitten hat!«

Enttäuscht schüttelt Iridon den Kopf. »Ein derartiger Verbund aus Hochmut und Selbstüberschätzung bei gleichzeitig himmelschreiender Blödheit ist mir noch nie begegnet.«

Gorn setzt einen Schritt auf ihn zu, seine Hand zuckt, um mit dem Dolch zuzustoßen. »Ich werde dich …«

Iridon macht eine Geste mit der rechten Hand, als wollte er einen Stab umfassen, die Finger schließen sich blitzgeschwind zu einer Faust.

Gorn erstarrt in der Bewegung, die Arme legen sich an den Körper. Er verzieht das Gesicht, zittert vor Anstrengung. Jedoch, er kann sich nicht mehr rühren. Durch die magische Umklammerung hat er sich mit der Klinge in den Oberschenkel geschnitten. Der Stoff saugt das Blut auf, der Fleck wächst wie eine sich öffnende Rosenblüte.

Morquat gurrt wie eine Taube, die Futter riecht, seine Zunge leckt über spitze Zähne und blutverkrustete Lippen.

»Zeig deinem Vater«, sagt Iridon, »dass du ihn zum Fressen gern hast.«

Morquat schnellt nach vorne, springt an Gorns Bein, klebt dort wie eine Zecke. Mit dem ersten Biss reißt er ein Loch in die Hose, mit dem zweiten fetzt er einen rot leuchtenden Brocken aus dem Oberschenkel.

Gorn will die Lippen öffnen, doch der Zauber hält sie geschlossen. Tränen des Schmerzes quellen ihm aus den Augen, rinnen über die blassen Wangen, sammeln sich als glitzernde Punkte in den Furchen, ehe sie ihren Weg fortsetzen.

Morquat kaut auf dem Fleisch seines Vaters herum, dann spuckt er es aus, klettert höher. Das Gleiche geschieht in der Bauchmitte. Erst zerreißt er die Kleidung, dann die Bauchdecke. Er fasst in das blutnasse Loch, wühlt darin herum, dann hält Morquat einen geringelten Schlauch in der Hand.

Iridon schluckt, wendet den Blick jedoch nicht ab. Das ist die gerechte Strafe für diesen Trottel – und doch, irgendwo tief in ihm, in einem verborgenen, in Vergessenheit geratenen Gewölbe seiner Seele, begehrt etwas auf gegen diese Barbarei.

Morquat weidet seinen eigenen Vater bei lebendigem Leib aus. Schatten flackern in Gorns Augen und ein feiner Speichelfaden entflieht den zusammengepressten Lippen. Die Haut des Bauches ist nun schlaff, flattert wie zu weiter Stoff, Dellen sind zu sehen, die nach innen beulen. Ein Berg Gedärm liegt am Boden, ein widerliches Knäuel.

Der Tod ist da. Gorns Augen werden glasig.

Iridon beendet den Zauber.

Gorn kippt nach vorne, begräbt Morquat unter sich. Diesen scheint das nicht zu stören, wie die Schmatz- und Reißlaute verraten, die unter dem Leichnam hervordringen.

Iridon verlässt die Gemächer des Königs, die nun die seinen sind, schreitet an den toten Wachen vorbei. Er geht in den Salon, schlicht gehalten wie alles hier, und öffnet eine Tür, die zu einem steingefassten Balkon führt, von dem aus man über die Dächer Kelosans blickt.

Die Morgensonne hängt wie gefangen in einem leuchtenden Wolkenschleier und ein Schwarm Vögel erhebt sich gerade über der wuchtigen Kuppel des Jaminara-Tempels.

Dann, eine Dissonanz im Bild dieser Harmonie, hallt ein Schrei des Entsetzens von irgendwoher.

Iridon lächelt.

Er hat einen weiteren Diener.

Iridon erwachte, rieb sich die Augen. Er fasste sich an den Kopf, der pochte, als würden bei der leisesten Bewegung Bleikugeln ins Rollen gebracht, die in raschem Wechsel gegen die Schädeldecke krachten. Stöhnend sank er zurück auf sein Kissen, sah blinzelnd zur Terrassentür, vor der sich die kostbaren Seidenvorhänge im Wind bauschten.

Neben dem Bett stand ein verschnörkeltes Dreibein mit einer Schale, in der Jasminblüten im Wasser trieben. Der Duft stieg Iridon in die Nase und er atmete tief ein. Jedoch, auch das brachte keine Linderung.

Einige Zeit lag er regungslos im Bett, wartend und hoffend, dass dieser grässliche Schmerz endlich verschwand. Vergebens.

Er seufzte und stand vorsichtig auf, warf sich einen Morgenmantel über die Schultern und schlurfte in den üppigen Garten, an dessen Anblick er sich normalerweise erfreute. Heute aber kam ihm das Zwitschern der Vögel wie ein Plärren vor und das Plätschern des Brunnens, das eigentlich beruhigen sollte, erinnerte ihn nur an das dumpfe Rauschen seines Blutes in den klopfenden Schläfen.

So mühte er sich zurück in sein Gemach und setzte sich an den Tisch, auf dem das halb aufgegessene Nachtmahl von gestern lag. Angewidert schob er die Platte von sich, stand noch einmal auf, zog an der mit Goldfäden verbrämten Kordel, die aus der Decke hing, und ließ sich wieder in den Stuhl plumpsen. Wenig später öffnete sich die Tür und einer seiner Diener schlich, das Haupt demütig gebeugt, zu ihm.

»Räum das weg und bring mir etwas Frisches«, sagte Iridon, obwohl ein Impuls seiner Gedanken ausreichte, um seinen Dienern zu befehlen, was immer er wünschte. Dennoch benutzte er seine Stimme, denn sie war die einzige, die er seit langer, langer Zeit hörte. Seine Diener sprachen nie. Nur mit Alnitara konnte er sich unterhalten.

Der Diener ging um den Tisch und griff nach der Platte. Iridon beobachtete ihn und wieder einmal ging ihm auf, wie makellos schön Dämonen waren, etwas, das er nicht für möglich gehalten hätte. Sie übertrafen selbst die Elfen an Liebreiz und Anmut. Dieser hier hatte porzellanweiße Haut, schwarzes, volles

Haar, das das edle Gesicht umrahmte, dazu schiefergraue, tiefe Augen, einem Winterhimmel ähnelnd. Die Finger, die nun die Platte aufnahmen, waren feingliedrig, die Nägel weder eingerissen noch schmutzig und Iridon sah dem Spiel der Unterarmmuskeln zu, die sich unter der Haut kräuselten. Der Diener verließ den Raum.

Er war wieder allein.

»Wann habe ich das letzte Mal mit jemandem gesprochen?«, fragte er in die Stille. »Eine Stimme gehört, die nicht in meinem Kopf erklingt, sondern aus einem Mund kommt?«

Da fiel es ihm ein. Es war etliche Jahre her. Fünfzehn bestimmt, wenn nicht mehr.

Tynn Bradas.

Mit Geschick und noch mehr Glück war der Magier mit einer Handvoll Elfenzauberern bis nach Kelosan gelangt, um ihm, Iridon, das Handwerk zu legen. Weder Tynn Bradas noch seine ehemaligen Schwestern und Brüder verstanden, dass Iridon Yur in ein neues, strahlendes Zeitalter führte. Er würde eine Rasse in Yur etablieren, die der Schönheit des Landes ebenbürtig war. Die Dämonen waren die Erwählten, das hatte er rasch erkannt. Sie verdienten es, nach Äonen der unrechten Gefangenschaft Yur zu beherrschen.

Die anderen Rassen waren Abschaum dagegen, minderwertige Schöpfungen, deren Zeit abgelaufen war. Wer wollte schon mit stinkenden Orks und Menschen zusammenleben? Kleinwüchsigen, ekelhaft behaarten Zwergen? Selbst die Elfen verblassten gegen die Dämonen.

Lange hatte er mit sich gerungen, aber irgendwann eingesehen, dass es letztendlich keine andere Möglichkeit gäbe, als auch sein eigenes Volk auszurotten. Dass Elfen den Verräter Tynn Bradas begleiteten, hatte es um ein Vielfaches einfacher gemacht, diesen Umstand zu akzeptieren. So hatte er beschlossen, die Elfen als letzte Rasse vom Antlitz Yurs zu tilgen. Mehr Gnade konnte er nicht walten lassen.

Nichts durfte vom alten, hässlichen Zeitalter überdauern.

Irgendwann wäre die Ära der Menschen, Zwerge, Elfen und all der anderen vergessen, wäre nicht mehr als eine Träne an der Wange der Ewigkeit. Die Dämonen würden Yur beherrschen auf immerdar. Dann hätte er sein Ziel erreicht. Seine Rache hatte ihn den rechten Weg erkennen lassen. Nur noch selten dachte er an Ajuna und seine Tochter. Er hatte nicht viel Zeit für Müßiggang oder Gedanken an das Davor: Seine Mission hatte Vorrang.

Trotz des Schmerzes in seinem Kopf schickte er seine Gedanken aus, spürte seine Diener in Kelosan, sah sie beinahe, als schwebte er am Himmel und blickte auf ein Meer aus Lichtpunkten, die nahen gleißend und stark, die entfernten schwächer, aber dennoch spürbar. Zahllose Eindrücke und Gedankenfetzen erreichten ihn, ein Ansturm, den er erst mit der Zeit zu bewältigen gelernt hatte; das Trennen von Wichtigem und Unwichtigem, als lauschte man im brausenden Sturm nach ganz bestimmten, kurzen Böen, die einen anderen, speziellen Klang von sich gaben.

Als er die Augen öffnete, zuckte Schmerz vom Kopf bis in den Hals. Er unterdrückte ein Stöhnen, schleppte sich zum Bett und sackte aufs Laken. Die Pein war so grässlich, dass sie sogar den Ärger übertünchte, den Iridon nun verspürte, nachdem er den Kontakt zu seiner Armee abgebrochen hatte.

Die Zwerge rückten vor, immer noch! Ihre Verluste waren schrecklich und trotzdem gab dieses sture Pack nicht auf! Die glaubten tatsächlich, dass sie seine Armee besiegen konnten!

Er lachte leise.

Mach dir keine Sorgen, sagte Alnitara.

»Ich?« Er grunzte ein Lachen. »Das ist nur eine Unannehmlichkeit, mehr nicht.«

Ja. Das Gleichgewicht wurde gestört. Bald sind wir mächtiger denn je! Bald werden sich die Pforten auftun und unsere Diener werden das Land überschwemmen.

Iridon seufzte zufrieden. Kaum hatte Alnitara gesprochen, da wurde der Schmerz erträglicher, sodass er die Augen schloss und in den Schlaf sank.

»Hast du wirklich geglaubt, mit deinen kümmerlichen Fähigkeiten könntest du mich besiegen?«

Statt zu antworten, schreit Tynn Bradas vor Schmerz, windet sich in den Fesseln, als sich die Tentakel des Dämons in sein Fleisch bohren, darin herumwühlen. Jedes Mal reißen die zahnbesetzten Fortsätze kleine Stücke heraus. Sofort jedoch schließen sich die Wunden, das Blut hört auf zu fließen, die Haut bildet sich frisch und neu, als wäre sie nie verletzt worden.

»Du hättest bleiben sollen, wo du warst, Tynn Bradas, und nie zurückkehren. Damit hast du dir dein eigenes Grab geschaufelt.« Iridon sieht ihn lächelnd an. »Und das meine ich nicht symbolisch, sondern auf gewisse Weise wörtlich ...«

Erneut fressen sich die Tentakel in weiches Menschenfleisch.

Tynn Bradas kreischt so spitz, als würde das Himmelsgewölbe splittern.

In einer getreulichen Nachbildung der Szene von vorhin schließt sich die Haut wieder; diesmal aber bleibt ein winziger, schwarzer Punkt zurück.

»Ich habe Besonderes mit dir vor«, sagt Iridon. »Ich brauche einen Hauptmann, einen, der der Magie fähig ist. Verglichen mit der meinen ist deine Macht erbärmlich, doch immerhin mehr, als ich es von den meisten anderen kenne. Nun hör mir gut zu: Es gibt zwei verschiedene Wege, doch lediglich ein Ziel. Entweder du ergibst dich deinem Schicksal und akzeptierst dein neues Leben – dann wirst du den Schmerz der Tentakel nur wenige Male ertragen müssen – oder du kämpfst dagegen an. Dann wirst du mehr leiden, als irgendjemand vor dir gelitten hat, ehe du dich dereinst trotzdem beugen wirst. Ein Ziel, zwei Wege«, sagt Iridon und lässt Tynn Bradas allein.

Die Schreie des Magiers begleiten ihn die Stufen des Turms hinab ...

. . .

Iridon erwachte, reckte sich und seufzte erleichtert: Die Kopfschmerzen waren verklungen.

Er stand auf, aß ein paar Früchte, köstlich süß, und entledigte sich seines Schlafgewands. Kurz dachte er an Tynn Bradas. Zäh war der Kerl, das musste man ihm lassen. Seit all diesen Jahren wehrte er sich immer noch gegen die Tentakel, Stunde für Stunde, Tag für Tag, eine Leistung, die genauso beachtlich wie vergeblich war: Niemand widerstand den Dämonen auf ewig. Iridon überkam ein Anflug von Mitleid. Sollte er Tynn Bradas erlösen und ihn ziehen lassen?

»Mitleid«, murmelte er, als hätte er vergessen, wie das Wort sich anhörte, wenn man es aussprach. »Nein«, sagte er nach kurzem Zögern und streifte sich ein frisches, linnenes Hemd über, wählte dazu eine beige Hose aus dünnem Stoff und offene Sandalen. Danach schickte er einen kurzen Blick in Richtung des verhangenen, mannsgroßen Standspiegels, über dem eine Decke hing.

Unter dem Saum derselben leuchteten kleine, zackige Scherbenstücke im Licht der Abendsonne, das durch einen Spalt in den schweren Samtportien schlich, welche die Fenster verhüllten. Iridon erinnerte sich nicht, wieso der Spiegel zerstört war, oder wer es getan hatte. Aus einem Impuls heraus wollte er nach der Decke greifen …

Geh ein wenig spazieren, Iridon, das wird dir guttun.

»Ja, du hast recht.« Seine Hand sank herab und er verließ das Zimmer.

Das Gefühl dumpfer Trübsinnigkeit, das sich beim Anblick der Scherben seiner bemächtigt hatte, verflog rasch, während er durch die Gänge seiner Residenz schritt – einer Residenz, die, unter seiner Herrschaft, diesem Namen endlich gerecht wurde: Wo einstmals Leere und Einfallslosigkeit regiert hatten, kahle Wände, staubige Porträts vergessener Nichtswürdigkeiten und zerrissene, ausgeblichene Gobelins, waren die Korridore nun mit feinstem, hellem Marmor vertäfelt; Bordüren und Schmuckborten kleideten die schimmernden Wände, Steinfriese und kunstvolle Einlegearbeiten aus Koralle und Muschel zierten den Boden, auf dem seine Sandalen leise, schlappende Geräusche erzeugten.

Er erreichte den Palastgarten, ein Rechteck, durch das sich mit mathematischer Genauigkeit ausgerichtete Hecken und Blumenformationen zogen.

In der Mitte, wo sich die Wege im Nachbild der Himmelsrichtungen kreuzten, befand sich ein weißer Brunnen. Er zeigte ihn, Iridon, den baldigen Herrscher Yurs, in wallendem Umhang, seine Miene ernst und gütig zugleich, der Blick der Augen weise und Ehrfurcht gebietend, das Antlitz des vollkommenen Regenten. Eine Krone aus leuchtendem Gold bildete den einzigen, wohlakzentuierten Farbtupfer in der alabasterweißen Pracht. Natürlich war das Standbild – Wasser sprudelte aus dem Herrscherzepter, das er lässig und doch bestimmt in der rechten Hand hielt, die Tropfen wie blutrote, zu Boden rieselnde Edelsteine im späten Licht – nicht seiner menschlichen Hülle nachempfunden, sondern seiner ursprünglichen, elfischen.

Schon lange spielte er mit dem Gedanken, zu jener Hütte im Wald nahe Yelion zurückzukehren, seinen Körper zu heilen, neu zu gestalten, um so auszusehen wie seine zahllosen Kinder, so wunderbar in Form und Gestalt, dass selbst die Götter vor Neid erblassten. Er war froh, den Körper konserviert zu haben.

Leider hatte er dieses Vorhaben bislang nicht in die Tat umgesetzt. Er hätte es vor ein paar Jahren tun sollen: Jetzt musste er sich auf die Erweiterung seiner Macht konzentrieren. Eine Reise nach Yelion lenkte da nur ab.

Andererseits … Womöglich täte es ihm sogar gut, etwas anderes …

Haben wir Yur erst unterworfen, kannst du tun, wonach dir der Sinn steht.

»Ja«, erwiderte er, immer noch ergriffen von dem Monument. Dann stahl sich ein Gedanke in seinen Kopf, heimtückisch fast, wie ein nach den Fersen schnappender kleiner Kläffer, der sich unbemerkt herangeschlichen hatte: *Was willst du denn tun, Iridon,* sagte dieser Gedanke, *wenn du ganz allein bist in Yur, nur die schweigsamen Dämonen um dich her, niemand sonst, mit dem du reden kannst? Wonach steht dir denn dann der Sinn?*

Er runzelte die Stirn, schüttelte den Kopf und für einen flüchtigen Moment, der schneller verging, als ein Vogel brauchte, um mit den Flügeln zu schlagen, verzerrte sich das Bild vor seinen Augen: Das Monument verpuffte, die Hecken, Hyazinthen, Rosen, Orchideen und Lilien ebenfalls, alle Farbe wich. Zurück blieb ein trostloser, kahler, dunkler Fleck, in dem sich keine Form von Leben regte.

Und statt des Brunnens ragte ein verwitterter, zweifach mannshoher Gorn in die Höhe, schwarze Linien auf dem rauen Stein, die der jahrelange Regen gezogen hatte. Traurig starrte der tote König aus dreckverkrusteten Augen über die Ödnis.

Unversehens ballte sich ein unangenehmer Druck in Iridons Kopf. Er stöhnte auf, schloss die Augen, fasste sich an die Stirn.

Der Kopfschmerz war zurück.

Alle Kraft floss aus seinem Körper. Er sank auf die Erde nieder, spürte rauen, spitzen Schotter, der in die Handflächen drückte – nur um im nächsten Augenblick zu meinen, seine Hände berührten einen weichen, schmierigen Untergrund. Konsterniert hob er sie vor die Augen. In seinem vor Schmerz flirrenden Blick gewahrte er die Abdrücke von Steinen – und gleichzeitig schlammige Schmierer. Und seine Finger! – lange, gelbe Nägel, gekrümmte Finger, dicke, geschwollene Gelenke, die Haut überzogen von Schwären und Warzen.

Ein entsetztes Wimmern entglitt seiner Kehle und ein Rauschen füllte seine Ohren, der Druck im Schädel wurde schrecklich, wie bei einem Schraubstock, der den Knochen zermalmen wollte. Ein erstickter Schrei, und er sank auf die Erde. Schwärze flackerte über seine Augen, sodass er einige Schritte taumelte, ehe er sich fing.

»Was … was war das?«, keuchte er. Seine Augen zuckten von einer Ecke des Gartens in die andere, suchten nach Verwüstung und Verfall. Jedoch, alles sah aus wie sonst: Sein Monument strahlte prachtvoll im Sonnenglast des frühen Abends.

Es war eine Vision, erklang Alnitaras sanfte Stimme, *eine Vision, die zeigt, was passieren wird, sollten wir versagen. Der Niedergang wäre nicht abzuwenden!*

Bestürzt ging Iridons Sinn den grausigen Eindrücken nach, deren Nachhall durch seine Gedanken driftete. »Das darf nicht passieren!«

Und just in diesem Moment, seine Worte waren kaum verklungen und die Lippen fühlten sich feucht an vom Speichel, der ihm vor lauter Vehemenz aus dem Mund gespritzt war, ereilte ihn das Gefühl weit entfernter Magie, ähnlich dem dumpfen Klang einer Glocke, die jenseits des Horizonts angeschlagen wurde. Er verharrte, richtete seine Sinne danach aus – und sog scharf die Luft ein.

Der Schutzzauber bei der Hütte im Wald!

»Wie kann das sein?«, fragte er verblüfft und benötigte ein paar Atemzüge, um seine plötzliche Unruhe zu bändigen. Im Grunde gab es zwei Möglichkeiten: Entweder war irgendjemand durch Zufall über die Hütte gestolpert oder es war der Teleport. Im ersten Fall würden der Schutzzauber kurzen Prozess mit den Eindringlingen machen; im zweiten Fall würde es bedeuten, dass jemand, der so mächtig war, den Teleport zu aktivieren, zur Hütte gelangt war. Dann wäre es sogar denkbar, dass dieser Jemand auch den Schutzzauber überstand.

Iridon kratzte sich am Kopf. Wem würde so etwas gelingen?

Nein, es musste ein Zufall sein.

Niemand lebt mehr dort, gab Alnitara zu bedenken. *Trotzdem, schicke Späher aus, um der Sache nachzuspüren.*

»Das hätte ich sowieso getan«, erwiderte er leicht gereizt. Sein Kopf schmerzte furchtbar. Das Aussenden des Gedankenimpulses an seine Diener intensivierte das Pochen und er presste die Kiefer zusammen. »Es wird schon nicht so schlimm sein.«

Wir dürfen uns nicht in falscher Sicherheit wiegen. Die Hütte liegt nahe Yelion, unweit des Reiches der Elfen. Was, wenn sie nun, ähnlich den Zwergen, ebenfalls für den Feind kämpfen?

Er machte eine unwirsche Geste mit der Hand. »Dazu fehlt ihnen der Mut. Sie werden bis zu ihrem Ende in Garyat ausharren.«

Man sollte die Elfen nicht unterschätzen.

»Ich … kenne sie. Ihnen fehlt der Biss, die Härte, für etwas einzustehen, dessen Ausgang ungewiss ist und Gefahren birgt.«

Wir schicken die Reserven aus Kelosan nach Westen. Zusätzlich ziehen wir einen Teil unserer Kräfte von der Front gegen die Zwerge ab, um den Vormarsch der Elfen aufzuhalten.

»Hast du nicht gehört, was ich gesagt habe?«, grollte Iridon, während er zurück zu seinem Gemach strebte. Er musste sich wieder hinlegen, die Schmerzen waren unerträglich.

In diesem Punkt liegst du falsch. Die Elfen kommen.

Er erwiderte nichts darauf, sondern streifte seine Kleidung ab und griff nach dem Becher, der auf dem Tisch stand. Ein Schütteln des Ekels unterdrückend, schluckte er das gallenbittere Gesöff und legte sich ins Bett. Die Wirkung des Pulvers setzte bald ein, die Schmerzen klangen auf ein erträgliches Maß ab und er driftete in einen Schlummer.

Zuweilen wachte er auf, der Kopf wie in Watte gepackt, die Gedanken beeinträchtigt, träge, wie Fliegen, die im Spinnennetz nach Stunden des Kampfes nur noch gelegentlich zappelten.

Sorge dich nicht, Iridon. Unser Sieg ist nah. Der Feind hat das Gleichgewicht gestört. Nun sind wir *am Zug …*

Iridon schloss die Augen und trudelte wie ein abgeschossener Vogel zurück in die Gefilde unsteten Dämmerschlafs.

Seine Gedanken kamen nicht zur Ruhe. Er war aufgewühlt, ob der Schmerzen wegen oder aufgrund der schrecklichen Vision im Palastgarten, wusste er nicht. Er schlief und wachte zugleich, unfähig, das Wandeln seines Geistes zu beeinflussen.

In einem wirren Szenario stellte er sich vor, wie er mit Lormak im Garten saß, hinter ihnen die Statue Gorns – wieso nicht seine eigene? –, und wie dieser ihn fragte, weshalb er, Vulodas, dies alles tat. Ob er jedwede Moral über Bord geworfen habe? Alles nur um der Rache willen? Alles in die Finsternis reißen?

Iridon wollte aufstehen. Er konnte nicht. Panik wallte in ihm hoch, während Lormak eine anklagende Frage nach der anderen auf ihn niederprasseln ließ.

Dann griff Alnitara ein, indem sie ihn vom Sitzplatz pflückte. Wärme umfing ihn. Lormak jedoch blieb zurück, ein kleiner, unbedeutender Punkt im Palastgarten – in dem nun wieder Iridons Statue in den Himmel ragte …

11

Leise setzte Lormak seine Schritte durch die Überbleibsel alten Mobiliars: Stühle, Schränke, Bettgestelle. Einst hatte der Turm wohl als Wachposten oder kleine Garnison gedient. Er erklomm die ausgetretenen Steinstufen, die sich eng an die Turmwand schmiegten, rechter Hand die von Rost zerfressenen Haltestreben des einstigen Geländers.

Mehrmals hielt er inne, stützte sich an der Wand ab, atmete durch. Dabei war es nicht sein Körper, der nach Erholung lechzte, obwohl die Wunden des Kampfes ihn beeinträchtigten, sondern sein Geist, seine Seele. Nun senkte sich seine Hand auf den Knauf Rankuras, als gälte es, einen Feind aus Fleisch und Blut abzuwehren. Doch es war der Feind in ihm, der schrecklichste von allen, stärker denn je, da Lormak seine Macht tief aus dem Dämonischen geschöpft hatte, um gegen Xurodas zu bestehen.

Je näher er dem Ziel kam, desto mehr benötigte er diese dunkle Essenz.

Irgendwann würde er für diese Leihgabe übermenschlicher Kraft und Zähigkeit einen hohen Preis zahlen. Belzuur würde nicht, wie ein dreister Wucherer es tun würde, einfach das doppelte Gold zurückverlangen, das er geliehen hatte, nein … Das würde Belzuur nicht reichen.

Der Einsatz war ungleich höher: Lormaks Verstand, sein Leben, seine Seele. Er konnte die Kraft des Dämons nicht nutzen, ohne selbst etwas zu geben. Bei diesem Gedanken bäumte sich die Bestie in ihm auf, den endgültigen Sieg vor Augen. Lormaks Herz schlug wie toll, während die Wogen dunkler Gedanken über ihn hereinbrachen. Er presste die Zähne zusammen, umklammerte Rankuras Griff, den einzigen Halt, den er hatte.

Mit eiserner Konzentration gelang es ihm, den Dämon in schwache, brüchige Ketten zu legen. Wie lange würden sie halten?

Er wischte sich Schweiß von der Stirn, streifte dabei die dämonischen Hörner, verzog das Gesicht. Nichts durfte ihn ablenken. Avi brauchte ihn. Deswegen kämpfte er noch. Aber wenn er dereinst unterlag, wie würde er dann aussehen? Genauso abscheulich wie Xurodas oder Urruk Darn?

Egal, wisperte sein Verstand, *du wirst das im Tosen deiner dämonischen Existenz nicht mehr mitbekommen.*

»Und was, wenn doch?«, fragte er in die Stille. Was, wenn ein Rest von ihm, kauernd in einem Winkel seines Seins, aus dem er nicht flüchten konnte, alles mitbekäme, nachdem der Dämon seinen Körper beherrschte? Wenn er mitbekäme, wie er Avi umbrachte? Ihr den Kopf abriss? Den Bauch aufschlitzte? Sie in Stücke hackte?

Er drückte Daumen und Zeigefinger gegen die Augäpfel, so lange, bis die Schreckensbilder im Aufgleißen bunter Punkte zerplatzten.

Während seine Gedanken um Avi kreisten, setzte er seinen Aufstieg fort. Dass er sie nicht begleitete, hatte zwei Gründe: Erstens war er im Moment nicht minder gefährlich als andere Dämonen, zweitens hatte ihn etwas gedrängt, den Turm in Augenschein zu nehmen, ein sanftes Stupsen, wie eine freundschaftliche Hand im Rücken, die einem den richtigen Weg weisen wollte.

In der oberen Etage angelangt, schlug ihm ein ekelhaft beißender Gestank nach Fäule und Verwesung entgegen. Er befreite Rankura aus der Scheide und sprang in den Raum. Er hatte gelernt, dass weder Ungewöhnliches noch Grausiges ihn zögern lassen durfte.

Trotzdem stockte ihm der Atem, als er den Dämon vor sich sah, ein gallertartiges Wesen von der Größe einer Kutsche, aus dem Dutzende Tentakel herausragten, die in regelmäßigen Abständen kleine Fleischfetzen aus einer Gestalt rissen, die an der Wand gekettet stand.

Diese war bis auf ein Lendentuch nackt und zaundürr, bestand lediglich aus Knochen und Sehnen, die Haut – verunziert von spinnenartig-dämonischen Verfärbungen – spannte über den Rippen. Aus den gerissenen Wunden quoll träges Blut.

Doch sie schlossen sich, die roten Tropfen versiegten. Erneut peitschten die Tentakel nach vorne. Das Opfer stöhnte auf, es hob den auf die Brust gesunkenen Kopf.

»Tynn Bradas«, hauchte Lormak fassungslos. Trotz der Dämonenmale, der eingefallenen Wangen und leeren Augen erkannte Lormak ihn sofort anhand des mit Silberdraht umflochtenen Barts.

Der Dämon bemerkte Lormak, wandte sich schwerfällig um. Das Überraschungsmoment war dahin, verstrichen durch sein Zaudern. Er drängte den Ärger darüber weg, konzentrierte sich – und trennte zwei der auf ihn zuschnellenden Tentakel mit einem Hieb aus dem Handgelenk ab. Zuckend fielen sie auf den Boden. Der Dämon erbebte, das ringförmige Maul mit den nach innen gebogenen, nadelfeinen Zähnen öffnete sich.

Lormak rollte über die Schulter.

Er hörte nur ein klatschendes und zischendes Geräusch hinter sich. Im Aufstehen sah er, dass der Schleim die Wand getroffen hatte und sich bereits durch den Stein fraß. Ohne zu zögern, schnellte er auf die Füße, hob Rankura beidhändig gefasst über den Kopf und drosch die Klinge zwischen den peitschenden Tentakeln hindurch auf den wabbeligen Leib. Fast ohne

Widerstand schnitt Rankura hinein, so tief, dass Lormaks Handschuhe ebenfalls in glibberiges Dämonenfleisch tauchten.

Der Dämon fauchte, warf sich herum. Lormak verlor Rankura. So verschränkte er seine Hände zu einer zehnfingrigen Faust und hieb auf den vermeintlichen Kopf des Dämons, die Region über dem Maul. So heftig war der Schlag, dass die Haut aufplatzte, gelbgrüner Schleim spritzte heraus.

Noch einmal hämmerte er auf den Kopf ein, dann, obwohl Ekel in ihm hochwallte, langte er mit beiden Händen in die breiige Masse, schob sie in den Kopf, wühlte darin herum, riss das Hirn oder was immer diese Kreatur lenkte, heraus. Jäh sackte der wabbelnde Körper zusammen, ein letzte Zischen aus dem Maul, dann war es ruhig.

Schwer atmend warf Lormak das glitschige Stück fort, befreite Rankura und sah angewidert an sich herab. Brünne und Kettenhemd dampften von der ätzenden Körperflüssigkeit. In Ermangelung eines Tuchs wischte Lormak die Klinge am Ärmel ab und steckte sie zurück in die Scheide. Dann ging er zu Tynn Bradas.

Dieser sah ihn eine Weile an, aus dumpfen Augen, leer, als hätte die Seele ihre fleischliche Hülle längst verlassen. Lormak wusste nichts zu sagen und so stand er stumm vor dem Magier, dem Mann, mit dem alles begonnen hatte. Zu gern hätte er mit ihm geredet, doch wie es schien, war Tynns Verstand dahin, zerstört durch die erlittenen Qualen.

»Lormak«, flüsterte Tynn mit einem Mal und ein Flackern in den Augen verriet, dass doch noch ein Lebensfunke in ihm schwelte. Zum ersten Mal schien er wahrzunehmen, was geschehen war. Sein Blick taxierte den Kadaver.

Dann weinte er.

Es war kein Schluchzen zu hören, das aus seinen blutleeren Lippen drang, sein Körper blieb ganz ruhig, nur die Tränen flossen. Und das taten sie lang. Lormak entfernte sich etwas. Nach einiger Zeit klirrten die Ketten, an denen Tynns spindelige Arme hingen. Dieser Mann musste gelitten haben wie selten ein Lebewesen vor ihm.

»Wie lange«, flüsterte Tynn, »dauert die Dämonenplage bereits an?«

»Gut zwanzig Jahre.«

»Siebzehn Jahre … Siebzehn Jahre …« Wieder rannen Tränen über Tynns Wangen.

Lormak riss sich am Riemen, damit der Schreck über diese Enthüllung sich nicht allzu deutlich auf seinem Gesicht abzeichnete.

»Ich schneide dich los«, sagte er nach einiger Zeit in das drückende Schweigen hinein.

Schwach schüttelte Tynn den Kopf. »Ich habe gekämpft, damit ich nicht zum Dämon werde und meine Magie genutzt werden kann, um Böses zu vollbringen. Dieser Kampf ist nun zu Ende.« Er schluckte, fügte dann mit rauer Stimme hinzu: »Erlöse mich.«

»Das kann ich nicht.«

»Ich bitte dich, mehr noch, flehe dich an, mich von diesem Dasein zu befreien! Ich spüre das Dämonische in mir, es ist da, ein sich windender Wurm, der mich langsam auffrisst. Ich danke dir, dass du meinen magischen Hilferuf erhört hast, das Einzige, was ich tun konnte in all den Jahren. Endlich ist jemand gekommen. Ich danke dir, Lormak. Und nun tu es. Bitte!«

»Deine Pein ist vorüber, und jetzt willst du, dass ich dich töte?«

»Du verstehst nicht …«

Lormak näherte sein Gesicht, tippte mit dem Zeigefinger gegen die kleinen Hörner, dann entledigte er sich seiner Handschuhe und hob die schwarzen Klauen vor Tynns Augen. »Sag das noch mal.«

Tynn ließ den Kopf hängen. »Ich habe keine Kraft mehr.«

»Die wird zurückkehren. Du hast nun ein zweites Leben. Ich weiß, dass es kein Leichtes ist, damit umzugehen, doch hat mich das Schicksal nicht zu dir geschickt, um dieses tentakelbewehrte

Scheusal zu töten – und dich gleich mit.« Er streifte die Handschuhe wieder über und sah Tynn fest an. »Wenn, dann musst du dich selbst umbringen.«

»Wir sind Freunde und ich bitte dich als Freund, mir diesen letzten Dienst zu erweisen«, sagte Tynn, seine Stimme brach fast dabei.

»Ich kann mich kaum an damals erinnern«, erwiderte Lormak. »Dein Name, ein paar Fetzen, die durch meinen Kopf flattern, mehr gibt es nicht.« Er fixierte Tynn. »Was ist geschehen, nachdem wir herausgefunden haben, was Vulodas beziehungsweise Iridon treibt?«

»Iridon?«

Lormak erzählte ihm, was man über Vulodas' wahre Identität herausgefunden hatte.

»Ein Elf also«, sagte Tynn Bradas mit sinnendem Gesichtsausdruck. »Das würde die starke Magie erklären und sich ins Gesamtbild fügen, das sich seinerzeit mehr und mehr herauskristallisierte.«

»Hilf mir auf die Sprünge.«

»Du hegtest Verdacht, dass Vulodas ... Iridon etwas im Schilde führt. Bei euren Gesprächen schien es dir, als befände er sich im ständigen Widerstreit mit sich selbst, als würden zwei verschiedene Seelen in ihm wohnen, eine gute – und eine schlechte. Zweifelsohne ist er ebenfalls von einem Dämon beseelt. Einem mächtigen Dämon.«

»Unsere Gespräche?«

»Ja. Nach Yelion begannt ihr so etwas wie eine ... zaghafte Freundschaft.«

»Das kann nicht sein!«

»Aber so war es. Du erzähltest, Vulodas vereine Wissen und Weitsicht in seinen Ausführungen, etwas, mit dem er sonst eher geizte, um es vorsichtig auszudrücken.«

»Wir kamen dahinter und wollten ihn aufhalten«, sagte Lormak, nachdem er seine Bestürzung überwunden hatte, mit solch einem verderbten Wesen Freundschaft geschlossen zu haben.

Tynn Bradas nickte, setzte zu sprechen an, doch sein Gesicht verzerrte sich und er stieß ein gedämpftes Keuchen aus, das Überbleibsel eines Schmerzensschreis. Begleitet wurde diese Attacke von heftigen Zuckungen, die seinen hageren Körper erfassten. Direkt auf seinen Schultern brachen dornenartige Fortsätze durch die Haut.

»Siehst du es? Ich kann nicht mehr kämpfen. Du musst mich erschlagen, ehe ich mich in etwas verwandle, das ich nicht sein will – und das dir gefährlich werden könnte.«

»Glaub mir, du kannst.«

»Was?«

»Kämpfen.«

Tynn ließ sich nach unten sacken, hing wie eine zerrupfte Puppe in den Ketten und wimmerte leise.

»Was geschah dann?«

Schwach hob Tynn den Kopf, sein Gesicht so schlaff wie alte Spinnweben. »Wir … entwendeten seine Aufzeichnungen, reimten uns zusammen, was er zu tun gedachte. Fast waren wir zu spät, uns lief die Zeit davon, also handelten wir auf eigene Faust. Du, Xurodas und Urruk Darn seid ihm durch ein Portal in die Ebenen der Ewigkeit gefolgt. Dabei wurdet ihr verletzt, wart bei eurer Rückkehr der Ohnmacht nahe. Ich begriff, Vulodas hatte sein Vorhaben in die Tat umgesetzt. So schaffte ich euch fort, unter der Plane eines Holzkarrens, hinaus in die Ferne, in die Berge.«

»Dort bin ich erwacht«, sagte Lormak, »ohne Erinnerungen an das Leben davor, dafür aber mit einer Dunkelheit, die stetig an Stärke gewinnt. Wieso warst du nicht da?«

»Ich *war* da. Ein halbes Jahr lang. Ihr lagt auf den Betten, bewegungslos, ohne zu atmen, wie tot, und doch waren eure Körper warm. Egal was ich probierte, ich konnte euch nicht aus diesem todesähnlichen Schlaf reißen. Eines Tages entdeckte mich ein Dämonengeborener. Ich tötete ihn, erkannte jedoch, dass ich euch verlassen musste, um euch nicht in Gefahr zu bringen. So zog ich von dannen – und gelangte zu den Elfen.«

»Du konntest sie überzeugen, dir einige ihrer Magier bereitzustellen, um das Böse zu vernichten.«

Tynn Bradas nickte traurig. »Ein vermessener Plan. Er kostete meine elfischen Gefährten das Leben. Nur mich verschonte Vulodas. Als ich erwachte, hing ich hier. Dieser Ort war einst das Zentrum magischer Macht in Landaskan, die Universität der Arkanen Künste. Genau diesen Ort wählte Vulodas für mich, den Ort, an dem ich so viel Schönes erlebt habe … Nun sind diese Erinnerungen begraben unter den Qualen der Tentakel. Er wollte mich zu seinem Diener machen. Und wie es aussieht, wird es ihm auch gelingen.«

»Das werden wir sehen. Falls es passiert«, sagte Lormak und grinste breit, »erschlage ich dich. Ehrenwort.«

Tynn grunzte ein halbes Lachen. »Sehr witzig. Für schlechte Scherze war eigentlich Xurodas zuständig.« Fragend sah Tynn ihn an.

Lormaks Grinsen verschwand schlagartig. »Er hat den Kampf verloren. Ich habe ihn getötet.«

»Urruk Darn?«

»Ist nun ein Diener des Bösen.«

»Bei Alnitaras Macht – das ist schrecklich.«

»Ja, zumal er verdammt stark und gefährlich ist.«

»Klingt nicht gut …«, murmelte Tynn, dann, mit festerer Stimme, sagte er: »Mach mich los.«

»Das will ich hören.«

Zwei kraftvolle Hiebe mit Rankura, und die Ketten lagen zerschlagen zu Tynns Füßen. Vorsichtig bewegte er die Arme, sein Gesicht verzog sich vor Schmerz. Verdrossen schaute er auf die eisernen Ringe um seine Handgelenke, an denen ein paar Kettenglieder baumelten.

»Ich versuche es«, meinte Lormak und griff in den Spalt zwischen Ring und Tynns mageren Handgelenken. Mit aller Kraft riss er an – und bog die Ringe auf.

»Frei«, seufzte Tynn, ehe seine Beine ihm den Dienst quittierten.

Im letzten Moment fing Lormak ihn auf.

»So schwach …«, sagte Tynn mit schwankender Stimme, fast ein Lallen, als wäre er besoffen.

Behutsam legte Lormak den Magier in seine Arme – ihm war, als würde er ein Kind tragen, nicht einen erwachsenen Mann – und ging zu einer schmalen Treppe, die weiter nach oben führte. Er spürte einen Luftzug, merkte erst jetzt, wie es hier stank, und erklomm die Stufen. Im Nu erreichte er die höchste Plattform des Turms, umgeben von einer brusthohen, mit Zinnen besetzten Wehr.

Vorsichtig lehnte er Tynn gegen die steinerne Umfassung.

»Siebzehn Jahre«, krächzte Tynn, seine Stimme brüchig wie vertrocknetes Pergament, »habe ich weder Hunger noch Durst verspürt. Der Dämon nährte mich mit seiner verdorbenen Macht. Jetzt allerdings …«

Lormak öffnete den Beutel an seinem Gürtel, in dem er seine Rationen aufbewahrte. Erst jetzt fiel ihm auf, wie wenig er gegessen hatte: Tynns Worte, wer ihn siebzehn lange Jahre genährt hatte, entlockten Lormaks Haut ein unangenehmes Prickeln.

Er gab ihm Dörrfrüchte und gepökeltes Fleisch, dazu reichte er ihm seinen Wasserbeutel.

Gierig trank Tynn.

»Langsam«, mahnte Lormak in Tynns Husten hinein, bei dem ihm das Wasser in den Bart perlte. Er nippte in kleinen Schlucken, biss ein kleines Stück aus dem Fleisch, kaute darauf herum, schloss die Augen und lehnte den Kopf gegen die Mauer.

»Bei den Göttern«, murmelte Tynn, »welch Wonne!«

Lormak überließ seinen Freund von einst dem Genuss und blickte über die Zinnen hinweg in die Ferne: Fixierte man den Horizont, wo die Farbe des Landes ohne schwarze Trennlinie gegen das verwaschene, gelblich rote Licht des Himmels stieß, könnte man meinen, es wäre lediglich ein leicht diesiger, mit etwas seltsamen Himmelsfarben ausgekleideter, ansonsten ganz gewöhnlicher Tag in Landaskan.

Schwenkte man die Augen nach unten, erkannte man, dass dem nicht so war: Umgeknickte sowie entwurzelte Bäume, von schwarzen Dämonenfelsen gesprengte Steine, klaffende Erdspalten im brachen, zerfurchten Land, in denen zerquetscht die Überreste der Akademiegebäude verwitterten. Dieses Land zu verteidigen, hatte er einst geschworen; ein Land, in dem er gelebt hatte, er und die anderen Menschen, die ihm lieb und teuer gewesen waren, an die er sich jedoch nicht erinnerte.

Wer, fragte er sich, *bin ich wirklich gewesen?*

»War ich ein guter Mensch?«

Die Kaugeräusche verstummten und er spürte Tynns verwirrten Blick.

»Sag schon!«

»Ein Mensch mit all seinen Schwächen und Stärken«, antwortete dieser ausweichend.

»Ich will es hören!«

Mit einem Keuchen stand Tynn auf, sein Gesicht ernst und hart. »Ich werde dir nicht um den Bart streichen und nach dem Wort reden, Lormak! Du bist ein Krieger, ein Schwertmeister, der Landaskan bedingungslos gedient hat. Blut klebt an deinen Händen, von jenen, die es verdient hatten zu sterben – aber auch von jenen, die es *nicht* verdient hatten! So ist es eben. Die Welt vor den Dämonen war nicht nur schön und edel. Sie war einfach nur weniger dunkel als die jetzige.«

»Hatte ich eine Frau? Kinder? Was ist mit meinen Eltern?«

Tynn Bradas presste die Lippen zusammen. »Es gibt Dinge, die sollten in der Vergangenheit ruhen.«

Wut wallte in Lormak, er ballte die Fäuste, funkelte Tynn an.

»Was schaust du so grimmig? Willst du mir Angst einjagen? Mir mit Schmerzen drohen?« Tynn lachte heiser, fast klang es wie ein Keckern.

»Sag es!«

»Nein, verdammt! Konzentrier dich auf das, was vor dir liegt! *Dafür* wirst du deine ganze Kraft brauchen.«

Die Wut versiegte, verdrängt von Scham. »Entschuldige, Tynn«, sagte Lormak und schlug die Augen für einen Moment nieder. »Manchmal, da überkommt mich diese schreckliche Wut …«

»Es ist gut, Lormak«, sagte Tynn leise. »Lass mich noch etwas zu Kräften kommen, dann ziehen wir los.«

»In Ordnung.« Wieder blickte Lormak zum Horizont und hatte den Eindruck, er sähe Türme, wuchtig und stark, die sich hinter dem rauchigen Schleier in den Himmel schraubten. Er blinzelte. Keine Türme. Vor ihnen lag noch ein weiter Weg.

Just in dem Moment, da Lormak sich fragte, woher er die Kraft nehmen solle, seinen inneren Kampf bis Kelosan durchzustehen, ertönte von irgendwoher ein spitzer, schriller Schrei.

Rankura flog ihm in die Hand, er wirbelte herum. Niemand auf dem Turm. Aber der Schrei, er war so nah gewesen …

Ein Schatten huschte übers Land. Er hob die Augen zum Himmel – und erschrak.

Ein schlangenartiges Ungetüm, die zackigen Flügel ausgebreitet, glitt durch die Luft. Die kräftigen Hinterbeine waren angelegt, der Kopf indes bewegte sich von links nach rechts, rote Augen suchten das Land ab. Ein großer, rechteckiger Korb war durch dicke Riemen am Rücken festgeschnallt. Gestalten befanden sich darin.

Angst durchzuckte Lormak: Die Dämonen würden Avi und die anderen mit Leichtigkeit einholen! Und auch finden, da ihr Amulett zerstört war.

Er hätte sie nicht gehen lassen dürfen, obwohl er genauso gefährlich für sie war wie die Reiter dieser Schreckenskreatur. Verzweiflung überkam ihn.

»Tynn!«, sagte Lormak. »Tu etwas!«

Der Magier raffte sich auf die Beine, sein Blick auf das riesige Wesen gerichtet, das in diesem Moment den Turm überflog.

»Ich weiß nicht, ob …«

»Scheißegal! Schieß dieses Vieh ab!«

Tynn hob die Arme. »Mein Körper ist schwach, meine Magie jedoch hatte siebzehn Jahre Zeit.«

»Ich werde dich aufpäppeln, dich den ganzen Weg nach Kelosan auf den Schultern tragen, dir den Arsch auswischen, wenn nötig, so du nur dieses Drecksvieh aufhältst!«

»Ich werde mein Bestes geben«, flüsterte Tynn, presste die Lippen zusammen und stieß seine Hände nach vorne. Eine zischende Waberlohe verließ seine Fingerspitzen. Nach wenigen Augenblicken verschmolz sie zu einer glühenden Kugel, einen Flammenschweif nach sich ziehend.

Die Flugechse ging in den Sturzflug.

Zu spät – der Feuerball erwischte sie am Unterleib, zerplatzte, Flammen spritzten in alle Richtungen. Sie kreischte und geriet ins Trudeln, Rauchschwaden zeichneten den Sturz nach. Einer der ledrigen Flügel brannte. Drei Dämonen konnten sich nicht mehr halten, purzelten aus dem Korb. Zwei glitten über den Schlangenleib und stürzten in die Tiefe, der dritte jedoch bekam einen Knochen des in Flammen stehenden Flügels zu greifen.

Er brach durch.

Die Flugechse brüllte schauerlich. Das Trudeln wurde zu einem sackenden Fall. Wie ein brennender Öltopf rauschte sie dem Boden entgegen. Sie prallte auf ein staubiges Feld, grub eine tiefe Schneise in die Erde.

»Komm nach, sobald du kannst!«, rief Lormak Tynn zu, der seinen zitternden Körper gegen die Zinnen lehnte.

Lormak polterte die Stufen hinab, verließ den Turm, rannte an Felsen und abgestorbenem Buschwerk vorbei, die Augen auf die Rauchsäule gerichtet, die sich in den Himmel schraubte. Seine Beine pumpten, das Blut rauschte in den Ohren.

Seltsam verrenkt lag die Echse da, der Hals unter dem massigen Körper begraben, tote Dämonen um sie herum. Ein halbes Dutzend jedoch war auf den Beinen.

Zähe, elende Biester!

Rankura zum Schlag erhoben, stürmte Lormak weiter. Sein erster Gegner war ein gut und gerne acht bis neun Fuß großer Dämon, schwarze Haut, entstelltes Gesicht mit doppelten Zahnreihen, dessen Stachelpanzerung quietschte, als er zum Schlag mit einem gezackten Zweihandschwert ausholte.

Lormak parierte den Hieb mit einem Überkopfblock. Die Dämonenklinge prallte an Rankura ab wie an einer federnden Bogensehne. Ein erschrockenes Grunzen, dann drang Lormaks Schwertblatt mit einem Knall durch die Brustpanzerung. Erneut grunzte der Dämon, diesmal vor Schmerz. Zum letzten Mal loderten die geschlitzten Augen auf, ehe das Licht in ihnen erlosch.

Dem nächsten Angreifer trennte Lormak ein Bein ab und rammte ihm Rankura durch den Hals. Die beiden folgenden enthauptete er. Nun erwartete ihn ein Koloss mit vier Armen und baumstammdicken Füßen, die Haut von wie Holztafeln aussehenden Schuppen überzogen. Hinter diesem versteckte sich der letzte Dämon, groß gewachsen zwar, aber schmächtig.

Kannte er diesen?

Bevor Lormak darüber nachdenken konnte, war er damit beschäftigt, am Leben zu bleiben, denn der Riese ließ seine vier Arme – jede Hand führte eine mit Knochennadeln gespickte Keule – wirbeln: Eine Wand brachialer Schwünge begrüßte ihn, sobald er eine Attacke wagte. Er wich zurück.

Der Dämon grollte siegesgewiss, die Augen blitzten. Noch heftiger wurden seine Angriffe. Lormak erkannte nun das Muster, erst die beiden oberen Arme, dann die unteren, die einen von oben nach unten, die anderen quer zum Körper schwingend.

»Nur weil ich ein Päuschen einlege«, zischte er und hackte auf einen der Arme ein, »bin ich noch lange nicht besiegt, du überheblicher Haufen Scheiße!«

Rankura erwischte die Hand knapp oberhalb des Handgelenks – und schnitt sie ab.

Der Dämon weitete die Augen, das Maul öffnete sich zu einem Schrei, doch schon verlor er die nächste Gliedmaße: Triefend vor dunklem Blut klatschte die Hand auf den Boden. Die Finger, immer noch um den Griff der Keule gewickelt, zuckten, als würden sie unsichtbare Harfenseiten zupfen. Das Schwungmuster entartete zu wildem Gefuchtel.

Lormak blieb seiner Linie treu: Auch die beiden verbliebenen Arme entfernte er mit präzisen Schlägen, sodass das Ungetüm nun völlig verstümmelt vor ihm stand, heulend wie ein kastrierter Wolf. Er stieß Rankura in den Hals, drehte das Handgelenk und schlitzte ihn von oben nach unten auf.

Das Monster krachte zu Boden und gab den Blick auf den Dämon dahinter frei, der, unbewaffnet und ohne Rüstung, mit großen Augen auf das herausschießende Blut schaute.

Lormak näherte sich ihm, um kurzen Prozess zu machen. Da hob der Dämon den Kopf, fixierte ihn aus Augen, die es ihm plötzlich unmöglich machten, Rankura zum Einsatz zu bringen.

»Lormak«, sagte der Dämon, dessen Gesicht sich langsam verwandelte, vom warzenübersäten, Eiter ausstoßenden Antlitz eines Widerlings zu dem eines Jünglings, dem das volle Haar gülden schimmernd über athletische Schultern fiel. Als er nun beschwichtigend die Arme hob, ging eine Anmut von dieser Bewegung aus, die ihresgleichen suchte.

Wäre es nicht eine Schande, diesen jungen Mann mir nichts, dir nichts zu töten?

Lormak ließ das Schwert sinken und erfreute sich am heiteren Mienenspiel des Jünglings, als dieser lächelte. »Was tust du nur?«, sagte er, die Stimme sanft und wohltuend, ähnlich einer Heilpaste, die kühlende Linderung von brennendem Schmerz verschaffte.

»Wer bist du?«, fragte Lormak.

Der junge Mann lächelte noch herzlicher, als wären sie schon immer Freunde gewesen. Vielleicht waren sie das auch. Aber Lormak konnte sich nicht erinnern, die angenehme Aura hüllte ihn ein, schloss ihn in die Arme.

»Ich heiße Kjala.«

Ein schöner Name, passend zu diesem erstaunlichen Wesen,

das mehr sein musste als ein schnöder Mensch. Lormak würde es nicht wundern, würde diesem Geschöpf eine Gottheit innewohnen.

»Mein Name … ist Lormak.«

»Ich weiß«, sagte Kjala. »Als dein Freund spüre ich deine Verunsicherung, deinen Schmerz, deine Sorge. Wieso quälst du dich?«

Ja, wieso tat er das?

»Streife die Fesseln ab, die dich gefangen halten. Die dich zwingen, etwas zu sein, das du nicht bist. Der einzige Gegner, den du zu fürchten hast, bist du selbst. Horche in dich. Befreie dich!«

Lormak nickte. Warum war er diesem Retter nicht viel früher begegnet? So viel Leid hätte es ihm erspart! Zwar konnte er nicht genau sagen, wie dieses Leid aussah, aber es musste gewaltig sein. Er spürte die Last auf seinen Schultern, ein Karrenjoch, das ihn davon abhielt, sich zu entfalten, zu wahrer Größe zu gelangen. Er fühlte sich hässlich, verunstaltet, verseucht, gleich einem mit Leichengift durchtränkten Tümpel.

Dabei existierte der Weg, der ihn aus diesem Dasein führen würde, bereits die ganze Zeit – in ihm selbst!

»Ja«, säuselte Kjala, »es ist in dir. Lass es heraus. Streife dein altes, kummervolles Leben ab und beginne ein neues.«

Ein komisches Geräusch zerstäubte Lormaks Gedanken. Es klang wie ein dumpfer Schlag, ein Knirschen.

Kjala seufzte, stolperte einige Schritte rückwärts. Dabei verwandelte er sich, wurde zu einem ekelhaften Tier aus aufgeplatzter, schwärender Haut und schleimtropfenden Lippen.

Lormak schüttelte den Kopf, blinzelte. Und spürte die eigene Verworfenheit.

Etwas Längliches, im Sonnenlicht Glitzerndes steckte in Kjalas Stirn.

Ein Eiszapfen?

Ohne einen Laut fiel Kjala nach hinten.

»Bist du von Sinnen?«, ertönte Tynns Stimme. Das Gesicht

schweißgebadet, ein hastiger Atem auf den fahlen Lippen, stellte er sich direkt vor Lormak. »Was sollte das werden? Ein bisschen mit einem Dämon parlieren?«

»Ich …«, begann Lormak, schüttelte aber den Kopf. Die Schwärze in ihm, der Dämon, sank, pulsend vor Wut, wieder hinab in die Tiefen. »Ich verstehe das nicht.«

Tynn schnaubte. »Das Biest wollte dich umkrempeln.«

Lormak sah zu Kjala. Der Eisdolch schmolz bereits, Tropfen rannen daran herab und verteilten sich auf dem hässlichen Gesicht.

»Vielen Dank, Tynn«, murmelte Lormak.

An einen strammen Marsch war überhaupt nicht zu denken, denn dafür war Tynn zu schwach. Somit ging Lormak rasch dazu über, ihn Huckepack zu tragen, was Tynn offenbar amüsant fand.

Na ja, soll er seinen Spaß haben. Durchgemacht hat er wahrlich genug.

Als es Abend wurde, erreichten sie ein Dorf – das hieß, was davon übrig war. Schwarze, aus dem Boden schießende Spitzfelsen hatten es zerstört, die Häuser von unten gepfählt und zum Einsturz gebracht. Holzreste lagen verstreut, dunkel vom Wetterwechsel über die Jahre, das Mauerwerk der Gebäude brüchig und rissig, aber frei von Pflanzenzwerk.

Überhaupt wuchs nichts in dieser unwirklichen Gegend, abgesehen von den Sträuchern und Farnen, die schon da gewesen waren und nun – versteinert zu krummen, verrenkten Gebilden – die Totenstarre hervorhoben, in der sich das Land befand.

Lormak setzte Tynn auf einem Holzfass ab, das die Verwüstung überstanden hatte. Obwohl Tynn nicht klagte, war ihm anzumerken, wie sehr ihn die Reise strapazierte, egal ob auf den eigenen Füßen oder Lormaks Rücken.

Lormak rieb sich übers Gesicht – und stutzte, als seine Finger die Hörner an der Stirn streiften. Kjala hatte ihn eingelullt, weil er einen Zugang zu Lormak gehabt hatte: den Dämon, der in ihm wohnte. Wäre Tynn nicht gewesen, hätte diese Schlange es wahrscheinlich geschafft, ihn auf die dunkle Seite zu locken. Mit Rankura in der Hand, gestählt durch seine übermenschlichen Kräfte, war er im Kampf kaum zu bezwingen.

Allerdings gab es andere Gefahren, denen er zum Opfer fallen konnte. So stark sein Körper war, so schwach, so anfällig war sein Geist.

Niedergeschlagen betastete er die beiden Stacheln, die aus seinen Schultern ragten, harte Knubbel unter dem Kettenhemd. An denen hatte Tynn sich zeitweise festgehalten.

Hör auf, dich zu bemitleiden!

Er machte sich daran, das Dorf zu erkunden.

Mit gezücktem Schwert ging er ein Haus nach dem anderen ab, um sicherzustellen, dass keine weiteren bösen Überraschungen auf Tynn und ihn lauerten. Danach sah es jedoch nicht aus.

Je länger er diesen Geisterhort durchstreifte, desto mehr drückte dieser auf sein Gemüt. Ab und zu fielen ihm ausgebleichte Knochen auf, die hier und dort verstreut lagen, meist nur einer oder zwei, gelegentlich aber auch ganze Skelette samt Brustkorb und Kopf.

Er ging in die Knie, betrachtete einen weißen Schädel, der ein Loch über dem rechten Ohr aufwies. Zudem war der rechte Oberarm aufgebrochen, weil jemand ans Knochenmark hatte kommen wollen.

»Verflucht«, murmelte Lormak, als er sich vorstellte, wie die Dämonen über die Bewohner hergefallen waren, vor allem über die Alten und Kranken, die nicht vor der Bedrohung fliehen konnten.

Und über die Kinder, ergänzte er traurig, als er ein kleines Skelett fand, eingehüllt in Stofffetzen, halb verborgen unter einem Karren.

»Hm …«, brummte er und umrundete den Einspänner. Die Räder schienen intakt. Auf der Ladefläche waren ein paar verrottete Kisten und Decken. Er ging nach vorne, stellte sich zwischen die Anzen der Schere, griff die Holme und ging nach vorne. Wider Erwarten rollte der Einspänner los.

Plötzlich Widerstand, dann ein knallendes Bersten. Kleine, bleiche Stücke spritzten gegen seine Stiefel. Knochenteile.

Bestürzt sah er zurück. Er hatte das kleine Skelett überrollt, genauer gesagt den Schädel. Auch wenn das Kind es nicht mehr spürte, fühlte er sich schäbig ob seiner Gedankenlosigkeit.

»Tut mir leid«, murmelte er, setzte sich samt Karren in Bewegung und bog etwas später auf den ehemaligen Hauptplatz, wo Tynn auf dem Holzfass döste.

Durch das Rumpeln aufgeschreckt, riss er die Augen auf und glotzte Lormak an.

»Hier«, sagte Lormak, ließ die Anzen los und klopfte gegen das trockene Holz des Karrens. »Eure Kutsche, Majestät.«

»Wirklich?«

»Ich wette, so sind wir schneller. Und lieber ziehe ich dich hinter mir her, als dass ich dich trage.«

»Wenn du meinst«, sagte Tynn und kletterte auf die Ladefläche. »Dann schwing die Hufe, tapferer Gaul!«

»Witzig«, erwiderte Lormak, packte die Holme und lief los.

Hinter ihm tat es einen dumpfen Schlag.

Lormak hielt an.

Tynn, sein Gesicht staubbedeckt, lag auf der Erde. Er stand auf, hustete, klopfte sich auf die Kleidung und blickte Lormak erzürnt an. »Kannst du wenigstens warten, bis ich mich hingelegt oder wenigstens gesetzt habe?«

Lormak wieherte und schabte mit einem Fuß.

Tynn lächelte halbseitig. »Du bist ein richtiger Scherzbold.«

»Du ja auch.« Grinsend blickte Lormak über seine Schulter. »Haben Hochwohlgeboren es sich gemütlich gemacht?«

»Er möge losgaloppieren!«

Lormak lenkte den Einspänner hinaus aus dem Dorf, dann verfiel er in einen lockeren Laufrhythmus. Dennoch tropfte ihm bald der Schweiß von der Stirn. Er zog das Kettenhemd aus –

durch die Dämonensäure hatte es lauter Löcher – und legte es neben Tynn, der inzwischen eingeschlafen war. Er lächelte, auch wenn er kurz die schwarzen Schulterstacheln betrachtete, die sich durch den Stoff seines Oberhemds gescheuert hatten: Es tat gut, nicht allein durch dieses Ödland zu reisen.

Links glühte der Himmel rot wie die Schmelze einer Schmiede, rechter Hand regierte bereits diffuse Dunkelheit. Direkt vor ihnen, irgendwo hinter den wie die schartige Klinge eines Schlachtermessers gezackten Felsen und den aufgerissenen Hügeln, lag die Hauptstadt Landaskans.

Lormak atmete durch und setzte sich wieder in Bewegung.

Mitten in der Nacht, er war ganz aufgesogen im Rhythmus seines Laufs, hörte er ein Rauschen über sich. Vom Mond in blasses, geisterhaftes Licht gebadet, strebte eine der riesigen Flugechsen flügelschlagend nach Norden.

»Nein!«, keuchte er und rannte noch schneller, sodass die Räder über die Steine hüpften und polterten.

»He!«, rief Tynn, seine Stimme vor Schlaftrunkenheit verwischt. »Mach langsamer, der Wagen bricht!«

Lormak verminderte das Tempo keinen Deut. »Avi«, wisperte er nur.

12

KELOSAN.

Jenseits der Felskeile beschien der Mond die Stadtmauer, mancherorts zerschmettert von schwarzem, durch die Kruste der Erde gebrochenem Dämonenstein. Woanders klafften Risse und Löcher, hervorgerufen durch die Erschütterungen der emporschnellenden Felsmassen.

Einige Wehrtürme waren entweder niedergestürzt oder standen so schief, dass man meinte, der leiseste Windhauch könnte sie umstoßen. Hinter dem zinnenbewehrten Wall erhoben sich Flach- und Spitzdächer, auch diese größtenteils beschädigt.

»Wir sind da«, raunte Djarlak, der neben Avi und Rangash stand.

Avi nickte, doch Erleichterung oder gar Freude wollten sich nicht einstellen. Es waren nicht nur die Strapazen der Reise sowie die ständige Angst, die jede andere Empfindung verdrängten. Es war die Ungewissheit: Was würde geschehen, sobald sie Iridon gegenüberstand – oder besser gesagt Belzuur?

Würde sie sterben?

Umgehend schämte sie sich für diesen Gedanken. Ihr eigenes Überleben war unbedeutend, sollte Jaminara tatsächlich obsiegen und Belzuur zurück in seine Sphäre schleudern. Es ging um ganz Yur, um die Geschicke Tausender und Abertausender Lebewesen. Und hatten nicht zahlreiche Begleiter ihr Leben gelassen, um *sie* zu schützen, um *sie* zum Ziel zu bringen? Wer würde sich an diese tapferen Recken erinnern? Ohne mit der Wimper zu zucken, hatten sie sich geopfert.

War sie bereit?

In diesem Augenblick gestand sie sich ein, dass es nicht einmal die Ungewissheit war, die ihr so zusetzte. Nein. Es war viel simpler, viel grundlegender: Sie hatte Angst vor dem Tod.

Nach all den Kämpfen, die sie in ihrem Leben bestritten hatte, müsste sie den Tod als allgegenwärtig erachten, als einen dunklen, unangenehmen Eishauch, an den man sich irgendwann gewöhnte. Trotzdem: Sie wollte nicht sterben.

In jäher Wut auf sich selbst ballte sie die Fäuste.

Stieg es ihr schon zu Kopf, dass sie im Mittelpunkt stand, dass jeder alles gab, nur um sie vor Schaden zu bewahren? Wieso sollte ihr Leben mehr wert sein als das der anderen? Sie war schwach und erbärmlich und anmaßend und hatte es nicht verdient, die Essenz der Göttin in sich zu tragen!

Plötzlich spürte sie Wärme. Sie drang durch ihre Adern bis zum Herz und noch weiter, bis in jene Ebene, wo nicht das Fleisch existierte, sondern die flüchtige, nicht greifbare Essenz, die jedes Leben in sich trug.

Sie seufzte auf, die zu Fäusten zusammengerollten Finger lösten sich. Es war wie ein reinigendes Feuer, nur viel sanfter. Mit einem Mal waren ihre Gedanken frei, frei von Angst und Ungewissheit und Selbsthass. Sie sah Kelosan. Und sie wusste, was zu tun war.

Ich danke dir, große Göttin, für deinen Beistand. Verzeih mir mein Hadern, meine Unwürdigkeit, weil ich …

Ein zweites Mal flutete die Wärme ihren Geist.

Sie schloss die Augen, nickte.

»Ich soll einfach die Klappe halten, oder?«

»Nein«, meinte Djarlak konsterniert, »sag nur, was du denkst.«

Avi riss die Augen auf. »Wie? Oh, entschuldige. Es war …« Sie ließ den Satz verklingen, räusperte sich. »In die Stadt zu gelangen, sollte ein Leichtes sein«, sagte sie schließlich, »denn die bröselige Mauer wird uns wohl kaum aufhalten.«

»Dem stimme ich zu. Wie es beim Palast aussieht, ist jedoch eine ganz andere Frage.«

Avi zuckte die Schultern. »Das werden wir nicht herausfinden, indem wir hier herumstehen. Nutzen wir den Schutz der Dunkelheit.«

»Ja«, murmelte Djarlak und kratzte sich an der Wange, »das wird wohl in der Tat das Beste sein.«

Krax kam zu ihnen gerannt, mit einer Hand den Helm auf den Kopf drückend, da der Kinnriemen lose hin- und herschwang, mit der anderen aufgeregt winkend. »Versteckt euch«, keuchte er und deutete zum Himmel. »Eine Flugechse! Riesengroß!«

Sie sprengten auseinander, um irgendwo Unterschlupf zu suchen. Avi wählte eine Felsscholle, die gerade mal einen halben Meter über dem Boden verlief, und quetschte sich mit einiger Mühe darunter. Krax gesellte sich zu ihr. So lagen sie nebeneinander und sie hörte seine Atemzüge, die er tapfer zu beruhigen versuchte.

Eigentlich unsinnig, denn das würde sowieso niemand hören und doch ertappte sich Avi dabei, wie sie ebenfalls möglichst leise schnaufte. Obwohl sie nichts vom Himmel sah, *spürte* sie die allzu bekannte, widerwärtige Präsenz: Dämonen. Und ihr war, als wäre es sogar schlimmer als sonst, eine stinkende Wolke der Pestilenz, ein Miasma des reinen, unverfälschten Bösen, widerwärtig wie mächtig.

Der Schrecken kam näher und sie spürte, wie dessen Aufmerksamkeit geweckt war, wie die Flugkreatur einen Kreis nach dem anderen beschrieb auf der Suche nach ihr. Avi presste die Kiefer zusammen, dass die Zähne mahlten, packte Krax'

Hand, so fest, dass dieser die Luft einsog, den Kopf zu ihr drehte und sie erschrocken ansah.

Das Amulett war zerstört und so blieb einzig und allein zu hoffen, dass die Tarnumhänge im Verbund mit der Dunkelheit ausreichten, um den Feind zu narren. Unaufhörlich, eine halbe Ewigkeit, vernahm sie das Wuppen der Flügel.

»Bald werden wir uns gegenüberstehen, du dreckige Hure!«, erscholl es mit solcher Stimmgewalt, dass Avi zusammenzuckte. Dann verebbten die Geräusche. Als hätte der Ruf sie gelähmt, blieb sie so lange liegen, bis Krax sie schließlich ins Freie zerrte.

Ernst schauten die Gefährten sie an, außer Halron. In seinen Augen stand einzig und allein tiefe Sorge. Befangen blickte sie jedem der verbliebenen Kämpfer ins Gesicht. Viele waren es nicht mehr, ein kümmerlicher Haufen im Vergleich zum Anfang: Rangash, Krax und zwei Rongarrim, dazu Halron, Djarlak und vier Elfen. Sie, Avi, mit eingerechnet elf Krieger, die sich der geballten Macht dieses Übels stellen wollten.

Wehmütig dachte sie an Lormak, erwartete seine kräftigen Schritte. Doch er kam nicht. Was war mit ihm? Hatte das Dämonische ihn übermannt? Sollte sie gar nicht darauf hoffen, seine Schritte zu hören, weil es die letzten Geräusche wären, bevor er sie in Stücke hackte?

Leise sagte sie: »Ich kann von niemandem verlangen, mich weiterhin zu begleiten. Ihr alle habt bereits so viel für mich getan, so viele eurer Kameraden und Freunde verloren, dass ich einfach nicht …«

»Wir werden gemeinsam siegen«, sagte Halron und die Sorge wich grimmiger Entschlossenheit, »oder gemeinsam untergehen.«

Verhaltenes Nicken seitens der anderen.

»Dann los«, knurrte Halron. »Treten wir diesem Dämonenpack in den Hintern!«

Hatte er erwartet, dass seine Worte Begeisterung auslösten, so wurde er enttäuscht. Stumm machten sich die Elfen und Zwerge bereit für das letzte Stück eines langen Weges, und genauso stumm und lautlos verließen sie den Schutz der zerklüfteten Felsen und strebten Kelosan entgegen. Nicht Mut schien die kleine Gruppe voranzutreiben, sondern Todesverachtung, als hätte man sich im Stillen damit abgefunden, dieses Wagnis sowieso nicht zu überleben.

Dieses Gefühl machte Avi die Brust eng. Gern hätte sie den kurzen Rausch der Sinne, den die Göttin ihr hatte zuteilwerden lassen, diese Aura von Zuversicht und Hoffnung, an die anderen weitergegeben.

Unablässig tasteten ihre Augen über die Zinnen, spähten in die Schatten, um die kleinste Bewegung zu erhaschen, die auf einen Hinterhalt hindeutete. Selbst wenn nur der Tod auf sie und ihre Gefährten wartete, wollte sie es ihm zumindest so schwer wie möglich machen, sie zu holen!

Nichts regte sich.

Kelosan schien so verlassen, wie es aussah.

Ein warmer Wind strich über die brache Ebene vor der Stadtmauer, wo gelegentlich die Überreste von Bodenbewuchs unter Stiefeln knirschten und knisterten.

Avi rieb sich die schwitzigen Hände an der dreckstarrenden Hose ab, umklammerte dann wieder den Bogen, der ihr schon so manches Mal aus der Patsche geholfen hatte. Angesichts dessen, was ihr bevorstand, nahm er sich jedoch mickrig aus, unbedeutend, genauso wie die ganze Gruppe, krabbelnde Ameisen, nichts ahnend von dem gewaltigen Stiefelabsatz, der vielleicht schon über ihnen schwebte und nur auf den richtigen Zeitpunkt wartete, um sie mit einem einzigen brutalen Stampfen zu vernichten.

Sie erreichten die Stadtmauer ohne Vorfälle und arbeiteten sich einen Hügel aus Bruchstein hinauf, Überbleibsel des in diesem Bereich niedergebrochenen Walls. Am höchsten Punkt hielt Avi inne.

In der Ferne thronte der Palast, umhaucht vom Nachtnebel, wie ein vergessener, schlechter Traum. Die Gruppe lief weiter, vorbei an verfallenen Gebäuden, dunkel gähnenden Fenstern, geborstenem Mauerwerk, sich bedenklich in die Straße neigenden Bauten.

An einer Kreuzung orientierten sie sich neu, wählten eine Gasse, die zu einem kleinen Marktflecken führte. Einst waren die Stände sicher bunt und einladend gewesen; nun standen sie da wie deformierte Skelette, behangen mit im Wind zuckenden, zerrissenen Leinenstücken, die im bleichen Mondlicht aussahen wie Hautfetzen.

In Avis Geist verwandelte sich dieses Grab in ein Areal voll des Lebens und ihr Sinn ging diesen Eindrücken nach: lachende Kinder, die ihre Eltern um Süßigkeiten anbettelten; ihre Ware anpreisende Marktschreier, die Gesichter erhitzt vom sich gegenseitigen Überbrüllen; Frauen, die sich edle Gewänder ansahen oder einfach tratschten; Männer, die Pfeife rauchend und flachsend über die neusten politischen Geschehnisse palaverten.

»Hier entlang«, beschied Halron.

Die Geister der Menschen zerplatzten, verschwanden in den Ruinen, ließen Leere zurück.

Avi seufzte und heftete sich an Halrons Fersen, der sie an einem Badehaus vorbeiführte, dessen Frontfassade eingebrochen war. Hinter dem Schutt sah Avi die Rundbecken und Bänke, wo einst die Gäste gesessen und sich vom Tagwerk erholt hatten. Statt des Geruchs nach Duftölen schwebte nun der Gestank nach fauligem Schlamm in der Gasse.

Die triste Staffage begleitete die Gruppe auf Schritt und Tritt durch die tote Stadt. Je länger Avi diesem Verfall ausgesetzt war, desto mehr begriff sie, dass dieser dahingeschiedene Gigant nie wieder zum Leben erweckt werden würde. Sie mochte sich gar nicht vorstellen, wie viel Leid und Tod diese Mauern miterlebt hatten: Kelosan würde auf immer das Sinnbild für das Böse bleiben. Selbst wenn man versuchen sollte, die Stadt wiederaufzubauen – die düstere Vergangenheit und der Hauch des Leids würden sich nicht tilgen lassen.

Ruckartig hob Halron die Hand. Den Kopf geneigt, lauschte er, sah von links nach rechts.

In der Stille angehaltener Atemzüge war das Klatschen der Bogensehne so laut, dass Avi erschrak. Wie aus dem Nichts landete ein Knäuel aus Armen und Beinen unweit von Halron auf der staubigen Straße.

Der Elf, der geschossen hatte, feuerte erneut. Ein Grunzen und der nächste Dämon stürzte vom Dach.

Avis Blick fuhr nach oben, ihre rechte Hand zog in tausendmal geübter Routine einen Pfeil aus dem Köcher und legte ihn auf den Bogen.

Dort, neben einem Giebel! Ihr Pfeil sirrte los – und traf sein Ziel. Der Dämon verlor den Halt, rutschte polternd über Bleichschindeln, riss einige von ihnen mit in die Tiefe. Schwer schlug er auf und blieb liegen.

Dann brach das Chaos los.

Aus Hauseingängen stürmten die Angreifer, sogar durch die Fenster sprangen sie, preschten auf Avi und ihre Gefährten zu.

Und wurden von pfeifenden Schwert- und Axtblättern begrüßt.

Die ersten wurden von Rangash und seinen zwei Rongarrim niedergemacht, dann warfen sich die Elfen ins Getümmel. Auch Djarlak war dabei. Der alte Elf verkaufte seine Haut teuer. Ein ums andere Mal fuhr seine Klinge tödliche Ernte ein. Als er in Bedrängnis geriet, sprang Halron ihm bei.

Die Straße war erfüllt vom Kreischen der Dämonen und den Kampfschreien der Gefährten. Avi schoss einem heranstürmenden Dämon in den Kopf. Noch bevor er der Länge nach hingeschlagen war, hatte sie den Bogen fallen gelassen, hielt ihr Schwert in der Hand und unterstützte Krax beim Kampf gegen einen Dämon mit überlangen Armen und Beinen, der wieselflink seine Attacken setzte. In jeder Hand hielt er einen schweren Dolch. Krax schrie auf, als der Dämon ihn am Arm erwischte. Avi stieß nach vorne, ihre Klinge versank in der dargebotenen Armbeuge.

Der Dämon fauchte und schlug mit dem anderen Arm zu. Avi tauchte unter dem Hieb hindurch, löste ihre Klinge und stieß sie durch das dünne Bein. Jaulend sank der Dämon in die Knie, Rauch kräuselte sich aus den Wunden, der geweihte Stahl wirkte nach. Mit einem beherzten Hieb trennte sie den Kopf ab, der auf den Boden polterte, ehe Rangash ihn mit einem beiläufigen Tritt im Gemenge aus Beinen verschwinden ließ.

»Geht es?«, fragte sie Krax, der das Kettenhemd betastete, wo ihn der Dolch getroffen hatte. Er nickte, dann stürzte er sich auf den nächsten Widersacher.

Krachend explodierte eine Hauswand. Mauerstücke wirbelten durch die Luft. Eines verfehlte Avi haarscharf.

Durch den so geschaffenen Durchlass sprang ein Monstrum von einem Dämon, drei Schritt hoch, wuchtige Schultern und ein Hals wie ein Baumstamm. Dunkle Panzerplatten, die den Schuppen eines Fischs ähnelten, bedeckten Gesicht und Körper. In jeder Hand hielt das Ungetüm einen schweren Hammer. Ein Rongarrim war nicht schnell genug. Ein Hieb traf ihn an der Brust, hob ihn von den Beinen. Er krachte auf den Boden, rollte bis zur gegenüberliegenden Hauswand und blieb liegen. Zwei kleinere Dämonen stürzten sich auf ihn, gruben Reißzähne in seinen Hals.

»Lauf!«, rief Rangash in ihrer Sprache. »Lauf!«

Avi zögerte.

Halron packte sie an der Schulter und riss sie mit. »Tu, was er sagt!«, keuchte er und hackte einen Dämon nieder, der sich einem Elfen von hinten genähert hatte. »Krax, du auch!«

Der Chronist eilte herbei, dunkles Dämonenblut troff von seiner Axt.

»Begebt euch zum Palast!«, schrie Halron. »Jetzt!« Er gab ihr einen Schubs, parierte einen Hieb, streckte den Feind mit einer Riposte nieder. Noch einen Dämon bezwang er, dann war der Weg frei. Für den Moment.

»Ich kann nicht ohne dich!«, rief Avi.

»Das geht nicht. Ich muss hierbleiben.«

»Begleite sie!«, donnerte Rangash. Für einen Lidschlag fanden sich seine und Halrons Augen. Widerstreitende Gefühle verzerrten einen Moment das Gesicht Halrons, ehe er Avi einen neuerlichen Schubs gab und ihr folgte.

»Danke«, hauchte sie.

So ließen sie den Kampf hinter sich, schlugen Haken durch enge Gassen, bis der Lärm zu einem dumpfen Dröhnen und Scheppern abklang.

Vor ihnen lag der Weg zum Palast, der wuchtig und abstoßend auf dem Hügel thronte wie eine fette Kröte. Halron machte sich daran, den grob geschotterten Anstieg zu bewältigen, als es Avi durchzuckte wie ein Blitz.

»Ich habe meinen Bogen vergessen!«

»Egal!«

Nach einem bekümmerten Laut heftete sie sich an Halrons Fersen. Wie hatte ihr das passieren können? Ihr geliebter Bogen! Sie fühlte sich noch schutzloser als zuvor und das Gewicht des Schwertes in ihrer Rechten vermochte die Niedergeschlagenheit nicht zu vertreiben.

»Wir holen ihn später«, meinte Krax, wohl um sie aufzuheitern, da er bestimmt wusste, dass es dieses *Später* höchstwahrscheinlich nie geben würde.

Sie erreichten das Haupttor. Ein Flügel lag am Boden, der andere war halb aus der Riegelbettung gebrochen, hing schief in den Durchgang. Die Klingen gezückt, die Füße so leise wie möglich setzend, passierten sie das Portal und betraten den Innenhof.

Niemand griff sie an. Alles war ruhig, nur der Nachtwind, als wäre er gelangweilt, blies einige kleine Holzstücke klackernd über den Platz. Ihnen gegenüber befand sich der Palast; eine breite Freitreppe führte zu einem riesigen, offen stehenden Tor. Vor den Stufen stand ein Vierspänner, die Türen waren aus den Angeln gerissen, Reisekisten lagen verstreut herum.

Während sie sich näherten, bemerkte Avi die Gerippe der Zugpferde neben der gebrochenen Deichsel. Das makabre Bild jagte ihr einen Schauer über den Rücken. Jeder ihrer Schritte, der im Kies knirschte, kam ihr vor wie Donnerhall. Überall Schatten, überall Geräusche, wie Atemzüge: Oder war es ihr eigener? Verdammt, was würde sie für ihren Bogen geben!

Unbehelligt gelangten sie an der Kutsche vorbei zur Treppe, die, ehemals hell, nun dunkel war von einer schmierigen Schicht. Die Stiefel pappten bei jedem Schritt fest und lösten sich nur widerwillig, wobei sie ein ekliges, knarzendes Geräusch verursachten.

Oben angekommen fiel Avi der flackernde Lichtschein auf, der aus dem Inneren des Palasts drang und Schatten auf den rissigen Bodenplatten tanzen ließ.

Die drei blickten sich an, nickten sich Mut zu, und schritten unter dem hohen Portalbogen hindurch. Rechts und links hingen die Überreste von Standarten in Wandhalterungen, weiter vorne flankierten zwei leere Ritterrüstungen den Durchgang zum Empfangssaal. Dieser wurde von einer gewaltigen Kuppel überwölbt, die wohl ehemals Licht durchgelassen hatte. Nun drang nicht mal ein Nadelstich von Mondschein herein, weil sich eine Patina auf dem Glas abgesetzt hatte. Helligkeit spendeten einzig und allein die Fackeln, die an jeder der gut und gerne zwanzig Meter hohen gedrechselten Säulen brannten. Ein muffiger Geruch, wie er schlecht gelüfteten Räumen mit altem Mobiliar anzuhaften pflegte, vermischte sich mit dem Rußgestank der Fackeln, die offensichtlich seit langer Zeit zum ersten Mal wieder brannten.

Dass jemand sie entzündet hatte, konnte nur eines bedeuten: Dieser Jemand erwartete sie.

Von aufsteigender Angst erfüllt, folgte sie Halron und Krax in die Empfangshalle.

Ihre Gedanken wirbelten umher wie Blätter, die ein Windstoß in die Höhe peitschte. Sie war froh um ihre Gefährten. Nein, mehr als froh, es war ein Gefühl inniger Verbundenheit, das sie für den kleinen, zaghaften und doch so unbeugsamen Chronisten empfand – und natürlich für Halron, den furchtlosen Kämpfer, der sich ihrer Sache so selbstlos verschrieben hatte. Sie teilte das Lager mit ihm, brauchte die Wärme seiner Nähe, auch wenn sie nicht wusste, ob sie ihn von Herzen liebte. Lormak fehlte ihr, so stark, dass sie kaum atmen konnte, obwohl er genau jene Essenz in sich trug, die mit aller Macht nach ihrer Vernichtung strebte.

Trotzdem fühlte sich Avi geborgen, wenn er nah war. Manchmal sehnte sie sich sogar nach mehr. Was in ihrem Herzen vorging, vermochte sie nicht zu sagen, zu wirr und flatterhaft ging es zu in ihrer Brust. Sah sie in ihm mehr als den Beschützer? Hatte sie sich in ihn verliebt? Oder war es nur die Bewunderung des Schwachen für das Starke?

Glomm die sanfte Glut der Liebe nicht doch für Halron?

Weshalb ihr diese Nebensächlichkeiten gerade jetzt durch den Kopf schwirrten, wusste sie nicht. Zu gern hätte sie den Aufruhr ihrer Gedanken niedergeworfen, doch das gelang ihr nicht. So viel Wichtigeres stand auf dem Spiel als ihre Gefühle. Vielleicht aber hatte sie diese zu lange unterdrückt und nun, im Angesicht ihres möglichen Untergangs, verlangten sie nach ihrem Recht, das ihnen so lange verwehrt geblieben war.

Sie biss die Zähne zusammen, ging weiter, konzentrierte sich auf das Schwert in ihrer Hand, das sie wahrscheinlich bald brauchte.

Nein: Stahl hatte viele Schlachten entschieden – diese jedoch würde er nicht entscheiden.

Aber was dann?

Was war ihre Aufgabe?

Sie trug die Göttin in sich, gut und schön – doch was würde sie tun müssen, sobald sich die Mächte des Guten und des Bösen gegenüberstanden?

Sich Gedanken über ungelegte Eier zu machen, hat noch nie jemandem weitergeholfen. Furdas' Worte. Damals. Vor so langer Zeit. Dennoch war es, als würde er direkt neben ihr stehen und sie missbilligend anblicken. Sie musste lächeln.

Dann erstarrte sie, im selben Moment, als auch Halron und Krax innehielten.

Am Ende der Halle stand ein Thron, an dessen Seiten zwei Fackeln zu brennen begannen. Darauf, ein Bein von sich gestreckt, das andere angewinkelt, die Arme lässig auf die Lehnen gelegt, die in Drachenköpfen endeten, saß jemand. Weder bewegte sich die Gestalt noch sagte sie etwas, sondern blickte die Gruppe ungerührt an. Vulodas beziehungsweise Iridon? Oder eine fleischliche Hülle, die Belzuur höchstselbst als Gefäß diente?

Schwere Schritte ertönten. Ihr Pochen fing sich zwischen den Säulen der Halle, schien von überall und nirgends zu kommen. Eine Bewegung. Es war, als würde sich aus den diffusen Schatten ein weiterer lösen. Und er war riesig.

Avi verschlug es den Atem, ihre Gabe jagte, pulste, sengte durch sie hindurch!

»Willkommen«, sagte eine triefende Stimme, als würde der Sprecher Schleim im Mund haben: dieselbe Stimme, die sie ereilt hatte, während sie unter der Felsscholle kauerte.

Die Kreatur steckte in einer schwarzen Plattenrüstung, der Stahl quietschte und schabte bei jedem schweren Schritt und an manchen Stellen wies er Öffnungen auf, wo lange Dornen aus dem Körper wuchsen. Der Kopf, einst wohl menschlich, war deformiert, das ganze Gesicht verschoben, als hätte man es auseinandergenommen und falsch zusammengesetzt. Eine pulsierende, melonengroße Wulst hing am Hals, prall gefüllt mit Flüssigkeit.

»Urruk Darn«, wisperte Avi entsetzt. »Er sieht genauso abscheulich aus, wie Lormak ihn beschrieben hat.« Unwillkürlich setzte sie einige Schritte zurück, obwohl Urruk Darn mehr als einen Steinwurf entfernt stand und keine Anstalten unternahm, die Gruppe anzugreifen.

Dröhnend lachte er und verschränkte die Arme vor der tonnengewölbten Brust. »Wie habe ich gehofft, dass ihr es bis hierher schafft! So kann ich euch ganz genüsslich und langsam töten.«

Halron richtete die Schwertspitze auf ihn. »Geh zur Seite

oder spüre Jaminaras Zorn!« Bei seinen Worten zuckte ein kurzer, fragender Blick in Avis Richtung.

Sie verzog das Gesicht vor Ratlosigkeit.

Urruk Darn lachte so schallend, dass das Geschwür an seinem Hals aufplatzte und Schleim verspritzte, bis es leer war und der Hautsack auf der Schulter zu ruhen kam. »Ihr mickrigen, verkommenen Schädlinge«, gluckste er und zog ein gewaltiges, gezacktes Schwert mit schwarzer Klinge, über die matt das Fackellicht floss. »Ich werde diese Farce nun beenden.«

Plötzlich spürte Avi, wie Jaminara sich in ihr regte. Sie seufzte ergriffen und einen Moment lang war sie eingehüllt von Licht und Wärme. Dann war es vorüber. Nur ein leichter Schwindel hallte nach.

»Warum einen Spiegel?«, fragte Krax.

»Was?«

»Du hast gesagt, ich soll einen Spiegel beschaffen.«

Avi runzelte die Stirn. »Gerade eben?«

Krax nickte.

»Dann tu es!«

Ohne ein weiteres Wort fuhr Krax herum, lief zu den Säulen und tauchte in die Schatten dahinter.

Urruk Darn schwang sein Schwert in rauschenden Schwüngen vor seinem Körper, während er auf Halron und sie zustampfte. »Zeit zu sterben«, meinte er beiläufig und schlug zu. Halron warf sich zur Seite, entging dem Hieb und dem nächsten auch. Es war klug, den Attacken auszuweichen: Eine Parade würde ihm höchstwahrscheinlich den Arm brechen.

Avi näherte sich langsam, versuchte, an Urruk Darn vorbeizukommen, doch der Hüne spielte lediglich mit ihnen. Halrons Attacken wehrte er ab, als würde er Mücken wegwedeln, und wann immer Avi vorbeihuschen wollte, versperrte er ihr den Weg oder ließ sein Schwert kreisen, aus dessen Reichweite sie sich tunlichst heraushalten sollte.

Halron atmete bereits abgehackt, da ihn das Ausweichen Kraft kostete. Urruk Darn hetzte ihn müde, um ihm, des Spielens überdrüssig, irgendwann genüsslich den Todesstoß zu versetzen.

Halron keuchte auf, ein Treffer am linken Arm. Das Kettenhemd platzte weg, die zerstörten Ringe klimperten über den Boden und ein Blutschwall ergoss sich aus der Wunde. Halron schnitt eine Grimasse, war jedoch weiterhin wachsam, auch wenn er mehr Distanz zwischen sich und Urruk Darn brachte.

Enttäuscht schüttelte der Dämonenhauptmann das missgestaltete Haupt. »Das ist einfach nur erbärmlich. Habt ihr nicht mehr zu bieten? Das ist ja todlangweilig …« Sein Lächeln änderte sich, erreichte nicht mehr die Augen, wurde boshaft. »Und die Betonung liegt dabei eindeutig auf der ersten Silbe.« Unerwartet lachte er auf, ein heiseres Bellen, offenbar aufs Höchste amüsiert über sein klägliches Wortspiel. Während ein Lacher nach dem anderen aus seiner Kehle rollte, hatte Avi Zeit, zu Iridon – oder wer auch immer die Gestalt auf dem Thron war – zu sehen. Genau in dem Moment, als ihr Blick ihn erfasste, erhob er sich langsam und schaute die Kämpfenden an.

Durch Urruk Darn ging ein Ruck. Dann sagte er: »Ja, Meister.«

Seine Mimik gefror, jedwede Form von Belustigung, Überheblichkeit oder Hohn verschwand aus den gelb leuchtenden Augen. Bereits der erste Schwertschlag, der Halron um ein Haar enthauptet hätte – gerade noch rechtzeitig riss er den Kopf nach hinten – kündigte an, dass die Sperenzien vorbei waren.

Die unkontrollierte Bewegung brachte Halron aus dem Gleichgewicht. Er wollte sich abfangen – rutschte jedoch auf seinem eigenen Blut aus, das in kleinen Pfützen auf den Bodenplatten schimmerte.

Und stürzte.

»Göttin! Falls du den idealen Zeitpunkt für deinen Auftritt abgewartet hast«, schrie Avi und griff an, »so kann ich dir versichern: Er ist gekommen – und zwar genau jetzt!«

13

GESTERN ...

IRIDON STARRTE AUF DIE SCHERBEN, die auf dem Boden der Bibliothek sowie dem großen Tuch neben dem zerstörten Standspiegel lagen. Sein Kopf schmerzte schon wieder. Benommen richtete er den Blick auf seine rechte Hand: Blut quoll aus mehreren Schnitten, dicke Tropfen fielen auf die Holzdielen. Er drückte die Hand gegen den Umhang, hinterließ rote Schmierer auf dem hellen Stoff.

Sei nicht zornig, sagte Alnitara besänftigend, *weil einer deiner Diener dem Feind zum Opfer gefallen ist. Wir haben mehr als genug.*

»Deswegen habe ich den Spiegel zerschmettert?«, fragte Iridon fahrig. Das Dröhnen in seinem Kopf zermalmte jeden Gedanken.

Ja. Er war mächtig, Xurodas mit Namen. Erst vor Kurzem entschied er sich dazu, sich auf die Seite der Sieger zu stellen. Unsere Seite.

Xurodas. Iridon sagte den Namen laut, konzentrierte sich auf den Klang. Erinnerungen blitzten auf, vergingen jedoch unter dem Hämmern in seinem Schädel.

»Der Feind rückt näher?«

Ja. Ein kleines Kontingent, wie es scheint. Ich habe bereits veran-

lasst, dass ein paar unserer fähigsten Kämpfer von den Schlachtlinien abgezogen werden, um den Palast zu sichern.

»Das ist …« Er brach den Satz ab. Sollte er zornig sein, weil Alnitara andauernd Entscheidungen traf, ohne ihn zu fragen?

Nein. Er schüttelte seinen Kopf – und bereute es sofort. Feurige Wellen versengten sein Gehirn. Er keuchte, taumelte einen Moment, fing sich jedoch. »Ich muss ruhen«, sagte er mit schwankender Stimme. »Tu, was du für richtig hältst.«

Nur, was auch in deinem *Sinn ist, Iridon. Das weißt du ja.*

»Sicher.« Er sah auf seine Hand. Alles verheilt. Alles so wie immer. Vorsichtig bewegte er die Finger. Kein Schmerz.

Er ging zu seinem Gemach, das Schlappen seiner unsteten Schritte das einzige Geräusch weit und breit. Gebeugt ging er, blickte kein einziges Mal auf: Weder interessierten ihn die Wandfresken und -malereien noch die Wappen, Behänge und Gobelins, egal wie kunstvoll sie gepinselt oder gewebt waren, auch die Einlegearbeiten im Boden nicht, die Muscheln, Friese und verschiedenfarbigen Bodenplatten.

Er betrat seine Kammer, setzte sich auf die Bettkante. Wofür interessierte er sich noch?

Trotz des Rauschens in seinem Kopf versuchte er, darüber nachzudenken. Zu einem Ergebnis kam er nicht.

Niedergeschlagen trank er die widerliche Brühe, die seine Kopfschmerzen linderte, und legte sich nieder.

Beim Erwachen war er wieder klar, der Schmerz nur ein leises Echo, das ihn nicht beeinträchtigte. Trotzdem war er müde. Gähnend sah er zu den vor die Fenster gerafften Vorhängen. Ein paar Lichtstreifen fielen dennoch in den Raum. Die blutige Färbung des Abends hatten sie nicht, sondern glühten in tiefem Orange.

Erst später Nachmittag.

Verärgert schlug er die Decke zurück. Normalerweise ruhte er, bis die Dämmerung einsetzte.

Er horchte in sich. Irgendetwas hatte ihn aus dem Schlaf geholt. Ein gekappter magischer Strang baumelte lose im Nichts. Er folgte der bereits kalten Linie, die ihn mit einem seiner Diener verband – oder besser gesagt: verbinden *sollte.*

Das jedoch war nicht mehr möglich, denn das dämonische Leben am anderen Ende des Strangs war erloschen.

Kjala.

Iridon presste die Lippen zusammen.

Verdammt!

Ausgerechnet einer seiner Generäle, mit denen er über große Distanz kommunizieren konnte, was leider nicht bei allen Dämonen möglich war. Viele der einfachen Soldaten verlor er bereits kurz nach der Stadtmauer Kelosans; dann gab es Unteroffiziere, mit denen das besser ging – und eben die Generäle, das Rückgrat seiner Armee. Es war ein vertracktes Geflecht.

Waren zu viele Stränge durchtrennt, drohte das Gebilde zu zerreißen und seine Diener würden unkontrolliert und bar jedweder Vernunft umherziehen. Schlimmstenfalls würden sie sich sogar gegenseitig bekämpfen.

»Bar jedweder Vernunft«, sprach Iridon den Gedanken laut aus.

Überreich mit Geistesgaben waren die wenigsten Dämonen gesegnet. Daher schmerzte es umso mehr, wenn ein fähiger Kommandant ausfiel. Wieso gerade Kjala? Der Bursche hatte über wunderbar viel Hinterlist und Tücke verfügt.

Es war unser Widersacher, sagte Alnitara. *Er ist … stärker als gedacht.*

»Kann er uns gefährlich werden?«

Nein, wo denkst du hin? Bald wird Urruk Darn zu deinem Schutz eintreffen. Er wird auf dich aufpassen.

»Ich kann sehr gut auf mich selbst aufpassen«, brummte Iridon und marschierte durchs Zimmer, die Hände hinter dem Rücken verschränkt. Sein Blick streifte die goldverbrämte Kordel. Er hatte Hunger. Andererseits wollte er allein sein und nicht gestört werden, schon gar nicht von einem dieser tumben Diener: schön anzusehen, aber dumm wie Bohnenstroh. Kein Wort bekamen sie über die Lippen, nicht eines! Stellten das Essen hin, klimperten mit ihren fein gezogenen Wimpern, wagten ein zaghaftes, leicht verschüchtertes Lächeln, ehe sie von dannen zogen. Urruk Darn, immerhin. Mit dem konnte man wenigstens anständig reden.

Nein, nur reden, revidierte Iridon, ohne das *anständig.*

Gute, tiefsinnige Gespräche – das war lange her.

Ungebeten erstand Lormaks Gesicht vor ihm. Schnell schloss Iridon die Augen. Trotzdem konnte er nicht leugnen, dass es gute Gespräche gewesen waren, ganz zu schweigen von jenen mit – beinahe wäre ihm der Name seines besten Freundes nicht mehr eingefallen! – Lumithar, ja, Lumithar, an Sommerabenden, sitzend auf der Terrasse, ein Glas Wein in der Hand, der aufgehende Mond das rechte Licht für sinnige Konversation.

Schwelge nicht in der Vergangenheit, Iridon. Man verklärt sie zu etwas, das sie gar nicht war. Schales erhält Geschmack, Langeweile mutiert zu aufregender Sinnesfreude. Vergeude deine Zeit und Gedankenkraft nicht damit, dem Grau deiner Vergangenheit einen neuen, bunteren Anstrich zu verleihen.

»Bei rechtem Licht betrachtet«, erwiderte er zögerlich, hielt in seinem gehetzten Schritt inne, »so grau war sie gar nicht.« Gesichter, Eindrücke, Gerüche und Gesprächsfetzen rauschten an ihm vorbei wie vom Herbstwind getriebene Blätter. Seine Lippen hoben sich zu einem Lächeln.

Schmerz schnitt durch seinen Kopf, zerfetzte die Eindrücke. Er keuchte, setzte sich kraftlos aufs Bett. Wärme rann über Lippen und Kinn. Seine Nase blutete, rote Tropfen marmorierten den Boden.

»Du hast wohl recht«, murmelte er mit blutfeuchten Lippen. »Viel wichtiger ist die Zukunft.«

Langsam ebbte der Schmerz ab und er seufzte erleichtert auf.

Die Tür öffnete sich. Ein Diener brachte das Abendmahl,

stellte es auf den Tisch, zückte ein Tüchlein und wischte die roten Punkte fort.

Verärgert stieß Iridon ihn mit dem Fuß weg. Kriecherisch, nur aus Kratzfüßen bestehend, trat er den Rückzug an.

»Habe keine Lust auf stumme Trottel, die nichts sagen können.«

Vermisst du das hohle Gefasel so sehr, das nutzlose Disputieren mit deinesgleichen?

Iridon ging zum Tisch, zupfte eine Weintraube vom Strunk und biss fest hinein. »Ja!«, sagte er unwirsch und kaute so heftig, als müsste er zähes Fleisch zerkleinern. Eine Traube nach der anderen stopfte er sich in den Mund, bis ihm der Saft, ähnlich dem Blut von vorhin, übers Gewand rann. »Ja! Ich will mit irgendjemandem reden!« Er fegte die Schale vom Tisch, sodass sie auf dem Boden mit lautem Klirren zersprang und Äpfel und anderes Obst herumrollten. »Von mir aus mit einem dumpfen Bauernbub! Mir egal!«

Urruk Darn kommt bald. Gedulde dich.

Als müsste er sich erbrechen, stieg Iridon die Wut bis in den Hals, schnürte ihm die Luft ab. »Nein!«, kreischte er hustend. »Kein Dämon! Ein Mensch, verdammt noch eins! Viel besser noch ein Elf! Und von mir aus«, er schnob so heftig, dass er den Luftzug an den Fingern spürte, »auch ein Zwerg! Ja«, murmelte er, plötzlich leise, »auch ein Zwerg …«

Fasse dich, Iridon. Du bist verunsichert … Xurodas und Kjala, so unmittelbar nacheinander. Deine Angst ist verständlich. Aber ich versichere dir, du bist nicht in Gefahr.

»Ich habe keine Angst!« Er wirbelte herum und führte seine Hand mit einer schneidenden Bewegung quer am Körper vorbei.

Die Stirnwand, die zum Garten führte, explodierte. Trümmer, Fensterrahmen, die Tür, Glas und Stoff, alles wurde hinausgeschleudert unter ohrenbetäubendem Krachen und Bersten. »Glaubst du mir nun?«, fragte er, schwer atmend nach der Anstrengung.

Natürlich. Du bist der mächtigste Magier in ganz Yur.

»Eben.« Die Hände in die Hüften gestemmt, begutachtete er die Zerstörung und schnaufte zufrieden. »Gut, dass du das nicht vergessen hast. Trotzdem«, sagte er scharf, und zwar so scharf, dass es Alnitara hoffentlich endlich verstand, »sehne ich mich nach einem gewitzten, intelligenten Schüler der, ebenso wie ich, voller Visionen und Ideen ist. Ich möchte jemanden an meiner Seite, den ich in jene Mysterien einweihen kann, die allein einem freien Geist vorbehalten sind.«

Dein freier Geist, sagte Alnitara, und ihrer Stimme fehlte mit einem Mal die Wärme, *wird bald viel, viel Zeit haben, um nachzudenken und diese Mysterien zu analysieren.*

Iridon stutzte. »Wie darf ich das verstehen?«

Er meinte, dass ein zorniger Impuls ihn streifte. Der Eindruck währte jedoch nur kurz, denn umgehend hüllte ihn wieder jene Wärme ein, die ihn beruhigte, die ihm in den finsteren Stunden der Einsamkeit Trost spendete.

Damit meine ich nur, säuselte Alnitara in ihrer gewohnt melodiösen Stimme, *dass unser endgültiger Triumph uns in ... Ebenen nie geahnter Macht erheben wird, in Ebenen, die nicht mehr viel mit dem Weltlichen gemein haben. Du wirst sehen, Iridon, und dann wirst du verstehen – und mir sehr, sehr dankbar sein.*

Zerknirscht senkte er den Kopf und ließ sich auf ein Knie sinken. »Verzeih mir meine unbotmäßigen Worte.«

Erhebe dich. Da gibt es nichts zu verzeihen: Auf deinen Schultern lastet ein großes Gewicht. Da ist es nur allzu verständlich, dass selbst du bisweilen haderst.

»Ich danke dir«, sagte Iridon und erhob sich. Langsam schritt er in den Garten, über Steintrümmer und sonstiges Gerümpel, das der ehemaligen Wand entstammte. Den Blick erhoben, stierte er in den Himmel. Was mochte ihn erwarten, nach dem großen »Triumph«, von dem Alnitara sprach?

»Was wünsche ich mir?«, fragte Iridon leise.

Als die Dämmerung einsetzte, hatte er immer noch keine Antwort. Nein, das stimmte nicht ganz. Sein Geist gaukelte ihm mögliche Wunschbilder vor und diesmal sah er sie ganz klar, konnte sie betrachten, so lange er wollte. Diesmal zerstoben sie nicht einfach.

Er sah das Gesicht seiner Frau, Ajuna, und das seiner Tochter. Langsam streckte er die Hand aus, vorsichtig, da er jeden Moment fürchtete, das Kopfweh würde zurückkehren, um ihn zu martern und alle Gedanken zu lähmen.

Und siehe da!

Auch Ajuna und seine Tochter reckten ihm die Finger entgegen, wollten die seinen ergreifen. Nur ganz kurz wischte ein Lächeln über ihre Mienen, ehe tiefer Kummer sie erfasste, Trauer, ein Schmerz, der Iridon den Schreck in die Glieder trieb.

»Was ist mit euch?«, fragte er verzweifelt – aber sie antworteten nicht!

Niemand antwortete ihm in diesen Tagen!

»So sagt doch etwas!«, flehte er. »Was bedrückt euch? Oh, Ajuna, ich bin so mächtig, wie ich nie zu träumen wagte! Ich kann euch helfen!«

Anstatt auf sein Angebot einzugehen, vertiefte sich die Trauer in Ajunas Zügen und über das Gesicht seiner Tochter rannen Tränen.

»Wieso betrübt euch das?«

Beide schüttelten den Kopf, gleichzeitig, und Blut lief ihnen über die Gesichter, die ganz weiß wurden, die Augen starr, leblos. Als sich im Hals seiner Tochter eine klaffende, fleischige Wunde auftat, prallte Iridon schreiend zurück, stürzte über einen Stein und fiel auf den Boden, die Hand wie zur Abwehr eines Schlags nach oben gereckt.

»Nein!« Seine Brust hob und senkte sich in schnellem Takt, ehe ein Wehlaut des Verlusts seine Lippen passierte. »Ich hätte euch so gerne geholfen …«

Iridon!

Dem Schrei in seinem Kopf ging eine Welle des Schmerzes

voraus. Die Bilder wurden fortgespült, zurück blieb ein dumpfer Nachhall, der ihm das Herz schwermachte, als läge ein dicker, zusammengepresster Klumpen aus Trauer, Verzweiflung und Leid in seiner Brust.

Da lässt man dich einmal allein, und du quälst dich mit sinnlosen Eindrücken aus deiner Vergangenheit. Das tut dir nicht gut!

Bunte Punkte sausten vor seinen Augen entlang, zerplatzten zu scharfzackigen Sternen und überall war Schmerz. Was war geschehen?

»Ich werde mich hinlegen«, murmelte er nach einigen Momenten.

Das ist gut, Iridon. Erhol dich.

Benommen schlurfte er zu seinem Bett, legte sich nieder, stöhnte und atmete tief durch.

Er spürte Nässe im Gesicht. Blutete er schon wieder aus der Nase?

Verärgert wischte er über die Wange, besah seine Hand.

Kein Blut.

Sondern Tränen.

Wach auf!

Die Glieder wie mit Blei gefüllt, quälte sich Iridon aus dem Bett, erhob sich mühsam, blinzelte gegen das Mondlicht, das sich viel zu hell auf den Glasstücken der einstigen Fenster brach – und auch den Scherben des Spiegels. Jeder Trümmer lag noch so, wie er gefallen war, in seinem Gemach oder im Garten, die ganze Wand fehlte.

Ein sanfter Wind strich durchs Zimmer und kitzelte die Härchen an seinen nackten Unterschenkeln.

»Was ist denn?«, murmelte er, rieb sich die Augen, ehe er gähnte und das Kreuz durchdrückte. Ein Seufzen, und er stand auf.

Die Widersacherin ist hier! Urruk Darn hat sie gespürt, vom Rücken seiner Flugechse aus!

Iridon kratzte sich am Kopf. »Widersacherin? Ich dachte, unser Feind sei ... männlich?«

Ist doch völlig schei... Ist doch nicht weiter wichtig. Nach dem kurzen Aufbrausen fand Alnitaras Stimme zurück zu alter Ruhe und Besonnenheit. *Es sind mehrere, oder denkst du, die kommen ganz ohne Soldaten und Magier und Priester hierher? Es wird einen Hinterhalt in der Stadt geben. Sollten sie den überleben – was ich stark bezweifle –, postiert sich Urruk Darn mit einigen Kämpfern im Empfangssaal. Dir ... uns kann nichts geschehen.*

Iridon nickte, dann machte er sich daran, sich trotz des Chaos gemäß seinem Stand zu kleiden: raus aus dem Nachtgewand, hinein in ein edles, mit Silberbrokat durchwirktes Oberhemd, dazu eine feine Wildlederhose und modische Stiefel, vorne eingeschnitten und mit einer kleinen, goldenen Troddel versehen. Zuletzt ein schwerer Umhang in Burgunderrot – auch wenn der noch von Gorn war, aber egal – über die Schultern und auf zum Empfangssaal!

Wo gedenkst du hinzugehen?

»Na, was für eine Frage!«, erwiderte Iridon beschwingt. »In den Empfangssaal natürlich!«

Zu gefährlich!

»Papperlapapp!« Er stellte sich aufrecht hin, zupfte an seinem Kragen herum, fuhr sich mit der Hand durchs Haar und bändigte ein paar widerspenstige Strähnen. Zufrieden mit seinem Aussehen, bog er bereits in den langen Seitenkorridor ein, der ihn nach ein paar Knicken direkt zu einer kleinen, in einem Paneel verborgenen Tür hinter den Thron bringen würde.

Wieso willst du dein Glück strapazieren?

»Wenn mich schon mal Gäste besuchen, möchte ich diese auch persönlich empfangen!«

Was ist, wenn dich durch Zufall ein Armbrustbolzen oder ...

»Es gibt keine Zufälle«, fuhr Iridon dazwischen. »Zufall ist lediglich die Maske des Schicksals, wenn es sich nicht zeigen will.«

Du wirst jetzt zurückgehen und die Füße stillhalten!

»Nein!«, donnerte Iridon, dass ihm der eigene Schrei in den Ohren klingelte. Jäh fuhr ihm sengender Schmerz in den Kopf. Er schwankte, stützte sich an der Wand ab.

»Ich«, krächzte er, »werde sie empfangen!« Als trüge er ein Weinfass auf dem Rücken, schleppte er sich vor Schmerz gebeugt weiter, bis er endlich den schmalen Durchgang zum Thronsaal erreichte.

Narr!, zischte Alnitara.

Der Schmerz in seinem Schädel legte sich schlagartig und er atmete erleichtert auf. Voll Vorfreude schlüpfte er durch den Durchlass, schob die schweren Samtportien zur Seite, die den hinteren Bereich des Thronbereichs verkleideten, und schritt hocherhobenen Hauptes zum Thron.

Fast lautlos wandten sich ihm die Gestalten im Empfangssaal zu. Seine Diener. Seine schweigsamen, tumben, namenlosen Diener …

Nur einer war dabei, der würdig war, ihm in die Augen zu blicken, nur einer, der des eigenen Denkens fähig war. Überdies war Urruk der Schönste und Edelste von ihnen, die perfekte Symbiose von Mensch und Dämon, etwas Einmaliges. So wie Xurodas. Aber der war tot.

Lormak, den gab es auch noch. Den Verräter, der sich dem Feind angeschlossen hatte, wie Urruk vor einigen Monaten berichtet hatte.

Iridon zwang seinen umhertollenden Gedanken die geziemende Ordnung auf, befahl Urruk mit dem Zeigefinger zu sich und wirkte einen Zauber, der die Fackeln an den Säulen zum Brennen brachte. Der Hüne näherte sich geschmeidig, jeder Schritt perfekt ausbalanciert, das Sinnbild des Schönen, nicht nur der Fluss seiner Bewegungen, auch das Gesicht, erhaben, gleich kunstvoll ziseliertem Marmor, jettschwarze Augen im edlen

Blass der Haut, dazu die ebenmäßigen Lippen, die nun, als er sprach, genauso ebenmäßige Zähne preisgaben.

»Mein Gebieter«, sagte Urruk Darn und sank, das Haupt demütig gebeugt, auf ein Knie herab.

»Willkommen«, erwiderte Iridon, erfreut darüber, die Stimme eines anderen Lebewesens zu vernehmen. »Erhebe dich, Urruk Darn, und schick deine Lakaien fort zu diesem Hinterhalt oder was auch immer.«

Urruk Darn stand auf, hob den Blick und sah Iridon an. »Verzeiht, Meister … Eure Sicherheit liegt mir am Herzen und deswegen wäre es, denke ich, besser, wenn …«

»Genug von diesem Firlefanz über meine Sicherheit!« Iridons gellender Schrei beeindruckte selbst Urruk, der ein, zwei Schritte zurücksetzte und ihn verdutzt anschaute.

Flammensäulen schossen aus Iridons Fingern. Sie fegten durch die Halle an Urruk Darn vorbei, der sich erschrocken auf den Boden warf, fauchten auf die verdatterten Dämonen zu – und zerfetzten diese in einem großen Knall und umherfliegenden Feuerfetzen.

Iridon wirkte den nächsten Zauber.

Ein heftiger Luftzug erfasste die verkohlten Leichname, die abgerissenen Gliedmaßen und am Boden brennenden Pfützen gleichermaßen, fegte sie in eine dunkle Ecke. Binnen weniger Herzschläge sah die Halle aus wie zuvor – nur ohne Dämonen.

»So«, sagte Iridon, klopfte sich die Hände symbolisch am Umhang ab und ließ sich wieder in den weichen Samt des Throns sinken, »können wir dann weiterreden, ja?«

Urruk Darn schloss den offen stehenden Mund, erhob sich, nachdem er einen erstaunten Blick über die Schulter geworfen hatte, und verbeugte sich abermals wie ein Höfling.

»Wie geht es gegen die Zwerge voran?«, fragte Iridon.

Das weißt du doch bereits!

Iridon ignorierte Alnitara. Das Weib wurde allmählich lästig. Er wollte eine Stimme hören, nicht irgendwelchen Gedankenbrei in seinen Kopf gelöffelt bekommen!

»Sie sind zähe Gegner, mein Herr, doch unserer geballten Macht haben sie wenig entgegenzusetzen. Seit Eure Diener den dampfenden Kratern und Schluchten der schwarzen Berge entsteigen, hat sich das Blatt zu unseren Gunsten gewendet. Nur eine Frage der Zeit, bis wir sie zerschlagen haben, mein Gebieter.«

Iridon schnippte ein imaginäres Staubkorn vom Ärmel. »Sehr schön. Und wie steht es bei den Elfen?«

»Darüber weiß ich nicht Bescheid, Herr.« Unsicher blickte er Iridon an. »Aber ich bin überzeugt, dass wir sie genauso …« Er brach ab.

»Was ist denn? Rede weiter, Urruk Darn, sag nur, was du denkst.« Es war so wunderbar, einfach zuzuhören.

»Wir werden die Elfen genauso vernichten wie die Zwerge.«

»Und sonst? Geht es dir gut?«

»Ich diene Euch, Meister. Wie könnte es mir schlecht gehen?«

Iridon verzog das Gesicht. »Bitte, nicht anheischig machen, sondern einfach sagen, was du denkst. Mir um den Bart streichen finde ich langweilig.«

»Ich versichere Euch, Meister, dass ich mich niemals besser fühlte als jetzt, nie mächtiger, nie siegessicherer. Unser Triumph ist nah und es erfüllt mich mit Stolz, ein Teil dieses epochalen Ereignisses zu sein.«

Iridon sprang auf, klatschte die Hände. »Bravo! Das war gut gesprochen. Endlich jemand, der sich nicht über Grunzlaute artikuliert. Und der dazu noch so verdammt eindrucksvoll und wohlgestalt aussieht – ein Schmaus für die Augen.«

Statt sich zu bedanken, verengten sich Urruk Darns Augen und ein leichtes Flattern seiner Nasenflügel deutete auf ein empörtes Schnauben hin.

Was hatte er denn?

Plötzlich spürte Iridon, wie Alnitara einen Gedankenimpuls an Urruk schickte. Dieser beruhigte sich, nickte – und lief eilends in die Schatten hinter den wuchtigen Säulen.

»He! Was soll das? Hinter meinem Rücken herumdrucksen, das kann ich überhaupt nicht haben!«

Die Widersacher sind hier, Iridon. Setz dich auf deinen Thron und empfange sie mit der überheblichen Lässigkeit des baldigen Siegers.

»Endlich mal eine gute Idee von dir«, erwiderte er, strich seine Kleidung glatt und setzte sich gemessen, ein Bein leger von sich gestreckt, das andere angewinkelt. Die Arme legte er betont nonchalant auf die Lehnen. Dann wartete er, aufgeregt, sein Herz trommelte.

Endlich Abwechslung!

Am liebsten wäre er aufgesprungen und den Neuankömmlingen entgegengeeilt.

Nimm dich zusammen, Iridon. Sie sind deine Feinde!

»Ich weiß, ich weiß«, grummelte er im Ein und Aus seiner gespannten Atemzüge.

Dann sah er sie.

Drei Gestalten.

Ein Mann, eine Frau – und ein Zwerg.

Das sollte alles sein?

Die Widersacher?

Um ein Haar hätte er sie mit einem hohntriefenden Lachen begrüßt.

Das war ja wohl ein schlechter Witz!

Wie erbärmlich.

Dann jedoch spürte er ein seltsames Kribbeln, das ihn erfasste, als sausten Ameisenbeinchen unter über Rücken und Hals. Als sonderlich bedrohlich empfand er es nicht, sondern eher als … ja, interessant. Neugierde regte sich.

Alnitaras Schrei fegte alles fort: *Vernichte die Frau!*

Er fasste sich an den Kopf, Blut rann aus der Nase. Stöhnend hielt er sich im Thron, wäre beinahe hinuntergerutscht, ein Kraftakt.

»Bist du wahnsinnig?«, zischte Iridon.

Die Frau! Die Frau!

Mit einem Wisch seiner Hand brachte er die beiden Fackeln

neben seinem Thron zum Brennen. Er wollte sich erheben, doch fehlte ihm die Kraft.

Was sollte an dieser Frau so gefährlich sein? Sie war hässlich, warzenübersät, Schleim troff ihr aus dem Mund. Auch ihre Begleiter waren über alle Maßen hässlich, verkrüppelt, ein Affront für jedes Wesen, das Augen hatte. Was für widerliche Kreaturen!

Die Frau!

Iridon schloss die Augen, die Schmerzen lähmten ihn. Ohne dass er einen Befehl gegeben hatte, verließ Urruk Darn die Schatten. Er sagte etwas zu den Eindringlingen, lachte dann, doch Iridon hörte nicht, was gesprochen wurde, zu sehr dröhnte ihm der Schädel. Kraftlos überließ er Urruk Darn das Feld. Der würde die Sache bestimmt auch ohne seine Hilfe regeln.

Während sich der Zwerg davonstahl, wohl aus Angst vor dem schrecklichen Gegner, stellte sich der Mann zum Kampf und auch die Frau hielt ihr Schwert bereit. Urruk Darn, seine gezackte Klinge in der Hand, griff an. Ein Lächeln hob Iridons Mundwinkel. Urruk Darn würde sie zerschmettern, das zeichnete sich nach den ersten Schwüngen ab. Der Mann war mit Ausweichen beschäftigt und die Frau kam überhaupt nicht dazu, in den Kampf einzugreifen.

Trotzdem, richtig genießen konnte Iridon das Schauspiel nicht. Ihn schwindelte und sein Körper zitterte, als strengte er sich immens an, indes er keinen Finger rührte. Seltsam. So war es ihm oft gegangen in letzter Zeit. Schwäche, Erschöpfung, Schmerzen, als würde ihm eine hinterlistige Krankheit alle Kraft aus den Gliedern saugen.

Obwohl Urruk lediglich Katz und Maus mit den Eindringlingen spielte, reichte dies aus, um den Mann am Arm zu erwischen.

Kurz darauf spürte Iridon einen Impuls Alnitaras, der neue Schmerzwogen durch seinen Körper schickte, so stark, dass er, wie von Geisterfäden in die Höhe gerissen, aufstand.

Urruk Darn erstarrte kurz – ehe er voranstürmte und das

gegenseitige Abtasten beendete. Mörderisch schnell und mächtig pfiff sein Hieb heran.

Sein Kontrahent warf sich nach hinten – und rutschte aus. Schwer schlug er auf den Boden.

Die Frau, offenbar aufs Äußerste entsetzt, schrie etwas.

Ein Zauberspruch?

Iridon hörte genau hin: Sie faselte etwas von einer Göttin.

War das gut oder schlecht?

Irgendwie beunruhigte ihn die Frau nun doch, weswegen er stehenblieb und sich einen Zauber zurechtlegte. Was ihm einst spielend leicht gelungen war, erwies sich in seinem jetzigen Zustand als weitaus schwieriger, als müsste er sich erst durch Schlick und Morast wühlen, ehe er die arkane Struktur fand.

Vielleicht hätte er auf die Flammensäulen verzichten sollen.

Vielleicht hätte er überhaupt darauf verzichten sollen, ein halbes Dutzend seiner Soldaten einzuäschern, ganz zu schweigen von der weggeblasenen Außenmauer seines Gemachs.

»Ich bin der Beste!«, keuchte er trotzig, streckte die Arme aus. Zitternd und schwankend stand er vor dem Thron, wartete darauf, dass die arkane Macht sich in ihm zusammenballte. Entgegen seiner Schwäche spürte er den Druck, die magische Energie, die sich nach Entfesselung sehnte.

Plötzlich zwei Schreie: der eine schrill und schmerzerfüllt, der andere abgehackt, entsetzt.

Der Mann, der sich gerade herumgerollt hatte und aufgestanden war, stand wie zu Stein erstarrt. Urruk Darns Schwert steckte in seinem Körper. Das eigene Schwert klirrte auf den Boden. Mit beiden Händen umfasste er die peinigende Klinge, das Gesicht schmerzverzerrt.

»Nein!«, schrie die Frau. »Nein!«

Urruk lachte schallend – und hob den Aufgespießten mit der Klinge nach oben, sodass dessen Beine über dem Boden zappelten.

Iridon war bereit. Er würde die Frau zerfetzen. Die Schmerzen mussten aufhören. Alnitara wollte es. Und er würde nicht zulassen, dass Urruk Darn sich im Abglanz seines Ruhms ergötzte, weil er sowohl den Mann als auch die Frau vernichtete. Nein, ein Teil des Triumphs stand ihm zu, Iridon!

Er entließ den Zauber. Zischend und fauchend knisterte der Blitzstrahl auf das Weib zu, würde sie jeden Moment in Stücke reißen. Iridon taumelte nach hinten, sank wie hingegossen in den Thronstuhl.

Mit einem Mal spürte er eine fremde arkane Präsenz.

Der Blitzstrahl traf auf eine unsichtbare Barriere. Die knisternden Verästelungen zuckten nach links und rechts und oben davon, bohrten sich in Säulen und Hallendecke und rissen dort schwarze, rauchende Löcher.

Erstaunt blickte Iridon sich um.

Zwei weitere Gestalten hatten die Halle betreten.

»Nun wirst du für dein Tun büßen!«, schrie eine.

Tynn Bradas.

Mit letzter Kraft erhob Iridon sich. »Das werde ich nicht zulassen«, keuchte er. »Ich … werde euch alle töten!«

Dann sah er Tynn Bradas' Gefährten, einen Mann, von genauso beeindruckender Statur wie Urruk Darn. Dieser erspähte die Neuankömmlinge ebenfalls und schleuderte den Aufgespießten mit einem Ruck seines Arms davon.

»Da bist du ja!«, brüllte Urruk Darn.

»Ja!«, erwiderte der Hüne und kam näher heran, ein Schwert in der Hand, das schwarzes Licht verströmte. »Bringen wir es zu Ende!«

Schwer atmend schaute Iridon zu, wie die beiden Feinde sich mit Schlägen eindeckten; so dicht und heftig wie Perlschnüre bei einem Regenguss hagelten die Hiebe herab, das Klirren echote durch die Halle, Funkenschauer stoben von den Klingen.

Der Neuankömmling war genauso so schön und ästhetisch und geschmeidig wie Urruk Darn. Iridon verstand nicht, weshalb sich derart anmutige und wohlgestalte Kreaturen an die Gurgel gingen. Sie sollten sich zusammentun und unter seiner Fahne für den endgültigen Sieg kämpfen.

Die Frau!, kreischte Alnitara.

Iridon sah, wie sie näherkam, die Ablenkung Urruk Darns ausnutzend, der durch die heftigen Angriffe seines Gegners nicht mehr die Gelegenheit hatte, auch sie anzugehen.

Stöhnend sammelte Iridon Kraft für einen neuen Zauber, währenddessen er Tynn Bradas im Auge behielt. Dieser jedoch saß auf den Knien, vornübergebeugt, völlig ausgelaugt vom Gegenzauber, mit dem er die Frau gerettet hatte.

Es lag nun an ihm, Iridon.

»Ich werde euch alle töten«, wiederholte er.

Mit Genugtuung spürte er, wie die arkane Macht in ihm wieder stärker wurde.

14

Tränenblind taumelte Avi vorwärts, vorbei an Urruk Darn und Lormak, die wie Tiere aufeinander eindroschen. Helles Klirren, Knurren und Ächzen, Grunzen und Zischen, der gegenseitige Hass die Quelle für die Inbrunst dieses Kampfes auf Leben und Tod.

Avis Augen aber suchten Halron, der bewegungslos am Boden lag, in einer sich ausbreitenden, dunklen Lache. Sie wollte zu Iridon – musste zu Iridon, um ihn aufzuhalten! –, ihr Herz jedoch lenkte sie zu Halron.

Weinend kniete sie sich neben ihn, legte das Schwert nieder und bettete seinen Kopf auf ihre Oberschenkel, strich ihm das verschwitzte, im Gesicht klebende Haar zur Seite.

Er blinzelte. »Avi«, gurgelte er. Blut schwappte ihm über die Lippen, tropfte auf den Boden. Er hustete und rote Spritzer netzten ihren ramponierten Brustpanzer. Zitternd hob er die Hand.

Sie ergriff die blutverschmierten Finger, umschloss sie, um ihm Kraft zu geben, hoffend, dass die Göttin in ihr sich erbarmte und Halrons grausame Wunde versiegelte, ihm neues Leben einhauchte.

Unbeugsam und treu hatte er sie begleitet, hatte keine Gefahr gescheut, um sie ihrem Ziel näher zu bringen. Selbst Boras' Tod hatte daran nichts geändert. Und nun, zum bitteren Ende hin, brachte er das gleiche Opfer wie die vielen Zwerge, Elfen und Menschen vor ihm. Avi dachte an Lantyria, an Boras, an all die anderen Toten. Ihre Tränen tropften auf seine Wange, vermischten sich mit seinem Blut.

»Ich liebe dich …«, flüsterte Halron und erwiderte den Druck ihrer Hand.

Sie nickte, wollte etwas sagen, doch das Beben ihrer Lippen verhinderte jeden Laut.

Sag ihm doch, dass du ihn auch liebst! Sag es ihm! Wieso scheust du dich davor?

Sie wollte es. Aber sie konnte nicht, denn was war schändlicher, als einen Sterbenden mit einer Lüge in den Tod zu schicken? So blieb sie stumm und legte alle Liebe, Sanftmut und Kraft in das Spiel ihrer Hand, welche die seine umschlossen hielt.

Ein Zucken erfasste ihn, in das Klar seiner Augen blutete der Schatten ewiger Schwärze. Er atmete tief ein, dann, röchelnd, wich dieser letzte Atemzug. Der Körper erschlaffte, der Druck der Finger verschwand.

Der Tod hatte obsiegt.

Wieder einmal.

Schluchzend kreuzte sie seine Hände auf seiner Brust und legte sein Schwert darauf. Woher sie die Kraft nahm, sich zu erheben, wusste sie nicht, doch von einem Moment auf den nächsten stand sie aufrecht, ihre Klinge in der Hand, und blickte zu Urruk Darn und Lormak.

Deren Schwerter hatten sich verhakt und das Kreuz der im Fackellicht glitzernden Klingen näherte sich Zoll um Zoll Lormaks Hals. Beide grunzten vor Anstrengung, keuchten, Schweiß tropfte von Lormaks Stirn und das Geschwür an Urruk Darns Hals, das bereits wieder gefüllt war mit Schleim, schlackerte und pulste, als würde es durchgewalkt.

Ein paar schnelle Schritte, und sie könnte versuchen, Urruk Darn abzulenken …

Sie setzte einen Fuß nach vorne – und blieb wieder stehen: Lormak verlagerte das Gewicht, ließ sich fallen.

Und zog Urruk Darn mit sich.

Sie fielen auf die Seite, und irgendwie gelang es Lormak, nun auf Urruk Darn zu sitzen. Jetzt näherte sich das tödliche Kreuz dessen Hals.

»Stirb!«, brüllte Lormak und legte sein ganzes Gewicht auf die Klingen. Avi erkannte ihn kaum wieder. Sein Gesicht war ganz schwarz, sein Mund stand offen.

Raubtierzähne blitzten daraus hervor.

Die Hörner auf seiner Stirn waren länger geworden, ragten nach hinten gebogen bis zum Hinterkopf und aus den Schultern stachen dicke Dornen durch den Stoff seines Wamses. Im Lodern seiner gelben Augen mit den sich mandelförmig verjüngenden Pupillen lebte das Tier, der Dämon, das Instinktwesen, das den Verstand längst vertrieben hatte. Menschliches war an ihm nicht mehr zu erkennen.

Urruk Darns Halsbeutel platzte, Schleim klatschte in Lormaks Gesicht. Er schrie, löste seine Klinge, sprang geblendet auf und stolperte einige Schritte. Urruk Darn wuchtete sich auf die Beine und setzte nach.

Schon hob er sein Schwert.

Lormak sah ihn nicht.

Avi schleuderte ihr Schwert – und hörte in Gedanken Furdas' empörtes Schnauben!

Niemals wirfst du dein Schwert weg, hörst du! Wirf faules Obst, wenn du den Drang verspürst – aber niemals deine Klinge!

Wie an der Schnur gezogen sauste ihr Schwert durch die Luft – und traf!

Mit einem hellen *Pling* prallte die Spitze an dem schweren Brustpanzer ab, fiel auf den Boden und schlitterte zu Avi zurück. Sofort hob sie ihr Schwert wieder auf, froh, dass sie der sinnlose Einfall nicht ihre einzig verbliebene Waffe gekostet hatte.

Urruk Darn warf ihr einen abschätzigen Blick zu – und näherte sich Lormak, der sich über die Augen wischte und

Rankura vor seinem Körper hin und her schwang. Plötzlich schüttelte er den Kopf und fixierte Avi. Er brüllte und vollführte einen mörderischen Schwung.

Doch nicht Urruk Darn griff er an – sondern Avi!

Erschrocken riss sie ihr Schwert nach oben. Lormaks Klinge zerschmetterte die ihre, Stahlsplitter wirbelten umher, einer ritzte ihre Stirn. Ihr Fehler war, dass sie das Heft nicht rasch genug losließ. So bog es ihr die rechte Hand zur Seite. Ein hässliches Knacken, sengender Schmerz. Das Heft entglitt ihren gelähmten Fingern. Sie stolperte zurück, ihre gebrochene Hand gegen die Brust drückend. Übelkeit schwappte ihr in den Hals, ihr schwindelte.

Nicht hinfallen!, jagte es durch ihren Kopf.

Doch da war es bereits geschehen.

Sie stürzte auf den Rücken, vom Schwung knallte ihr Hinterkopf auf den harten Stein, sodass sie kurze Zeit nur bunte, flimmernde Blitze vor Augen hatte.

Benebelt richtete sie den Oberkörper auf, wartete auf den Tod. So gefürchtet hatte sie sich davor – jetzt war diese Furcht dahin.

Aber der Tod kam nicht.

Lormak starrte sie an, zitternd, jede Faser war gespannt, die Muskeln am Hals Taustricken gleich. Hinter ihm lächelte Urruk Darn, ließ das Schwert sinken.

»Nein!«, schrie Lormak und wirbelte herum.

Das Lächeln wich aus Urruk Darns Gesicht und der Kampf entbrannte aufs Neue, mit einer Intensität, einem Hass, dergleichen Avi noch nie erlebt hatte. Das Kreischen und Scheppern und Klirren von Ausfall, Parade und Riposte rauschte auf stählernen Schwingen durch die Halle.

Jäh tauchte Lormak ab. Urruk Darns pfeifender Schwung senste haarscharf über ihn hinweg. Selbst jetzt, in dieser kauernden Position, reichte Lormaks Kraft, um Urruk Darn mit einem einzigen Hieb das Bein abzuschlagen. Schwarze Flüssigkeit schoss aus dem Stumpf. Er brüllte auf und fiel hin.

»Verräter!« Lormaks beidhändiger Schmetterschlag zertrümmerte Urruk Darns Schädel, sodass Splitter, Blut und Gewebe über die Bodenplatten spritzten. Schwer atmend sah Lormak auf den Besiegten – und schlug erneut zu.

Und wieder und wieder, bis nur noch Stücke von diesem übrig waren.

Dann kreischte Lormak, was so entsetzlich klang, dass Avi, gerade im Begriff, sich zu erheben, erneut niedersank. Er reckte die Arme in die Höhe, Blut rann von Rankuras Klinge über Handschuh, Unterarm und Schulter. Erneut schrie er. Es sollte wohl ein Siegesschrei sein, doch klang es wie eine sich zur Mondsichel windende Anrufung Belzuurs höchstselbst. Langsam, bluttropfend, drehte er sich zu ihr herum.

Die gelben Augen lohten wie zwei kleine Sonnen. Er fletschte die Zähne. »Avi«, sagte er, was sich anhörte, als hätte er ihren Namen an einem Wetzstein scharf geschliffen.

»Lormak?«

Er gab zischelnde Laute von sich, während er die feuchte Klinge seines Schwerts betrachtete. Die Pupillen verengten sich, er knurrte etwas – und richtete Rankuras Spitze auf sie!

»Lormak«, flüsterte Avi entsetzt und schob sich mit der gesunden Hand nach hinten. »Du hast mich beschützt, mit Leib und Seele. Du hast dem Bösen widerstanden …«

»Schweig! Du«, zischte er, seine Augen hart wie ein Paar neu geschmiedeter, dunkler Nägel, »musst sterben!«

»Du würdest alles zerstören.«

Keine Antwort. Nur der Hass in seinen Augen. Er kam näher.

Avi hörte auf, vor ihm davonzukriechen.

Ihre Augen trafen sich.

Er verhielt seine Schritte. Seine Hand zitterte und sein Gesicht verzerrte sich, als litte er unsägliche Schmerzen. Ein Knurren, raubtierhaft, die Schwertspitze schwebte direkt vor ihrem Gesicht.

»Tu es! Und verrate alles, was du getan hast, Lormak! So viele sind gestorben, um dieses Ziel zu erreichen. Sieh nur!« Ihr Finger deutete auf Halron.

Wieder ein Brummen, und tatsächlich drehte er den Kopf. Er fletschte die Zähne, dann: »Du liebst ihn!«

Die Schwertspitze näherte sich, sie roch das ranzige Blut Urruk Darns.

»Er hat sein Leben gegeben. Für mich – und auch für dich. Durch seinen Tod erkaufte er uns Zeit. Ohne sein Opfer wärst du zu spät gekommen und Urruk Darn hätte mich erschlagen.«

Sie setzte alles auf eine Karte, hob die linke Hand – und drückte das Schwertblatt beiseite, verzog keine Miene, als ihre Finger das Klebrige berührten. »Ich muss zu Iridon, Lormak. Ich muss das Böse aufhalten.«

»Das Böse …«, wisperte er.

Dann pflanzte er sich vor ihr auf, breitbeinig, hob Rankura.

In seinen Augen stand das Versprechen auf den Tod.

»Ich liebe dich, Lormak!«, rief Avi. »Aber wie hätte ich es dir zeigen sollen? Wie?«

Er zauderte, in seinen Augen entflammte ein Widerstreit zweier Seelen, der lichten und der dunklen.

Dann richtete er Rankura auf sich selbst und ...

... rammte sich die Klinge mit aller Kraft in den Leib!

Ohne einen Laut sank er auf die Knie. Rankura tat das, wozu das Schwert geschaffen war: Dämonen vernichten.

Schwarzer Rauch stieg aus der Wunde, waberte vor Lormak wie ein nach oben flatternder Vorhang. Dann, langsam, fiel er zur Seite, kam gekrümmt zum Liegen. Schwach drehte er den Kopf in ihre Richtung.

Avi war erschüttert, stand unbeholfen auf, ihr ganzer Körper ein einziges Zittern. Tränen rannen ungehemmt. Verdammt, sie wollte nicht weinen, aber wie viel Entsetzen, wie viel Trauer verkraftete ein Mensch, ehe er brach?

»Hast du«, wisperte Lormak schwächlich, »das ernst gemeint?«

Sie nickte. »Ja!«

Er schloss die Augen, öffnete sie wieder, ein stummes Signal, dass er verstanden hatte.

Vor sich sah sie, wie Iridon sich aufrichtete, die Arme hob. Der Magier hatte neue Kraft geschöpft.

Avi begann zu rennen.

Iridon bewegte die Lippen, streckte die Arme noch höher empor, warf den Blick zur gewölbten Kuppel.

Dann ließ er den Kopf sinken und sah ihr direkt in die Augen: Er war bereit für seinen Zauber.

Avi lief weiter.

Halron war den Weg bis zum Ende gegangen, Lormak ebenso – und sie würde das auch tun, würde nicht wegsehen, wenn der Tod auf sie zurauschte. Flammen, Blitzschläge, egal was Iridon sich ausdachte, sie würde nicht weichen!

Wenn irgendwie möglich, würde sie sich auf ihn stürzen, ihn besiegen, das Böse ersticken, zerkratzen, was auch immer sie tun musste, um Yur zu erlösen.

Ein Lächeln spannte die Haut in Iridons verunstaltetem Gesicht, riss sie schließlich auf, neue Wunden formten sich zwischen den alten, Eiter floss heraus und aus den kleinen Löchern in seinem kahlen Schädel quoll eine sirupähnliche, braune Flüssigkeit.

Da tauchte Krax auf, bog um die vorderste Säule nahe dem Thron, nur wenige Meter von Iridon entfernt. In den Händen hielt er Teile des Rahmens eines Spiegels, an dem Scherbenreste klebten.

Iridons Blick zuckte zu Krax. Eine Hand zeigte nun auf den Zwerg, eine auf Avi.

»Sterbt!«, knurrte Iridon. Feine, knisternde Blitze entsprangen seinen Fingern, blaue Verästelungen, die über die Kuppen tanzten.

Krax stieß den kaputten Spiegel nach vorne, sodass Iridon sein Ebenbild erblickte.

Die Augen des Magiers gingen über, er blinzelte, dann schrie er auf. Die zuckenden Entladungen klangen ab, er stolperte einige Schritte, rutschte auf den Stufen aus und fiel auf die Treppe, halb liegend, halb sitzend.

Wie ein Beschwörer, der einen Bannspruch aufsagte, stapfte Krax weiter auf Iridon zu, den zerstörten Spiegel vor sich haltend, gleich einem Schild.

»Nein!«, kreischte Iridon und hielt beide Hände abwehrend vors Gesicht.

»Sieh, was du wirklich bist!«, sagte Avi laut und blieb am Fuß der Treppe stehen.

Eine große Scherbe löste sich vom Rahmen. Geistesgegenwärtig schoss Krax' Hand hervor und fing sie auf. Da er die Hand gelöst hatte, entglitt ihm der Rahmen aus der anderen und krachte auf den Boden, was dem brüchigen Gestell endgültig den Rest gab.

Diese eine Scherbe vor sich haltend, näherte er sich Iridon, bis er nur noch einen Schritt entfernt war. Der Magier ließ die Hände sinken und rutschte vor ihm davon, doch dann erlahmten seine Fluchtversuche und er kauerte sich auf der Treppe zusammen. Wimmernd und jammernd vergrub er das Gesicht erneut in den Händen.

Krax stand direkt über ihm, hielt das Spiegelstück vor das missgestaltete Gesicht. Iridon, wider besseres Wissen, wie es schien, spreizte Zeige- und Mittelfinger der rechten Hand auseinander und stierte auf sein Antlitz. Dann ließ er die Hände sinken, fixierte seine Handrücken, die von Warzen und Fleischwülsten bedeckt waren, welche ebenfalls die eklig braune Flüssigkeit absonderten.

»Nein«, flüsterte er fassungslos. »Alnitara! Du hast mich belogen!« Sein Blick ruckte zwischen Avi und Krax hin und her. »Ihr … ihr seid nicht hässlich. Ihr seid … ganz normal. *Ich* bin missgestaltet! Alnitara!« Der Schrei war so laut und spitz, dass Avi sich schüttelte. Nun schaute Iridon an Avi vorbei zum leise stöhnenden Lormak. »Er war so schön …«, wisperte er. »Nun sehe ich ihn mit unverschleiertem Blick.« Wieder riss er den Mund auf. »Alnitara! Du Verräterin!«

Wieso beschuldigte er die Gottheit der Magie?

Plötzlich erstarb jeder Gedanke, jede Regung, da Avi die urgewaltige Macht des Bösen spürte.

Krax versteifte sich, die Scherbe fiel ihm aus der Hand und zersprang vor seinen Stiefeln.

Iridons Augen wurden glasig, sein Mund öffnete sich, als wollte er abermals schreien. Jedoch, kein Laut passierte seine Lippen, sondern schwarzer Rauch, der so bestialisch stank, dass es Avi würgte.

Krax brach in die Knie, die entsetzten Augen auf den Rauch gerichtet, der unaufhörlich Iridons Mund entstieg und sich darüber zu einem Gebilde reiner, urtiefer Schwärze verband. Die Rauchschwaden wanden sich ineinander wie Schlangenleiber, alles war in Bewegung und der Rauchkoloss wuchs und wuchs, bis er fünffach mannshoch über Iridon schwebte.

Zwei Feueraugen, glühende Kohlen im Schwarz des Bösen, begannen zu lodern.

Der Anblick zwang Avi in die Knie. Sie begann zu weinen, zu wimmern, verlor jeglichen Halt, wollte sterben, nur um diesem Schrecken zu entrinnen.

»Iridon, du dreimal verfluchter Narr!«, donnerte eine tiefe, von Grausamkeit getränkte Stimme. Jemand, der zu allen Übeln fähig war, der kein Gewissen hatte und keine Gnade kannte, der Chaos und Tod stiftete aus dem reinen Vergnügen des Vernichtens heraus, nur einem Gott der Dunkelheit konnte diese Stimme gehören.

Es war Belzuur, der Gott der Dämonen und des Chaos.

Avi spürte, wie ihr Verstand schwand, wie er sich zurückzog in die hintersten Winkel ihrer Seele. Belzuur müsste nicht einmal etwas unternehmen, um sie zu brechen, um sie vom Antlitz Yurs zu tilgen, sondern einfach dort schweben in seiner ganzen, schwarzen Gewalt.

»Du hast mich geblendet!«, kreischte Iridon. »Mich belogen! Mir alles genommen!«

»Narr!«, donnerte Belzuur erneut und das Dröhnen ließ das schwarze Flackern der Ohnmacht vor Avis Augen tanzen, drang durch ihren ganzen Körper. Ein schauerliches Knacken ringsumher: Risse sprangen im Stein auf, die Säulen der Halle bebten, der Boden. Größer und größer wurden die Brüche, Steine und Staub rieselten herab, die Kuppel splitterte.

Jedoch, statt zusammenzustürzen, hob sich der Palast, als würde eine titanische Hand ihn aus dem Geflecht der Erde reißen, und dann, mit einem urgewaltigen Krachen, löste sich der Bau vom Fundament, schwebte nach oben in einen blitzenden Himmel, in einen Mahlstrom der Dunkelheit, der sich schneller und schneller drehte und heulte wie alle Wölfe Yurs. Ein weiterer Knall, und der Palast zerbarst, die Bruchstücke – Säulen, Steinplatten, Staub, Dreck und Splitter – wurden eingesaugt in das gierige Nichts des wirbelnden Sturms.

Und dann, inmitten dieses Chaos, spürte Avi das Gute.

Die Wärme.

Die tröstende, Mut spendende Hand auf der Schulter.

Was sie bisweilen flüchtig hatte erleben dürfen, oft nicht länger als den Flügelschlag eines Schmetterlings, manifestierte sich nun und legte eine schützende Hülle um sie, sodass der Wahnsinn wich und neue Kraft sie durchströmte.

Sie blickte auf, sah Jaminara, die sich gegen Belzuurs wogenden, schwarzen Dämonenleib winzig und zerbrechlich ausnahm, eine helle Kugel aus Licht, deren Hülle sich ineinander zu drehen und zu schieben schien, sodass einem schwindelig wurde, wenn man zu lange hinsah.

»Der Narr bist du, Belzuur«, sagte sie, viel leiser als die donnernde Stimme des Dämonengottes und doch genauso Ehrfurcht gebietend. Gemessen, alterslos und gleichzeitig von Seelenfeuer durchdrungen, schwebte sie vor Belzuur.

Der einstige Palast war nun endgültig verschwunden und Avi spürte, sie alle waren auch nicht mehr in Kelosan, sondern an einem der Zeit enthobenen Ort in einer Ebene, die für Sterbliche eigentlich nicht geschaffen war.

»Du kannst mich nicht aufhalten!«, knurrte Belzuur, mit einem Schlag nicht mehr drohend, sondern fast trotzig.

»Da täuschst du dich. Dein Plan ist nicht aufgegangen.«

»Verschwinde, du elende Metze, du überhebliche Schlampe!«

»Nein«, erwiderte die Göttin schlicht. »Du hast viel deiner Kraft verbraucht, um zu verhindern, dass ich dich finde. Und vieles deiner Kraft hat dich ausgerechnet jener Körper gekostet, den du erwählt hast, um deine Macht in der Welt der Sterblichen zu festigen. Das ewige Täuschen, das Vorgaukeln des Unwahren hat dich ausgezehrt.«

Belzuur brüllte vor Wut, die roten Augen glommen in unheiligem Licht. Jedoch, eine Wirkung spürte Avi nicht mehr. Sie hatte keine Angst, fühlte sich geborgen im Schutzkreis Jaminaras.

»Während du Iridons Körper an dich gerissen hast, um deine Pläne möglichst rasch voranzutreiben, habe ich gewartet im Körper dieser tapferen Frau, habe sie wachsen lassen, ganz so, wie sie es für richtig hielt. Eingegriffen habe ich kaum. Somit bin ich stärker als du, dunkler Bruder. Und du weißt, das war ich schon immer.«

»Glück hast du gehabt, mehr nicht«, grollte Belzuur.

»Auch«, gab Jaminara zu. »Vielmehr jedoch hat sich der Mut von Avi und ihren Gefährten auf den Erfolg ausgewirkt. Erfüllt vom Glauben an das Gute, an die Hoffnung, haben sie alle Widrigkeiten bezwungen. Deine Gier, die Welt der Sterblichen zu unterwerfen, findet hier und jetzt ihr Ende.«

»Mir wird schlecht von deinem Gefasel, du kleines Dreckstück.«

»Dann geh jetzt, Belzuur. Kriech zurück in dein dunkles, hässliches Reich. Auf lange Zeit wirst du dort gebannt sein, in dem Wissen, dass deine größenwahnsinnigen Träume gescheitert sind. Arsamon hatte einst ähnliche Anwandlungen wie du und er stürzte die Welt in die Totenkriege. Nun hatten wir die Dämonenkriege. Doch auch dieses Mal siegt das Gute. Du hast verloren.« Unvermittelt lachte sie glockenhell. »Oje, wird das langweilig für dich, Belzuur. Diese Niederlage schmerzt ganz schön, oder?«

»Glaub nicht, dass es damit getan ist!«, brüllte Belzuur. »Ich werde warten und irgendwann kommt der Tag, an dem ich …«

»Aber nicht heute«, ging Jaminara dazwischen. »Und auch nicht morgen. Und übermorgen auch nicht. Sondern erst in vielen, vielen Dekaden.«

»Steck dir deine schlauen Worte sonst wo hin!«

Jaminara seufzte. »Geh nun.«

Avi erwartete einen neuerlichen Wutausbruch. Stattdessen herrschte Schweigen. Die Stille hatte etwas Unheimliches, während sich die beiden Götter maßen. Dann zerfaserte das schwarze Rauchungetüm, als wäre ein Windstoß hindurchgefahren. Als Letztes erloschen die roten Augen.

Das Böse war besiegt. Kein Nachhall, kein übler Geruch. Nichts.

»Ich danke dir, Avi«, sagte Jaminara.

Tränen rannen Avi die Wangen hinab, als das Licht der Göttin sie einhüllte, ein Gefühl, als würde ein Regenbogen in ihrer Seele schmelzen und die Farben des Glücks sie allumfassend ausfüllen. Sie brachte kein Wort heraus, weil tiefe Schluchzer ihr Kehle und Brust eng machten. Zeitgleich erlosch der Schmerz in ihrem Handgelenk.

»Es war eine neue Erfahrung für mich, so lange Zeit im Körper einer Sterblichen zu wohnen, mit all diesen Gefühlen und dem Zwiespalt der ewigen Frage, welcher Weg der richtige ist. Du kannst stolz auf dich sein, Avi. Nicht weil du mich in dir trugst, sondern weil du ein reines Herz hast, ein reines, tapferes Herz, das stärker und heller schlägt als die meisten anderen auf Yur.«

»Ich danke Euch.«

»Auch dir gebührt mein Dank«, fuhr Jaminara fort, »Kraxangartl, Sohn des Drulgashanvartux von der Sippe der Steinmalmer des Roshgontraxlaskl.«

Krax erbebte, Tränen rannen ihm durch den Wangenflaum und er sank ergriffen auf die Knie. »Ihr kennt meinen Namen …«

Jaminara lachte, ein Laut, als würden Vögel zwitschern und Honig über taunasses Gras fließen. »Natürlich, und noch viel besser kenne ich dein starkes Herz. Berichte über diese dunklen Zeiten, schreibe alles nieder, auf dass niemals etwas davon in Vergessenheit gerät. Sowohl Warnung soll es sein, es nie wieder so weit kommen zu lassen, als auch Hoffnungsschimmer, dass man jede Gefahr, egal wie groß und übermächtig sie scheint, überwinden kann.«

Krax verneigte sich. »Das werde ich, Göttin. Ich verspreche es. Ich schwöre es! Bei meinen Ahnen und dem ewigen Stein!«

Dann schwebte das Licht Jaminaras zu Lormak, neben dem ein trauriger Tynn Bradas im Nichts schwebte, der sich nun, da die Göttin herannahte, tief verneigte.

Vor Schmerzen gekrümmt lag Lormak da, der Boden unsichtbar, nur Schwärze, Rankura zur Hälfte in seiner Brust versunken. Immer noch kräuselte sich schwarzer Rauch aus der Wunde.

Schwach blinzelte er, drehte den Kopf, sah Jaminara an.

»Du hast«, keuchte er, »mir versprochen, mich zu erlösen.«

»Ich weiß, Lormak. Und ich werde dich auch erlösen.«

Ein mattes, aber seliges Lächeln floss über sein schweißgebadetes Gesicht.

»Ich werde dich«, sagte Jaminara, »von den Schmerzen erlösen und ich werde das Böse in dir unterwerfen.«

»Ich will sterben«, murmelte Lormak. »Meine Mission ist erfüllt.«

»Nein, das ist sie nicht.«

Lormaks Augen weiteten sich und er hob den Kopf, obwohl sich sein Antlitz vor Schmerz verzerrte.

»Du hast richtig gehört, Lormak Trenkulja, der Blitz, Hauptmann der Ehernen Garde, Gewinner des Silberturniers, Schwertmeister Yurs. Es wäre eine Schande, dich qualvoll sterben zu lassen.«

»Du hast es versprochen …«

»Und ich werde dieses Versprechen einlösen, Lormak – wenn die Zeit reif ist dafür.« Schimmerndes Licht ging von Jaminara aus, hüllte Lormak in einen Kokon irisierender, gleißender Flammen. Avi und die anderen mussten den Blick abwenden. Als sich das Licht legte, blinzelte sie erstaunt: Lormak schwebte aufrecht, Rankura steckte in der Scheide an seinem Gürtel.

Die Dornen an den Schultern waren verschwunden, desgleichen die Hörner an der Stirn, die schwarzen Dämonenmale sowie das Raubtierhafte in seinen Augen. Die Handschuhe fehlten und wie ein Kind, das seine erste Sternschnuppe sah, bewunderte er seine Hände: die Hände eines Menschen.

Nach einiger Zeit hob er den Blick. »Ich danke dir. Doch spüre ich, dass der Dämon noch in mir wohnt.«

»Ja. Denn du brauchst ihn für das, was es zu tun gilt.«

Seine Miene verfinsterte sich.

»Deine Aufgabe wird sein«, sagte Jaminara ungerührt, »jene Dämonen, die noch auf Yur wandeln, zu vernichten. Solange der Diener Belzuurs sein dunkles Werk weiterhin verrichtet, während meine treue Dienerin Iorla tot ist, brauche ich dich, um ihn aufzuspüren und zu töten. Erst dann wird die Macht der Dämonen endgültig gebrochen sein. Du hast nun Avis Gabe. Nicht mehr meine Essenz wirst du spüren, sondern das Dämonische um dich her. Du wirst mein Bluthund sein. Finde und vernichte sie alle.«

»Sobald das getan ist, wirst du das Dämonische von mir nehmen.«

»Ja.«

Lormak atmete tief durch – und grinste. »Ich werde schneller bei dir vorstellig werden, als dir lieb ist, Göttin. Im Dämonenerschlagen bin ich inzwischen ziemlich gut.«

»Von Glück gesegnet ist derjenige, der sein Talent erkennt«, sagte Jaminara, ehe sie zu Iridon schwebte, der gekrümmt auf den Treppen lag, die nebst dem Thron das Einzige waren, was noch von der Welt des Stofflichen zeugte. Der Magier zitterte, wimmerte, das Gesicht war in den Händen vergraben. Er wirkte wie ein in Schockstarre verharrendes Insekt, das sich in einem Spinnennetz verfangen hatte, dessen Größe und Bedeutung es nicht begriff.

»Hat sie mich gerade veräppelt?«, fragte Lormak.

Avi lachte und fiel ihm um den Hals. »Ich bin froh, dass du lebst«, flüsterte sie, »und dass die scheußlichen Hörner fort sind.«

Er erwiderte die Umarmung, drückte sie fest an sich.

Nur zögernd lösten sie sich voneinander, sahen sich einige Augenblicke an, bis Tynn Bradas sich räusperte und zum Thron zeigte.

Hitze schoss Avi in die Wangen und sie eilte zu Iridon, der gerade den Blick zum Licht der Göttin hob.

»Iridon Vulkola«, sagte Jaminara, »deine Rachsucht hat großes Unglück über Yur gebracht. Dass du dachtest, Alnitara hätte dich erwählt, indes Belzuur von dir Besitz ergriffen hatte und dein Handeln lenkte, ist Beweis für deinen Hochmut und deine Machtgier, der du alles andere untergeordnet hast. Das Blut Unzähliger klebt an deinen Händen und es wird lange dauern, bis die Wunden heilen werden, die du durch dein rücksichtsloses Handeln geschlagen hast.«

»Ich … ich wollte das alles gar nicht.«

»Halt dein verdammtes Maul, du Bastard!«, fauchte Lormak und trat einen Schritt nach vorn. Avi griff nach seinem Arm und hielt ihn zurück. Nur widerwillig fügte er sich.

Das Licht der Göttin umfing Iridon, so, wie es vorhin Lormak umschlossen hatte. Es gleißte nicht weniger hell, und als es verlosch, stand Iridon vor ihnen; ohne aufgesprungene, schleimtropfende Haut, ohne Dämonenmale, sondern, im Gegenteil, in seinem Elfenkörper, den Avi in der Waldhütte erblickt hatte, da jedoch blass, wie tot, und nicht lebendig wie jetzt.

Fassungslos bestaunte Iridon seine filigranen Finger, betastete mit ihnen sein Gesicht.

»Ich gebe dir die Zeit, über dein Verhalten nachzudenken,

Iridon Vulkola«, sagte Jaminara, »und das, ohne abgelenkt zu sein von deiner Magie.«

Iridons Hände sanken herab, er schloss die Augen, als lauschte er nach einem bestimmten Geräusch. Dann riss er sie auf. Furcht sickerte in seine Pupillen. »Du hast sie mir genommen!«

»Ja – und ich nehme dir noch mehr, Iridon«, sagte Jaminara, auch diesmal ohne ein Schwanken in der Stimme. »Ich nehme dir die Möglichkeit, dir selbst Schaden zuzufügen. Solltest du dich absichtlich in Gefahr begeben, wird der schier unmögliche Zufall eintreten, dass du gerettet wirst. Du selbst sagtest: Zufall ist die Maske des Schicksals, wenn es sich nicht zeigen will. Ich werde dieses Schicksal sein, Iridon. Dir wird nichts anderes übrigbleiben, als dich mit deinen Taten zu konfrontieren.«

Er schluckte, bebend am ganzen Leib, ein Wehlaut auf den Lippen.

»Und wenn die Zeit reif ist, werde ich dich holen. Du wirst das richten, was du zerstört hast. Du wirst den Zauber brechen, der die Ebenen der Ewigkeit erschüttert hat. Nur dafür wirst du deine Magie wiederbekommen. Ich werde dir über die Schulter schauen, bis das Werk vollendet und alles wieder so ist, wie es die kosmische Macht von Anfang an wollte.«

»Und dann?«, hauchte er.

»Wirst du für deine Taten büßen.«

Iridon stand der Mund offen. Eine Zeit lang schaute er in das Licht, ehe er die Stufen hinunterwankte und mehr fallend als laufend das Weite suchte. In einiger Entfernung materialisierte sich das Tor, durch das die Gefährten in den Thronsaal gelangt waren, dann die Überbleibsel von Wänden, der Boden, die brennenden Fackeln.

Avi sah dem Magier nach, bis er das Tor durchschritten hatte und ihrem Blick entschwunden war.

Während die anderen nach Jaminaras Entscheidung in tiefes Grübeln verfallen schienen, schwebte die Göttin zu Halrons Leichnam. Auch hier wirkte sie ihre göttliche Kraft, Halron wurde von Licht umschmeichelt. Als es verblasste, war sein Körper nicht mehr da.

»Er ruht nun an einem Ort der Ehre«, sagte Jaminara, dann wandte sie sich den Gefährten zu, ihr Blick auf Tynn Bradas gerichtet. »Dein Leid war unermesslich, und doch hast du nie aufgegeben. Du hast dich ans Leben geklammert – und nun liegt es vor dir mit all seinen Möglichkeiten. Ich weiß nicht, wie es um dein Schicksal bestellt ist, doch bin ich sicher, du wirst jeden kleinen Funken Glück, der irgendwo erglüht, mit anderen Augen sehen und dich daran erfreuen.«

In Demut neigte Tynn das Haupt. »Ich hoffe, viele dieser Funken warten auf mich.«

»Bestimmt, man muss sie nur wahrnehmen.« Jaminara lächelte, ehe ihr Gesicht einen ernsteren Zug annahm. »Ich werde diese Gestade nun verlassen. Lasst mich euch noch eines auf den Weg geben, das euer Gemüt nicht trüben soll, doch sollt ihr es wissen, da euch der Odem des Schicksals umgibt – eines Schicksals, mit dem ich nichts zu tun habe.« Sie schwieg einen Moment, ehe sie fortfuhr: »Die Geschicke Yurs und vieler anderer Kontinente entfalten sich, selbst jetzt, da wir hier versammelt sind und gerade einem großen Übel Einhalt geboten haben, das vielleicht nicht nur Yur in die Dunkelheit gezogen hätte, sondern die ganze Welt. Lormak«, sagte sie und er straffte sich und sah sie halb erwartungsvoll, halb misstrauisch an, »du kennst Iorla, meine getreue Dienerin, die ihr Leben gab, um Avi zu retten. Damit brachte sie das Gleichgewicht aus den Fugen – und bezahlte dafür mit ihrem Leben und der Vernichtung jenes heiligen Ortes, an dem sie weilte. Sie wachte dort über Molgrashs Leichnam, der eingeschlossen lag in einem magischen Sarkophag. Niemand wagte, ihn aus diesem zu befreien, weil man nicht wusste, was dann geschehen würde. War bereits alles Leben aus ihm gewichen – oder nicht? Jedenfalls, seit Iorlas Tod und der Zerstörung der heiligen Stätte fehlt der Sarkophag.«

»Ich soll also die Augen offen halten«, sagte Lormak mit einem schiefen Grinsen.

»Das liegt bei dir«, erwiderte die Göttin mit einem sanften Lächeln. »Ich danke euch. Yur dankt euch. Lebt, atmet, liebt.« Damit erlosch das Leuchten.

Avi spürte das Gefühl tiefen Verlusts, als hätte ihr jemand einen Teil des Herzens herausgerissen. Aber sie verspürte auch Erleichterung, Befreiung.

Ein leises Seufzen entschlüpfte ihren Lippen.

Es war vorbei.

15

Die Hände auf die steinerne Bewehrung der Ostmauer gelegt, blickte Lormak über das von Mondlicht getränkte Land. Während die Dächer der nahen Bauernhöfe aufleuchteten wie mit Silberplättchen verziert, lag der Waldrand als dunkler Saum in der Ferne, auch wenn es eigentlich kein Wald war, sondern eine von der Dämonenseuche und ihren dunklen Schwingungen verkrüppelte Ansammlung unbelaubter Skelette.

Aber auch das würde sich ändern.

Das Leben würde zurückkehren.

Wind, klar und rein, strich über die Mauer, kitzelte die feinen Härchen seiner unbedeckten Unterarme. So ungewohnt fühlte es sich an, nach all den Jahren keine Handschuhe zu tragen, die Rauheit des Steins zu spüren, zu genießen, was seine Finger ertasteten.

Viel wichtiger jedoch war, dass der Dämon schwieg. Zumindest für heute. Lormak war ganz er selbst; unverfälschte Gedanken, kein Getriebensein mehr, kein Zorn, lediglich ein lindes Glimmen von Wehmut im Herzen. Bald würde er aufbrechen. Er hatte sich von den anderen verabschiedet, knapp, aus einem Impuls heraus, hatte sie überrumpelt. Es war besser so: Die Jagd würde anstrengend und gefährlich werden.

Nach all dieser Sorge um Avi, Sorge, dass jemand anderes sie umbrachte, Sorge, dass er selbst sie umbrachte …

Nein, das würde er nicht noch einmal durchstehen.

Beim Gedanken an sie gingen die Fluten in seiner Brust höher, doch er zwang sie gnadenlos zurück in jene Tiefen, die er nach und nach versiegeln würde. Er würde Yur von den Dämonen säubern, jeden einzelnen aufspüren und erschlagen.

Dann würde Jaminara das Dämonische endgültig aus seiner Seele bannen.

Dann wäre er frei.

Dann würde sein neues Leben beginnen.

Und dann, ja, würde er seine ganze Vergangenheit in den Tiefen seiner Seele vergraben und ebenfalls versiegeln.

Seine Erinnerungen von einst wollte er gar nicht mehr zurückhaben. Der Anlass, weshalb er das alles auf sich genommen hatte, schmeckte schal. Und gefährlich. Je mehr er über sich selbst und sein Leben vor der Dämonenplage wusste, desto mehr würden darin Xurodas und Urruk Darn eine Rolle spielen, desgleichen Vulodas. Vielleicht würde er sich gar an seine Eltern erinnern, an eine Frau, die es womöglich gegeben hatte, an Kinder.

Nein.

Besser, er begann diese verkorkste Sache ohne Altlasten. Urruk Darn würde ein Feind bleiben und Xurodas ein Verräter – und keine Waffengefährten und Freunde, die das Schicksal, grausam und hinterlistig, wie es nun einmal war, vor seine Klinge gelenkt hatte.

Lormak nickte. Ja, das war ein guter Entschluss.

Kurz legte sich ein schmerzhaft enges Band um seine Brust, aber er atmete tief durch und wartete, bis der Kummer sich legte, Avi niemals wiederzusehen.

Ich liebe dich, Lormak. Aber wie hätte ich es dir zeigen sollen? Wie?

Nochmals schöpfte er tief Atem. Verdammt, diese Worte würden ihn lange verfolgen, egal wie weit er sie fortzuschleudern versuchte.

»Zeigen sollen?«, brummte er und schluckte. »Jedenfalls nicht, indem du mit Halron herummachst …«

Sofort schämte er sich für seine Worte. Halron hatte sein Leben gegeben. Es war zum großen Teil sein Verdienst, das Yur von der Geißel Belzuurs befreit war. Nun war er tot. Stumm bat Lormak um Vergebung für seine hässlichen Worte.

»Hast du das ernst gemeint?«, wiederholte er leise jene Frage, die er ihr, Rankura im Leib, gestellt hatte.

»In einer anderen Zeit«, murmelte er dann und seufzte, »unter anderen Umständen …«

Er erstarrte, da er seine neue Gabe zum ersten Mal spürte: Hatte er einst Avis Nähe wahrgenommen, war es nun etwas anderes, etwas Dunkleres. Er spürte es, als würde er seine Finger um eine verdorbene, schwarze Frucht legen. Angewidert verzog er das Gesicht, was die Eindrücklichkeit dieser Empfindung jedoch nicht minderte.

Es dauerte nicht lange und Lormak sah sie: eine dunkle Gestalt, die von einem Schlagschatten in den nächsten huschte, das Mondlicht meidend. Er setzte sich in Bewegung und genau dort, wo der Dämon die Mauer erklomm, wartete er im Schatten, den einer der noch intakten Wachtürme warf.

Nachdem der Dämon sich hochgezogen hatte, trat Lormak ins Mondlicht. Seine Hand schnellte nach vorne, packte das verderbte Wesen am Hals und blickte ihm in die roten Augen. Der Dämon knurrte, schlang beide Hände um Lormaks Unterarm, konnte den Griff jedoch nicht brechen.

Es war sonderbar, einen Dämon so nah vor sich zu haben, und mehr interessiert als angeekelt sah er das schiefe, mit Reißzähnen bewehrte Maul, das sich öffnete und schloss, als wollte das Biest etwas zerbeißen. Er sah die Warzen und Fleischverwachsungen im Gesicht, die Dellen und schwärenden Pusteln.

»Du bist so hässlich«, sagte Lormak kopfschüttelnd. »Ich sollte dich töten, um dich zu erlösen.« Dann grinste er. »Aber das werde ich nicht tun. *Heute* lasse ich dich laufen.«

Die Augen des Dämons verengten sich und seine Abwehrversuche erlahmten.

»So lange habt ihr uns gejagt. Nun hat sich der Spieß herumgedreht. *Ihr* seid nun die Gejagten. Ich werde kommen. Ich werde euch finden und jeden von deiner dunklen Brut erschlagen.«

»Wir werden *dich* töten«, geiferte der Dämon. Speichel troff aus seinem Maul, lief übers Kinn und tropfte auf Lormaks Unterarm. Trotzdem ließ er nicht los.

»Nein – ihr werdet es *versuchen.*« Er schob den Dämon zur Mauer, drückte ihn dagegen. »Wie heißt du?«

Eine ruckartige Bewegung, um sich zu befreien, doch Lormaks Finger waren zu stark. Der Dämon röchelte, die Augen flackerten.

»Dein Name!«

»Morquat …«

Der Name brachte eine Erinnerungssaite zum Schwingen, doch war der Klang nicht stark genug, um ein Bild zu erzeugen.

»Nun, Morquat, dann lauf, so schnell du kannst. Doch egal, wo du bist, wo du dich versteckst: Ich werde dich finden. Lormak Trenkulja wird dich finden, Lormak der Blitz.« Er schleuderte den Dämon zu Boden.

Hasserfüllt, die Augen hellrot lodernd, blickte Morquat ihn an. Lormak wusste, was hinter der wulstigen Stirn vor sich ging. Die Gier, Zähne in menschliches Fleisch zu bohren, stritt gegen die Vernunft.

Mit einem Fauchen schnellte Morquat auf die Beine – und machte einen Satz über die Mauer.

Lormak blickte dem sich entfernenden Schatten nach, wie er über die brachen Felder lief, an den leeren, teilweise zu Ruinen verkommenen Gebäuden der Hofstellen vorbei, bis er zwischen den schiefen, verdrehten Bäumen des Waldgürtels verschwand. Trotzdem spürte Lormak ihn noch. Erst eine erkleckliche Zeit später war das Gefühl verklungen.

Sie sollten vor ihm zittern. Was sie den Völkern Yurs an Angst beschert haben, sollten sie nun selbst spüren.

Und sie waren fähig, Angst zu empfinden, er hatte es in Morquats Augen gesehen. Seitdem sie nicht mehr unter der direkten Kontrolle ihres Meisters standen, fehlte auch der blinde Gehorsam. Unter Belzuurs Einfluss hätte Morquat sofort angegriffen. Nun hatte er sich dafür entschieden, am Leben zu bleiben.

Das verlieh den Dämonen einen neuen Aspekt, der bisher nicht existiert hatte. Machte sie das auch zu etwas anderem als tumbe, blutsaufende Mordbrenner? Zu denkenden Wesen gar?

»Jetzt wollen wir mal nicht zu weit gehen«, sagte er laut und unterbrach damit seine Gedankengänge.

Nachdem er lange auf den Punkt gestiert hatte, an dem Morquat verschwunden war, seufzte Lormak und fasste den Entschluss, den Abschied, das endgültige Durchtrennen der Bande zu seinen Gefährten nicht weiter hinauszuzögern. So begab er sich zu den Steinstufen, die von der Mauer hinunter zum Osttor führten. Dort lagerte sein Proviant und ein starkes, stolzes Ross wartete ebenfalls. Vier weitere Pferde, Festos darunter, hatten, fertig gesattelt und voller Tatendrang, nach Jaminaras Verschwinden am Ausgang der Halle gestanden. Ein Abschiedsgeschenk der Göttin sozusagen.

Am Anfang der Treppe angelangt, stutzte er.

Jemand stand unten – und kam nun langsam herauf.

Schwarzes Haar, schulterlang, die Strähnen im Mondlicht wie Silberfäden, glänzend und erhaben.

Sein Atem fing sich in der Kehle, als ihn der sanfte Geruch eines Duftwassers erreichte.

Avi.

»Was ist?«, fragte er, schroff, um seine Überraschung zu kaschieren. Seine Füße jedoch betrogen ihn: Sie bewegten sich einige Schritte zurück.

Statt zu antworten, stieg sie die restlichen Stufen hinauf, maß ihn einen Augenblick und überwand die Distanz. Die Arme in die Hüften gestemmt, die Brauen zusammengeschoben, sagte sie: »Der große Schwertschwinger bleibt seiner Wortkargheit treu und verschwindet nach eisigem Abschied in den Osten, um dort seine Quest zu beginnen.«

Er runzelte die Stirn.

»Es sind Krax' letzte Zeilen über dich.«

»Schwertschwinger, soso«, sagte Lormak.

»Ich kann verstehen, dass er angesäuert ist. Wir alle sind das.« Sie reckte das Kinn vor. »Was ist dein Problem, Lormak?«

Zu seinem Ärger stieg ihm die Hitze der Scham in die Wangen. Er drehte sich ab und sah in die Ferne.

»Zum ersten Mal seit langer, langer Zeit sind deine Augen frei vom Schatten des Dämons – und was tust du? Kanzelst uns mit einem lauen Abschiedsgruß ab und verschwindest!«

»Es ist das Beste«, murmelte er.

»Einerseits preschst du im Kampf voran, gehst im Pfeilhagel über die Radash-Brücke, lässt dir von mir beide Hände abschlagen …« Er hörte, wie ihre Stimme davor war zu brechen, ähnlich einer überbelasteten Schwertklinge. »Andererseits bist du ein Feigling!«

Er schluckte krampfhaft, presste die Lippen zusammen und wandte sich ihr zu.

Das Mondlicht glitzerte in ihren Augen. Aber sie weinte nicht. Dafür war sie zu stark. Seine Finger kribbelten, da alles in ihm schrie, sie in den Arm zu nehmen.

Nein. Das würde es nur schlimmer machen. Er musste alles in die Tiefe schleudern und versiegeln …

»Bedeute ich dir so wenig?«

»N-nein … überhaupt nicht«, stammelte er – und verfluchte sich dafür. Er sollte es rasch zu Ende bringen: ein harter Hieb, statt mit der Klinge in der Wunde herumzuwühlen.

»Dann sag endlich etwas, verflucht!«

»Geh, Avi – das ist besser für uns beide.«

Die Fäuste geballt, setzte sie einen Schritt auf ihn zu, sodass sie nicht einmal mehr eine Armlänge voneinander trennte. »Sag es mir ins Gesicht. Sag mir, dass ich abhauen soll, auf Nimmerwiedersehen, dass du mich nur begleitet hast um deines eigenen

Vorteils willen!« Eine einzelne Träne entfloh ihrem rechten Augenlid und rann über die Wange.

Ohne weiter darüber nachzudenken, streckte er seine Hand aus, strich mit den Fingern sanft über ihren Hals, dann fing er mit dem Daumen diese einzelne Träne auf.

Schlagartig war ihm alles vorige egal: Dieses Gefühl, sie zu berühren, mit seiner eigenen Hand zu berühren, war, als würde er die Sonne streicheln. Sein Herz peitschte los, als würde es verfolgt, als drohte eine Gefahr, doch alles, was er spürte in diesem Augenblick, war Zufriedenheit – und die erlösende Einsicht, das Richtige zu tun.

Avi war zu Stein erstarrt. Dann, langsam hob sie die Hand, umschloss die seine, drehte sie sanft, schmiegte ihren Kopf darin und seufzte leise.

Im nächsten Moment ließ sie ihn los, beugte sich nach vorne – und küsste ihn.

Hatte er vorhin die Sonne berührt, so explodierte sie nun und ihre Splitter sengten in seinen Körper und seinen Geist. Er erwiderte den Kuss, umarmte sie, zog sie zu sich heran. Avis Lippen öffneten sich und ihre zaghaft tastende Zunge suchte die seine.

In diesem Moment höchster Wonne und Erfüllung formte sich ein einzelner klarer Gedanke, ehe er im Strömen seines rauschenden Blutes fortgerissen wurde.

Er war froh, sich *nicht* zu erinnern! So war dieser Kuss sein erster und von keinem Kuss davor wollte er je etwas wissen!

Nach einiger Zeit löste sich Avi, schwer atmend, die Wangen gerötet. »Ich liebe dich, Lormak.«

»Verdammte Scheiße, ich liebe dich auch!« Gierig küsste er sie und sie schmiegte sich in seine fordernde Umarmung. Als er an der Schwelle war, wo er entweder aufhören oder ihr die Kleider vom Leib reißen musste, löste er sich schweren Herzens.

Da rauschte eine Frage heran, tückisch und ohne Vorwarnung, ein Wurfdolch aus bösen Schatten. »Bevor ich …«, begann er, schüttelte den Kopf, atmete durch und trat einen Schritt zurück. »Wird *er* zwischen uns stehen?«

Einen Augenblick umwölkte sich ihre Stirn, ehe sie begriff. »Er ist tot.«

»Aber wo lebt er weiter, Avi?« Lormak räusperte sich, wollte den schwierigen Anfang ihrer Annäherung nicht wiederholen, doch nun war es zu spät dafür. Er tippte sich gegen die Schläfe. »Hier?« Dann legte er die Hand auf seine Brust. »Oder auch hier?«

»In beidem«, antwortete sie, ohne zu zögern. »Mögen die Erinnerungen an ihn niemals verblassen und möge er auf immer in meinem Herzen sein – als treuer Freund, Weggefährte und Beschützer.«

Lormak lächelte. »Einige Zeit war ich ganz schön eifersüchtig.«

»Das tut mir leid. Aber was geschehen ist, ist geschehen. Ich will nicht darüber reden. Lass mich nur so viel sagen: Ich brauchte eine starke Hand, die mich hielt. Aber eben auch eine Hand, die mir nicht den Hals bricht, wenn ihr Besitzer einen schlechten Tag hat …«

Lormak lachte kurz. »Nett formuliert.« Dann nickte er, legte Avi den Arm um die Hüfte und sah ihr in die Augen. »Was auf dieser Stadtmauer war, bleibt auf dieser Stadtmauer.« Er grinste. »Bis auf die Küsse …«

»Einverstanden«, sagte sie mit einem verschmitzten Lächeln.

Nachdem Lormak Pferd und Ausrüstung geholt hatte, begaben sie sich zusammen zum Fuß des Palasthügels. Schon von Weitem war der orange, flackernde Widerschein eines Feuers zu sehen, der über den Dächern hing.

Dicke Holzscheite knackten in den Flammen. Krax und Tynn saßen auf Holzkisten, einen Becher in der Hand, und starrten ins Feuer. In der Nähe war ein zur Straße hin offener Verschlag, unter dem neben drei Pferden auch Fässer und Holzkisten waren. Festos wieherte, als er Lormak sah, und schabte mit den Hufen.

Krax erhob sich. »Schon alle Dämonen erschlagen? Das ging ja schnell.«

»Hat noch etwas Zeit.«

Krax reichte ihm seinen Becher. »Dann trink erst einmal etwas.«

Lormak kostete vom Wein, nickte anerkennend und gab Krax den Becher zurück. »Ein guter Tropfen. Gibt es noch mehr davon?«

Krax lächelte. »O ja, so viel sogar, dass nicht einmal Xurodas alles auf einmal …« Er kappte den Satz mit einem Seufzen, schien einen Moment aufgewühlt, dann aber kehrte sein Lächeln zurück. »Warte, ich bringe dir etwas.«

Lormak ließ sich auf einem Steinquader nieder.

Avi setzte sich auf seinen Schoß und legte den Kopf auf seine Schulter.

Tynn, der gerade den Becher an die Lippen führte, setzte ihn wieder ab und blickte Lormak erstaunt an.

Lormak wackelte mit den Augenbrauen.

Lächelnd prostete Tynn ihm zu und trank.

Wenig später hatte jeder einen Weinbecher in der Hand und im Feuer brutzelten Fleischstücke, die sie auf Äste gespießt hatten. Sie saßen eng auf zwei Decken zusammen, Kisten und Fässer im Rücken, gegen die sie sich lehnten.

Ein angenehmes Schweigen erfüllte den Kreis, den der Lichtschein des Lagerfeuers warf. Jeder von ihnen benötigte Zeit, um das Geschehene zu verarbeiten, um zu verstehen, dass es einerseits vorbei war und dass das Leben andererseits deswegen nicht aufhörte, sondern weiterging. So viel hatten sie erlebt; Erfolge, ja, aber auch viele Rückschläge, ausweglos scheinende Situationen – und vor allem bittere Verluste.

Als hätte Krax ähnliche Gedanken, sagte er plötzlich, seinen Becher hebend: »Auf Halron, Boras, Rangash und all die anderen!«

Jeder reckte sein Gefäß nach oben, dann sah Lormak in die

Flammen, als würden die Toten dort, im Spiel der tanzenden Feuerzungen, sichtbar werden.

»Auf Lantyria«, sagte Avi, »und Djarlak.«

»Auf alle, deren Namen wir nicht einmal kannten«, ergänzte Lormak.

Still tranken sie, stellten die Becher vor sich ab.

Tynn hob den Becher erneut. »Auf das, was vergangen ist, und auf das, was noch kommt.«

»Gut gesprochen«, murmelte Krax und wischte sich Tränen aus den Augenwinkeln. »Verdammt, es war eine harte Zeit. Wir sind nicht mehr dieselben, die wir einst waren.«

Lormak lachte trocken. »Ganz bestimmt nicht.«

»Irgendwann«, sagte Krax, »möchte ich Mjallanor wiedersehen, meine Freunde und meine Familie.«

Tynn klopfte ihm auf die Schulter. »Das wirst du.«

»Und Zuraja«, sagte Avi. »Wie es ihr wohl geht?«

»Eines fernen Tages werden wir es erfahren«, sagte Lormak.

Noch einige Male tranken sie sich Bescheid, dann machten sie sich über die Fleischspieße her. In der Losgelöstheit weinbeschwingter Zungen begannen sie doch zu reden, und das nicht nur über die Dämonenkriege, sondern über alles Mögliche. Lormak war es, als würde sich eine samtene Decke der Gemeinschaftlichkeit auf seine Schultern senken. Er drückte Avi fest an sich, atmete den Geruch ihres Haars – und spürte, ganz sacht, wie Schmetterlingsflügel, die um sein Herz flatterten, Glück.

So feierten sie in der Stadt des Todes, dass sie am Leben waren.

Außerhalb der Stadtmauer, hoch zu Ross, die Hände auf den Sattelknauf gelegt, saß Lormak und blickte gen Osten zu dem Waldstück aus seltsam verwrungenen Bäumen. Auf leisen Füßen zogen Nebelschweife um die Stämme und hüllten deren abartigen Wuchs in ein feines Gewand. Das schwächliche, graugelbe Licht der Sonne über den kahlen Wipfeln konnte den Dunstschleier nicht durchdringen. Es war kühler geworden seit gestern: Die unnatürliche, von der Welt der Dämonen nach Yur strahlende Wärme wich. Bald würde auch hier wieder Schnee liegen, ganz so, wie es sein sollte.

Hufgetrappel hinter ihm. Lormak wandte den Kopf, lächelte.

Seine Gefährten kamen durchs Tor geritten, Krax, Tynn, zuletzt Avi, die den Kopf nach vorne gebeugt hatte und etwas in Festos' Ohr murmelte. Er schnaubte – ob erbost oder freudvoll, das konnte Lormak nicht sagen.

»Na, du Frühaufsteher«, brummelte Krax und massierte seine Schläfen. »Wie kann man nur so viel Wein saufen – und dann mit dem ersten Sonnenstrahl aufstehen und so tun, als ob nichts gewesen wäre?«

»Nur der frühe Oger fängt den Ork, weißt du doch«, erwiderte Lormak. »Und wie ist es bei euch? Rausch ausgeschlafen?«

Avi blinzelte ihre geröteten Augen und unterdrückte ein Gähnen. »Geht so.«

»Ich fühle mich«, sagte Tynn mit einem schiefen Grinsen, »als hätte mir ein Dämon alle Kraft aus dem Körper gesaugt …«

Krax lachte und fragte den Magier: »Hast du keinen Zauber gegen Kater?«

»Leider nicht. Aber selbst wenn, würde ich ihn nicht sprechen. Ja, mir pocht der Schädel, ja, meine Glieder sind schwer und träge wie Blei – kurzum: Ich spüre, dass ich am Leben bin. Und das will ich nicht missen.«

Lormak sah Tynn an. Sein Blick trug eine stumme Botschaft. Der Magier nickte und ein Lächeln kräuselte seinen Mund.

Lormak wusste noch ganz genau, worum Tynn ihn im Turm gebeten hatte, als der Dämon, der ihn gepeinigt hatte, tot zu seinen Füßen lag. Er nickte zurück, ehe er sein Pferd mit den Fersen in den Galopp peitschte und den Abhang hinabpreschte. »Dann spüre erst«, brüllte er über das Rauschen der Luft in seinen Ohren hinweg, »wie lebendig du bist, wenn dir der Wind eines wilden Ritts um den Kopf pfeift!«

Mit lautem Juchhe trieben seine Gefährten auch ihre Rösser voran.

»Wir wollen doch nicht Letzter werden, oder, Festos?«, rief Avi.

Festos wieherte laut.

Lormak lächelte. Er war nicht allein.

Und das war gut so.

Avi und die anderen waren Teil seiner Vergangenheit und er würde sie mit in eine Zukunft nehmen, die gerade deshalb so verheißungsvoll erschien, weil er nicht wusste, was sie bereithielt.

ENDE der Saga

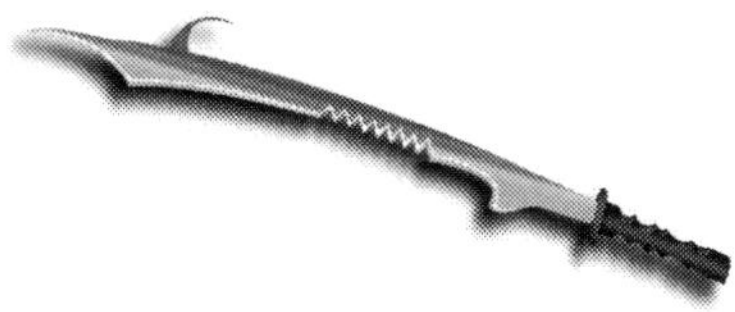

DRAMATIS PERSONAE

Avi – Streiterin für das Gute, deren Gabe zu einem Fluch wird
Lormak Trenkulja – Hauptmann der Ehernen Garde, der von einem Dämon beseelt ist
Krax – loyaler Zwerg, der sich über seinen spärlichen Bartwuchs ärgert
Iridon Vulkola – begnadeter, aber überheblicher Magier
Xurodas – Lormaks ehemaliger Waffenbruder

Ajuna – Elfe, Mitglied des Hohen Rates, gestorben in Quelon
Boras – Halrons treuer Kampfgefährte
Halron Fallas – vandurischer Kämpfer
Lantyria – Priesterin, verstorben
Lumithar – Iridons bester Freund
Tynn Bradas – Magier, der einiges durchmachen musste
Zuraja – vandurische Magierin

Menschen:

Bjarn – König von Lantra
Fjardan – König von Jendar
Furdas – Avis ehemaliger Lehrmeister
Gorn – ehemaliger König von Landaskan

Gorsam – Besitzer einer Herberge in Quelon
Irana – Avis Ziehmutter
Kaspero – Fürst aus Landaskan
Nurok – Avis damaliger Freund
Palko – Avis Ziehvater
Rantas – Kämpfer aus Halrons Schar, getötet von Lormak
Vulodas – Gorns einstiger Berater und rechte Hand

Elfen:
Arnak – Iridons Urgroßvater, Bezwinger von Molgrash
Belfatis – König der Elfen
Djarlak – Mitglied des Hohen Rates
Malrakur – Iridons Vater
Narduk – Ajunas Gemahl
Sharinja – Elfe aus Quelon
Yoritas – General der elfischen Armee

Zwerge:
Berun – Molgrashs Gehilfe
Gomgrash – König der Zwerge
Molgrash – Der, Der Unglück Über Alle Brachte, Verursacher der Totenkriege
Rangash – Anführer der Rongarrim

Dämonen:
Kjala – höherer Dämon
Urruk Darn – Lormaks ehemaliger Waffenbruder

Göttliche Diener:
Iorla – Dienerin Jaminaras
Surag – Diener Belzuurs

Götter:

Arsamon – Gott des Todes
Belzuur – Gott des Chaos und der Dämonen

Alnitara – Göttin der Magie
Iandra – Göttin des Lebens
Jaminara – Göttin der Rechtschaffenheit und Ordnung

Printed by Amazon Italia Logistica S.r.l.
Torrazza Piemonte (TO), Italy

45078567R00172